生为君王，
　你，我，他，为山河，为和平，
为枢身的这片土地，拼命求知，
齐心协力，即为君王。

若你一身君王制服，
　直上日月之巅，月
　阳月，万凡随行。

　　　　　　　　　　北

同泽·尘世

画七 著

广东旅游出版社
中国·广州

溯侑

薛姽

豆大的雨点，狂轰滥炸的雷电，薛妤隔着数十里的距离，看到了一朵徐徐绽放的雪白花朵。

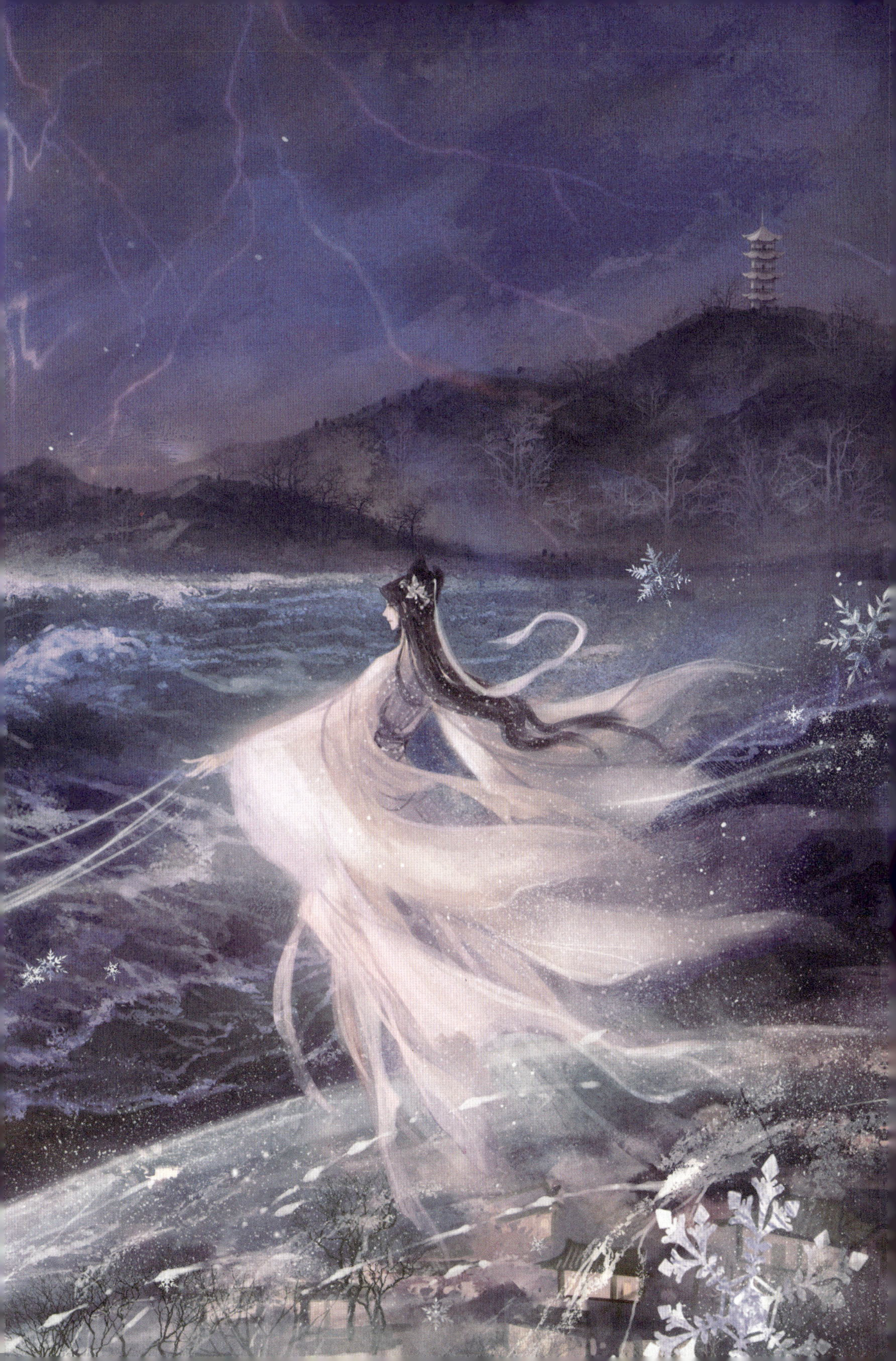

目录

章	标题	页码
一	邺都封 天宫战	001
二	一朝梦醒 重回千年	009
三	入山海 羲和开	017
四	审判台 救妖鬼	031
五	反骨妖鬼 终有人怜	047
六	四星任务 寻尘世灯	059
七	双宝丢失 任务升星	073
八	镇宝丢失 雷霆海怒	089
九	有妖来袭 初见淮南	103
十	妖都九凤 受托寻人	115
十一	陈氏兄弟 逆天借运	127

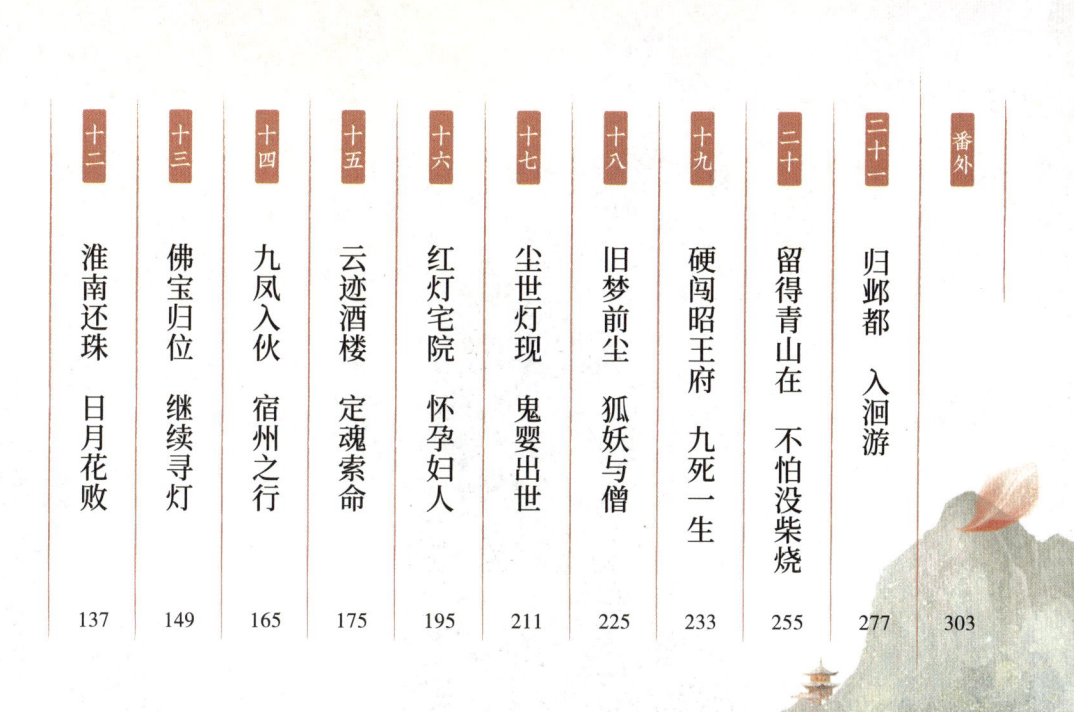

十二	十三	十四	十五	十六	十七	十八	十九	二十	二十一	番外
淮南还珠　日月花败	佛宝归位　继续寻灯	九凤入伙　宿州之行	云迹酒楼　定魂索命	红灯宅院　怀孕妇人	尘世灯现　鬼婴出世	旧梦前尘　狐妖与僧	硬闯昭王府　九死一生	留得青山在　不怕没柴烧	归邺都　入洄游	
137	149	165	175	195	211	225	233	255	277	303

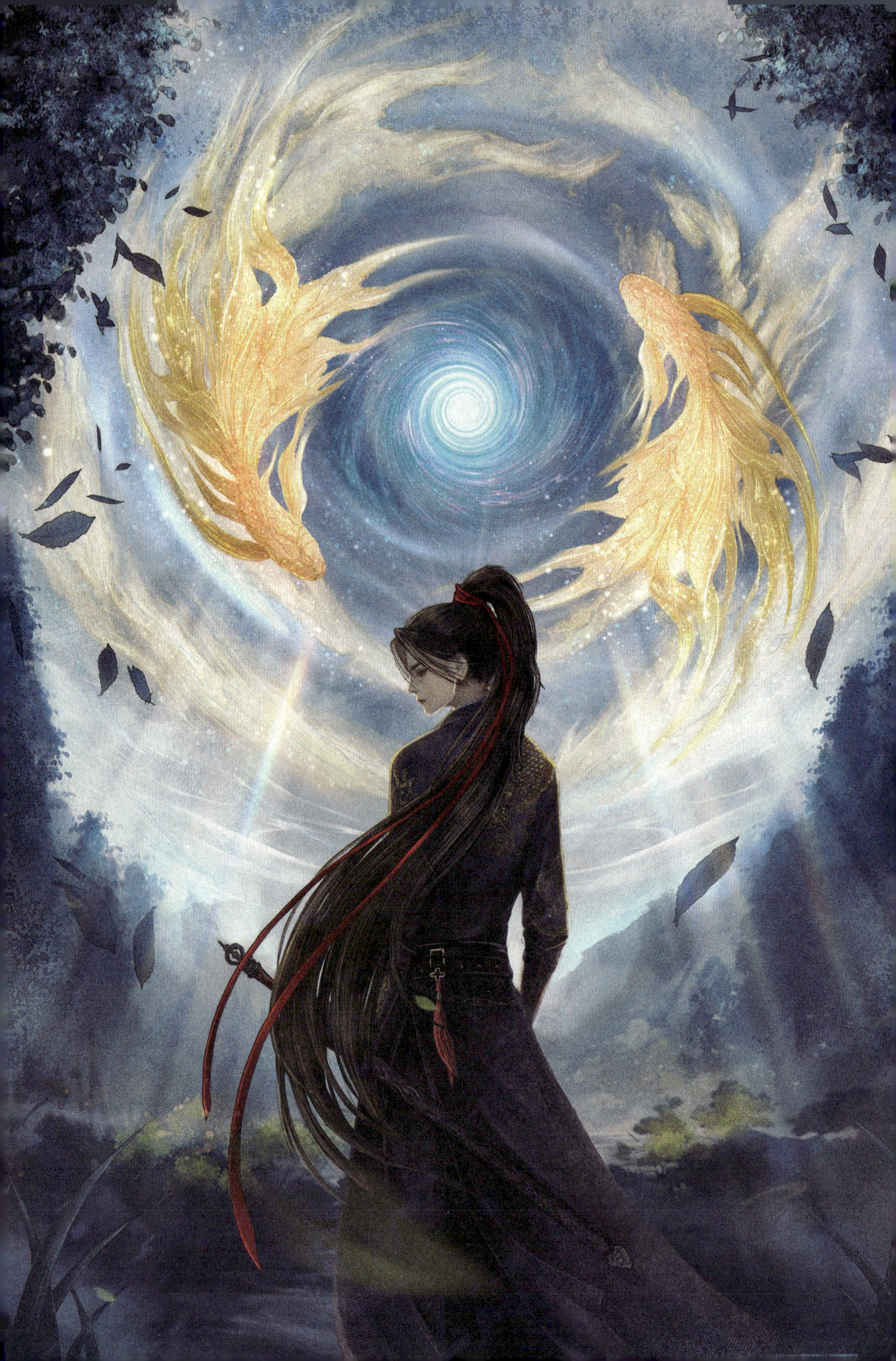

一

邺都封 天宫战

七月天，天宫仙境暴雨如注。

薛妤冷着脸从清远殿踏出，一路向西，裙边随动作荡开层层叠叠的褶花。她所到之处，仙侍们脸上的笑即刻收敛起来，在沿途两侧跪了长长一溜，这些人的身影笼罩在一团团水雾般模糊的灯光中。

瓢泼雨帘中，那些仙侍看她的眼神，既敬畏，又惧怕。

薛妤恍若未觉，径直跨入云霄殿。

守门的仙侍朝她躬身，像是早得了什么命令似的，不敢拦她。

雨下得如同水帘一般，噼里啪啦的雨声环绕在耳边。薛妤跨过门槛，视线在清冷的殿内转了一圈，脚步有一瞬的停顿，她伸出手掌，道：“都在外面等着。”话音落下，她独身一人进了内殿，清瘦的背影很快被珠帘遮住。

内殿暖香浮动，八仙立柜旁，一人坐着，一人站着。站着的男子尚未卸下身上的盔甲，腰间别着佩剑，脸上难掩疲惫，眉眼却显得温柔。坐着的那个以手撑头，眼睛半睁半闭，短短几息时间，不知长吁短叹了多少声。

"得了。这件事，我去跟薛妤说。"路承泽睁眼，在松珩身上扫了几眼，道，"你不会说话，越说越错。"

"说什么？"身后，薛妤接了他的话，音色冷得跟结了冰似的，每字每句都带着寒气，"我人就在这儿，要说什么，来，直接同我说。"

松珩和路承泽同时转身看向她。

披散着长发的女子长裙曳地，柳叶眉，杏仁眼，鹅蛋脸，美得精致而讲究，像沉淀了岁月古韵的细腻白瓷摆件。

分明是温婉昳丽的长相，在她皱眉冷声说话时，却自然而然地带着一股上位者的清贵气势。

这是邺都洛煌一脉用心培养浇灌的明珠，若不是跟着松珩一路平山海、拓疆土，此刻，恐怕早已坐上邺都女皇之位了。

松珩朝前走了一步，看她的眼神是不同往日的复杂，开口时，声音比平日低沉："竹允说你月前去桑地捉天狼王，打斗时受了伤，如今身体可好些了？"

薛妤看着眼前男子俊朗的脸，手指捏了下袖边，她垂眼，连名带姓地唤他："松珩，你我相识千年，今天你给我一句真话。我去桑地捉拿天狼王时，你人在哪里，在做什么？"

路承泽见状不对，连忙出声道："薛妤，你冷静一下，这件事跟你听的、想的不一样。事出有因，子珩他有苦衷。"

"你自己是不会说话吗？"薛妤侧首，看着十步之外站着的松珩，声音里带着几分讥嘲，冷得出奇，"千年前当阶下囚时如此，今日成了天帝依旧如此，你这辈子，就只会躲在别人身后？"

松珩是那种典型的贵公子长相，无须金玉琳琅相衬，随意一站，便是言语形容不出的玉树临风，令人心折。

从被宿敌构陷，押上六界审判台的狼狈少年到如今天宫最受拥戴的天帝，他心中的那一腔意气，好似从未变过。

薛妤曾不止一次说松珩是个固执的老好人，有时候又像个迂腐不知变通的古僧。

困于水火中的人，能救，他就一定要救；于众生有利的事，即使前方困难重重，他也会不知疲倦地推行。他是个彻头彻尾的好人、善人，而从各大圣地培养出来的年轻人，如薛妤、路承泽，他们反而极难做到这一点。

可就在前两日，这个举世公认的好人，带着他那战无不胜的兵将，将整个邺都填平。除却圣地和城中居住的原住民，邺都中心城中数十万亡灵、妖兽，除少数妖力强大、有自保逃生之力的，其余全被大阵镇压、封死。

若不是传讯玉牌上如雪花般飘来的消息，若不是寄放在她身边代表着那些强大生灵的命灯一盏接一盏熄灭，薛妤也不敢相信，做出这种事的，会是松珩。

居然会是松珩。

窗外雨疾风骤，流云如泼墨，殿内布置了小结界，将一切声音隔绝在外。一片无声中，松珩抬眼，面对那双像是缀着雪色的清冷瞳孔，他攥紧掌心，唤她："阿妤。"仅一声，什么也没说，却什么都认了。

薛妤闭了下眼，反而冷静了下来。

"我父亲呢？"她问。

"邺主心存大义，以身成阵，将邺都中心城与外界彻底隔绝。"松珩轻轻呼出一口气，道，"阿妤，对不起。我没能拦住他。"

"心存大义。"薛妤将这四个字徐徐念了一遍，纤细玲珑的指骨在半空中渐渐落下，像是操控着提线傀儡，现出一种苍白而破碎的凌厉感来。

她看着眼前熟悉的面庞，唇上慢慢爬上一抹妖异的嫣红："你所做种种，是为你所谓的众生大义，还是为那只茶妖？"

松珩站在原地，既不说是，也不说不是，良久，才道："此事非我之愿，乃不得已而为之。"

薛妤最听不得这些大空话。她轻轻眨了下眼，磅礴浩瀚的灵力以她为中心荡开无声的气漩。

松珩似有所感，侧首一看，发现窗外的雨不知何时停了，取而代之的是鹅毛一样的落雪。不过须臾，天地间已是一片苍茫之色。

七月飞雪，殿中人已在不知不觉中入阵。

"你身上有伤，不宜动手。"他道。

看，松珩就是这样一个人，即使是在动手之前，也会因为对方身上有伤而做出善意的提醒。他心怀天下，对谁都好，谁都喜欢他、拥戴他，即使是凶性滔天的妖兽和恶鬼，也会试着去亲近他。很难想象，这样的人，会有冲冠一怒为红颜、不顾生灵性命的时候。

相伴千年，他就这样毫不心软地毁了邺都世世代代的坚守。她薛妤千年的奔波，为三地平衡做出的努力和牺牲，全成了笑话。

薛妤长长的袖摆无风而动，精细缝制的缠枝花宛若水纹般在她手腕边漾动，数不清的灵力光点汇聚成一个巨大的囚阵，在三人的视线中一寸寸扩大，将整座篆刻着符文的云霄殿笼罩了进去。

"阵法能成，亦能解。"她眼尾有白色水纹渗出，很快蜿蜒成两道霜痕，像摇曳着的长长尾羽,"既如此,将你捉回邺都,把封印解开就是。"

见她执意出手,松珩神色微凝,随后丢开手中的本命剑,周身也开始有灵光渗出。

"……不是。"路承泽看不下去,硬着头皮挤在两人之间,"你们这三句话不合就大打出手的毛病到底是从哪儿学来的?有什么事不能坐下来好好说?"

"你们这样打起来,半个天宫都得塌下来。"说罢,他扭头,看向松珩和被他丢在一边的灵剑,满脸像是写着"你脑子没事吧,这可是薛妤"的荒诞和滑稽的表情。

薛妤可不是什么温柔心善,遇事会娇滴滴撒娇的女子。她的手中,不知镇压了多少大妖、恶鬼。早在千年前,她便是六圣地中出了名的冰霜美人,是带荆棘的玫瑰。

这种受刺激的状态下,全力以赴都不一定能在她手上讨到好,结果松珩还跟别人学放水那一套。

松珩知道薛妤会生气,她是个黑白分明、眼里揉不得半粒沙子的人,而自己的行为,不论是哪一点,在她眼中都属于彻头彻尾的背叛。

背叛者,当杀。

无声风暴起,浓郁到几乎化不开的灵力浪潮在领域中横冲直撞。

双方像是都抱了速战速决的心思,很快,两道身影在交锋后错开。

此时,松珩的食指落在距离薛妤额心半寸处,而他的颈侧压着一柄由冰玉凝成的小巧匕首,刺痛感扑面而来。

若是不知情的来看,这俨然就是生死仇人见面,马上就要同归于尽的架势。

路承泽在结界中左突右闪,片刻后便看到这阵仗,当即倒吸一口凉气,不得不又上前劝架。说是劝架,其实只是在单方面劝薛妤:"洛煌一脉,无论嫡系庶支,全被妥善安置,毫发无损。被镇压的只是恶鬼和妖灵,他们那种东西,本就该被镇压。"

薛妤恍若未闻,清冷的瞳色中像是覆盖了一层冰雪,手中的匕首却缓缓侵入松珩皮肉中,压出一条殷红的妖异血线。

路承泽神色凝重起来,他手掌落在薛妤细瘦的手腕上,阻拦道:"薛妤,子珩这事做得固然欠妥,可你因为那些东西要他性命,这说不过去吧。"

"他因为区区茶妖，强入邺都，越过王城直接出手，说得过去？"薛妤终于抬眼，视线在他那张正经起来的脸上扫了一圈，又问，"明日，我去你们赤水下个封印大阵，你也觉得这是件不值得大动干戈的小事？"

路承泽咂了咂嘴，不敢说话了。

薛妤是真能做出这种事的人，她不是个善茬。

"松珩。"薛妤没再搭理路承泽，她视线转回来，落到松珩脸上。她的眼睛很漂亮，声音虽冷，可也清脆，唯独那双手，虽养尊处优，却是杀人的手，这双手此刻握着匕首划过天帝颈侧，半分也没抖。

"我有千万种解阵的方法。若普通办法不行，那就血祭、灵祭；若还不行，便用下阵人活祭。"说到最后，已然是要拿松珩的命破阵。

这话若是由别人口中说出，必定会被认为是大放厥词。天下灵阵大大小小多如繁星，有的闻所未闻，见所未见，别说解阵，就连最基本的认阵都成问题，可偏偏说有"千万种解阵方法"的人，是薛妤。

在这个灵修遍地走的世间，有一种人格外特殊，他们不修肉身，不专灵息，看似孱弱，却依旧有通天彻地之能。一念成阵，一念解阵，薛妤就是其中最具天赋的一个。

"上古之阵，无解。"松珩看着她的侧脸，无视路承泽暗示得快抽筋的眼睛，低声道，"那些恶鬼和妖物，再也不可能出来。"

"你下定决心，执意如此？"薛妤像是头一次认识他，一双眼认认真真审视着他，声音冷得像是寒冬腊月带雪的山风。

松珩一字一句回她："阿妤，今日种种，是我食言。可我非得如此。"

一句"非得如此"，饶是以薛妤这样的心性，也几乎是不受控制地垂了垂睫，闭了下眼。

千年的时间，她眼看着面前的男人从当初奄奄一息的孱弱少年一步步蜕变，春秋轮转，时光流转，她总觉得他还是当时的少年模样，唯独忘了最重要的一点——在权力的更迭中，最容易变的，就是人心。

当年那个仿佛能被她一眼看穿所有心事的少年，早有了通天的能耐，以致于竟能在她眼皮底下偷天换日，将整个人间搅得一团糟。

匕首重重划过松珩的颈侧，滚热的血液喷薄而出时，她的眉心也被随之而来的贯注灵力的长指点穿。

难以形容的剧痛传遍四肢百骸，薛妤迎着松珩和路承沢震惊、不可置信的眼神，只是绷了绷下颚，并没有表现出恐惧、惊慌的神色。

她知道自己不会死。她虽然心狠，但骨子里并不是喜欢用自己的命换别人命的人。

邺都至宝乾坤珠就藏在她的袖子里，从她踏进内殿的那一刻开始就散发出月华的光芒，所以她二话没说就设阵，用几乎同归于尽的方式在最短的时间内和松珩拼成了两败俱伤的局面，所倚仗的不过是乾坤珠会替她挡下一半的伤害。

她想得简单，松珩是天帝，这里是天宫，他不会死得这么轻易。她要抓他回邺都，要他配合她将中心城的封印阵解开——用任何方式。

等解阵之后，她再去将那只据说无比善良、一脱困就能怂恿松珩起兵邺都的柔弱茶妖捉了。

如此，外面那些铺天盖地的流言便会终止。

没有谁能看邺都的笑话。谁都不行。

可当薛妤冷冷瞥着路承沢，同时囚着松珩，即将带着人踏入空间阵前往邺都时，整座云霄殿开始震颤起来，像是有什么巨物感受到了某种传召，在一瞬间悍然拔地而起。

薛妤的阵法开始无故坍塌、瓦解，数不清的银辉斑驳脱落，不合时宜的鹅毛大雪在某一刻停了。

旋即，薛妤袖中的乾坤珠滚落，顺势滚进松珩脚下的小摊血泊里，又恰好接触到路承沢忍无可忍出手阻拦的浩荡灵力，一团银灰色的风旋毫无征兆地出现在三人眼前。

薛妤像是被针尖刺到了眼，连着倒退三步，身体抵着一方案桌。在神思恍惚和视线昏暗下来之前，她眯着眼，恍惚看到了千年之前的情形——

那是个滴水成冰的大雪天，天极冷，数十个血迹斑斑、面色苍白的少年被人强硬押着跪在审判台上。

年少的松珩赫然在列。

二

一朝梦醒
重回千年

薛妤醒来时，四肢被撕扯的剧痛依旧留在骨子里。她撑着手肘警醒地扫视四周，背靠在硬枕上，不动声色地打量。

之前发生的事很快涌入脑海——

那团风旋出现时，松珩已经负伤。他的灵力被冰刃上附带的灵阵暂时封印，自保尚且吃力，更遑论施展大神通逆转局势。而路承泽代表赤水，不会轻易插手他们的纠葛，即使出手，也只是想从她手中将松珩抢回去。

所以，她现在是在哪里？那团凭空出现的诡异风旋又是什么？

没等她想明白，屋外突然传来一阵细微的脚步声，沿着窗，停在门口，最后"嘎吱"一声，有人轻手轻脚推开了门。

几乎是出自身体本能，薛妤手指头微动，原以为会无声无息出现一个困人的灵阵，结果却只有几根雪色丝线在她指尖一闪而过，像一簇骤然燃起又很快熄灭的火苗。

薛妤脸上透露出几分愕然，紧接着脸色变得有些难看。

她从天品灵阵师连跌数阶，跌到了大灵师之境，且身上有伤，灵气滞塞。大灵师——那是她千年之前就达到的境界。

轻缓的脚步声最终停在静止的水晶帘前，紧接着，一道温婉轻语传来："殿下，原定时辰将至，是否如时启程？"

启程？去哪里？

水晶帘外的人朝内欠了下身，说话时姿态恭敬："羲和圣地方才遣人来传话，说最近天有异象，加之审判台位置特殊，几经思虑后定了新规矩，此次只有持身份令牌的人才能随行进入圣地。"

"主君已重新遣人过来，只是路途遥远，两日后才能与我们会合。"女子声音恰到好处地停了停,又问,"殿下,我们是先行一步,还是等人到齐后再出发?"

在听到"审判台"三个字之后,薛妤起身下榻。她赤足站在铺了一层厚厚绒毯的脚踏上,长长的衣袖自然垂下,像两片散下来的云,神情依旧没什么变化,眼尾扫下来时,透着寒气彻骨的冷淡之意。

作为圣地传人,薛妤记性一向很好,观察力也强。可按理说,现在这种情况,再听着这没头没尾的只言片语,神仙也不能保证可以回想起些什么来,而薛妤却真在脑海中寻出了些记忆。

因为"审判台"这三个字,实在够特殊。

审判台位于六圣地之首的羲和圣地,每五十年到百年开启一次,被押上去的人不是天生恶种,就是误入歧途的天骄少年,都曾酿下轰动一时的血案,任何一个名字放出去,都有着响当当的震慑效果。除此之外,他们无一例外,都拥有令人艳羡的天赋和头脑。天道将他们押上审判台,是为了在千万双眼睛的注视下废除他们的修为,用以震慑世人,叫人弃恶从善。

可偏偏绝路也不算绝路,若是他们之中有人能被六圣地的掌权者看上,便能捡回一条性命,从此穿行于圣地之中为奴为婢。这在许多人口中,叫作以善赎罪。

这些其实跟她没什么关系。薛妤之所以印象深刻,是因为千年前,她从审判台上带下来一个人。

她的眼光很好。不过千年时间,那人便凭着胸腔里的一股气劲,步步攀爬,最终登顶,并且反过来狠狠咬了她一口。到了后来,人人都称他——天帝松珩。

世人总说他纯良,人人对他赞不绝口,时间长了,导致她也忘了,能被押上审判台的,哪有什么良善之人。

薛妤垂下眼,心想:若这真是千年前,那自己倒退的修为以及眼前这人的言辞,都能一一对应上了。只是为什么?是乾坤珠不对,还是那座大殿被人提前做了手脚?同样被那团风旋笼罩进去的松珩和路承沢,是不是也回到了同样的时间点?

久久等不到回答,水晶帘后曲着身子的女子却不敢催促,呼吸都放轻了。直到外头传来淅淅沥沥的雨声,薛妤才开口:"梁燕?"

"臣在。"女子几乎没有任何迟疑地应声。

还真是。

薛妤手指尖无意识地动了动,不小心拉出几根长长的交缠在一起的雪线。

半个时辰之后,薛妤厘清了当下的确切年月和具体发生的事件。

她确实回到了千年之前,身上的伤是她前段时间带人捉拿一头为祸人间的狼妖时留下的。

那妖活得久,凶得很,又不知从哪里听了风声,竟还会拿当地的山民做人质。薛妤投鼠忌器,不得不耐心周旋,最后虽然成功将其击杀,但也遭受了狼妖临死前的反扑,受了点轻伤。

事情办完后,她原本应该回邺都,可羲和圣地却在此时传来消息——审判台开启,邀其余五圣地的古仙前往。

这种事不大又不好推托,大人们一向不掺和,全丢到继承衣钵的小辈们身上,算是一种培养和磨砺。

薛妤作为邺都长女,在听到传音后,带人转道前往羲和。眼下,他们正是在去就近传送阵上的一个小小驿站里。

原本薛妤定好了夜半出发,谁料羲和突然改了规矩,这样一来,薛妤身边带着的小妖小怪几乎进不了圣地,只能等邺都那边重新派人过来,于是便有了开始的几段对话。

薛妤随意拢了拢敞开的外襟,推开窗往外望去,只见暮色沉沉,烟雨霏霏,只有几盏橘色的灯在驿站门前挂着,被风吹得摇摇晃晃,里面的那点灯火随时都要熄灭似的。

"按计划赶路。"薛妤没有思考太久,很快给出了和千年前一样的回答,"我们时间不多,让主城派的人直接赶去羲和,听我命令,在城中会合。"

梁燕垂头应是。应完之后,几乎是出自妖族天性,她不着痕迹地抬头看了看薛妤。

少女背影单薄,一头青丝没有挽成发髻,而是松散着,像是一捧流动的泉水。这幅画面本该是恬静而美好的,可不知为什么,梁燕每一次看这位小殿下,脑海中下意识浮现出来的词只有"冷漠"。这冷漠也不是那种上位者见惯了人间百态,俯瞰生死的凉薄,而是浮于表面的、霜雪一样的距离感。

梁燕跟在薛妤身边的时间说长不长，说短也不算短，也见过不少世面。她知道似薛妤这般出身的圣地古仙，对他们这样的妖鬼精怪大多不屑垂眸，骨子里就带着高高在上的优越感。

薛妤却与他人不同，她对所有人都是这副模样。初时接触她的妖鬼们往往只觉得她不好接近，妖鬼们总是战战兢兢惶惶不可终日，相处久了才知她这个人没什么恶意，只是不爱说话，天生冷淡。

此刻，窗牖大开，风和雨斜灌进屋里，梁燕敏锐地察觉到薛妤刹那间的情绪波动。

她不敢多看，亦不敢多想，很快欠身退出里屋。

薛妤的随行队伍做事效率极高，离她发话不过一刻钟，灵马和车驾都已安安静静在驿站外候着。

经营驿站的是一对老实巴交的夫妻，因为收了梁燕给的丰厚赏银而坐立不安。老板娘连着"唉"了好几声，最后抱着一坛自酿的酒塞进梁燕身后站着的小妖怀里，话音带着些当地的口音，却格外的直爽："这酒是我们夫妻自己酿的，用的是本地的活泉和高粱，许多外地客人喜欢，会特意赶来尝这一口。"

"这酒闻着味重，滋味却不错，甜得很哩。

"知道贵人不缺什么，只当是我们夫妻一点儿心意，烦请一定要收下。"

那老板娘明显是主事的，她说话时，体态发福的老板便只乐呵呵地眯着眼点头。

少女模样的小妖很少见人族这样和善的态度，罕见地迟疑了一瞬，等回过神想将怀中的酒还回去时，却见方才还热情无比的夫妇俩齐齐噤声。雨中的梁燕和一直站在车驾旁戴着面具将自己遮得严严实实的锦衣使像同时被摁下开关，朝着才出驿站的人行礼："女郎。"

小妖一哆嗦，也顾不得其他，抱着酒坛跟着行礼，脑子里一片空白。

驿站前陷入一片诡异的安静中。

薛妤的视线轻飘飘地扫过那名身体绷得不行的妖族少女，落到她怀中的酒坛上，又很快移开。接着她看向那对不断搓着手的夫妇，很轻地颔了下首。

随后,她在众人的注视下进入马车,动作轻盈,裙裾间飘带若惊鸿雪影,从出现到离开,不曾发出半分声音。

他们这次剿杀狼妖带的人并不多,为了赶路,却准备了足足五辆车驾。薛妤向来不喜与人共处,独自乘了最前头的一驾,梁燕带着那个抱着酒坛不知所措的妖族少女坐在后面的马车里。

时值初春,冬末的寒气却并未完全褪去。四足被绘制了小型灵阵的马匹踩风踏雨,跑得飞快,嗒嗒的声音在空旷的山野小道中荡了一路。

梁燕伸手掀开车帘朝外看了看,又不动声色地松手让车帘垂落下来。她看向坐在一边安安静静仍拘束得不行的少女,轻声道:"轻罗,将坛子放下来吧。"

轻罗唇角动了动,听话地将驿站老板娘塞进怀里的酒坛放到身侧,一双眼懵懵懂懂,里头全是不安与胆怯。

"梁燕姐,女郎是不是生气了?"在外面,她们一律被勒令改口,称薛妤为女郎。

同为妖族,梁燕观她此刻神情,多少有些感同身受,她安慰道:"你别担心,女郎她……"她停了下,一时竟不知如何形容,想了想,接着道,"女郎平素事务缠身,又是那样的身份,面对纷杂的人与事,总要严肃些,内心却不是你所想的那般。"

"女郎方才一句话也没说。"轻罗想想那双清冷剔透的杏眼,怕得肩头耷拉下去,不自觉地震颤着,声音像是从牙缝里逼出来一样。

梁燕看着眼前这张瓦白的小脸,不由想起十几天前她第一次见到轻罗时的情形——

那头狼妖占山为王后,便在山巅上建了一座石殿,又捉了山中开了灵智的逍遥小妖做侍从。他时不时带着浩浩荡荡的一帮小妖下山,在附近的村寨里今天放一把火、明天炸一个坑。时间长了,真有一方土皇帝的架势。

轻罗就是被他掳去看殿的小妖之一。生于山间、长于山间的山猫眼中不辨是非,她不知道狼妖绑了山下一百余名村民是在和薛妤谈条件,更不懂他们在周旋、对峙什么,只是不忍见那些人无辜殒命。最后在狼妖战败逃回石殿准备和众人同归于尽的前一刻,轻罗咬咬牙将人都放了。

薛妤和梁燕等人赶到时,轻罗被狼妖扼着脖颈,气若游丝。她两只大大的眼睛里瞳孔缩成一线,几乎维持不住人形。

后半夜,那头在轻罗眼中强大到无所不能的狼妖被击毙在她眼前,就在距离不到十米的地方,死不瞑目,连求饶的机会都没有。曾经跟在狼妖身后为虎作伥的山妖精怪全部被薛妤身边的人押了下去。

那一刻,这只只在书中看过只字片语描述圣地古仙的猫妖才真正认识到,原来这就是令所有妖族恨之入骨,又令他们本能惧怕的圣地古仙。

令人意想不到的是,那些被轻罗放出来的人中,有几个五大三粗的年轻猎户跺跺脚,凑到薛妤身边说:"仙子,这猫妖,要不你们一并收了吧。"

他们以狩猎为生,常年跟山中妖物打交道,知道这些东西天性狡诈,所以他们即使当下良心不安,但想的也是斩草除根,以免留下后患。

薛妤那双琉璃似的清眸望过来时,才逃出生天的轻罗内心一片冰凉,她一边发抖,一边忍不住闭上眼,想:这便是人族。

可她并没有死,薛妤将她带在了自己身边。即便如此,圣地古仙骇人的一面还是深深刻在了涉世未深的小妖脑中。

望着轻罗缩成针尖大小的瞳孔,梁燕微不可闻地叹了口气,想到了才跟在薛妤身边伺候时的自己,她怕吓到眼前人似的低声问:"你父母呢?"

"我没见过他们。"轻罗飞快看了她一眼,回道,"从我有记忆开始,就是自己一个人。"

"可有下山去看过?"梁燕又问。

轻罗摇头,一张圆圆的小脸垂到衣领边,声音怏怏:"山里有人去大城池走过,回来时受了很严重的伤。她告诉我们,不论是人族的王侯勋贵,还是门派中修道有成的长老掌门,都不大喜欢妖族。似我们这样什么都不会的小妖,若是进城,怎么死的都不知道。"

梁燕失笑,手指在一侧酒坛上点了点,道:"快将你之前听的关于圣地、人族的话语通通忘掉。"

随后,她身体稍微往前倾了倾,道:"女郎是圣地古仙,身边形形色色的妖鬼如云，犯事的固然会受到惩罚，可我从未听过有哪个被处以极刑，或被带去供人寻欢作乐的。如真像你所说那般，当日你就该死在那座山头上，焉能有命活到现在？"

说罢，她又道："跟在女郎身边，胆子要放大些。今日面对人族都拘束成那样，若是他日面对其他圣地古仙，又该如何？岂不是要晕过去？"

夜色静谧，车辘辘碾过碎石发出的响动便是传入耳里唯一的声音，薛妤将神识放出去，听了会儿后面两个丫头的交谈，又很快收回来。

自她出生起便备受关注，来自身边人或是外界的议论从来没有止歇过，话听得多了，就不在意了。

困扰她的另有其事——

松珩镇压郯都中心城数万妖鬼的法阵、她的父亲以及那只茶妖，大大小小的事情全部都等着她处理。关键时刻，她却被一团诡异的风旋带回到了千年之前。

现在她心里有两种推测：一种是自己落入了松珩和路承泽联手布置的某个术法中，目的是困住她，等外面一切尘埃落定，她再出去也于事无补；另一种是偶然之中，他们三人误打误撞地同时回到了千年之前。

前者只需寻出破解之法，后者情况就复杂很多。而照目前的情势看，后者的可能性无疑更大一些。

如果真像薛妤猜测的一样，这是上天给了她一次重来的机会。

她出身好，从小到大堪称事事如意。事到如今，若要真说有什么叫她悔不当初，唯有救下松珩这一件事。

这些年，松珩一步步攀上顶峰，天下人无不唏嘘感叹，说若不是当日审判台上蒙薛妤相救，若不是之后郯都给的各种助力，怎会有后来的天帝松珩？

往日这些话在薛妤耳里，就像一阵穿堂风，过了就过了，可刀戈相向后再想，这些话，一个字都没错。

没有她薛妤，哪来之后威风八面、发号施令的松珩？

本来，他早该死在那个风雪交加的清晨，死在审判台的五十道雷刑之下。

薛妤长长的睫毛不经意往下压了压，浓而密的一排，心想：若是真的重来了一回，这个时间，松珩应该已经修为尽失，手脚筋齐断，被关在羲和最森严的地牢里跟祟物做伴吧？

三　入山海
　　羲和开

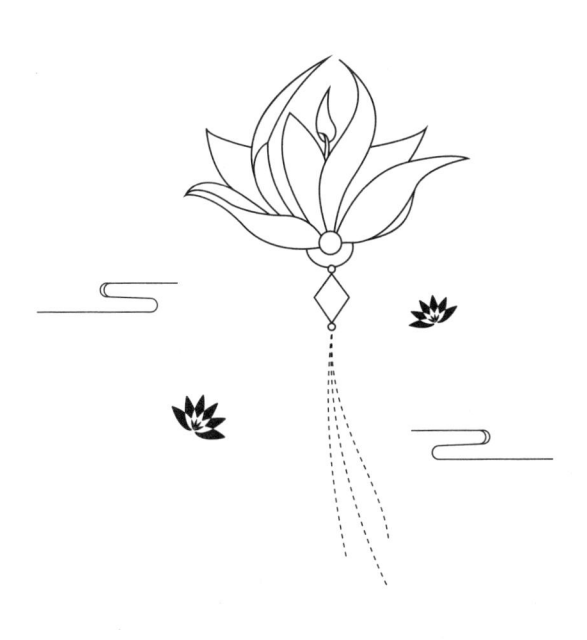

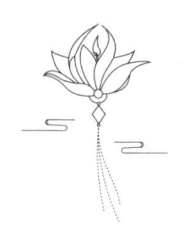

从晋西到羲和,得穿过几座人间城池。在一行人赶路的马车上施了加速法阵,为免吓到凡人,白日始终保持着不快不慢的速度。只有到了夜里,马车才会像风一样疾驰,闪电般掠过郊野、山头和树丛。

如此三五日,他们的马车终于停在了入山海城的关卡前。

此时,离审判台开启还有四天。

入城之后,戴着面具的锦衣使行至薛妤马车前,低声道:"女郎,山海城到了。"

山海城是座大城池,不在人间帝王管辖之内。城里居住的一半是普通人,一半是修行之人。山海城东边比邻是小有名气的修仙之地紫薇洞府,后面则是六圣地之首的羲和圣地,因为这个缘故,即使城中人熙熙攘攘、往来不绝,却依旧秩序井然,很少有寻衅滋事的情况发生。

薛妤在车内"嗯"了一声,问:"父亲那边派来的人可到了?"

锦衣使察觉到周围打量的目光,摁了摁脸上贴得严丝合缝的面具,回:"到了,昨日到的。"

薛妤颔首,用清冷的声音道:"去西楼。晚些让他们来见我。"

马车很快转了个方向,奔往山海城最繁华的中心之地。

羲和在圣地中居首位,素来神秘,许多人只闻其名,却难窥其真面目。其余五圣地辖域极广,普通人想进也无不可。唯独羲和戒备极严,规矩繁多,不说慕名而来的普通人,即使是受邀前来的五圣地之人,也得执身份牌,经过严格验查,方能从西楼后门进入。

西楼是山海城四十七楼之首,白日美酒佳肴不断,一到夜里,数不清的佳人便从一间间小屋里走出来,或陪着客人饮酒,或娇笑着被人拥上三楼,是达官显贵们心照不宣的销魂窟。

外人万万想不到，庄严肃穆的羲和圣地就隐匿在这座声浪滔天的西楼之后。因此，彼此间常有走动的几大圣地在西楼都有另辟的居所。

前脚薛妤的腰牌才呈上去，后脚就被两个穿着锦衣的小童子引上了楼。

"女郎远道而来，我们主家已得了消息，要为女郎备宴接风洗尘。"引路的童子约莫只有七八岁，身量圆润，穿着厚厚的红色小袄，即使郑重其事地说话，也免不得透出一种天真烂漫的情调。

此时天色将黑未黑，楼里却已经热闹起来。薛妤看着楼中一路亮起的各式花灯，眼微微垂了下，声音不疾不徐，似随口一说："你们主家有心。其他圣地的人可到了？"

两个小童彼此对视了一眼，其中一个很快出声："太华的大人离得近，两日前就到了，其他大人都还未到。"也就是说，路承沢还没来。

怕薛妤被楼中寻欢作乐、不知礼数的浪荡子冲撞，两个小童带他们走的曲道，没过多久就停在一处小院前。

"西楼女使们都在院外候着，女郎若有所需，随时听从女郎吩咐。"小童颇懂礼数，朝薛妤稽首后慢慢退下了。

在这样纵情声色、倚风弄月的场所，夜晚往往比白天热闹许多。

薛妤倚在二楼的漆红靠栏边，眼睛往下稍垂，露出半张精致小巧的脸。一眼扫过去，给人一种居高临下的疏离感，可她偏偏看得极认真，半晌眼也不眨。

梁燕引着邺都的人来时，恰好见到这一幕。她愣了一下，想：这位邺都公主于公事上雷厉风行，但有时候却像个事事好奇、不动声色观察尘世的稚童。

"见过女郎。"梁燕身后十几人齐整地朝薛妤拱手。他们穿着深色衣袍，戴着跟锦衣使相似的面具，面具边缘压着一圈浅色的图案，看起来颇为神秘。乌压压的阵仗，一瞧便知是某个古仙世家的人出门。

薛妤收回视线，目光在他们身上转了一圈，片刻后开口道："圣地戒严，我们是被邀之客，凡事当礼让为先，不可寻衅滋事。"

她声线如玉，声音落得不重，年龄又不大，按理说没什么气势，可偏偏能震慑住人。

薛妤其实不常说这样类似告诫的话。她身边大多都是被驯服的妖族，受生死链束缚，规矩得很，而眼前这些要随她一起入羲和的人是从她父亲身边临时调来的，不知道她身边的规矩。

在这世间，各族生灵被分为三六九等。勋贵世家、皇族大姓、修仙门派各占一份，妖鬼之流排最末，除此之外，还有几个十分特殊的存在，圣地赫然在其列。

圣地有六，各司其职，游走世间，铲除邪祟，世代如此。故而圣地在世人心中拥有极高的威望和地位。

出生圣地的原住民被称为古仙，修炼一途得天独厚，不论走到哪里都是被人追捧的存在，时间长了，自然有股不同于常人的傲气。因此，这么多年下来闹出了几桩大风波，各圣地汲取教训，对族人三令五申，严加管教，出门在外的提醒几乎已成习惯。

领头的那个率先抱拳，沉声应下薛妤的话："一切听女郎吩咐。"

薛妤领首。梁燕见状，上前轻声细语补充了几句，而后领着他们退至小院外间的厢房里。

天色渐渐沉下来，先前那两个生得珠圆玉润的小童引着一女子穿过回廊，径直朝薛妤走来。

女子约莫三四十岁，身段丰腴。她穿着件长至脚踝的榴红月华裙，裙摆下缀着一圈圆润光洁的珍珠，随着她走路的动作左右曳动，环佩作响。

"见过女郎。"女子举着扇朝薛妤福身，笑道，"未想女郎今日到，榴娘待客不周，特来向女郎赔罪。"

薛妤听到"榴娘"这两个字时稍稍抬了下眼，对这位将西楼经营得风生水起的幕后老板并不陌生。

"西楼待客一向周到，"薛妤嘴角微动，道，"娘子客气了。"

榴娘摇着扇笑起来，一双勾人的凤眼不动声色地打量眼前站着的少女。能将西楼经营至今，榴娘自然不是一般的人物，别的不说，察言观色和看人这块已经成了潜意识的习惯。

这位邺都公主穿得并不华贵，上身一件简单的交领兔毛小袄，下边搭同色袄裙，看不出似她这样年龄少女该有的鲜嫩活泼，却偏偏生了张极精致小巧的脸。此刻抬眼看她时，那双好看的眼里映着这楼里上下无数盏亮澄澄的灯，流光闪烁，莫名显露出一种与她气质不符的烟火气。

在这楼里待久了、看久了，榴娘眼前最不缺的便是这如花一般的少女。饶是如此，此刻见到这脸、这身段，她仍不由生出一股赞叹之意。而最叫人眼前一亮的，则是薛妤身上透露出的一股韧意，如青草般向上生长的韧意。

这是圣地培养出的传人，担的是除污去秽、拨乱反正的担子，与这楼里娇娇弱弱的姑娘自然不一样。

榴娘含笑收回目光，手中金光灿灿的团扇轻轻朝薛妤前方斜了下，道："楼里姑娘已备好酒菜，女郎请往这边来。"

毕竟在人家的地盘，虽然薛妤无心接下来的推杯换盏，也还是颔首，客气道："有劳娘子。"

两人才要移步，却见前头那两个长得珠圆玉润的小童面有急色地跑过来，两条小腿迈得有如生风。

榴娘见了也不呵斥，等两个豆丁似的人到跟前站稳，才笑道："冒冒失失的，这才几日，先生教的规矩就全忘了？"话虽如此说，却没有什么责怪的意思。

说完，榴娘自然而然地弯了下身，一副洗耳聆听的模样。

小童中左边那个看着年龄稍大些，行事也更有章程一点儿，他见状朝前半步，凑到榴娘耳边，低声说了一长串话。

以修行之人的耳力，即使不刻意去关注，薛妤也还是听到了话的后半段："……赤水的大人们到了，圣子、圣女都来了。"

薛妤抬头，缓缓握了握手掌。

榴娘也有些讶异。她直起身，面色不变，知道方才的话瞒不住薛妤，一边引着她朝左边的小道走，一边索性直言："赤水的客人到了。"

"赤水离山海城远，往常都是掐着圣地开启的点到，在我们这楼里待不了多久。"榴娘顿了下，想起自己身边这位俨然也是个掐着点到的，不由失笑，"早两日来也好，后日山海城有个祈风节，城中居民极为重视。西楼的姑娘们也排了节目，届时我让楼里的小童引女郎前往，就当看个热闹。"

薛妤的心思从来不在玩乐上。她在踏入拐角前停下脚步，像是突然想到了什么，两条细长的眉拧起来，道："烦劳娘子遣人将赤水圣子请来，我有事同他商议。"

六圣地之间有千丝万缕的牵扯，因此常有联系，榴娘并不多问，只是应下。

薛妤拿准的就是这一点。她原本想私下联系路承泽，可很显然，在这座临近羲和的楼里，他们的行踪瞒不过暗地里的无数双眼睛。既然如此，倒不如光明正大相见，这样坦荡磊落的姿态，有心者反而不会多想。

片刻后，薛妤坐在用隔音石另辟出来的厢房里，隔着一桌美酒佳肴，目光落在路承泽那张千年来不曾变化、似乎时时春风得意的脸上。

"马不停蹄地赶路，人才刚到，就听说邺都公主要见我。"路承泽将手边的茶盏转了半圈，嘴角噙笑吊儿郎当地问，"这是怎么了？"

路承泽这样和她说话，若是在千年之前则十分合乎情理。

薛妤是清冷的性情，跟什么人都不热络，平日不是处理邺都事务，就是跟着天机书发布的任务往外跑。她独来独往惯了，即使跟同为圣地传人的路承泽也没什么话说，两人属于那种见了面也不过点点头的交情。这样的情况下，她突然相邀，路承泽确实该有这个反应。

可薛妤不信有那么巧。当日那团银色风旋明明将在场三人全部卷了进去，凭什么就她一人遇到这种事。再退一步说，如果真是这样——那更好。松珩这次必死无疑。

在此之前，薛妤得确认眼前这个路承泽，是没经历过那千年、没跟松珩处成生死至交的路承泽。

时间仿佛化成了黏稠的水露，一颗一颗顺着手指头淌下去。薛妤没放过路承泽脸上任何一丝细微的表情。可他们这样的人，表情管控已经是融于肌肤的一种本能，什么时候该是怎样的神情，没人比他们更懂。

"不是大事。"薛妤脸上全然是一种公事公办的冷淡模样，"上月赤水抓获的十只红线妖，何时移交邺都？"

这实在是小得不能再小的事，以至于路承泽听过之后还愣了一下，压根儿不记得有这么一件事。

六地各司其职，守卫世间。其中赤水负责制定刑律，传召审问，邺都则负责收押妖鬼邪祟，所以两地间常有政务上的往来交接。

看薛妤冷着张脸，一副严肃得不能再严肃的样子，路承泽也跟着打起精神，沉吟片刻后道："我回去催催。只是你也知道，该走的流程都得走一遍，急也没办法。"

说完，厢房中又恢复了安静。微妙的气氛中，谁也没有动筷。

路承泽一向是个话多爱操心的，可遇上薛妤这样不近人情的冷美人，哪怕有心找话题，一时之间也不知从何聊起。他只好拿起手边的琉璃酒盏。那酒才送到唇边，他就听坐在对面的薛妤开了口。

"此次审判台开启，圣子有什么想法？"这话几乎是不留余地的直白。只要路承泽是那个千年后的路承泽，一听便能听出来。

路承泽这口到了嘴边的酒，顿时喝也不是，不喝也不是。

"这样的事，现在能说出个什么章程来？"路承泽竭力显得平静地放下酒盏，他勾着眼露出点笑意，道，"审判台都还没开呢。"

"赤水一向主张严法惩治，不止一次提出废除审判台，要求直接将那些恶徒除之后快。圣子承圣地意志，也有想从上面带人下来的时候吗？"薛妤一只手掌落在膝头，肤色如雪一样白，连带着说话的声音也透出清冷之意。

路承泽知道瞒不过她，但没想到会这么快。从他进来到现在，他们说了几句话，掰着手指头都能数清楚，她却已经用三言两语将他逼到了死胡同里。

厢房内寂静无声，取暖的炭盆里火烧得旺，火光明明暗暗地跳动。

薛妤从摆满菜肴的案桌前缓缓站起身，从上往下地觑着路承泽。她的眼睛很好看，眼光静静落在一个人身上时，却给人一种后脊骨微僵的压迫感。

四目相对，他仿佛听见她在说——装，你接着装。

路承泽深深吐出一口气，终于苦笑着举手投降："早就猜到瞒不住你。"确实瞒不住，即使今日薛妤不找他，四日后审判台开启，只要他开口保下松珩，就会避无可避地被她察觉出来。这根本就是个无解的死结。

薛妤早就猜到会是这个局面，但在得到证实的一瞬，还是从心底生出一种果真如此的荒诞感。

"你别问我，我也不知道是什么情况。"在她开口前，路承泽摊了摊手掌，说话时嘴里有些发苦，"我不过劝了一架，也没动手，结果眼睛一睁一闭，醒来就得知自己在来羲和的路上。"

"你别不信。"他看了薛妤一眼,接着道,"我在赤水的事也不少,困在这里对我而言全无好处。"

路承沢和松珩是生死至交,他话说得再情真意切,薛妤也不会全信。

"那日我进云霄殿前,松珩做了什么?"她看着路承沢,一句接一句地问,"你是否一直同他在一起?"这是在怀疑松珩暗地里搞小动作。

她问的这些,路承沢在才醒来搞不清状况那会儿,就已经在脑子里回想了不下十遍。诚然,谁也不是傻子,"事出反常必有妖"这句话谁都知道,他们不可能平白无故回到千年前。

"我一直跟他在一起。"路承沢长指一下一下敲在桌沿边,眯着双桃花眼回忆,"邺都事发,他知道瞒不过你,那天什么事都推了,哪儿都没去,专程在云霄殿等你。"

"他是个怎样的人,有怎样的品性,不必我多说,你也清楚。"他下意识为松珩说话,"别说暗算人的招数,那日和你动手前,他都是丢了自己的本命剑才上。"

从知道邺都出事,到和松珩对峙、动手,意外回到千年之前,薛妤一直都是清清冷冷的模样,没什么大的情绪波动。她似乎在一夕之间接受并消化了这个消息。但在路承沢话音落下后,她突然抬了抬下颚,像是突然绷不住某种汹涌的情绪,冷冷反问道:"他是个怎样的人?"

"一个劣迹斑斑的阶下囚,筋脉全断、筋骨皆废,之后依仗着邺都续命生存,一步步走到高位……不说回报什么,但能恩将仇报到如此程度——"她猛地动了动睫,一字一句道,"我即使用千年的时间去养条狗,也不至于如此。"

路承沢从未见过这样的薛妤。

他和松珩玩得好,跟薛妤的关系也不差。他们这样的身份,难免会有一起接天机书任务的时候。跟松珩交好之后,他跟薛妤更是好几次结伴而行,说起来也是危难时候可以交付后背的战友,久而久之,彼此也有几分了解。

她是典型的面冷心热,话不多,不是咄咄逼人、恶毒刻薄的性格。想一想也知道,能一直纵容松珩那种大好人、大善人秉性的,心地能差到哪里去?骨子里的教养也让她说不出多么难听的话。这真是头一次。

"薛妤。"路承沢沉默了半晌,坦诚道,"这件事发生后,我想过你的反应。"

"我承认,这事落在谁头上,谁都得生气。"他停下来斟酌了下言辞,想不明白似的抬头打量薛妤，"可我没想到你反应这么大。你一向冷静，照理说，即使有乾坤珠在身，也不会托大到要跟子珩以命相搏的地步。

"邺都扣押的那些妖鬼精怪生性凉薄放肆、无恶不作，哪个手里没几条人命？别说只是被封，即使全部消亡，对你、对邺都而言，不过如同清空一个负债累累的躯壳，影响微乎其微。"

他语气松了些："子珩固然有错，可千年的感情，朝夕相处，你和他之间，怎至于为那些东西走到这一步呢？"

薛妤冷眼看他，闭合的窗牖下映着外面楼中影影绰绰的灯影，有一两缕橙红的光跃上她的眼皮，她被闪得闭了一下眼。

看，伤不在自己身上的人都不会觉得疼。

松珩可怜，松珩情有可原，他是大好人、大善人，即使违背仁义、恩将仇报，也是为了苍生着想。所有人都应该体谅他、原谅他，包括薛妤。

"路承泽。"薛妤不想再浪费口舌和他说那么多，她弯了下唇，语带凉意，"审判台开启后，他生不如死之时，你记得帮我问一问，他怎么就因为区区一只茶妖将我得罪至此？"

说完，她垂着眼拢了拢袖，转身散开结界，离开厢房。

厢房内，路承泽眼里的疑云被那句"茶妖"击得烟消云散。如果松珩封禁邺都妖鬼是因为别的原因，那薛妤这样的反应确实有些不合常理，可偏偏是因为一个女人。在举世皆知他和薛妤是一对的前提之下，这让薛妤的面子往哪儿搁？换成谁，谁能不气，谁能不心寒？

路承泽想想接下来的局面，不由扶着额慢慢叹了口气。

夜深之后，西楼越发热闹起来。

薛妤等人被安排在三楼住着，来回行走伺候的是榴娘精心挑选过的人，动静小，手脚轻，个个都是机灵能干的模样。

轻罗和梁燕就在小院门前挂着的花灯下等着，见她回来，一前一后迎上去。

梁燕在薛妤耳边轻声道："女郎，方才我们探查过了，赤水这次来的人不少，明面上有三十多个，暗里还不清楚，由圣子路承泽与圣女音灵带队。"

薛妤顿足，点了下头示意自己知道，旋即她目光在梁燕脸上滑过，紧接着落到难掩紧张忐忑的轻罗身上。

没见过世面的小妖顶不住压力，薛妤还未说话，轻罗发丝间就"嘭"地冒出了一双耳朵，耳尖朝后压着，一副受了惊的模样。

薛妤默了一瞬，在小妖跪下来请罪之前开口："传信给朝华，让她去查邺都大牢里是否关着一只茶妖。"

万物有灵，相对于生来就有凶性的豺狼虎豹，人们对这种吸收天地精华而成的花草树木、霜云雨露总是免不了生出一两分亲近之心。于是这样的精怪若是机缘巧合拜入某个正道门派中修习仙法，便会得人称一句"小仙"，若是没有那种机缘，凭本能修习妖法，便是"小妖"。

松珩口中的"茶仙"，说白了就是一只修了术法却犯了事被关进邺都的小茶妖。据说，松珩前去邺都，最初只是为了找这个人。他是在听了那茶妖的话之后，突然决定出兵邺都的。

能诱得松珩大开杀戒，薛妤是真想见识见识这只茶妖的本事。

轻罗愣了愣，回过神来颤声回了个"是"。

薛妤走后，梁燕从身后托了下轻罗的脊背，有些好笑地看着她呆滞的表情，道："干站着做什么？女郎吩咐了事，还不快去做？"

轻罗手忙脚乱地掏出腰间联系人的灵符，才要点燃，手指尖又停了下来。她睁着一双圆溜溜的眼，有些迟疑地问梁燕："可是……女郎为什么……"

梁燕含笑拍了下她的肩："你没有父母，又没有什么可以投靠的亲朋好友，若是让你走，你能去哪儿呢？"

在山海城这种修士和人族各占一半的大城池，一只连耳朵都控制不住的小妖，出去基本上只有死路一条。所以即使现在的她是个累赘，什么也不会，女郎也愿意给她一次机会，将她留在身边做事。

像是知道她在想什么，梁燕眼神柔和下来，道："等你跟在女郎身边时间久了就会知道，女郎的心肠比谁都软。"

轻罗捏着手中燃起来的灵符，重重地点了下头。

薛妤吩咐完事情，并没有在自己房里久待，很快便像一阵风一样出了西楼。

天地一线，银月如钩。整座山海城像潜伏在雾气和夜色中的巨兽，安静盘踞着。二月末的风一阵接一阵吹过街市两边干枯的银杏枝头，吹得枝干相撞，噼啪作响。

薛妤足尖轻轻一点，跃上西楼房梁，朝后望去。视野中是空荡荡的一片，一盏灯、一簇火光也没有，像是有什么东西强硬地将这块地方和热闹非凡的西楼隔开了。

那便是羲和圣地。

羲和向来神秘，规矩颇多，行事一板一眼。因为神树扶桑和圣物天机书扎根于此，羲和即使嫡系和支脉人丁凋敝，但在天下人眼中还是一等一的特殊，圣地之首的位置从未变过。

如今圣地尚未开启，薛妤进不去，也看不到被关在大狱里的松珩。

不知道当惯了高高在上的天帝，早将万物生灵的命视为草芥的松珩，再一次回到命运被他人掌控、玩弄的时候，会是怎样的心情？

这一次，即便路承泽能救下他，但在疾恶如仇的赤水，他松珩能获得怎样的栽培，得到几分重视呢？

路承泽再想帮他，能怎么帮？把自己的圣子之位让给他当吗？

入住山海城的第二天，城中天气突变，原本已经有些回暖的气温陡然下降。一场夜雨淅淅沥沥下到清晨，花草的叶子表面覆着一层蒙蒙的霜，街头巷尾出门采买的人又裹上了厚厚的袄子。

西楼的白天留给了啜饮清茶的文人雅客，不同于纵情声色的夜晚，白日大多时候都静着，只偶尔飘出几句压低了的交谈声。

自夜里回来之后，薛妤就没再出门，开始专心疗伤。这具身体在与狼妖周旋时受了点轻伤，前几天她心底疑云重重，又忙着赶路，所以没有及时沉下心仔细查看身体状况。直到昨夜见到同样摸不着头脑的路承泽，薛妤才明白，她回不去了，至少短时间内没办法。

对于这件事，她接受得快，并没有产生惊慌或不安。不论从哪个角度看，比起在羲和大狱里苟延残喘的松珩，她都无疑占据了绝对的上风。

只是从头再来，摆在她面前要她处理的事绝对不止审判台一件。

她是邺都公主，生来就是清清冷冷、不爱热闹的性格。不像同龄的宗门贵女，总喜欢新奇漂亮的东西，她的时间大多花在钻研灵阵和处理邺都事务上。除了这些，就是出门捉拿棘手的妖鬼精怪。日复一日，年复一年。

在此之前，她得保证自己的身体状态。

这次的伤并不严重，薛妤体内紊乱的气息在用了几颗恢复的丹药之后慢慢平息下来。

薛妤掐着时间打开房门的时候，山海城的祈风节已经过了，距离圣地开启只剩几个时辰。

梁燕在外间的长廊上轻声细语地跟人确认着进圣地的事宜，事无巨细，一遍又一遍，生怕有遗漏的地方。她身为妖族，没有身份牌，是没有资格跟薛妤进羲和圣地的。

轻罗轻手轻脚进了屋，一张标志的鹅蛋脸因为紧张憋得有点红。她看着薛妤时乌溜溜的瞳仁缩成一条窄狭的线，但比上回好些，至少没控制不住露出两只小猫耳朵。

"女郎。"小妖垂眉顺眼道，"早上，邺都传来了回信。"

薛妤手里握着一卷上古残阵图，在听到这话时眼神闪烁了一下。须臾，她抬眼，将竹卷放到身侧，问："如何？"

轻罗精神一下抖擞起来，在最初的磕绊之后渐渐将话说利索了："朝、朝华大人来信说，连夜查过邺都大牢，没发现有被关着的茶妖。"

"大人说，一般花草树木成精的小妖心地良善，鲜有存害人之心的，即使犯事，也都是些微不足道的小事。他们被管束之后并不在狱里关着，而是放到山脉中打杂做事。"轻罗将这两天背得滚瓜烂熟，基本跟朝华一字不差的话重复道，"大人还说，她亲自去山中看过。因为惹事进来的茶妖确实有几只，不过没有修仙法的，都是懵懵懂懂、顽皮捣蛋的小刺头，还未成年呢。"

对这个结果，薛妤不觉得意外。

千年的时间，邺都大牢里进进出出的妖鬼数之不尽，一只修仙法的茶妖，如果没犯什么性质恶劣的大事，根本不会被关那么长的时间。

就算真发生了什么大事，主抓这一块的薛妤也会从下属的禀报里得知详情。而她对此全无印象，这就证明那只小茶妖是之后犯了事被抓进去的。

薛妤长指微动，低低地应了一声，目光落到几步之外僵着脊背站得笔直的小妖身上。

她常常独来独往，不喜欢每次出门呼啦啦被一大圈人簇拥着，一是嫌吵闹，二是办事不方便。当初让轻罗跟着也是因为急着赶路，没时间安顿这只涉世不深、胆子又小的小猫妖。

千年前，审判台开启后，轻罗被她放在了一个依附邺都的小门派中。她实在太忙了，等再次想起去留心过问时，小门派的弟子名册中已经没有了轻罗这号人。

当时她只是拿着那本名册，仔仔细细地从头看到尾，看完后沉默了一段时间，却没有问什么。问了也无济于事，人族有多排外，薛妤再清楚不过。

她救不了那么多人，也无法凭一己之力改变他们根深蒂固的观念。说得越多，问得越多，便越觉得自己处于一种无能为力的境地。

猫妖有一双圆溜溜的眼睛，前几天里面还全是惧怕和警惕，今天就已经带上了试探和亲近之意。

薛妤不说话，她也不敢说话，屏着气连呼吸都小心翼翼的。胆子明明小成这样，却敢在那头狼妖眼皮底下悄悄放人。

"做得不错。"迎着轻罗一瞬间亮起来的眼睛，薛妤失笑。她摩挲着竹卷不平的边缘，像是在仔细思量着什么。

良久，她开了腔，问："愿意跟在我身边吗？"

像是命悬一线的人脚突然落了地，轻罗竖起来的瞳孔一瞬间缩到极致，而后慢慢变回原来的样子。

"愿意。"轻罗忙不迭地点头，连连说着一听就是梁燕教给她的话，"能跟在女郎身边伺候，是轻罗的福气。"

"你在山里长大，不懂人世间的规矩，这些尚不要紧，日后跟着梁燕慢慢学。"薛妤知道她年龄小，听不懂拐弯抹角的话，便明明白白摊开了讲，"但跟在我身边，有两条规矩一定要记着。

"一是不论何时,不论何事,不论面对何人,不能枉断,不能滥杀。

"二是邺都不容许背叛。"

说起背叛,薛妤不免又想起松珩。那时将松珩从审判台上带下来,她也曾这样郑重其事地问过狼狈不堪却感激带笑的少年,愿不愿意跟在她身边做事。

不得不说,清俊温和的少年郎确实迷人。他是形形色色的人群中,薛妤见过的最特殊的那个。都说男子当冷静、理智、果决,但薛妤不这样认为,她独独欣赏少年如水般柔软的心肠。

忆起往事,薛妤勾了下唇角,拉出一个轻微的带着嘲意的笑。

轻罗才要应声的一瞬,窗外突然风声大作。西楼后方灵气喷薄而出,很快将周围数十里全数笼罩进去,像一条横空出现在天穹上的河流,气势汹汹,声势浩大。

薛妤屏息感应,而后起身。流光溢彩的珠穗系在她盈盈的腰身上,长长的裙边从座椅上扫下来,像一朵徐徐绽放的花。

"羲和。终于开了。"

四

审判台
救妖鬼

羲和隐匿最深的大狱。

黑暗在这里化成了黏稠的水,一点儿一点儿将属于人的气息蚕食、吞噬,任何一点儿微弱的动静都会被放大无数倍。

数十个巨大的囚笼宛若一个黑漆漆的巨洞,里面死寂一片。明明关着人,却看不清人的轮廓,只有传出铁链拖行的动静时,才能捕捉到一些微弱的呼吸声。

这里关着要上审判台的人。一共十六个。

松珩就被关在其中一个囚笼里。从他莫名其妙回来,到被关在这个伸手不见五指的大狱里,已经有四天了。

他手脚筋齐断,体内就像个戳破气的皮球,全身上下的经络都在叫喊着疼痛。他身上仅仅披着一件破布似的长衫,上面的血色还未干透就已经染上了新的,颜色深得辨不出原来的样子,还散发着一股腐烂稻草的味道。

这是他第二次身处这样深的黑里,第二次受这样重的伤。他过往的人生仅有一次这样的苦痛。他当然知道自己这是在经历怎样的事,又重新回到了什么样的时间点。

从生杀予夺的天帝到人人鄙夷的阶下囚,不过只是睁眼闭眼的时间,中间那努力朝前爬的千年,就像黄粱一梦。

这些天松珩反反复复发烧,瞳孔涣散时总是想起薛妤的样子——清清冷冷,绷着小脸,偶尔笑起来却如稚童般纯粹。想到最后,浮现在眼前的,却总是她气极、不遗余力要杀他的模样。

松珩不止一次苦笑,心想:莫非这是因果轮回的报应吗?她曾那么信任我,我却从背后捅了她一刀。

和松珩关在一起的是一个少年,年龄不大,一脸看淡生死,即使死亡的气息日日逼近也没受什么影响。看管他们的人来送饭时，他总是第一个开吃。

被关在这里的都不是什么好人，即使同在一个囚笼里，谁也没精力、没心情多说话。

这样的情况一直延续到大狱里突然照进亮光，隔得极远的守卫处传出交谈的话语声，整座大狱才像是终于苏醒了一样。周围开始响起接二连三的铁链拖动声和含糊的拖得很长很细的说话声。

松珩跟着抬头。

"圣地开始迎客了。"他身边的少年挑了下眉，眉尖凝着红色的血痕，看上去无辜又瘆人。但他自己却不以为意，随意一擦后伸了个懒腰，浑身铁链跟挂了铃铛一样叮当作响："审判台终于要开了。"

他这话说得和"终于可以去死了"没什么差别，语气中甚至隐有期待。

松珩不由侧目。

"欸，你别看我。"少年笑嘻嘻的，他生了张干净明媚的脸，出去放到哪儿都是富家小公子的模样，即使落魄成这样也不显得寒酸，"说得好听，审判台会给我们一次机会，可关在这里的哪一个，在做那件事之前想不到自己的结局？"死路一条，没得逃的。

"你长得这样斯文秀气，修的还是仙法，犯了什么事被抓进来的？"少年笑起来，唇边现出两个小涡旋，看着年龄更小了，像是才成年没多久。

见松珩皱眉抿唇不说话，他也没多问，无所谓地耸耸肩，道："被关进来的人中，我只知道个名气最大的，叫溯侑。"

那少年扫了松珩一眼，摇头道："你应当不是他。"

许是被关的时间太长，气氛太沉重，松珩也想说些什么来压一压心底那种无处释放的压抑。他张了张嘴，发现喉咙干哑，重重地摁了摁之后才勉强发出声音："为何？"

"据我所知，他样貌盛极，天生一副好风骨。"少年看了眼松珩，后者生得清风朗月，典型的君子长相，好看归好看，但称不上"盛极"二字，"前段时间闹得沸沸扬扬的云散宗灭宗的事，你知道吧？就是他干的。"

"他天赋高得惊人，引得羲和判定的执事都起了忌惮之心，险些不让他上审判台。"少年耸了下肩，又补充道，"不过这上不上的，也没什么差别。只可惜这次没和他关在一起。"

许是这段记忆太深刻,即使时间过了千年,松珩也还是能清楚地记得,那年的审判台,包括他在内,一共有三个人被带走。

少年口中的这个溯侑有没有活下来松珩不知道。他只记得其中一个的名字。

远处依次有紧绷着脸的执事进来将人带走,松珩看了看少年的侧脸,突然开口道:"沈惊时。"

少年蓦地抬头,细细看过松珩两眼后笑了下,很有几分顽劣孩童的模样:"你怎么知道我的名字?莫非我也和溯侑一样出名了?"

前来押人的执事动作还算轻,可能是怕受过刑的他们撑不到审判台上就闭了眼。

松珩跌跌撞撞走出囚笼的前一刻,在经过沈惊时身边时低低说了一句:"你会活下来的。"

按理说,这对即将上审判台的他们来说是最令人宽心的好话,可沈惊时听到后脸上的笑却宛若变戏法一样,一下子落了下来。

郲都派来的人训练有素,在羲和开启前一个时辰就收拾好了东西,在长长的描着金色碎影的廊边等着。羲和一有动静,随时可以出发。

西楼今天很热闹,喝茶吃酒的人一坐下来就跟生了根似的,茶续了一杯又一杯,眼神过一会儿就往没什么动静的三楼飘。

山海城是一个藏不住消息的地方。审判台开启,目的就是为警醒世人,因此不论是心有憧憬的修士,还是单纯随大溜看热闹的年轻人族,全都早早收到了这个像风一样传遍全城的消息。

正值客满,榴娘带着几个小童婷婷袅袅上了三楼。她换了身衣裳,束着腰,衬得胸前丰腴,眉间一颦一笑全是动人的风情。

三楼住着的不止薛妤一个,太华和赤水的人也在,几方势力各自为营,队伍整整齐齐排列着。

一眼看过去,唯有郲都的人最特殊,个个脸上戴着青面獠牙的铁皮面具,连眉眼都遮得严严实实。

好在在场的人不是头一次看这样的景致，稍稍瞥过后便习以为常地错开眼。

薛妤踏出房门的时候，北荒和昆仑的人才到。

"被困在荒山了。"昆仑领头的人是掌门首席弟子陆秦，他将手中的剑挽了个漂亮的剑花，藏于鞘中，身上尚带着赶路的匆匆之色。

他理了理衣襟，笑着冲大家解释道："前段时日恰好和北荒接了同一个任务，那精怪修为不弱，且会隐匿之术，我们很是费了一番功夫才降伏，险些错过羲和开启的时间。"他长相并不出众，气质却令人如沐春风，因为脾气好，所以跟谁关系都不错。

他和路承泽互敬过礼后笑道："从前都是我们来得早，赤水和邶都掐着点到，这次怎么全积极起来了？"

薛妤和他互相颔首，目光落在一来就安静充当木头人的北荒众人身上。

六圣地中，北荒常常是最不管事的。上一世，北荒的这两位佛子佛女就没来。薛妤三人回到千年前，无疑让很多事情发生了变化。

"佛子、佛女。"榴娘上前行了个迎客礼，美眸中含着笑，话语中也带着稀奇的意味，"难得见两位一起来。"特别是审判台这种场合。

榴娘话音才落，灵力沸腾翻滚不休的羲和突然平息下来，像是有人往咕噜噜冒泡的沸水中加入了冰块，紧接着，一座巨大的门户缓缓现身在众人眼前。

见状，陆秦朝榴娘一笑："麻烦娘子了。"

榴娘说了声客气，转身接过小童递上的玉牌，往漆红的墙柱上不轻不重地一摁，这座缀满人间灯火的西楼终于向世人显露出它独特的一面。

只见整个西楼楼顶从中而开，居于楼中的人抬眼便可见天穹。无数飞檐瓦片像是被根根丝线扯着停滞在半空，现出一种错落的别致感。许多穿着素雅、提着香炉的童子鱼贯而出，立于两侧。

"圣地迎客。"榴娘立于一边，视线透过羲和那扇巨大的门，凝滞在更深处。她朝薛妤等人伸出引路的手势，高声道："诸君请。"

薛妤一步横空，身影快速穿过圣地之门，匿入更深的雾色中。

这次跟着薛妤进羲和的人中，除了她父亲身边的人，还有个熟悉的面孔。

"臣上月成年，在姐姐手下领了个差事，管百众山外围的琐事。"朝年紧跟在薛妤身侧，道，"臣先前陪女郎来过一次圣地，听说女郎这边缺人，于是便自告奋勇来了。"

朝年是朝华的弟弟，不同于姐姐的稳重，他更活脱。比起战战兢兢的小妖，他更敢和薛妤攀谈些。

"你不是嚷嚷着打死也不管百众山的事吗？"薛妤眼中掠过圣地无数重山水，听到这里，侧目问了一句。

朝年被她这么一问，忍不住伸手挠了挠头，有些不好意思地道："姐姐说先给我个差事练练心性，若是这个都干不好，就别想着旁的了，全是白日梦。"

薛妤忍俊不禁，很浅地勾了下嘴角。

朝年往周围一看，发现都是上次见过的熟面孔，各圣地的接班人，除了北荒。

"女郎。"他怀疑是自己看错了，压低了声音问，"佛子和佛女都来了？"

薛妤"嗯"了一声，算是肯定。

朝年顿时讶异地睁圆了眼，声如蚊蝇："那这次审判台，岂不是有大半的人会活下来？"佛度众生，最看不得的就是这种人命在眼前消亡的场面。

既然看不得，那就不看。上次审判台开启，北荒只是意思意思派了个人来，全程目不斜视，压根儿不往下面扫一眼。这次却不同，佛子佛女一同亲至，再加上那许多北荒弟子，怎么可能再像上次那般视而不见。

朝年缩了下脖子，想想接下来可能会发生的画面，又道："赤水和北荒不会打起来吧？"

这两个圣地，一个讲究以法治恶，一个讲究慈悲为怀；一个负责扣押审问、严刑逼供，一个负责普度亡魂、安抚众生。两地不论表面关系如何，背地里总是会起摩擦，彼此互不认同。这一点从两地传人从未在一起接任务就能窥出一星半点儿。

"你小瞧北荒的心境了。"薛妤随着接引童子一路向前，声线冷静，"北荒是个清静地，不代表从里面出来的人都见不得杀戮。"

朝年不知听懂了没，总之点头的动作十分熟稔："女郎说得都对。"

跃过一处山水，审判台的轮廓隐约出现在众人眼前。

出来招待他们的是羲和颇有名望的一位长老，道骨仙风，眯着眼笑起来说话时很有一番老年人的慈善意味。他上前征求薛妤等人的意见："一切准备就绪，审判台何时开启，全看诸君意思。"

薛妤不动声色瞥向路承沢，心道：一心想尽快将松珩保出来的你怎么会愿意再等呢？

果不其然，路承沢皱了下眉，率先开口："尽快安排吧。年关一过，我们都有事要忙，没法儿在审判台耗太长时间。"

确实。年关一过，去年没能完成天机书足数任务的，通通要赶在五月前补齐。看看薛妤，以及才赶过来的昆仑、北荒等人就知道。

因此，这个提议很快得到了陆秦的支持。一身白衣的剑修苦笑道："我同意。若再被我抽上几个难缠的角色，我今年的任务又要完不成。"

这句话显然戳到了其他几个人的心坎上，谁也没有提出异议。

羲和的长老见状，了然地抚了抚长须，道："既如此，请诸位上审判台。"

一路到山脚下，长长的阶梯连上天穹，像从山脚悬上山巅的一根细线。薛妤一步步走上去，越朝上，神情越冷。

审判台边一个挨一个站着身穿银甲的执事，脊背笔直，神情肃穆。审判台周围悬着许多面云镜，将四周情形照得纤毫毕现。这些云镜连接着世间各处，今日这里发生的情形，很快就会传到闹市小巷的街头巷尾。

审判台十九道台阶之上，列着数张宽大的道椅。在道童刻意拉长了的唱报声中，薛妤等人一个接一个落座。

没过多久，铁链碰撞的叮当交错声由下而上传来，像是有什么沉重的东西踉跄着走来，一声一声闷而低地叩击在人心上。

路承沢忍了忍，依然没忍住去看了眼薛妤的脸色——毫无异样。

她将神情控制得那么好，既看不出任何心软不忍之色，也没有落井下石的快慰之意，仿佛她和松珩当真不相识，他们之间也没有那互相欣赏信任、羁绊不断的千年。能拥有这样的心性，不愧是薛妤。

十六个人依次被押上台阶。

圣地里尚处于冬日，山顶云雾厚重，长风吹来寒意。被强硬摁在台上跪着的十六个人齐齐垂着头，手腕粗细的铁链捆住他们的手脚，每个人身上的囚服上标着数字，奴隶似的供人挑选。他们每个人都是鞭痕累累，气息奄奄。

有数名羲和的弟子捧着整理出来的小册本井然有序地行至台上几张道椅旁。停留在薛妤身后的弟子将手册奉上，细致而恭敬地讲解："殿下请过目，上面记录着台下囚犯的姓名、画像、经历与所犯之事。"

这些东西薛妤前世已经看过一遍了。

她凝着眉，没有去接那本手册，而是抬了抬下巴，清声道："让他们抬起头来。"

下面跪着的人均被废除了修为，又受了严重的伤，无法也无力反抗，很快都或高或低地仰起了头。十六个少年，十六张迥异的脸。

透过缭绕的云雾，松珩一眼就看到了薛妤。他落魄狼狈得不成样子，但脊背依旧是挺直的，看不出有求于人的殷切姿态。

她依旧是记忆中的样子，只是千年前的她更柔软些，精致的脸上还带着点少女的灵动，一双眼像是含着云山上的雾霭，朦胧又迷离。只是她看向他时，眼神显得格外冷淡，格外无情。

在薛妤的视线淡淡挪开后，面对鞭刑也不曾变脸色的松珩缓而轻地握了下拳，一股说不清道不明的滋味几乎是不可遏制地涌上心头。

不同于路承泽心存侥幸的"情侣间闹闹矛盾哄哄就好"的想法，松珩了解薛妤，所以比谁都清楚——薛妤很聪明，也很果断，同样的错误不会再犯第二次。

她不会再朝他伸出手，不会再施舍他丁点儿善意。她巴不得他去死。

薛妤身边坐着的是那位北荒佛女，名叫善殊，在座六人，只有她将那本手册仔仔细细从头看到了尾。合上手册后，善殊侧首，轻声问羲和的弟子："哪个是溯侑？"

弟子抬手指给她看。

薛妤听了动静，顺着方向看过去。

滴水成冰的冬日，少年仅一身单薄的囚服，囚服上用朱笔勾画了个"一"字。他眉眼间淌着血，被执事摁着肩强制跪着。即使是这样的姿态，少年浑身上下依然像是满满当当长着一万根荆棘反骨，凶得像只受了伤的小狼崽子。

察觉到有人看他，少年抬眼，他深黑的瞳仁里像是装满了冰块，寒意惊人，戾气横生。

薛妤愣了一下。

他长了一副令人失神的好样貌，不似同龄少年郎一样意气风发、清风朗月的姿态。他的容貌堪称惊艳，五官甚至胜过女子的精致，即使是轻扯嘴角的恶劣嘲讽动作，也透着一股惊心动魄的勾人风情。

薛妤见过形形色色的少年，单纯的容貌还不足以让她失神。

她看了看身边的善殊，又慢慢低头看了眼手中的名册，目光定在"溯侑"两个字上。现在她和善殊并不熟悉，但在前一世，善殊后来算是她少有的能说说话、谈谈心的朋友。

对"溯侑"印象深刻是因为有一次，善殊联合昆仑接了一桩很棘手的任务。任务结束后善殊没回北荒，而是去见了薛妤。

薛妤犹记得善殊那时的神情，是一种难以形容的被人牵动的难过。那夜，薛妤和她肩抵着肩，听她一字一句地说："对峙三十余日，那只妖鬼的怨念终于被我们捉住了……我佛家心经已经突破到二十七层，却依然度化不了他……我看了他的记忆……"

"阿妤。"善殊说，"如果早知道一只妖鬼要承受世间这样的恶意，当年那场审判会，我会去的。能救一个，是一个。"

现在的善殊不知道百年乃至千年后会发生的事，但薛妤知道。可薛妤皱着眉，并没有出声。

一朝被蛇咬，十年怕井绳。薛妤不得不承认，她怕遇见第二个松珩。

善殊也没有出声。这样的场合，即使她和佛子都来了，其实也做不了什么。

众人对北荒的印象大多停留在大好人的层面上，他们固然可以救无辜的凡人，却不能在无数双眼睛下对这些犯下大错的人施以援手。

另一边，像是知道薛妤铁了心不会再搭理松珩，路承泽不得不一边皱着眉一边在自家人不可置信的眼神中点名救下了松珩。

除此之外，一名叫沈惊时的少年被陆秦点名留下。

审判会到这里，已经接近尾声。其余十四人的头顶上，一道接一道叠加的雷电若隐若现，此时已经有几个人心如死灰地闭上了眼。

那名长老站出来，刚拖着长长的调子说出"结束"二字时，一道清冷女声突兀地响起："等一下。"

众人侧目。

在数十双眼睛的注视下，薛妤的睫毛上下急促地扇动了两下。接着，她伸出长指，点了一个浑身都流淌着恶意的少年，道："我要他。"

不可能上第二次当的薛妤犯了和千年前同样的错。她又从审判台救下了一个人。

薛妤话音落下的瞬间，松珩蓦地抬眸，面色刹那间白如纸张。

"我要他"，区区三个字，落下的效果却宛若一声惊雷，变的不只有松珩的脸色，还有左右两侧或诧异或好奇的注视。

这审判台选人说起来，不过是各圣地来做做样子。因为被押上来的都是犯下死罪的恶人，身为圣地传人，他们自然不会对这样的人怀有什么怜悯之心。可既然有这么个形式，如果一个也不选那就成了诓骗人，所以例来的规矩是意思意思挑一个出来。

薛妤不爱管这些，北荒的人更只是来凑个数，赤水则巴不得将他们全部处以极刑，以儆效尤。所以这个任务，就毋庸置疑地落在了昆仑首席陆秦的身上。

但这次却出了两个意外。先是疾恶如仇的赤水开了口，再是最清冷没人气儿的薛妤跟着留人。难道太阳从西边出来了？

朝年也觉得难以置信。等审判台一落，周围数百面云镜撤下后，他顿时憋不住地扭头，低声问："女郎，咱们真的要他吗？"别不是指错人了吧？

他看着下面跪着的十六个人中，就这个最凶，别说有悔改之意了，浑身上下都充满了一股不服的戾气。

薛妤美眸微垂，不高不低地"嗯"了一声，听不出是怎样的情绪。

善殊被这一声引得看过来。

生长在佛洲的佛女坐得安宁，行事说话都是婉婉有仪。她将手册递给身边羲和的弟子，思忖半晌，同薛妤交谈起来："来前，我与佛子关注过云散宗灭宗之事，缉拿此子时，亦有北荒之人在场。此子心性不差，若好生教化，将来是个可用之人。"

薛妤手腕微动，在腕骨上挂着的玉镯从衣袖里露出来。她朝善殊颔首，道："我曾听父亲说，佛女生在佛洲，修有世间最玄奥高深的心法，格外能感知善恶。有佛女这句话，我也算安心了。"

其实彼此都清楚，这不过是往来间的客套话。能上审判台的人，再善能善到哪里去呢？更别说还是灭宗这样的事，一听就足够让人毛骨悚然。

善殊弯着眼笑了一下："若这样说，我看女郎才是在座最心善之人。"

因为身份相当，在场诸位其实常有联系。诚然，在善殊眼里，谁都有股浩然之气，可在这股正气之下，到底各有不同。就像她也没想到，赤水那位人缘最好、整日快快乐乐跟谁都能谈天说地的音灵圣女，拥有一颗坚若磐石的道心；而世人口中冰冰冷冷、常年只有一种表情的邺都公主，却有着连佛子都不及的柔软心肠。

善殊不是外向的性格，薛妤更不是，两人略略聊了几句后便各自歇了腔。

没过多久，薛妤等人离座，三三两两地从审判台下来。圣地里有弟子来请他们去各处观光。

一下来，音灵就翻脸了。

"路承泽，你脑子进水了吗？"她脸上花一样的笑变戏法似的消失，"整个审判台，就你最出息是吧？"

陆秦看了看路承泽，又看了看一脸生人勿近的薛妤，也好奇地道："今天你们一个两个都有点反常啊。怎么，这次审判台是有什么说法吗？"

"能有什么说法？"音灵天生一张小圆脸，训斥路承泽时几乎带着娇蛮的意味，"这下好了，又得陪你挨训。"

路承泽被她无赖的说辞气得笑起来，他点了点自己的鼻尖，道："又陪我挨训？到底每次是谁被谁连累，大小姐您心里真是一点儿数没有啊。"

"你真是吵死了。"音灵提着裙摆躲到陆秦和太华圣子身边，对路承泽的说法很是不满，"你自己看看瞧瞧，哪家圣子像你这样话多。"

路承泽深深吸了一口气，他也没见过像音灵这样的圣女。

七个人的小队里有三名女子，一个薛妤，出了名的冷美人；一个心善如水的佛女，平时也不怎么说话；唯有音灵，蹦蹦跳跳、吵吵闹闹的，全然就是她这个年龄少女该有的样子。也因此，平时大家都对音灵更包容些，把她当妹妹一样看待。

陆秦急忙出来圆场："其实这样也好。来前我师尊还说，若是有合适的、真心悔改的苗子，不妨多带两个下来。这些年审判台上，你们都不吭声，每回都是我敷衍似的点一个下来，有些人对此颇有微词。"

音灵睁大了眼，讶然问："怎么还有谁觉得我们点少了，有意见不成？"

陆秦苦笑着道："可不是！有人觉得既然有这个审判台，给人一个弃恶从善的机会，又何必总做这样的形式？若真一个都不想选，那就干脆废除这个形式，免得叫人怀着重获新生的希望又破灭。"

音灵听完，当即冷笑起来："这可真是灾祸没落到自己头上来，总有人闲得没事，竟替那些人说起情来。"

"审判台的规矩是扶桑树亲自定的，我们左右不了，更谈不上废除。"陆秦安抚完音灵，又道，"我适才是看承沢带了一个，才没有再开口，不然还要再带一个下来。往日总是我苦恼该怎么安排他们，今天也让你们发发愁、着着恼。"

陆秦的话只是为了救火解围，可谁知真有人顺着这话接了下来。善殊朝陆秦歉意地笑笑："既然如此，那少年若是对昆仑无大用处，少掌门能否将他让给我？"

"谁？"陆秦愣了一下。

"适才你点名的少年，是叫……"善殊回想了下，有些迟疑地开口，"沈惊时？"

"这是为何？你要他做什么？"陆秦好奇地追问，觉得今日这几个人个个都有些反常。

善殊身后跟着的锦衣女使适时朝前一步站出来，解释道："不瞒少掌门，我家女郎修炼至瓶颈，正需要这种天赋不凡又背负杀孽的少年做引。若是能成功度去他心头仇恶，这场修行便算功德圆满了。"

"原来如此。"陆秦点了下头，"佛女开了口，我岂有不应之理。那人由你们带回北荒便是。"

善殊感激地道了声谢。

一行七人，四个说话的在前面走着，三个沉默不语的在后面各自想各自的事，气氛冷得跟结了冰似的。

前面行过一个岔路口，前头音灵和路承沢等人的说话声又大起来。

薛妤像是终于忍受到极限了一样，她拧了拧眉，道："我还有事，不便多留，先走了。"

"这就走？"音灵手指点了点群山笼罩处的比试台，语气比挖苦路承沢时友善很多,"不去看看羲和弟子如今的实力吗?"

她声色收敛时,当真是个养在深闺中娇憨天真的小姑娘。薛妤对这样的女孩摆不出怎样的冷脸,她稍顿了顿,木着脸道:"我去年,一个任务没接。"

这下不只音灵,连陆秦等人也一下子支起耳朵看过来。

"一个都没?"陆秦惊诧地问,像是不敢相信一样。

薛妤寒着张俏脸点头:"来前完成了一个。"

其余几人顿时都露出或明显或隐晦的怜悯神情。

陆秦道:"这要是才完成一个的话,倒也……不必着急了。"

身为圣地传人,天机书每年会下发任务到他们手里,他们再从中随机抽取四件,每一年半交次差。完成的人,可以在五圣地中任意挑选一件称手的秘宝;完不成的人,则要被当众点名,缴纳巨款。

现在距离任务结算只剩三个月,薛妤才接了一个任务,接下来随便抽到个棘手的,就基本不可能完成了。

他们从小接触天机书,年年都是这样过来的。前一年懒散,后半年便火烧眉毛般才解决完这里,又要赶去那里。

薛妤抿了下唇,言简意赅地回道:"试一试。"

前世她运气不好,抽到个棘手的任务,直接耗掉了大概两个月的时间。时事虽然常有变化,但重来一次,该做的事薛妤依旧不会怠慢。

"其实我也还有两个未完成。"陆秦笑得有些不好意思,"去年昆仑招新,事儿多,没顾上这边。"

"行,那就此别过。"

薛妤点头,毫不拖泥带水,扭头就走的姿态看得陆秦咂舌:"这位邺都公主的脾气,我可真是从来都看不懂。"

路承泽眼神晦暗地扫过浩浩荡荡远去的一行人,心想:不只陆秦看不懂,就连我这个相识千年、好歹打过数回交道的朋友,都没有一次猜中过她的心思。就比如这次,谁都没想到她会突然开口救下一只妖鬼。

再比如,她现在对松珩到底是怎样的态度?之后是令邺都中途截杀,还是留有旧情听之任之,他一样都摸不明白。

溯侑没想到他能从审判台活着下来。

前来领他的人戴着青面獠牙的铁皮面具，衣上遍布绛色弦纹，行事作风间无不透露着六圣地一脉相承的倨傲。他们看他如看垂死挣扎的蝼蚁，眼神淡漠凉薄，透着呼之即出的厌恶。

负责看押他的羲和执事粗暴地扯断他手脚上的锁链，许多受刑时的伤口又迸出血色，伤势严重的地方皮肉都翻卷起来。

溯侑神色毫无波动。这样的眼神，这样的待遇，他看得多，也经受得多，早练就了一副不以为意的心性。

一只妖鬼，能活着就不错了，还想要被当成人看待吗？白日做梦。

那名执事尽职尽责地告知来人："此子生来逆骨，凶性未除，还请转告女郎不要轻信，切记留心。"

"无妨。"邺都来人看了执事一眼，"一只废了修为的妖鬼，女郎能让他做什么？能被发配到荒山等死都算是他的造化。"

那名执事放了心，道："我还有事要忙，这妖鬼你先带回去吧。"

秦呈大掌一伸，才要抓着溯侑的衣领上天，就见远处有一人急速穿行而来，定睛一看，是在薛妤身边办事的朝年。

"秦呈叔留步。"朝年行至近前，仔仔细细看了眼溯侑，道，"女郎有令，传他面见。"

秦呈下意识皱眉，朝年却提前堵了他的话："再耽搁时间，女郎要等久了。"

面对其他人秦呈固然可以仗着圣地原住民的身份阳奉阴违，可朝年与他身份相当，上头还有个姐姐在族内颇受重用，风头正盛，他自己又在女郎身边做事……朝年客气地叫他一声叔，他却不能借此拿乔。

秦呈松开溯侑的衣领，将适才那执事说的话重复了一遍。

朝年点头，笑得客气："秦呈叔放心，女郎自有考量。"

说完，朝年带着人腾空而上，飞速朝圣地出口前行。不过片刻，那座仿佛撑起天穹的巨大门户便近在咫尺。

溯侑从审判台侥幸捡回一条命后，有人给他清洗过。说是清洗，其实就是提一桶凉水劈头盖脸浇到身上，全然不管他现在只是凡人血肉之躯。之后狱卒便把他那身囚服换成深蓝色的粗制麻衣，其余连根发簪也没给。可即便如此，朝年还是不止一次将目光转落到他身上。

先前他还不理解，为何自家女郎会在最后一刻点下这个人，现在仔细想想，许是女郎看上了这张脸。这世间少女，哪有不喜欢模样周正的小郎君？女郎平时再冷静，做事再沉稳，本质上也还是个正当花季的少女。

朝年一面不动声色地想，一面扭头对木桩子一样一声不吭的溯侑说："你适才也听人说了，救你的是我家女郎，邺都公主。"

黑发遮掩下，溯侑青黑的瞳仁里满是嘲讽之意。审判台上坐着的那些人，个个摆着高高在上的姿态。他们什么事也没经历过，只是仗着生来好命，嘴巴一张一合就能断人生死。他们哪会将妖鬼的命当命呢？

朝年不知道他心中所想，接着道："我们女郎性格好，心地良善，只要你痛改前非，不再犯事，邺都自有你的容身之所。"

在上云散宗之前，溯侑曾一路摸爬滚打在人间闯出了点小名气。得意时，他身边也围着几只爱热闹的小妖，闲着没事时就爱讲讲各地出名的人和事。

圣地传人个个众星捧月，名气大，即使他对这些并不感兴趣，但多年下来过耳的也有不少。邺都公主薛妤是他们谈论得最少的一个。这位女郎面冷、话少，出门在外并不讲究排场，非必要场合根本不露面，实在是没什么好拿出来说的。

审判台上，在世人眼里以慈悲为本的北荒都没开口，这位负责扣押妖鬼邪物的公主得有多大的善心才会向一只妖鬼施以援手？是看上了他的内丹，还是看上了他这张脸？

清风朗日下，少年的肤色白得几近透明，手背上细长的青筋格外显眼，衬上他那张因掺杂妖鬼血脉而格外妖异的脸，现出一种无法用言语形容的单薄病弱之感。

像是即将面临什么好玩的事，他恶劣地扯了下唇，想：那位"大发善心"的小公主若是想要他的内丹，他就自爆；若是看中了这张脸，他就将这张脸毁掉。

这些人想在他身上得到的，一样都得不到。

五

反骨妖鬼 终有人怜

薛妤出羲和的时候，残阳余晖正往海底沉。

有许多人仰着脖子往天上看，人群熙熙攘攘，一层一层挤着。许是等得久了，众人终于看到了动静，交头接耳的议论声纷纷传开。

薛妤不喜欢抛头露面，她略略扫了眼下方的盛况，蜻蜓点水似的在空中落了一下，一圈泛开的涟漪在众人眼皮底下漾开。下一瞬，她人便已到了西楼里。

她身段纤细，白衣楚楚，凌空微渡时腰间系着的流苏荷穗全随着风飘动起来，因为冷着脸不苟言笑，这样的神情落在人们眼中，便更有一番端庄大气的风度。因此哪怕她只露了几面，仍然在人群中引发了许多议论。

"刚刚出来的是谁？是哪位高深的神仙？"有妇人抱着孩子出来看热闹，一面好奇一面又喃喃道，"这样年轻，长得还这样俊哩。"

她身边站着的恰是一位小修士，听到这话笑着回："婶子，方才那位是圣地的圣女。"他才接触修行之道，对圣地这样的场合了解不多，只知方才出来的人身后跟着那样长串的队伍，身份必然尊贵，但他却辨不出她的具体名姓。

后头有人接过话头："应当是邺都公主。"

"音灵圣女更活泼些。佛女出行则是佛童开道，梵音落地。唯有邺都公主叫人知道得少，但听闻她稳重庄持，不苟言笑，正应了方才的样子。"

"还好有圣地这样的地方出了他们这些人，不然我们哪有现在的好日子过？"妇女往上掂了掂孩子的屁股，又摇头，"这里一窝妖，那里一堆怪的，想想都瘆人。"

"……"

诸如此类的话语一路从西楼外传到了西楼里。

薛妤闪身进西楼三楼的时候，榴娘正倚在红漆金纹的柱上，手里提着一个小巧的银酒壶。她眼眸半眯，一张懒洋洋的美人面朝着圣地那扇大开的门，不知道在想什么。

听到动静，榴娘迟钝地回头。看见薛妤，她眨了下眼，很快收拾神情笑起来："女郎来得早，出得也早。"

"审判会结束就回了。"薛妤的视线从榴娘手里提着的小巧酒壶上滑过，道，"我还有些事要处理，恐怕得多在西楼叨扰一晚。"

"说什么叨扰不叨扰的。我们这西楼，女郎想留多久便留多久。"榴娘将酒壶交给身后的小童，青葱般的长指点了点身后建得和皇宫别苑一般的深门大院、环廊游檐，道，"这三楼就是专门为圣地留的，闲杂人士上不来，平时冷清得很，一年到头也热闹不上一两回。"

"羲和戒严，经年累月不开，我们都盼望着能进去瞧一瞧。"榴娘周身漾着馥郁的酒香，细腻的腮上泛起两团胭脂般的红，"女郎怎么这么快就出来了？"

薛妤对这位风情万种的西楼老板并不反感，她顿了顿，道："待着也没趣。圣地看多了，都一个模样。"都是千重山、万道水，还有处理不完的大事小事。

"也是。"榴娘往楼下看，"人人都说我这西楼是快活销魂地，其实只有自己待久了，才知是什么滋味。"

薛妤侧目。审问妖鬼的次数多了，时间长了，她拥有着常人难以想象的直觉。

这位榴娘，身上笼罩着很重的愁绪，确实不是简单的人物。但薛妤不关心这些，只要对她没恶意，没有事犯到她手上，她一概不费心神插手。

两人略略说了几句漂亮的场面话后，薛妤转身回了自己的屋子。

薛妤刚回到屋中，梁燕便迎上前，表情郑重地道："女郎，朝华大人传信，百众山深夜有异动。"

薛妤坐到宽椅上，长而纤细的指节落在茶盏上，眼睛都没抬一下，问："这次是哪两个？"

梁燕不敢看她的脸色，沉默了一会儿，才垂着眉开口："是……句芒和陵鱼。"

不怪薛妤无动于衷。梁燕跟在薛妤身边，听到这样的消息没有一百回也有八十回。"百众山有异动"这六个字一开始令人心惊胆战，后面听的次数多了，天大的事她也不再大惊小怪。

"谁先动的手？"薛妤问，"炸了几座山头？"

"朝华大人说，是陵鱼看不惯句芒整日在他眼前晃荡。加之昨夜月圆，陵鱼脾气格外暴躁，句芒一去，就打起来了。"梁燕如实禀报，"炸了两座山头。"

薛妤听完，原本落在茶盏上的手指搭在了额心处，她摁了两下，语气格外冰冷："告诉陵鱼，他要是再敢惹事，殿前司剐了他的皮。"

跟百众山众妖打架一样屡见不鲜的，还有薛妤这句话。众妖初听时心中发怵不已，后来见犯事的大妖顶多挨一顿揍，过后活得比谁都滋润，再听这话时，众妖就没什么惧怕情绪了。

朝年带着受伤颇重的妖鬼进来时，听到的就是这么一句凶残的话。

溯侑不无意外地垂了垂下颔，长而顺的黑发落在脸颊两侧，遮住了他整张脸。

他像是从地狱里爬出来的人。几个细微的动作，一个不经意的角度，溯侑脸都没露，落在他人眼里，就已经是十二分的狼狈和弱势。此刻，他宛若受了伤的惊弓之鸟，跟审判台上那个又凶又横的狼崽子判若两人。

薛妤目光落在他身上。

朝年朝前一拱手，道："女郎，人带到了。"

从审判台将人带下来后，薛妤考虑过应该如何安排眼前之人。所谓吃一堑长一智，再想她像从前栽培松珩一样栽培一个人是绝不可能了，可既然救了，放任他自生自灭或是直接拘禁在邺都，那还不如不救。

"我看过你的资料。"薛妤摆了摆手，制止了朝年要将人强制摁着跪下来的举动。

她看了眼天色，言简意赅地说："我问，你答。"

长如飞瀑的发丝间，那只妖鬼的头点了下。

"灭云散宗之前，知道自己会面临什么吗？"薛妤问。

溯侑没有立刻答话，他像是许久没有开口了，又像是在慢慢斟酌言辞，片刻后才吐出两个字："知道。"

不得不说，与这只妖鬼一身反骨不符的是他生了一张令人动容的脸，以及一副干净清冽的嗓子。许是妖鬼都知道怎么诱惑人心，怎么最大程度利用自己的优势。

溯侑想，若是她对自己别有所图，这个时候也该露出真正的目的了。

圣地传人要个男人而已，想看的时候看看，不想看了就丢开，实在不是什么大事。在审判台上当着那么多双眼睛做做样子就行了，下了审判台，一个废人，不值得日理万机的公主殿下费心编织什么借口。

"被圣地捉拿之前，你的修为已经不低了。云散宗只是个名不见经传的小宗门，为了杀几个人，赔上自己的命，你跟他们之间有无法消泯的仇怨吗？为什么？"薛妤条理清晰，一条一条说下来，堵住了他所有说"不是""没有"的机会。

这次溯侑沉默得更久。薛妤不说话，也不催他，但很明显要他回答。

"他们编排我。"溯侑吐字很轻，脸微微抬起一点，露出线条流畅的下颌和白得发光的半边脸，稍一偏头，便有两抹如山峦般的锁骨在衣领间若隐若现。他的语气说是答话，更像是某种底气不足的抱怨。

他的眼睛很好看，瞳仁颜色极深，看人久了，会给人一种深情专注的错觉，再稍稍垂下睫，就是无辜和柔弱结合在一起。他还很小的时候，便是靠着这项本领引得一对人族夫妇起了恻隐之心，将他抱回家，一口一口喂米糊糊才活下来的。

善诱人心的妖鬼用余光观察薛妤的反应。

薛妤依旧坐得端直，脸生得小而精致，可惜这样的脸时时绷着没有多余的表情。她一双眼睛清清冷冷的，出人意料的干净和纯粹，寻不出一丝半缕溯侑意想之中的贪图和占据之意。

得了这样一个答案，她只是点了下头，又问："双亲可在？可有亲朋好友？"

溯侑眼神很快阴翳下去，他垂着头欣赏自己手背上根根交叠的青筋，话语一字一句从嘴里往外蹦："无父、无母。"

薛妤短暂地顿了一下。诚然，她不是可以任人糊弄的草包，上面几个问题的回答，她一个字都不信。唯有这句，她觉得是真话。

"你天赋悟性极高，又是上过审判台的人，我不能放你离开。"这一次是灭宗，放回去之后再惹出一桩什么惊天动地的事，不只他自己，连她都要被诘问，"手册上说你修的是妖法，若是帮你续好经络，我希望你修习圣地或人族术法。"

溯侑爬满嘲意的嘴角有瞬息的凝滞。

"半年内我不回圣地，会在人间游走，你跟着我，练练心性。哪日我觉得你足够理智冷静了，哪日你便自由了。"薛妤看着下面站着的妖鬼，他很高，身子颀长，看着乖顺，实则内里每一根骨头都是反着长的。

"在这之前，我需要你服下玉青丹。"玉青丹是圣地管控妖鬼常用的丹药，服下去之后并不会影响行动和修炼，平时不痛不痒，只是吃下它就等同于将自己的性命交到了别人手里。若是他服下丹药，薛妤一念之下，他便会成为一具尸骨。

说得严重，可对现在的溯侑来说，其实没什么区别。薛妤想杀他比踩死一只蚂蚁还容易，根本不需用这些外物。从头到尾，她都没对他那张脸表露出任何一点儿别样的心思。

"我不瞒你，你现在已经长出妖珠，想要转道修仙法会比别人艰难数倍。这玉青丹你可以不吃，可若这样，我不会帮你解开禁制，更不会替你续接经络，你只能是个凡人，也只能生活在百众山。如何选择，你自己思量。"薛妤心善，但不是善心泛滥，他若是不按她的规矩来，她不会管他。

另一边，朝年朝溯侑递出一只白玉瓶，瓶口一斜，一颗药丸滚落到溯侑掌心中。

溯侑自进屋起第一次抬起头，露出全脸。四目相视，他仔仔细细地观察薛妤那双眼——有严肃，有清冷，唯独没有对妖鬼的不屑和对生命的轻视。

就像他所想的，她没必要编鬼话骗他，也根本不需要。

"好。"他很快低下头，轻声应了一句，白得过分的指节捏着那颗药丸送入嘴里。

二月末，春寒料峭。可赤水回程的队伍中，气氛比天气还冷。

山海城是大城池，亦属于明文禁令不得御空飞行的城池之一。想要进出这里，除了徒步，就只能借助车马之力。

赤水的马车上篆刻着法阵，一路疾驰生风。风声萧萧，车内却很安稳，感受不到一丝颠簸。

音灵的车驾走在最前面，甩开别人好一段距离。

后面那驾马车里只坐了两个人，赫然是路承泽和才得以活命的松珩。

"行了，也别想那么多。"路承泽拍了拍松珩肩头，将疗伤药散推到他跟前，道，"你现在养好身体最重要。"

松珩脸色极白，整个人看起来孱弱又疲倦，扯着嘴角笑起来时怎么看都是一股逞强的姿态："你放心，我都有数。"

"还都有数。"路承沢看了看他崩开不知多少回的伤口，道，"我提醒你一句，你现在可不是战无不胜的天帝，这具身体经不起你这么折腾。"

"我知道该怎么做。"松珩道，"不是第一次经历了。"

正因为不是第一次经历了，回忆和理智都告诉他，现在他该做的是吞下疗伤药散，闭上眼好好梳理身体中紊乱的经络。这样等回了赤水，路承沢出手给他续上经络时会方便迅速很多。

可他一闭上眼，眼前闪过的都是薛妤点名留下那个少年时的画面，他静不下心。他想不明白，是真不明白。

"啫。"路承沢见他这副模样，不由得摇了摇头，从袖袍里拿出一本手册推到他面前，"看看吧。"

顾念他手上没一块完整的肌肤，路承沢贴心地替他翻页，修长的食指落在其中一页的小像上，道："薛妤这次救的是一只妖鬼，资料都在这里，你自己看看。"

"你记不记得，除你之外，上一次活下来的是哪两个？这个溯侑可有在里面？"路承沢问。

"太久了。"松珩皱着眉摇头，道，"我只记得有个叫沈惊时的——这次被陆秦救下来的那个。"

当事人都不记得，路承沢更不记得。

"其实不只你，我也不明白。"路承沢哼了一声，流光熠熠的凤眼里现出些不解之意，"就算要选，她选谁不好，非选个灭人满宗的，还是只妖鬼。我看来看去，若说这只妖鬼有什么值得一说的，就只有那张脸了。"

翻完溯侑的，松珩默不作声翻到自己那页，才要看下去，听到路承沢这句话后，他无声地屏了下呼吸。视线再落到纸张上的时候，他一个字也看不进去了。

"我从前没问过你。"路承沢顺着他的视线往下看，开口道，"看看别人进审判台干的都是怎样骇人听闻的事，你倒好，还跟皇宫中人扯上关系了。那位王爷干了怎样人神共愤的事，让你这样性格的人都非要杀他？"

虽说圣地位特殊，自称古仙，可这世间说到底还是以人为本。皇宫是人权最集中之地，拥有千万年积攒的底蕴，圣地和皇族一向是互相敬重，井水不犯河水。

修士杀人其实并不少见，这世上每天死去的人数不胜数，寻常一条人命不足以惊动圣地，不足以让他被押上审判台。可松珩杀的，是拥有皇族血统的亲王。

此事一出，天子震怒，下令以举国之力缉拿他。若不是扶桑树的神念选中了他，这会儿估计已经被千刀万剐，尸骨无存了。

只是这样一来，路承泽更不好跟族里交代。

"我已经想好了说辞，你到时候配合一下就成。"路承泽说，"你当年跟着薛妤也不止一次到过赤水，我那里的环境虽然比不上羲和与北荒，但比邺都还是强上不少，灵气充沛。你有功底在，重修不是一件难事。"

松珩朝外远远看了下，半响，温声道："承泽，多谢你。"

"你我之间，说什么谢？但子珩，我说句实话，你别不爱听。"路承泽迟疑半晌，斟酌了下言辞，说道，"当年我就提过，你和薛妤，可能真不合适。

"确实，她身份尊贵，配谁都绰绰有余，即使你成为天帝，她依旧是最合适的天后人选。可邺都嫡系到了这一脉，就她一个女孩，从小独挑大梁。想一想她手底下压着多少妖鬼就知道，要坐到那个位置，不论是手段，还是性格，都需要十分强势。

"这就注定了薛妤不可能依附于人，她自己足以独当一面。你呢，看着脾气好，心地良善，实际上也执拗，认准的事掰不过弯来。"

说完，路承泽长长地叹了口气，又接着道："这男女相处之道，大多互补。我强势些，你就柔软些；你心软些，我就果断些。两个都身居高位，又都藏着事不说，喜欢自己解决，怎么处得长久？

"就比如那只茶妖，还有邺都的事，明眼人都能看出不是那么回事。我问你，你不说，薛妤问你，你也不说。这能怎么办？别人想为你说话都找不出说辞来。"

松珩疲倦地闭了下眼，哑声道："总有一天，她会理解我。"

"承泽，只有经历过那种绝望的人才知道……"他说到一半，觉得疲惫似的停了话语。

路承泽竖着耳朵听到一半，追问："知道什么？"

松珩又将那页手册翻到记录着那只妖鬼的一页，久久没有说话。

只有经历过绝望的人才知道，薛妤的那一句"我要他"，对他们来说意味着怎样的希冀和温暖。

路承泽说得没错。他成为天宫之主时，和薛妤之间已经出现分歧。他们屡屡发生争执，谁也不肯让步，于是离得越来越远。后来出现的小茶妖，还有邺都封印，只是一根让两人彻底决裂的导火索，问题其实早已埋下。

可哪怕事情走到今天这一步，他也从未想过要和薛妤分开。拥有过那种温暖的人，再想放开，难于登天。

松珩闭了下眼，再说话时，已经又是从容温和的样子。他扫了眼溯侑的小像，道："薛妤不是会为色所动的性格，她这样做，必定有自己的考量。

"等到赤水，我就开始闭关。往后千年，我们还有很多事需要做。"

夜色悄悄爬上天际。街道两边吆喝的贩夫一个个歇下，开始张罗着收拾东西回家。而西楼里，随着夜色渐深，人越来越多。

西楼的灯一盏盏亮起来，姑娘们抱着琴和琵琶娇娇俏俏地走到台上，一曲才落，一曲又起，下面是浪潮般的叫好声。

无边的热闹里，薛妤准备给溯侑续接断掉的经络。

朝年和轻罗立于两侧，屋里的圆桌上摆放着形形色色的药瓶和药散。

"这次出来，我身边跟着的都是涉世未深的小妖，他们不懂这个，只能我出手帮你接。"薛妤解下身上的披风，轻罗立刻上前接过。

灯火下，她指了指地上垫着的绒毯，言简意赅："坐着。"

溯侑垂着眼不说话的时候看着很乖、很听话，谁也想不到这样乖顺的外表下藏着随时准备暴起伤人的尖利爪子。薛妤让他坐，他就乖乖坐过去。

服下玉青丹之后，朝年带他重新梳洗过，换了身像样的衣裳。出来时，溯侑那张脸越发出挑，比楼下受万人追捧的头牌姑娘还要勾魂。

此刻他端端正正坐着，柔顺的发丝垂到耳际，长指根根分明，指尖不深不浅陷入绒毯里，样子格外纯良无害。

轻罗就站在梁燕旁边，见状，第二次悄悄压低了声音问："梁燕姐，女郎救下的这人，真不是狐妖吗？"比小雨村山头上那只成精的狐狸生得还漂亮。

猫妖自以为低着嗓子含糊了声线，其实周围人听得明明白白。其他人没有动静，听了就当没听到，只有梁燕笑着摇头，好脾气地回："快别问了，打扰女郎做事，小心被罚。"

胆小的猫妖"嗖"的一下竖起了耳朵，将嘴闭得严严实实。

薛妤在溯侑身后坐下。

一瞬间，眼前这只伤痕累累的妖鬼看似收敛干净的刺又猛地冒出来，脊背和腰腹绷得极紧。

薛妤冷声道："以后还想修炼的话就收心。"

溯侑很轻地握了下拳，眼里全是雾霾似的阴翳。

他命途多舛，生来多疑，根本不可能对任何一个人付出半分的信任，可现在这种情况，他不得不信她，这种滋味难受极了。

察觉到溯侑慢慢放松了身体，薛妤十根长指交叠在一起，而后在下一瞬陡然拉开。无数根莹白的雪线层层绕绕从她指尖涌出，感知到主人心意，它们争先恐后涌入前面那具瘦削的身体里。

"有点疼。"薛妤没有丝毫动容，淡声道，"忍着。"

溯侑最不怕的就是疼。

圣地出手不留余地，溯侑体内经络被冲得七零八落，很难恢复成原状。即使薛妤是最能从细微处着笔的灵阵师，但根根修复起来也是个考验耐性的细致活。

筋骨重塑的痛，薛妤没经历过。可上一世，即便是松珩在经历这个过程时，也忍不住闷哼了几声。

但溯侑没有。他全程咬紧牙关，一声没吭。这只妖鬼，确实如手册上所言，拥有着远胜常人的毅力。

进行到最后关头，薛妤骤然加力，数不清的雪线轻柔地覆盖在溯侑的肩头、发丝以及每一道伤口表面。

在难以承受的剧痛中，溯侑能感知到那些在圣地刑房中受过的伤在一点点崩开，又被那些雪线轻柔牵扯着愈合，再崩开，再愈合，像是进行拉锯战一样，最终以缓慢的速度恢复了原样。

在外伤痊愈后，他断裂多日的经络也终于传来酥酥麻麻的痒意。

就在这时，薛妤暂时收手，侧首看向朝年，道："拿药来。"

服药是续接经络的最后一步，也是最关键的一步，关系着以后的修炼路途是否通畅。

"来了来了。"朝年将早就准备好的药递上来，道，"臣才去城里的药阁转了一圈，买的这个。"

"三春丹？"薛妤只看了一眼就认出来，她扭头看了看从头到尾咬牙死撑一声不吭的妖鬼，皱眉道，"不用这个。我们出来带的七彩丹呢，还有吗？"

"啊。"朝年愣了一下，而后才倏地反应过来，手忙脚乱去翻灵戒，道，"有，还剩两颗。"

随后，他翻出一颗浑圆的七彩丹，小心地放到薛妤掌心中，再看她用气劲碾碎，一掌拍进溯侑的身体里。

屋里的妖像是受了某种震动，全部沉默下来。

满身雪丝下，溯侑极慢地垂眼。他不是什么都不懂的妖鬼，所以他才清楚地知道，那位"别有所图"的圣地公主，给他用了最好的丹药。

半晌，薛妤收手起身，看着端坐在绒垫上长发曳地的妖鬼。她抬手不着痕迹地摁了下发胀的眉心，开口时，话语里依旧没什么波澜："他这儿还需要些时间，朝年，你看着。"

朝年应声道："是。"

门"嘎吱"一声朝外推开，女子轻柔的脚步声渐行渐远。

溯侑慢慢睁开眼，他的肩上、手上仍挂着霜白的丝线。神识恢复的那一刻，他感知到的第一个画面，便是薛妤摁眉心的样子。

她的脸色近乎处于一种病态的白，俨然是消耗过度的样子。

他以为她至少会等他睁开眼，彻底苏醒，再冷漠告诉他，自己对他施舍了多大的恩情，而后顺势敲打、警告，让他切记知恩图报，从此为她所用。

可她没有说什么。一句也没有。

说给他接经络，就真的只做这件事，做完就走，毫不拖泥带水。

这样的人，这样的身份，既不贪他的色，也不觊觎他的内丹。那她从审判台救他，亲自为他续接经络，给他用最好的药，是为什么？一只修为全废、身份低微的妖鬼，连那颗为他用掉的七彩丹的价值都比不上。

朝年将之前准备用的三春丹装回瓶里，又将玉瓶放回房里的那张大圆桌上。

叮当一声响终于将轻罗的魂拉了回来。她看了看气息比之前强劲数倍的溯侑，又伸长脖子看了看薛妤离开的方向，自言自语道："我以后一定听女郎的话。"

她顿了一下，去看梁燕："我从未见过像女郎这样……"她的声音含糊地低下去，后面几个字没能蹦出来。

屋里的人却一下子懂了她的意思，包括才恢复经络的妖鬼。

溯侑慢慢站起身，黑而顺的长发晃动着，乖巧地落在耳侧。他掀了掀眼皮，一双好看的桃花眼里风华潋滟。

他也从未见过这样的人，于是也想象不到，传闻中手握大权、镇压无数妖鬼的邺都公主，竟然是这样的。

六

四星任务

寻尘世灯

薛妤走出房间，绕过一根根绘着飞天神佛的红漆柱，在西边环廊处停了下来。这里视野开阔，垂眼就能将热火朝天的下两层看得清楚分明。

一楼搭起的看台上坐着两位眉眼相似但又风情迥异的姑娘。一个抱着琴低吟浅唱，一个起身伴舞，身姿曼妙。看客们兴起，鼓掌叫好，声潮如海浪般涌上来。

楼里的小童得了榴娘命令，见她感兴趣，便上前用童声稚气地介绍："女郎，这两位是楼里的浅析、浅露。她们是双生姐妹，一个善歌，一个善舞，因为二人才情出众，所以很受山海城中富家公子们的喜欢和追捧。"

薛妤回头，见小童长得圆润，身高虽只到自己大腿，但说起话来却老练得很，像模像样的，不由顺着说下去，问："你们娘子和羲和圣地做了交易？"

她以为得不到回答，不料那小童眼睛一下子睁得圆溜溜的，有些诧异地道："那是自然。女郎竟不知吗？"

薛妤换了个姿势，摆出一副愿闻其详的样子，就听那小童倒豆子一样将自家的事倒出来："这事发生时我还未出生，但听楼里的姐姐们说起过。当年羲和圣地里出了点状况，导致灵气外泄，波及了城中许多无辜的凡人。圣地一时间又没有立刻解决的方法，于是出手造了一座楼，又出来了几个人跟当时山海城中的酒楼老板们见了一面。我们娘子就是在那时带着姑娘们过来的。"

薛妤听故事似的听完，道："那还真是挺稀奇。据我所知，羲和一向不与外人合作。"

那童子抬起一张肉嘟嘟的脸，全然是一副懵懵懂懂的样子。薛妤没有再问下去，转而听他说起楼里其他出名的姑娘。

听到一半，薛妤的袖口突然传来一阵热意。她微愣，手探进去一摸，摸出了一卷小小的卷轴。

那小童见此情形，十分懂事地福了福身，随即退到廊外伺候。

卷轴展开只有手掌大，正面四个边角处各描着不同的人物。上方一角为抱着琵琶飞天的女仙，另一角为慈眉善目的老者。这两人被描得活灵活现，通身细节全由金纹勾勒，给人以如沐春风之感。相比之下，下方两角描着的人就格外淡，除却其中一人身后拖着的长长羽翼稍显眼些，这两人竟连面容都看不清。

除却这四人，卷轴正中间还写了三个字——天机书。

薛妤自幼跟天机书打交道，对这情形再熟悉不过。她只是瞥了眼天机书正面的人物，很快就将卷轴翻了个面。

若说看正面这卷轴平平无奇，背面便显露出它奇妙精巧的一面。数十列小字密密麻麻透过卷轴，浮至半空，字多而不乱，隐隐泛着灵光。

薛妤伸手在卷面上拨了拨，那一面的字便很快隐没，换了新的字。

这一幕在薛妤眼中再熟悉不过，甚至都不需要深想，她的手指就已经像是有自己的意识一样连着滑过好几页，最后停在其中一列最惹眼的红字上。只见那上面写着——

晋西边陲，小雨村，狼妖作祟。

正是之前薛妤降伏的那头祸害生灵的狼妖，死去有近十天了。

薛妤点了点那列字，下一刻，那列字凭空消失在了卷面上。与此同时，像是完成了什么任务似的，她雪白的手腕上缠着的一根银色丝线无风自燃，眨眼就消失在空气中。

天机书是世上数一数二的奇异之物，真身供在六圣地中最神秘的羲和内。而似薛妤这种圣地传人的身份，抑或是某些名门正派的关门弟子、长老、掌门等，手中大多都有一份这样的小卷轴。这些卷轴便是从天机书真身中分化出来的小化身。

卷轴囊括万象，各地发生的棘手事皆在其上。前辈们非大事不出手，年轻一辈却都有明文规定的数额，一年下来，怎么也得接几回任务。

薛妤记得，她救下松珩这年，因为前一年待在邺都，一个任务都没有接，导致一年半的任务叠加到后几个月里。所以今年元宵一过，她就带着人去了小雨村。这也导致现在虽然完成了一个任务，但卷轴却没有立刻合拢消散，而是像等待什么似的停滞在半空中。

薛妤皱眉，思索片刻后伸手点了卷轴两下，上面很快涌现出千万点灵光。无数列字在她面前快速跳动，最后凝成数十列摆在她眼前。

她没有一列列细致地看，而是动作熟稔地摁了下天机书最尾端缀着的灵力光点。那数十列字顿时匿迹，只剩一句。

薛妤定睛一看——

紫薇洞府，东侧海域，尘世灯丢失。

薛妤看到"尘世灯"三个字时，就无法克制地皱起了眉。她将天机书往正面一翻，在看到那意料之中的四颗星时，沉默了许久。她好像永远抽不到轻松简单的任务。

音灵是圣地传人中手气最好的。一星、两星的任务排着队往她那里跑，除她之外，其他人难易参半。

只有薛妤，两星从未抽到，三星任务成堆，四星总喜欢在时间紧迫的时候来雪上加霜。四星一来，这一年的任务她别想完成了。

像是知道她怎么想的，那卷小小的卷轴催促似的小幅度跃动起来，发出嗡鸣的声响。

薛妤冷眼看着天机书，好半天没动。

直到天机书彻底老实安静下来，她才终于动了下手指，慢吞吞地落在那列字的正中间。在她接下这个任务的同时，一根银色丝线绑上她的手指。随后，卷轴上灵光消散，继而化为小小的一卷，"啪嗒"一声掉入薛妤的掌心中。

"去把人都叫过来。"薛妤回到房间，对守在门口的轻罗道。

没过多久，梁燕等人就聚集到了一起。

"女郎。"朝年很快迎上来，脸上都是跃跃欲试的神色，问，"我们是要去完成天机书任务了吗？"

"嗯。"薛妤应了一声，道，"梁燕，你去通知我父亲派来的人，这里没他们的事了，让他们即刻回邺都。"

"是。"

薛妤的目光在几人中转了一圈，看向兴致勃勃的朝年，问："你要跟着一起？"

"我跟着女郎。"朝年一本正经地答，"姐姐在我来前再三嘱咐，让我寸步不离地跟着女郎，保护女郎。"

"保护我？"薛妤一双美目扫了扫自告奋勇的少年，问，"你现在，筑基几段？"

屋里站着三名女子，朝年被薛妤这样当面揭穿，有些不好意思地挠头讪笑。

"准备一下，天亮之后我们动身，去紫薇洞府。"薛妤道，"在这之前，梁燕、轻罗，你们去楼里走动走动，查探一下有关紫薇洞府的东侧海域，还有尘世灯的事。"

几人郑重其事地点头，才要离开，又被薛妤叫住。

"朝年，给皇宫透露消息，刺杀人族亲王的贼子被赤水的人救走了。"

朝年一惊，但察觉薛妤的脸色并不好看，他也不敢多问，拿出联系的灵符就去安排了。

等人三三两两散去，房间里只剩下薛妤和才接好经络的溯侑。

"需要我做什么？"方才他们都在的时候溯侑一言不发，只垂着眼听。他两只骨节齐整的手落在两侧，第一眼总给人一种好欺负的错觉。人一走，他才终于抬眼看薛妤，问出了这么一句话。

薛妤感应了下他体内尚紊乱的气息，道："如果我是你，在刚接好经络的第一天，会乖乖待在房里休息。"

溯侑当然知道怎样对自己更好，可他总得有点用。那颗七彩丹，还有她消耗的灵力，总要有点价值。

不得不说，这只妖鬼有双很漂亮的眼睛，里面的阴鸷和戾气褪去之后，那双瞳孔的颜色更加深邃，甚至都不需要用上他那张脸，就已经令人无法说出冷然拒绝的话。

薛妤很快就挪开了视线。

她像是赶时间一样，皱了下眉，从灵戒里翻出一本册子放在桌面上，声音依旧清冷："三天之内，把第一层学会。"

说完,她也懒得看他反应,闪身离开房间。

溯侑下意识松了一口气。他不习惯,也不想欠任何人人情,但既然已经欠下了,能还一点儿是一点儿。

他伸手翻开古朴的羊皮手册,以为里面是什么详细的任务介绍,以及需要他做的事。结果才翻开第一面,"邺都秘籍"四个大字便映入他的眼帘。

溯侑动作一顿,将手册翻到最后一页,见上面赫然用小字写着"天字诀"。

少年那双漂亮的桃花眼彻彻底底滞下来。

这人,给他用了最好的药,让他修习最顶尖的圣地秘籍。他以为能还她点什么,结果越欠越多。

城中夜深露重,西楼里却是一派灯火通明、火树银花的景象。从高处俯瞰,整座楼占据山海城城中心的位置,宛若一颗浑身闪着光的夜明珠,能霎时吸引所有人的注意。

梁燕等人去打探消息时,薛妤也没闲着。她站在门外,想了想,随手招了个侍童,问:"你家娘子在哪儿?"

小童见是她,如实相告:"回女郎,往常这个时间,我家娘子都在观杏亭。"

薛妤下巴点了点,道:"带路。"

梁燕几人去找这楼里的姑娘探查,听到的大多是一些流于市井的传闻。她们得到的消息多,但也杂,还不一定保真。相比之下,身为西楼老板的榴娘,毕竟是能跟羲和谈成交易的角色,知道的消息自然不是楼里姑娘可以比的。

而且在薛妤的印象里,这个榴娘,还算是个好说话的热心女子。

观杏亭在西楼二楼的一个拐角后面,亭外守着两名轻纱薄履的姑娘,娇娇俏俏地摇着扇。见小童领着人来,姑娘们皆站起身。起头的那个认出薛妤,屈膝行了一礼,才要说话,就见亭里珠帘被人拨开一面,榴娘的声音传出来:"请女郎进来。"

不等侍童上前替她掀开珠帘,薛妤就已经自然而然地伸手一拨,进到亭内。

"都退远些守着。"榴娘慢悠悠地开口。

亭内不如楼里灯火通明,视线有些幽暗。薛妤的目光扫过榴娘,发现她今天脱去繁复而华贵的长裙,换了一身男子装扮,长发高高束起,手里拿着一把折扇,笑起来温润如玉。

"今日出门办了些事，回楼里就犯了懒，想在亭里歇一歇，这一身装扮也没换。"榴娘见她惊奇，解释道。

薛妤并不好奇她因什么原因穿什么衣服，虽然时间紧急，但该寒暄的话语还得意思意思说两句："娘子人好看，穿什么衣裳都别有风味。"

薛妤生了张令人艳羡的脸，说起话来声音也好听。只是她夸人的词语翻来覆去就是那几个，语气也显出一种稚嫩的生硬，不仅不让人觉得古板，反而让人有种深挖的冲动。

榴娘眼里的笑意深了几分。

薛妤刚夸完人，便开始进入正题，她道："这次我来叨扰娘子，是有事想问。"

"女郎请说。"榴娘将折扇在掌心中收拢，道，"榴娘必定知无不言，言无不尽。"

"娘子可知道紫薇洞府东侧海域里有什么？"薛妤想起天机书给出的任务消息，又问，"尘世灯又是什么？"

榴娘没想到她是要问这个，怔了一瞬，便已了然，问："是天机书布置下来的任务？"

这问题问出来，有心人都能猜到，薛妤也不否认，"嗯"了一声道："娘子知道，圣地间互不相干，紫薇洞府临近山海城和羲和，我对这边并不了解。"谁都讨厌把手伸到自家门口的人，圣地也不例外。

"这样。"榴娘伸出细白的手腕，长指凌空一点，半空中聚起厚重的灵气，"我给女郎画出来。"

起伏的山水很快在薛妤眼前成形。

"紫薇洞府坐落在山海城东面数百里外，同时接壤山海城和雾到城。两城住民颇多，上紫薇洞府拜师学艺的也多。也因此，紫薇洞府算是方圆数千里内最强大繁盛的修仙门派。"简单介绍了下紫薇洞府，榴娘话题一转，说起了那片东侧海域，"紫薇洞府东侧确实有片海域，那海有个名字，叫雷霆海。之所以叫雷霆海，是那海每隔一段时间就开始翻涌。每次下暴雨，海里就会雾气朦胧、大浪滔天，渔船被打翻了不知道多少艘。不仅如此，这时整片海域都会被成百上千道雷电覆盖，经常波及四周的小城池和村庄，惹得村民们怨声载道、叫苦连连。"

"女郎看，就是这块地方。"榴娘眼波微动，伸手指了指地图中的某一处，接着道，"村民们解决不了这个难题，又不愿背井离乡去往别的城池，于是纷纷找上羲和圣地和颇有名气的紫薇洞府，希望有能人出手解决困境。"

"羲和圣地和紫薇洞府听闻有这样的事，都曾派门中的青年翘楚去雷霆海查看，但都无济于事。那海实在太大了，短时间内查不出是什么东西在作祟，而且——"榴娘顿了一下，"那雷霆海像是提前知道有人要去一样，每次圣地的人一去，那段时间就风平浪静，别说雷电，连雨都不下，日日出太阳。等他们人一走，便再次异况频出，该怎样还是怎样。

"几次下来，羲和有长老知道了这事，准备亲自走一趟。恰在这时，紫薇洞府也有大人物去了一趟。他们出手在海面上建了一座塔，塔里空空荡荡，只点了一盏灯。自从这盏灯点起来，雷霆海虽也常起风浪，但再也没有出现过雷电狂舞的现象。这灯，就是尘世灯。"

薛妤越听，眉头锁得越紧，等榴娘话音彻底落下，便问："娘子近段时日可听过有关尘世灯的消息？"

"女郎说的是尘世灯丢失的事？"

"是。"薛妤点头，"请娘子细说。"

"不知女郎可还记得刚到西楼那一日，我同女郎说女郎来得正好。"

薛妤记性好，如今榴娘稍微一提，她就想起了个大概，开口道："记得。当日娘子说我来得正好，山海城几日后有个祈风节，最是热闹，还让楼中侍童届时带我去看看。"

可她那时一关房门就是几天，出来的时候羲和圣地正好开启，别说见见祈风节的场面，就连点风声都没听人说起过。

榴娘接着说下去："其实不只山海城过祈风节，雾到城也过。每年这个时候，两城最为热闹。人们大多随大溜，城中的住民活动多，居住在乡村深林的村民也不甘示弱，纷纷加入进来，通常会玩得很晚才归家。

"谁知住在雷霆海附近的村民才回去没多久，就听到海中传来一声声炸响。那响动越来越大，越来越近，等村民们反应过来的时候雷电已经劈到了自家村子里。天一亮，家被劈没的村民们到海边一看，那座塔还在，里面的灯却不见了。"

"这么说，这灯的作用只是让雷霆海的雷电不再出来作祟？"薛妤问道。

她心想：既然这样，天机书何必再让我找灯？可以直接让我找别的方法解决雷霆海的隐患。或是找出根源解决问题，又或是再用别的灵宝镇压，根本不需要在尘世灯上过多纠结。

所有的任务里，薛妤最不喜欢这种找东西的。例如尘世灯，她先前听都没听过，只知道是一盏灯，长什么样子也不清楚。真要找起来，跟大海捞针没什么区别，必定找得人心浮气躁，还格外费时间。

"这我就不知道了。"榴娘歉然一笑，道，"具体情况，女郎恐怕还要去问问当地的村民。"

和榴娘道过谢之后，薛妤回到三楼。

才一坐下，腰间挂着的灵符就燃烧起来，她拿过来一看，见上面俨然写着"路承泽"三个字。

薛妤的脸色顿时难看起来。

"薛妤。"灵符另一边，路承泽像是气得笑了一声，"你没必要这样吧？"说的是薛妤给皇宫透信赤水的人将松珩救走的事。

"这样？"薛妤冷着声一字一句道，"告诉松珩，以后他在我眼前晃一次，我对他不客气一次。"

说完，她不耐烦听路承泽叽叽歪歪的大道理，伸手将灵符上燃烧的火压灭了。

另一边，朝年办完薛妤交代的事，急忙从二楼上来。

他年岁尚小，面对花枝招展的姑娘们段位实在不够。有些事情问着问着就有姑娘伸手要将他勾到房里去，吓得他撒腿就跑，惹得姑娘们笑成一团。

他是最早回来的，梁燕和轻罗都还在楼下忙着询问消息，现在房里除了他，就只有溯侑。

朝年眼睛尖，一眼就看到少年苍白瘦削的手上拿着的秘籍。他像是习以为常，并没有露出什么惊讶的神色，但还是凑过去看了眼，问："女郎方才给你的？"

溯侑点头，眼中情绪难以分明，像是刻意在等朝年似的。他迟疑般地浅声问："圣地的秘籍，我们能用？"

他生得一副顶好的皮相与骨相，落魄狼狈时尚存一股风情，只稍稍一收拾，换身像样儿的衣裳，再配上这如溪水般潺潺清冷的声音，便是金相玉质，玉树临风，轻而易举就能惑得人卸下戒备。

"自然不能。"朝年一口否认。

溯侑长长的睫毛往下扫了扫，视线落在手中的秘籍上。

他想，他猜得果然没错，那位邺都公主让他练圣地秘籍是有事需要他去做。他终于可以稍稍安下心。

"所以这种事可不能叫外人知道。"朝年朝左右看看，又道，"若是被人知道了，女郎是要受责罚的。"

溯侑微怔，握着秘籍的手慢慢用上了几分力。

"去接你的那日我不是就同你说过？我们女郎是真心善。"朝年骄傲地抬了抬下巴，说，"整个邺都，除了那些迂腐古板的老头，其余人，包括百众山的众妖们，都可喜欢女郎了。"

"你们练的，也是这个吗？"溯侑静了一瞬，问。

朝年挠了挠头，跟他简单介绍起圣地秘籍："这本秘籍心法分为天字诀和地字诀，天字诀和地字诀又分为上下册。我们几个天资不行，天字诀摆在面前都修不明白，练的都是地字诀。"

"你天赋悟性极佳，女郎救你应该也是起了惜才之心，想让你……"朝年想说改邪归正，但话到了嘴边，又想起眼前人看着乖顺，其实是个杀人不眨眼的，于是拐了个弯，道，"想让你修至大成，多平世上不平事，多救世间无辜人。"

显然是孩子般可笑的言语。

溯侑并不显声露色，也不跟他争辩半句，只是不经意间将话题往自己想问的那一面引："她平时对你们，也这样大方？"

"对我们这样，对别人不这样。"朝年想了想，又道，"也不是。百众山那些喜欢打架的大妖受伤了，女郎也会悄悄去看，送一些疗伤的药。

"这些东西都是女郎从自己的私库里拿的，给出去的多了，私库里留下来的就少了。所以女郎想完成天机书的任务，不然得罚一大笔灵石。"

他口中的话语，对尝遍人间苦厄的妖鬼来说，是一个完全陌生的、充满着虚假幻景和泡沫的世界。

溯侑静静地握着那本秘籍，不说话也不动弹，像一幅笔触细腻的画。

溯侑的经络接好后，这楼里咿咿呀呀的弹唱和满堂喝彩声直往他耳朵里灌。良久，相貌秾丽的少年像是终于不堪其扰地蹙了下眉。

这世上，真有这样的圣地传人吗？那卑劣地将自己摆在高高在上的正义者位置，实则时时散发着恶意的人群里，怎么会出这么一位女郎？

短短两天里，这个问题，溯侑问了自己无数遍。

薛妤一行人没等天亮就离开了西楼，赶往紫薇洞府东侧出事的海域。

马车上贴了缩地成寸的极速符，一路风驰电掣般在晨起的浓雾里奔走。

宽敞舒适的马车内，薛妤才坐上去就靠在角落里闭了眼，俨然一副不想说话、生人勿近的模样。她似乎时时都心情不佳，冷冰冰地拒人于千里。

梁燕等人纷纷交换自己听来的消息。相比榴娘说的，楼里的姑娘知道得更少，很多都是口耳相传之后得来的、带着夸大成分的流言，难辨真假。

见薛妤皱眉沉思，梁燕率先轻手轻脚下了马车，轻罗和溯侑紧随其后。唯有朝年，脚都已经落在地上，却在原地迟疑了会儿，又"嗖"的一下钻回马车里。

"女郎。"朝年悄无声息地溜到薛妤侧边坐着，声音跟平时的咋咋呼呼全然不同，听上去认真又严肃，"我们是跟赤水交恶了吗？从那边押送过来的囚犯，要不要再过手查一遍？"

"不必。"薛妤伸手揉了下左侧肩骨的位置，说，"路承泽再没脑子，也知道什么事能做，什么事不能做。按正常流程走就行，该审的审，该杀的杀。"

"是。"在知道只是薛妤和赤水那位圣子的个人恩怨，并不意味着两地交恶的消息后，朝年松了口气，又道，"先前女郎还未回来时，溯侑找了臣，问圣地秘籍的事。"

"你回了他？"薛妤睁开眼，瞳仁里水蒙蒙的似是笼着一片薄烟，她像是终于提起了点精神，语调里有了些许波动。

"回了。"朝年嘿地笑了一声，道，"女郎只做好事，从来不为自己说两句话，臣担心遇到些拎不清的人会恶意揣度女郎的用心，索性说得明明白白的。这溯侑，甭管他过去怎样丧心病狂，从今以后，他但凡还有点良心，就不能干出对女郎不好的事来。"

薛妤默了默，道："说这些做什么。"

"女郎忙，懒得同别人多费口舌，臣不忙，臣有的是时间说话。"说着说着，朝年颇为好奇地问，"其实不只他自己不懂，臣也想不明白，女郎为什么对那只妖鬼那么好？"

薛妤嘴角微动，难得多说了两句话："你不是才满世界嚷嚷说我心善？心善之人可不就是对谁都好。"

"也不全是这样。"朝年挠了挠头，斟酌着言辞，确定没错了才开口，"怎么说呢，女郎对人好也分善恶。就像大牢里犯事的妖鬼邪物，不论他们怎么痛哭流涕说自己身世可怜，怎么保证自己日后绝不再犯，女郎都不会动一点儿恻隐之心。"

朝年的目光落在薛妤那双无瑕的纤细手掌上。他亲眼见过，这两只手往天空一抬，鹅毛般的雪花就会落下来，一片一片，宛若死神高举的屠刀。双手所过之地，血液淌成了小溪。

薛妤赏罚分明，恩威并济。有的妖和她称兄道弟，有的妖却恨她恨到骨子里。

朝年跟在朝华身边，从小就知道——圣地培养出来的传人，见得最多的就是鲜血，即使生了副好心肠，也不可能随处发散善心。

"女郎留下轻罗，是因为她为狼妖所迫，却没做什么害人的事，最后还放了那些村民。"可那只妖鬼，做的是灭人满宗的事。这种罪行，即使放到邺都大牢里，也是罪无可赦的程度。

薛妤救下他，给他疗伤，赠他最高深的心法，难道真的是因为那只妖鬼长得好看吗？在朝年看来，自家女郎也没往他脸上认真看几眼啊。

"人世间恶贯满盈的人说多不多，说少也不算少，为何天机书独独选中了他们？"薛妤一只手懒懒地掀开车内的帘子，看着远处飞快逼近的山头，道，"天机书是能勘破世事的圣物，它都愿意给次机会，我做什么一棒子将人打死？"

上辈子，这辈子，她一共从审判台带了两个人下来。松珩这个人，虽然忘恩负义，可薛妤承认，他是个好人。至少，他曾救过不少人。

她想，天机书不会给真正罪无可恕的人机会，他们骨子里一定都藏着不为人知的柔软的一面。曾经善殊说的那几句话，已经足够说明一些问题。

既然她知道里面可能有隐情，既然那只妖鬼已经受过该有的惩罚，既然她救了他，就不会刻意打压、言语羞辱并借此立威。她不是闲得没事爱给自己找麻烦的人，也没什么以折磨人为乐的癖好。如果真要这样，那她不如不救。

"我知道你想问什么。"薛妤抬了抬眼，眼瞳里流沙一样淌过许多重景色，"邺都心法不同于其他秘籍，走的是善恶分明的道。他若是道心不坚定，压抑不住骨子里的恶念，就修不到高深的境界，成不了什么气候。"若是真让他修成了，也不算白救他。

朝年这下彻底放心，一身轻松地出了马车。

七

双宝丢失 任务升星

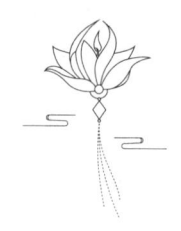

薛妤一行人抵达紫薇洞府的时候，晨光微曦，天边泛起淡淡的乌白。

因为临海，迎面而来的风都带着海水的潮湿，直往脸上飘。没过多久，薛妤长长的睫毛上就挂了一两颗晶莹的露珠。

她面无表情地眨掉，轻飘飘掠上一处地势稍高的山头，眯着眼遥望雷霆海的方向，看完又转过头朝另一个方向的紫薇洞府看去。

"走。"薛妤心中很快有了决断，她的衣袖被风吹得鼓起，像两朵白色的绒花在空中绽放，"先去紫薇洞府。"

紫薇洞府是远近闻名的修仙门派，门下弟子众多，在附近一带有着举足轻重的地位。

日头还未升起，山中雾气缭绕。上山的道路上开了许多不知名的花，一朵朵、一簇簇，在冬末春初的晨风中吐露芳华。丝丝清甜的香气一直伴着薛妤一行人，直到抵达山门，才淡了下去。

山门才开，打杂的弟子拿着半人高的竹扫帚正在扫门前的落叶，一边耷拉着眼皮一边打哈欠。远处是晨练场，里面已经熙熙攘攘挤了不少人，山里山外都是一派生机勃勃。

打杂的弟子察觉到又有人赶早上山，没抬眼看他们，就开了口："今年的招生已经过了，想要拜入山门，明年正月趁早来。"

梁燕朝前踏出一步，轻声细语地商量："小兄弟，我们有事询问内门弟子，能否行个方便？"

"不行。"打杂的弟子这回抬眼看人了。他见眼前一行人衣着不凡，面相一个赛一个的好，以为是山下哪个城中来的富家千金、公子们，但话说得依旧不留情面："紫薇洞府有紫薇洞府的规矩，不论什么事，非门中人不可入内。"

/ 074

薛妤没那么多时间耽搁，她手背朝上一翻，掌心中的身份牌朝上，牌面上描着青面獠牙的纹路，怪诞诡异，独特的灵压如水纹般一圈圈荡开。

她清声道："圣地断案，朝前带路。"

门中弟子睁眼一看，顿时什么睡意都没了。他将手中的扫帚往地上一丢，拱手行了个礼，连声道："恕在下眼拙，大人们快请进。"

另一个打杂弟子见状飞一样地跑进门里报信去了。

他们走了没多久，就有一个器宇轩昂的白衣男子迎上来。他一来，便抬了抬衣袖，朝最前头的薛妤作了个揖，朗声道："不知圣地到访，有失远迎，万望诸位见谅。"

带他们过来的弟子为他们介绍："诸位大人，这是我们紫薇洞府的大师兄，掌门首徒司空景。"

薛妤淡然受了这一礼，直接免去寒暄这一步，开门见山道："我们现在接手调查雷霆海尘世灯失窃一事，听闻贵宗之前也派人去解决过海中雷电失控一事，因此特意前来了解情况。"

"我听门下弟子来禀报时，就猜到诸位是为这事来的。"司空景闻言苦笑了声，道，"正巧，在下就是那批人中的一个，姑娘有什么想问的，尽管开口。"

"尘世灯是谁的？"

司空景原以为她会问他那次前去雷霆海遇到的事或是事件的前后始末，结果没想到她一开口，竟问了这个问题。

"不瞒姑娘，尘世灯是家师的灵宝，也是由他出手将那灯放入海塔中的。"司空景的师父，也就是紫薇洞府的掌门。

"既然如此，尘世灯消失，他为何不寻？"薛妤声线清冷，有一瞬间她拿出了审问邺都大牢囚犯的语气，她后知后觉地察觉到，于是声色渐渐有所缓和，"你们可有派人找过？"

"未曾。"司空景脾气不错，薛妤问，他便答，依旧是温文尔雅的样子，徐徐道出原委，"家师得知此事后，只说了句它的作用已经发挥到了尽头，不必再寻，寻来也镇不住那海中的雷霆了。"

所以天机书让她找什么灯？薛妤几乎是一瞬间拧起了眉。

"姑娘是接了天机书的任务，要寻找尘世灯？"见她突然不说话，司空景有所猜测，问了这么一句。

"正是。"梁燕时时挂着浅浅的笑，说话客气得令人身心舒坦，"如果首徒有什么线索，还望告知一二，我等感激不尽。"

这世间每天都在发生各种光怪陆离的事，也因此，类似于尘世灯这样的任务层出不穷。不只薛妤，像司空景这样的门派砥柱也要出山门做任务，所以他一猜就能猜出来。

"如果任务难度星级高的话，或许，姑娘可以往另一方面理解。"

司空景算了算今年清算任务的时间，又不知想起了什么，看薛妤的眼神中带上了点戚戚然的同情之意："四日前的祈风节，跟尘世灯一起消失的还有雾到城金光寺的佛宝。那寺开了几百年，度化过不少冤魂亡灵，佛宝一消失，寺里难缠的东西隐隐有重新苏醒的征兆。这事发生之后，寺里住持只好临时出关，亲自镇压。现在雾到城城主已经严格限制了出城的人数，且出动了许多人去找佛宝。"

"所以有没有可能……"司空景看着薛妤那张冷若冰霜的美人面，迟疑地道，"天机书并不是想让姑娘找尘世灯，而是要姑娘找到丢失的佛宝，又同时想让姑娘平息雷霆海的风波，让里面的东西不再作祟。"说得直白点，就是既要解决雷霆海的事，又要去找丢失的佛宝。

薛妤的脸色几乎要结冰。

司空景苦笑了下："这也只是我的一种猜测，毕竟……有接过这样的任务。"在弄清任务内核的那一刻，他也曾毫无风度地破口大骂过。

沉默片刻，薛妤抬眼，简短地道一句："谢了。"

说完，她带着人如流云般从内门飘了出去。

等他们走远，司空景身边一个内门弟子皱了下眉，道："这些人是不是太傲气了些，师兄你好歹是正儿八经的掌门首徒，我们紫薇洞府传出去名声也不弱，随意来个人就这样说话……"

司空景好脾气地打断他："圣地嘛，都这样。"

"而且如果真是高星任务……"司空景脑海中闪过几段惨不忍睹的画面，道，"给谁，谁都得是这个脸色。"

出山门之后，薛妤如一尾俯冲的云燕轻盈掠了出去，后面几人连连跟上。直到山脚下的一片浅滩，众人才停下来。

薛妤随手将手中的天机书甩给不紧不慢跟在后面的溯侑。

溯侑微愣。他长指夹着那卷薄薄的卷轴，一双上挑的桃花眼隔着未完全化开的山雾，看人时带着山风一样的寒意。偏偏那寒意被他精致的眉眼生生压下去，现出一种既张扬又乖巧的矛盾感。

"打开，看。"薛妤扬了扬小巧的下巴，声音跟心情一样冷，"几颗星？"

溯侑垂眸，长长的睫毛像小扇子一样落下来，衬得他眼尾肌肤如雪般白。

他看向自己掌心，质感不凡的卷轴静静躺着，入目即是四颗亮眼的星。

"四……"他才说了一个字，上面的星就闪烁起来，在他深沉如水的视线中急促跃动，最后又硬生生蠕动出半颗星来。

"四……星半。"他徐徐将话补齐。

一抬眼，就见到那位山崩于前面不改色的邺都公主难以忍受地闭了下眼，薄而殷红的唇紧紧抿了抿。

这是他这几天来，第一次见她露出这样生动鲜活的神色。

早春的晨风一阵阵拂过，不知从何时起，风里带上了如牛毛般连绵不绝的雨丝，不远处的河床边，芦苇荡左一下右一下地摇摆，簌簌作响。

朝年一听，愣了一下。他看了眼薛妤，又赶忙凑到溯侑身侧，看见那十分醒目让人想忽视都不行的四星半后，"嗞"地抽了一口气："这怎么、怎么还带变的呢？"

那卷小小的卷轴如死了般安静地躺在溯侑掌心中，像个没有半分灵性的死物。

薛妤深深吸了一口气。

这是她第二次接四星半的任务，算上上辈子，距离上一次已经过去一千多年。可当时的情形她现在依旧印象深刻，每次想起来都觉得脑子里嗡嗡作响。

那次任务涉及人间皇室夺嫡，三位皇子各不相让。年迈的老皇帝整日歇在后宫，不是陪美人逗乐就是跟道士炼丹，任由年长有实力的几位皇子将朝堂闹成一锅粥。

圣地和人间皇室数千年来各自为政，相安无事，按理说这样的事不该插手，也不能插手。可那回情况极其特殊。因为老皇帝病逝，三方皆拥军为王，战事频发，百姓叫苦不迭，甚至斗法到了最后，他们还用上了妖鬼邪物。皇城门口，每天鲜血都能汇成河。

几个圣地一看，这样下去不行。他们斗归斗，但那些邪祟鬼怪坚决不能流入人间，伤害凡人。

可这样的事，若是交给圣地那些眉毛胡须皆白的老头去办，不到一天，"圣地趁皇室内乱，打破规定，想入主皇宫"的流言就能飞遍各大城池。

于是这些长辈一合计，第二日召来了小辈们，也就是这次前往审判台的七人。多的也没说，只让他们先抽天机书。

音灵全无畏惧，笑嘻嘻第一个抽了，抽到一个两星半，心满意足地退了回去。

佛子、佛女以及路承泽先后上去，在佛女善殊抽到一个四星任务之后，薛妤和昆仑少掌门陆秦几乎同时打心底生出一种不祥之感。

两人一前一后点在天机书上，"早有预谋"的四星半就这样出现在众人眼前。那次任务，薛妤足足耗了三个月。

首先，圣地不能插手皇族内斗，哪边都不能偏帮。但你不理他，他总要来拉拢你，也不能直接冷脸呵斥，要一个个虚与委蛇地应付着；其次，得在内斗之余将邪物一个个捉回来，审问出处和同伙。那段时日薛妤忙得脚不沾地。

并且，那回还出了个大岔子，岔子没出在别人身上，倒是出在了队友身上。

薛妤在外总是一副冷着张脸不苟言笑的样子，别人碰了几回钉子后就知难而退，可陆秦是天生的好脾气，整日春风满面地待人，才到皇城第一天就收到了三位皇子送来的绝色美人。在薛妤已经捉到第一只厉鬼时，他才苦笑着把最后一位美人送回去。

这也就算了。可关键是，相比于薛妤的无欲无求，陆秦那边显然更容易下手。

因为他是剑修。剑修嘛，爱剑如命，还穷，陆秦自己也清楚这一点，因此他严防死守，坚决不授人以柄。可他光防着那三位野心昭然的皇子去了，对另一位缠绵病榻，走一步都要咳三声的皇子全无防备，几杯美酒，几把好剑，他就施施然要和人家拜把子了。

谁也没想到，那些狡猾、难缠的妖物，其实全部出自那位柔弱不能自理的药罐子皇子。借着陆秦的遮掩，他几次躲过薛妤的追查。

等那三位皇子斗得伤了筋骨，他一声令下，血洗皇城。等到薛妤和陆秦赶过去的时候，他已经正式加冕为人皇，而那些受血腥味刺激而变得不受控制的妖鬼，自然由薛妤和陆秦去清理。

薛妤人生第一次被人利用还得帮着收拾残局，脸色寒得可以凝出冰来。而陆秦被那位工于心计的少年人皇的一句"陆兄"气得仰倒，他自觉对不起薛妤，回去后咬咬牙将私库里仅剩的还拿得出手的宝贝全送去了邺都，之后好长一段时间见到薛妤都不敢与之对视。

薛妤从回忆中抽身，她一声不吭地将天机书收回，丢进灵戒。

"女郎，我们这……"朝年有些迟疑地开口。

"分头行动。"薛妤很快有了决断，她看了眼灰蒙蒙的天色，说，"梁燕，你带着朝年和轻罗去雷霆海，找当地村民了解情况。我去金光寺看看，天黑之前，在雷霆海附近的驿站会合。"

说完，薛妤想匿去身形，突然记起如今队伍里还有个人。她动作稍顿，回首往背后看了眼。

细雨中，少年肩窄腿长，束带下的腰身勾勒成细瘦一笔，眉眼笼在寒山雾气中，像初冬下的第一场干干净净的雪。而一旦那双琉璃似的瞳仁里蓄起难言的阴影，他周身的纯净之意就会褪得干干净净。那个时候，他就像困在山林深处，专以美色惑人的妖精。

薛妤动了动唇："你，跟我来。"

她习惯独来独往，可她知道，溯侑不是善类，一旦发难，朝年他们三人，一个都拦不住。哪怕他才接好经络，尚处于恢复期——困兽总会给自己留后手。

薛妤话音落下，从灵戒中找了把剑，丢到溯侑怀里，道："跟紧了。"

她不让他再修从前的功法，而她给的邺都心法上，凌空而行是学会第一层才会的术法。在这之前，溯侑出行只能依靠外力，比如借剑。

说完，薛妤跃上云层。溯侑掂了掂手中并不安分、嗡嗡吵闹着的灵剑，淡淡垂了下眼。

下一刻，他在众人的视线中一步跃上云头，跟薛妤之间隔了段不近不远的距离。

将这一幕全程收入眼底的朝年眼睛睁得溜圆："？！"

两道身影一前一后隐去，梁燕反应比朝年慢些，回过神后也惊疑不定地吸了口气，道："这个弟弟，不简单啊。"

朝年问身边听得一头雾水的轻罗："距离女郎给他秘籍，这才过去几天？"

"两天多点……"轻罗算了算时间，尽职尽责地回，"不到三天。"

闻言，梁燕苦笑着摇头："我修地字诀，当时不眠不休地钻研，入门也花了半个月时间。他这参悟秘籍的速度，真是令人自愧不如。"

何止自愧不如，简直令她无地自容。

"朝华修的天字诀，上面的内容比地字诀晦涩很多。她闭关参悟，也用了十天才到第一层，还得过主上一句夸赞。"朝年说起姐姐朝华的事，末了，又老气横秋地感慨一句，"难怪能被女郎看中。"

"他用的时间比女郎还短吗？"轻罗问，"女郎用了几日？"

"这你们就不知道了吧。"朝年伸手拨了拨轻罗垂于两侧的头发，话才开了个头，他就仿佛与薛妤荣辱与共，骄傲地说，"女郎是族中千年难得一遇的天骄，不论是处理事情，还是自身修炼，都属无人能及的那一类。天字诀上册，女郎仅仅用了一日半的时间就参透了。"

"那还是女郎厉害些。"轻罗又开心起来。

朝年张了张嘴，低低地嘟囔几句："这也比不了。女郎是灵阵师，不主修这个，溯侑又才经历了那样的刑罚……但总的来说，肯定还是女郎厉害。"

半空中，薛妤也很快察觉到了身后的动静。她在看到溯侑独身而行，而非借助剑势凌空时，眼里短暂地闪过一丝惊讶。她缓下速度刻意等溯侑跟上。

因为一场蒙蒙细雨，天还没彻底放亮，就又完全黑下来。黑压压的云层中，她一身清冷的白，风一吹，裙摆层层荡漾开，像是往湖心中投下石子之后一圈圈波纹状的水花。

溯侑收回视线，知道她这是有话要说的意思，不动声色加快了速度。

"什么时候参悟的？"等人到了近前，薛妤问他。

"半日前。"

这样的回答，饶是同在修炼心经的薛妤也不由得沉默了一瞬。

松珩当年修的也是这个，他天赋已经算顶尖之流。事实证明，千年之后，即使是身为圣地传人的路承沢等人也都确实被压在他的锋芒之下。他当年到第一层，也用了五天。

这只妖鬼的天赋和悟性，堪称可怕。

天阴沉沉地压在他们头顶，像是随时会有瀑布一样的瓢泼大雨淋到身上。薛妤不再问别的什么，只点了下头，道："接下来我们的速度要快点，你……"她难得停了下，将身形单薄的少年上下扫了一遍，问，"能坚持吗？"

"能。"

少年抬眼望她，声音如春雨，字字似珠玉："我们可以这样入城吗？"

肯定不行。不然之前出城时，这位一心赶时间的邺都公主也不会乘马车。

"一般情况下是不行。"薛妤冷静地回，同时从灵戒中摸出一块令牌。令牌四四方方，上下两头却被削得极尖，牌面上用朱笔一字一句描着玄奥的纹路，入手是一阵令人难以承受的寒意。

溯侑记性很好，所以他看一眼就认了出来，这应该是代表六圣地之一的赤水的令牌。

她要拿赤水的令牌，横闯雾到城。

"这是路承沢的身份牌。"薛妤知道他聪明，和聪明人说话从来不用拐弯抹角地遮遮掩掩，"有急事时凌空穿行也没事，只是事后要交点罚款。"

自接触她以来，这位公主表现在人前的，从来都是冷漠而不近人情的一面，不论是对他，还是对早就在手底下做事的妖鬼、族人，仿佛天生如此性情。可路承沢是个意外。

薛妤两次因为他而表现出不一样的情绪，一次让身边的从侍去告他的状，一次拿了他的令牌要给他找点小麻烦。但她不是这种喜欢小打小闹、时时找别人不痛快的人。

溯侑垂着眸若有所思，一时间竟分不清这是圣地传人之间别具一格的联系方式，还是他们之间真有仇怨，抑或是少女情窦初开……

凭借着那块令牌，他们在雾到城上空畅通无阻，一路直到金光寺。

抵达寺庙的那一刻，天穹像是再也支撑不住，被人从里面撕开了一道巨大的口子，暴雨迎头而下。雨水落在琉璃瓦的房顶、屋檐上，发出噼里啪啦如同下冰雹一样的声响。

薛妤顺着长廊，疾步往寺内走。她走到一半发现不对，转过身，只见长长的回廊尽头，少年手掌撑在扶栏上，脸色白得吓人。

薛妤顿了顿，又快步走回去。

才接好经络就跟着她绕了这么大一圈，就连神仙也会吃不消，更何况他还拖着一身的新伤旧伤没好透，没半路一头栽下去就已经算是毅力过人了。

那么长的路，他愣是一声没吭，半点儿都不肯在人前示弱。

"撑不住就说。"薛妤抿了一下唇，道，"逞强难受的是谁？"

溯侑慢慢抬起眼。他瞳色极深，沉甸甸地压抑着情绪，隔着外面一层瓢泼大雨，落在薛妤的视线里，却成了说不清道不明的纯真、乖顺和无辜。你说他不肯示弱，偏偏他睫一动，眼一垂，就是全然弱势，十二分的委屈，引人垂怜。

薛妤头一次完完全全因为男子的容貌微微怔住。

这只妖鬼，原形是狐狸精吗？

她曾捉过几只犯事的狐狸精，此时皱着眉回想，也觉得不如眼前的少年。

"手伸出来。"

于是他听话地将手伸到她眼前。那只手又细又白，长指根根分明，微微往下垂时透着一股深闺女子的病弱之气。

薛妤找出一只玉瓶，瓶口一斜，圆滚滚的丹药落入她的掌心。她快速将那药丸一捻，全部覆盖在溯侑的手腕上，而后轻飘飘一拍，旋即收手。她头也不回就走，只留下淡淡的一句："缓好了自己走过来。"

浑厚的药劲和灵力冲进体内，溯侑鸦羽般的睫上下动了动。他很慢地用指腹拭了拭手腕被触碰的位置，鼻尖除了馥郁的药香，还有女子身上淡淡的冷香。不难闻，但身体依旧对这样的善意和接触表现出了本能的抗拒与抵触。

他不愿意接受任何人的好意，可他想活着。

溯侑想起天机书卷轴上那金光灿灿的四星半，想起她因此而恼怒的眉眼。于是决定，在她放他走之前，他会帮她解决所有棘手的事和物，时间一到，他谁也不欠。

古寺坐落在雾到城城郊的一处山头上，前后古柏苍天，满丛翠绿。此时寒风一吹，骤雨一落，便是枝叶摇颤，涛声阵阵，远远望去，俨然成了一片连绵起伏的绿色汪洋。

红墙绿瓦，古刹幽远，绕着长廊将庙前庙后走上一圈，再闹的心也能静下来。

金光寺其实少有这样的静谧时刻。它坐落于山间已有上百年的历史，在当地居民的心中有着极高极重的地位。每日来上香还愿的香客络绎不绝，许多城中望族、商贾巨户家的夫人与千金都对此地格外垂青，因此金光寺总是热闹而熙攘的。

祈风节那日佛宝无故消失，住持受惊出关，雾到城城主也为此震怒。事发后，城主第一时间下令封寺封城，才有了如今这幅清清冷冷的画面。

为了避免事无巨细的盘问，薛妤一到主庙，没等执着刀剑的守卫开口，就先一步亮出了邺都的身份牌。

溯侑垂着眼跟在她身后。

薛妤选择来金光寺，一是想问清楚当夜发生的事，二是来看看这个四星半的任务是不是又有熟悉的人合作。相比于任务本身，她更怕一个临时搅局，脑子还跟不上的队友。比如陆秦，比如路承沢。

引路的小沙弥带着他们轻车熟路穿过雨中的回廊，七弯八绕地拐进一条蛇形石子路，边走边道："女施主来得不巧，昨夜城主亲至，我们住持当时就出去了，一直到现在也没回来。不过我们寺里有位贵客在，你们有要了解的情况，问贵客也是一样的。"

薛妤在外行走，常因情况需要而不得不亮出邺都令牌，但邺都公主的身份却没人知道。一来怕泄露行踪，节外生枝；二来她本身也不是喜欢张扬、注重排场的人。

因此小沙弥虽看重她，但并不惧怕，偶尔她问什么，能回答的他都答了，回答不出的，就挠挠头嘿嘿一笑，客气地让她去问那位贵客。

半刻钟后，薛妤等人行至正殿。小沙弥飞也似的从侧面的小门溜进去，人还未到，声音已经飘进了殿内："姑娘，有客人到了。"

"慧悟，佛祖面前，不得喧哗。"回答小沙弥的，是一道轻而缓的女声。

薛妤脚步顿了一下，随后从侧门进殿，眼前是数十尊或坐或站、或笑或肃的菩萨佛像，身后是随着她的动作灌进来的阵阵长风。

像是注意到身后的动静，佛像前正躬身焚香的女子倏尔回首，视线触及薛妤那张脸时，也不可避免地怔了一下。

女子穿着件简单的月色长裙，额前用朱笔轻轻点了一下，两条秀气的眉细细横着，眼中似乎常常蕴着笑意，整个人有股说不清道不明的沉静气质。

北荒佛女——善殊。薛妤的猜想被证实。

果然符合天机书一贯的行事作风。

"薛妤？"善殊声音很轻，似是怕惊扰了身后的佛像。短暂的诧异之后，她像是骤然明白了什么，将鬓边的长发别到耳后，缓声道："阿妤姑娘，请入偏殿细谈吧。"

片刻后，两人在平素僧人们休憩的小侧间相对而坐。侧间没什么陈设，看起来空旷而幽静。

薛妤扫了眼后殿情形，问："这边是怎么回事，你捋清楚没有？"

善殊起身为她倒了杯热茶，又十分客气地说："寺里兵荒马乱，只有粗茶淡饭，招待不周，万请阿妤姑娘见谅。"之后才一一回答她的问题。

"我比姑娘早来两日。"善殊一字一句咬得很清晰，听着像外面石隙里汩汩流动的春雨落水，"从羲和出来后，我与佛子不欲在山海城逗留，可就在即将回程之时，听门下仆童说起了金光寺佛宝失窃一事。"

"天下佛寺兴于北荒，这事说起来和我们有些关系。正巧我与这寺曾有旧渊源，便来走了一遭。"善殊缄默半晌，方苦笑着摇了下头，"谁知又被天机书摆了一道。"

她才到这儿，几乎还没歇脚，天机书便"嗡嗡"震颤起来，催她完成今年最后一项任务。哪知她手才点下去，四颗耀眼的星星像是早等着似的迫不及待地跳了出来，末了，又在她眼皮底下硬生生挤出半颗。

四星半。

他们几人中，除了薛妤和陆秦，谁都未曾抽到过这种难度的任务。

她脑海中尚有印象，上次二人接完四星半的任务回来，薛妤的脸色整整冷了小半个月，陆秦则全然不同。陆秦回来时眼瞳里全是错杂的血丝，整个人有气无力，蔫头耷脑，见了薛妤像见了猫的耗子。

路承泽还曾因为这个开过玩笑，说还好他们跟音灵走得近，关键时刻也能沾沾好运气。

善殊从来没什么好运气，上次薛妤和陆秦抽到四星半的任务，她也没好到哪儿去，难度仅仅比他们少了半颗。

好在她是个温温吞吞、不骄不躁的性子，这次接了四星半的任务也不觉忧愁，这两天不是帮着住持镇压那些因为没了佛宝而蠢蠢欲动的恶鬼冤魂，就是在城中各大酒楼、茶肆打听消息。

"世间佛寺，每一座都镇着或多或少的恶鬼游魂，他们生前不是恶人，大多因飞来横祸而死，死后执念不消，常驻人间。度化他们是佛寺亦是北荒的责任。"

"其中，金光寺镇压的数量尤为庞大。"善殊徐徐道来，"雾到城数年前曾暴发过一场瘟疫，又恰逢城主换位，死了许多人。

"我北荒有位师伯见不得这样的惨状，于是将手中的一件圣物转借佛寺，此物便被奉为佛宝。有它在一日，金光寺便一日被佛光普照，几年下来，寺中恶念果然少了许多。"

"既然是佛宝，必定被珍而重之放置着，怎会无故失窃？"薛妤纤长的指节落在描着青梅的茶碗上，一下两下地轻敲着。她眼睫根根垂下来，覆成小片阴影，俨然是一副沉思模样。

"阿妤姑娘说得不错。"善殊温温柔柔回答她，"一年三百六十五天，佛宝都由寺中两位大师守着，又被放在地下，并不在人前显露。别说寻常人家，就是这寺里的许多僧人，也是在佛宝失窃之后才知寺里有这么件宝物的。"

薛妤想了想，把紫薇洞府那位大师兄的猜测说了。

说完，她望着窗外淅淅沥沥的雨景，却被树上苗芽鲜嫩的颜色刺得微微眯了下眼："若是我记得不错，这类佛宝跟尘世灯又不相同。它们十分具灵性，对鬼怪之类的邪物有近乎压制性的震慑效果。这样一来，妖物鬼怪作案的可能性削减了一半。"

"佛女可考虑从别处着手，先审审寺中的僧人，再盘问盘问那日来上香的香客。"薛妤眼波微动，"祈风节对两城居民来说，宛若第二个春节，这样热闹的日子，来寺里上香的人应该不多吧？"

"多谢阿妤姑娘告知详情。"善殊朝薛妤笑了笑，眉眼皆弯，天生一副能浇灭人火气的好脾气。

她朝外招手，唤了那名小沙弥进来，道："去查一查，祈风节当日来上香且逗留颇久的香客都有谁。还有，去问你们师兄要个名册，寺里知道佛宝存在的都在上面留个名。"

薛妤听她有条不紊地将命令传达下去，于是起身，敛了视线，道："金光寺有佛女坐镇，我便不操心了，这就告辞。"

"阿妤姑娘留步。"善殊也跟着薛妤站起身，她美目微微扫过抱剑立于一侧的溯侑，轻言细语地问，"能否与姑娘单独说说话？"

薛妤看向溯侑。

在没有触碰到少年满身竖起的荆棘反骨时，他总是乖顺而听话的。此刻一接到薛妤的视线，他便拎着剑从窗户一跃而下，背影被拉成旖旎而惊鸿的一笔。少年整个人轻飘飘落地时，连发丝都带着一种凌乱的无辜美感。

善殊看得微怔。

上一世，薛妤和善殊是少有的能袒露心扉的好友，从某种程度上说，她们属于一类人。

"佛女有什么事，与我直言便是。"

"是私事。"善殊抿着唇笑了一下，不好意思地开口，"不知姑娘还记不记得，那日在羲和，我向陆秦讨了个人回去。"

"他叫沈惊时，是修道的人族，年龄才满十七。"她引着薛妤重新坐回去，削葱似的长指捧着热茶抿了一口，像是颇为难以启齿地道，"这个年龄，不说我们，就是在人间，也属于极小的。

"他做错了事，我想度化他。就算不为了我现阶段的修行圆满，单说他自己，未来也有漫漫几十年要过。"

善殊说到这里，是真觉得头疼。她从未见过那样的少年，吊儿郎当，懒散无所谓，风里过火里走的性情，身上每一处都跟"圣地"这两个字格格不入。

他不怕死。相反——

"他这个人，不知是骨子里的性情使然，还是一心求死，你不让他做什么，他就非要做什么。他又不折腾别人，只折腾自己。"

善殊前脚才命人为他接好经络，后脚就发现他将疗伤的药丸眼也不眨地丢到墙角的绿树下，再探手一查他体内，一片狼藉。就这样，他还笑嘻嘻的，见了她就嘴甜地叫姐姐。心情好了，又在前面加两个字，叫神仙姐姐。

她出生于佛洲，从小地位尊贵，对她表示殷勤谄媚的男子数不胜数。可也因此，她更能分清楚，那一声声"姐姐"，干干净净，没掺杂任何别的心思。仿佛他就是这样的人，这样的性格。

许是佛家都有柔软的心肠，都有那种既然管了事就要管到底的责任感，又或是少年嘴甜，太招人喜欢。善殊连着愁恼了几日，几乎束手无策，不知该如何管束他，才能让他回到正轨。

在审判台上，她是见过溯侑的。彼时少年凶性迸发，浑身上下都流淌着水一样的戾气，像一只绷紧了爪子要伤人的小兽。这才几日不见，人还是那个人，脸还是那张脸，身上锐利的尖刺却像被全部拔干净了一样，简直判若两人，脱胎换骨。

难道说邺都对妖物有什么独特的训练法门？

薛妤先是疑惑地"嗯"了一声，而后听着善殊珠玉般的声线微微出了神。

沈惊时才十七，那溯侑呢？那只漂亮的长了锋利爪牙的妖鬼，他才多大？

"我实在是没养过人族，不了解他们的性情是否都如此变化无常。方才见你和溯侑相处得不错，这才想厚着脸皮问一问。"

薛妤想，这还能怎么养？

从羲和大狱里走过一趟，只要他还想活着，自然该知道怎么做。

照薛妤的脾气，这个时候她该冷冷地回一句："既然不想活，就别管他。圣地要处理的事堆积如山，在一个存心寻死的人身上浪费时间做什么？"

可她了解善殊。善殊身上有种神圣而执拗的责任感。

薛妤没有这样的耐心，也没有这样高洁不求回报的品性，她动了动唇角，道："我没管他。"这是实话。从救他下来到现在，他们俩说过的话掰着手指头都能数清楚。

善殊其实没指望能从薛妤这里取到什么经，只是抱着试一试的心态问了，得到这样的回答也不失望。

见薛妤要走,她也不再多问,只是微微颔首,浅笑着道:"那后续再有什么线索,阿妤姑娘随时联系我。"

善殊是个聪明人,因此能猜出薛妤此刻的心思。自己只剩最后一个任务,薛妤可不是。她才完成了一个,这个四星半的任务往头上一砸,少说两三个月耗在这里。反正最终是完不成了,傻子才继续耗下去,有这时间,干点别的什么事不好?

薛妤确实是这样想的。

实际上,在看到善殊出现在金光寺的那一刻,除了有一种"果然如此"的尘埃落定之感,她心里还涌现出一点儿微妙的、难以言说的滋味。

不管是四星还是五星,反正已经有人顶在前头,不会出什么大岔子了。这个四星半的任务,她就当从没看到过。

天机书拿她当傻子是一回事,自己凑上去当傻子又是一回事。她是不爱说话,懒得争辩,不代表她脑子有问题。

八

镇宝丢失 雷霆海怒

夜阑人静，华灯初上。

薛妤和溯侑一前一后踩着小巷崎岖的石子路去到海边驿站的时候，朝年他们还未出现。

因为是十里八乡唯一一家驿站，店里生意很是火爆。许多都是从外地来、路过此地歇脚的过客，还有一些本地人，操着外人听不懂的口音，时不时发出一阵阵热闹的哄笑声，惊得店里养的红嘴雀儿扑棱棱扇动翅膀飞起来。

两人坐在靠窗的位置，有极好的视野，视线随便往外一扫，就看见街边两侧被风吹得晃晃荡荡的灯盏。灯盏在深幽的夜里发出一点儿亮，像海里自由舒展身体的水母。

许是气氛太凝滞，又许是受白日里善殊那番话的影响，薛妤的目光头一次认认真真、带着审视意味落在对面坐着的少年身上。

他看起来年龄不大，秾丽的眉眼间尚凝着少年独有的执拗和朝气。初时还勉强镇定，保持着垂眸不语的温和姿态，可两眼过后，他就憋不住气地沉了眼，像被踩到尾巴的小猫，脊背悄无声息地绷起来，压得直而紧。

薛妤伸出长指，漫不经心地敲了敲桌面，问："几岁了？"四百、五百都行，只要别跟善殊养的那个一样，是个才成年的十七岁少年郎。

溯侑没想到她是要问这个问题。他紧紧抿了下唇，睫毛急促颤动几下，轻轻吐字："两百。"

"两百。"薛妤将这两个字重复了一遍，又抬眼看他，"两百，在你们族中，也才成年不久吧？"

她的眼睛形状很美，是备受人们称赞的杏仁眼，但平时看人时总敛着神情，连带着这双眼也总是往下微垂着，现出一种清冷的姿态。

此刻，灯火下，她难得与他平视，黑白分明的眼里是一种少女般天真的、纯粹的好奇。

溯侑那句硬邦邦到了嘴边的"我没有父母，没有族群"被这样的眼睛望着，不知怎么就改了初衷，鬼使神差般又咽回去，最后吐出含糊的三个字："不知道。"

"应当是。"薛妤以手托腮，花瓣一样层层叠叠的袖子徐徐展开，露出里面一截儿细腻的、白玉似的手臂，"两百岁，在有的族群，连成年都算不上。"还是个小孩子，难怪有那样大的脾气。

薛妤耳边漫过一阵又一阵潮声，她将天机书拿出来，推到溯侑跟前，用纤细的手指点了点上面那些红色的任务小字，问："如果是你，这个任务，你会从哪里下手？"比起试探，这话更像一种考验。

溯侑轻蔑地落了下眼睫，想：这样的事，妖鬼与圣地传人的做法俨然是两种截然相反的极端。

他拥有寒冰一样的心，有许多种办法引幕后之人出洞。只要能达成目的，他根本不会在意死了多少个人，毁了多少间屋。此时，他一副全然犹疑的、沉思的情态，看着安静又乖巧，内心想的却是怎么才能编出最符合她心意的说辞。

他这样的人，圣地只会押着他去死，哪里敢给他发布什么任务？

薛妤没等来溯侑的答案，却等来了驿站底下三道狂奔的身影。暗色的暮潮里，朝年朝着楼里齐明的灯火猛然招手，声线嘶哑："女郎！"

远处有什么奔袭而来，轰隆的声响将他后面的声音尽数掩盖。

下一刻，她终于明白朝年要说的是什么了。

只见不远处狂风骤起，浪潮怒涌，雷光如水般从天穹倾泻，将附近数个村落照得亮如白昼。

驿站里乱成一锅粥，男女老少的哭号一声一声没入薛妤耳里。

薛妤拍案而起，眼瞳中凝出两条长长的雪色丝线。她足尖一点，整个人如雨燕般掠出，指尖无数根雪丝连成了线，线又成了阵，罩向远处受难的村落。

豆大的雨点，狂轰滥炸的雷电，薛妤隔着数十里的距离，看到了一朵徐徐绽放的雪白花朵。

夜半，潮澜退去，暮色回归。距离雷霆海最近的村落里，家家户户灯火通明。

村子里原本种了许多树，在雷电和风雨中，全部毁了。树木一棵棵东倒西歪，不成形地横铺在路面上，一眼看过去，像是光秃秃的土地里开了一丛丛生机勃勃的叶和花。

薛妤几人踩着七零八落的枝叶走进村里。

一场肆意的雷雨将整个村子惊醒。老人、妇女和小孩被全副武装的男人们保护在身后，他们或警惕或疲累地盯着黑漆漆的天空，似乎那里有口吃人的井，而他们梗着脖子与之对峙，连村里进了几个生人都没注意到。

实际上，在那些狂舞的雷霆撤走之后，这片天空又恢复了原来的澄净。肆虐的妖气被风一吹，散得比什么都快。

他们壮着胆子的对峙，也全无半分效果。

不知过了多久，村里见多识广的老村长伸手抹了一把脸，哑着嗓子道："它回去了，都把东西放下来吧。"

像是得到了什么可以释放情绪的指示，下一刻，不少被大人捂着嘴不让出声的半大小孩瘪瘪嘴，接连"嗷"的一下哭出声，村里的妇女们见了这一幕，都纷纷红了眼别过身去。人群中，有女子小声抽泣，低低哽咽道："这日子什么时候能到头……"

率先发现薛妤几人的是村里的老村长，他年轻时曾去外面闯荡，也曾拜了个山门修习，略通些术法皮毛。

方才雷电交加，大雨瓢泼，他看得分明，为首的女子雪衣长发，一出手就是千万道流转着晶莹色泽的长线。那长线交织成无双雪景，悍然与那些雷电对撞，像是要将它们从村落中连根拔起。

"几位……"他颤巍巍地伸出手拨开人群，挤出个勉强的笑来，一张脸像饱经风雨的树皮，声音里全是掩饰不住的疲惫。

自报家门向来是朝年的活儿。少年长了张稚气未脱的脸，嘴甜、会来事儿，当即从薛妤身侧往前站一步，道："老伯，我们来自圣地，这次来是专为大家解决雷霆海的事。"

说完，他熟练地解下腰间的身份牌递到老村长手中。在火把的微光下，令牌上青面獠牙的巨兽图腾灵光闪烁，像是随时会活过来一样，格外瘆人。老村长脸皮连着抖了好几下，赶忙将令牌原路塞了回去。

薛妤几人身边刚好围着几个竖着耳朵听动静的人，一听他们来自圣地，全部撂下手头的活儿，凑到前面来听。

"圣地？是哪个圣地？"年轻一辈大多是从小听着圣地威名长大的，对他们而言，这两个字充满了无限想象的空间。

他们七嘴八舌议论开："羲和圣地的牌子我看过，是棵树，不是这个。"

"那是哪儿？总不能是北荒。"

有人第一个将北荒排除出去，还未来得及细细分析，就被身后的人抢了话头："让一下，让一下，这上面画着鬼怪，用脚指头想也知道是邺都，你们真是笨死了。"

这少年才挠着头从人堆里挤进来，就被老村长一巴掌拍到脑门上："给我老实点，乱喊乱叫什么？什么鬼怪，这叫鬼神、鬼仙！净给我胡言乱语！还不跟着你阿娘回屋睡觉去！"

少年躲了下，先是不以为意地撇了下嘴，看了看薛妤几人，又看了眼目带警告的老村长，明显一副硬生生憋着话的样子。

这腔话在他被伙伴们拉着转身回屋的时候终于绷不住了。他扭过头，看着为首的薛妤飞快道："我们这地方凶险异常，羲和与附近的门派都派弟子来过，不仅没有解决海中雷霆，有的还将自己赔了进去，我劝你们——嗷！"

他被老村长揪着耳朵丢了回去。

"这位是？"薛妤十根玉一样细腻的手指上交缠着霜色的雪线，她饶有兴趣地看了眼捂着耳朵嗷嗷叫的少年，一双沉静的眼又落在老村长那张干皱的脸上。

"噢，这是我家的顽皮小子，叫苏允。他父亲去得早，家里只剩他一根独苗，平时被我宠坏了，总是一副咋咋呼呼、浑然不长记性的样子。"老村长摆摆手，"提起来就令人头疼。"

"圣地前来解决此事是再好不过了。说起来，自从尘世灯失窃，我们日日悬心吊胆，比前几年还害怕。"老村长引着他们往村里去，一边走一边道，"那小子闹归闹，其实说得也不错。羲和圣地和附近的门派都不止一次派门下弟子来过。可说来奇怪，稍有点名气的门派派人来呢，那海就风平浪静，别说雷，连大一点儿的浪都找不着；若来的是籍籍无名的小门派，那海便像嘲弄人一样，夜半三更发作，卷着那些人入了海,就此再也寻不到。"

薛妤听完,总结下来就是,这妖会看人下菜碟。

"不过这也是三年前的事了。"老村长幽幽一声叹息,看了看如浓墨泼洒的天色,道,"自从尘世灯镇入海中之后,雷霆海就再也没作过乱,眼看大家的生活都恢复了原样,谁知道……"

"若说三年前海里那东西还有所顾忌,专挑软柿子捏,那这几日,简直是无所忌惮。"老村长越说越急,连着咳嗽了好几声。

等他气息逐渐平稳下来,薛妤环视四周。她的视线从倒塌的树木、倾颓的房屋上一一扫过,最后落到老村长脸上,打断了他大段大段的控诉:"你们说那妖残暴不仁,但雷电过后,村里只有房屋受了波及,村民并没有受伤,甚至连圈养的家畜也未受到伤害。它既然不会伤人,你们怎么那么怕它?"

跟在老村长身后的,是一个方脸中年男子,他见老村长精神不济,抢着解释原因:"小仙长们有所不知,这海里的怪物不知有多少只,每次雷电轰到村子里时显露的都是不一样的面孔,用的是不一样的招式。

"雷霆海附近大大小小的村落有上百个,虽然极少出现死人的情况,但受过伤的人却多得很。只有一个是例外。"

"刚才那朵花。"薛妤替他补全了。

"正是。"那方脸男子道,"不瞒仙长,之前有一回,也是这朵花来了咱们村。本以为它不会伤人,哪知它竟在我们眼皮子底下,将一名年仅五岁的幼童活生生劈——"后面的话他说不下去了。

行过一处被雷电劈中的土壤,薛妤毫无预兆地弯下身,长指沾了点泥土送到鼻前闻了闻,旋即皱眉。

"女郎,看出什么了?"朝年有样学样地模仿了一遍她的动作,他只闻到了一点儿淡淡的花香和泥土潮湿的腥气,至于那朵花留下的到底是妖气还是鬼气,那是半点儿没区分出来。

薛妤并没有立刻回答他,而是换了另一处地方,耐心而细致地重复着刚才的动作。其他人看着,十分自觉地退出了几尺远,就连呼吸也都小心翼翼。

唯独一人例外。

溯侑默不作声走到被雷电从中间劈开的大树跟前，半蹲下身，墨色的衣角水一样蜿蜒到地上。他以指为刃，切下来一小块发黑的木块，放在掌中静静观察。一双琉璃似的眼里潮澜涌动，又在夜色的掩饰下弥散得干干净净。

　　"我这边也——"半晌，他站起身，看向薛妤，像是看穿了她心思般轻轻吐字，"很干净。"

　　他天生就是妖鬼精怪中的恶种，对同类的气息格外敏感，又经历过许多生死险境，稍有不慎都活不到现在，因此敏锐的洞察力几乎成了他刻在身体中的本能。

　　薛妤看向这个在场唯一能跟上她节奏的人，微不可见地点了点头，声音清而缓："确实干净，我也没察觉出什么异样。"

　　在一旁围观全程的老村长看了看这个，又看看那个，最后忍不住问："小仙长，这……这'干净'是什么意思？"

　　薛妤默不作声接过朝年递来的手帕，将沾了泥土的根根手指擦干净，垂着眼才要开口，就见身形单薄的少年提了一根被斩断的树枝随手在原地画了个繁复的图案。

　　他一边画，一边道："意思就是，方才来的那只不论是妖还是怪，都没有沾染过血腥气。简而言之，它从未害过人。"

　　老村长傻了眼，他连声道："这不可能啊，这花……这花我们见过不止一次了。那次它发狂，不仅将村里一名幼童劈死，还卷了几位妇人入海。那些被卷进去的人，可是一个都没回来。会不会是适才那场雨，将该有的气息冲散了？"

　　薛妤缓缓摇头。

　　不说溯侑五感直觉如何，单薛妤自己就不可能在这种小事上出错。邺都是妖鬼之城，在薛妤手下走过一遭的精怪数不胜数，在她眼里，气息是最骗不了人的东西。

　　见状，老村长也不再说什么，他毕竟只懂些皮毛，所谓一行人干一行事，捉妖拿怪这一块，那肯定是圣地有经验。他一个门外汉问几句可以，若是在他们探查的过程中还不依不饶地指手画脚，那就真是十二分地说不过去了。

　　"仙长们也看到了，我们村子靠海，祖祖辈辈以捕鱼为生，生活虽比不上那些大城池富足，但也自得其趣，乐在其中。对海里的东西，我们更是敬而远之，不敢招惹。"

忆起从前，老村长重重地叹息一声，原本就不直挺的脊背越发弯下去。

"不仅如此，村里还摆了个供奉台。每次渔船平安归来，我们都会挑些上好的渔获放上去祭给它们享用。"方脸男子接着补充，"那时候，村里的青壮年好几次出海碰上大浪，渔船险些被打翻。正凶险的时候，起先还怒涛阵阵的海面忽然变得风平浪静，渔船也像是被人往上托住了一样，这些年轻人次次都能化险为夷，平安归来。"

"谁知道后来怎么就突然惹了海里面的东西。"老村长每每跟别人说起这事，仍百思不得其解。

"原本尘世灯还能镇一镇那妖，哪知竟被偷了。若叫我知道是谁做了这样的事，我非……"方脸男子咬牙切齿道。

薛妤打断了他放出的狠话："雷霆海的动乱，是从什么时候开始的？"

"距离那些雷电第一次落在村子里，已经过去十年了。"

"那片海在这之前就叫雷霆海吗？"薛妤问着，同时走到溯侑身侧，凝神看着地上成形的推溯阵。

阵中有丝状的灵光一圈圈盘踞着游动，像一条巡视领土的灵蛇。

"不，是后来出了事之后，叫的人多了，大家就都跟着这样叫了。"老村长在一旁补充说，"从前那海叫九凤海。"

"九凤？"薛妤蓦地抬眼，问，"你们供奉时也这样叫？"

另一边，溯侑也像是想到了什么。他漫不经心地丢掉手中的小枯枝，抬起一双桃花眼，乌黑的瞳仁里仿佛时时缀着山风般清凉的笑意，在灯火下乖得令人心动。

老村长被他们的反应弄得有些不知所措。

跟其他圣地、门派来的弟子不同，这次邺都来的人以眼前的女娃娃为首，她从始至终都表现得很冷静，这么明显的语气波动，老村长还是头一次听见。

"是……是。"老村长踌躇了下，努力回想那些尚还留存在脑海中的小细节，"我们都是手无寸铁的普通人，哪知道海里住着的是何方神圣，但既然选择供奉，若是连个名姓也不说，那这份心意岂不是白白打了水漂？索性那海叫九凤海，我们便称海里的那位为九凤大人。"

"它应了？"

"这应不应的，我们也拿不准。不过自那之后，村里的人出海确实很少再出事。"

没有拒绝，其实就是应了的意思。

薛妤若有所思，心里有了数。

一路到村子最里头，三三两两的石屋伫立着。那些被雷电惊醒的妇人们牵着自家孩子，一边暗暗垂泪，一边弯着腰细心挑拣村里壮年们从前头拖回的树木断枝。

不远处，几个人高马大的青年坐在木凳上，手里拿着凿刀和小斧头，将那些挑选出来的树快速砍断，开始接下来的精雕细琢。

当这一幕映入眼帘，老村长像是看穿了薛妤几人眼中的疑问，不等他们开口问，便自顾自地解释起来："我们这些村落本就是靠海过日子，十年前开始发生那样的事，大家连睡觉都恨不能睁着一只眼，哪敢再出海？可这么下去总不是个办法，人总得吃饭，总得活下去。"

"于是你们就看上了这些雷击木。"薛妤一眼扫过眼前的情形，心底如明镜似的敞亮，"你们在村里种了许多树，雷劈过后捡些品相好的加工成珠子、手钏，贩给大城池里有需求的人家。世人皆知雷电之力可以镇家宅、驱邪祟，愿意出高价收购的人往往不在少数。"

朝年没想到竟有人能想出这种赚钱的法子，忍不住嗤了一声。

薛妤说话的时候，溯侑就安安静静匿在夜色中看。他流水般的长发被束带松松系着，整个人像一条无辜的释放媚态的美女蛇。

薛妤的唇形状优美，在橘色火把的映照下显得颜色越发嫣红，像从前他在皇城中看过的一种名贵花，艳丽到几乎咄咄逼人的程度。偏偏她眼神冷清清的，连带着如珠玉般的声音也没了温度。

"如果我猜得不错，这比你们靠捕鱼生活更省力，来钱更迅速吧？所以这也是大难临头，附近几百个村落却少有人举家搬迁的原因所在。"所谓富贵险中求，说的就是眼前这幅情景。

老村长树皮似的脸颤抖了几下，最后无奈地叹了一声："仙长教训的是，不过这也是没办法的办法。若是尘世灯还在，若是那海不动荡，谁会冒着生命危险赚这种钱呢？"

薛妤审过太多的案子，见过太多的离奇事。诚然，一些雷击木不算什么，村里人想赚钱也没有任何错，可结合先前老村长说的那些话，千丝万缕的两条线索盘桓在她脑海中——

一个不伤人、只劈树的大妖，一群不搬迁、冒着生命危险守在村里的人，还有突然消失的尘世灯。

是谁习惯了遍地捡金，不想再过风吹日晒、大浪当头的捕鱼生活，乘人不备偷走尘世灯？

还是有谁暗中饲养大妖，亦或者以物换物，达成交易，让海里的东西源源不断送来免费的雷电？

这些都是凭空想象，没有真凭实据。可流出去的雷击木对人有损害是真，妖物能够借此寻人害人也是真。

"女郎。"眼见薛妤脸色一冷就要开口，溯侑忽地唤了她一声。

因为一场蓄谋已久的雷雨，导致海边天气骤降。凛凛寒风中，他穿得格外单薄，像是着了凉、受了寒，眼里被病气氤成雾蒙蒙一团。他脸色格外苍白，腮边却薄薄挂着两点晕红，像是临时补了一层浅浅的脂粉。

"别动怒。"他声音不似寻常男子的粗犷，而是少年独有的一点儿软和意气。

两相对视，薛妤倏地想起眼前站着的这个才刚过两百岁，比她晚出生五十年的少年。用善殊的话来说，还是个孩子。

她闭了下眼，把头偏向一边。

稍稍安抚住冷艳高贵的邺都公主，溯侑朝前走了两步，再抬起脸、抬起眼时，俨然是老一辈最喜欢看到的温柔、谦逊、有礼。他勾了下唇角，道："老伯见谅，我们女郎不是在指责什么，只是有些生气。"

薛妤看过去。

"大妖施法降下的雷电和天生雷电并不属于同一种，实际上，它们作用全然相悖。这些雷电里附着大妖的力量，对大妖而言，雷击木是一种信物，谁持有它们，谁就会得到大妖的关注。"

他的声音如三月绵绵春雨，字字都仿佛带着浅而淡薄的笑意："这些雷击木流出去，落到别人手中，后面真要发生了什么不好的事，闹起来，岂不更麻烦？"

老村长这才恍然大悟似的拍了拍手掌，道："多谢小郎君告知。唉！我们这等只通俗物的乡间野人，哪里懂得这么多？真是罪过，大罪过。"

说完，他又看向薛妤，连着说了几声对不住，又道："仙长放心，这后面的事就交给我来处理，保管这些雷击木不会再流出去。"

薛妤静静凝视着那只漂亮得几乎不像凡物的妖鬼，想：这应该是这几天来，他说过的最长的话。

然而里面每一字、每一句，全部踩在了她的心上。她想说的话，全让他以另一种委婉的充满暗示意味的言语表达出来了。

再看看一边一头雾水的朝年和轻罗，饶是以薛妤今日的眼界与心性，也不得不承认——此刻站在眼前美得不似凡物的少年，不仅拥有最顶尖的天赋、悟性，还生了颗令人羡慕的九曲玲珑心。

他聪明，还会伪装。

须臾，薛妤才动了动唇，语气和缓下来："妖物的事，交给我们来解决。"

说完，她转身走向老村长给他们安排的石屋，朝年、梁燕和轻罗旋即跟上。

溯侑是最后一个迈动步子的，老村长还在他耳边念叨："多谢小郎君提点，我这是老糊涂，老糊涂了。"又叹了一声，有些感慨地道，"小郎君是个好人。"

溯侑听了这话，顿了下脚步，橘色的火光映着他半边侧脸，现出一种软茸茸的温暖乖巧之意。

"好人……"

他咀嚼着这两个字，像是听到某种笑话般提了提唇角。

村里不敢怠慢从圣地来的客人，五个人分了四间屋。屋子用平整光滑的山石堆砌而成，从外面看四四方方，朴素无华，仅仅能起到遮风避雨的作用，其实内里暗藏乾坤。

"啧。"朝年仔仔细细在石屋里绕了一圈，也终于回过味来，"这村里的人，有钱啊。"

石屋里摆设讲究，一面长而高的壁柜上立着洁白细腻的羊脂玉瓶，瓶中斜斜伸出枝梅来，看上去像是有人临空画出了这精美而遒劲的一笔，灵动十足。旁边还立着一尊笑得眼不见缝的欢喜玉佛,周边衣饰以足金点缀。十六扇山水屏风后,珠帘摇曳,琅琅作响。

无论如何,这种屋内陈设,对一个以捕鱼为生的村落来说,无疑都太过奢靡了。

其实也不怪那些村民刻意留出几间这样的屋子。在他们的想象中,这些东西在稍有些家底的家庭都算不得稀罕东西,更遑论圣地呢?

圣地,只怕遍地都是金,满墙都是玉,屋里堆着数不清用不完的天材地宝和灵物。而事实上,薛妤并不讲究这些身外之物。

朝年跟着她做事最久,平时跟着跑的地方也最多。薛妤日常涉足之地,不是阴森黑冷的邺都大牢,就是闹翻了天、时时都有大妖摩拳擦掌想搞事的百众山,连在外面接天机书的任务,她都是日日行色匆匆,风餐露宿。

薛妤倚着那面墙闭目沉思,想起了许多事。

上一世的这个时候,她抽到的是三星半的任务,也不简单,她前前后后花了两个月,等任务结束,清算的时间也快到了。她自觉不可能完成剩下的两个,几番思索下,带着当时精神还没缓过来的松珩等人回了邺都。

这一世却截然不同。从审判台留人到天机书任务难度增加,一路都在发生着前世没有的变化。

直至此时,她几近可以确认,这是一个真实的,跟阵法、秘宝、时间术全然无关的世界——千年前的世界。

知道邺都出事后的日日夜夜,她不知想过多少次:但凡给她一点儿时间,但凡让她发现一丝端倪,事情的结局必然完全不同。

她栽培松珩,全然信任松珩,可邺都的权力并没有分散,依旧牢牢把控在她手中。天族有重兵,她也有。错就错在,他精心筹划,而她一无所知,措手不及。

那现在呢?

"女郎。"朝年感叹完,扭过头无知无觉地问她,"我们是要接这个案子吗?"

薛妤被他的话拉回思绪。她起身行至小小的窗牖前,潮湿的海风无知无畏地倒灌进来,将她素白的衣袖卷得朝后翻起,像是半空中盛放的一蓬蓬花。

"待几天看看。"薛妤摁了下眉心,道,"既然看到了妖,总不能坐视不管。"

朝年连连点头,又压低了声音神秘兮兮地向左右征求意见:"哎,你们觉不觉得,方才那老村长没跟咱们说实话。"

"是。"屋里几个人中,唯有轻罗最好骗,也最会给人捧场,她低声道,"那老村长走了一路,说两句就咳,全程没敢跟女郎对视一眼。"猫妖拥有一双在夜里也熠熠发光的眼,能观人于微,洞察秋毫。

薛妤其实就烦这个。她情愿去面对面跟什么妖什么怪对峙,打一场,总归是可以快速解决的事,可一旦涉及人,事情总是要复杂无数倍。

如果这事闹到最后,查出来一切都是村民私心作祟,薛妤是不能对他们出手,不能像对待犯了罪的妖鬼邪祟一样将他们带回邺都受审。她得通知人间官府来拿人,普通人的赏罚生死,都由朝廷决定。

薛妤眼波微转,她朝溯侑扬了扬下巴,问起正事:"推溯阵成形,查出什么东西没有?"

"推……推溯阵?"朝年看向溯侑,像看什么稀奇怪物似的回过神来,"就你方才拿着树枝在地上画的那几下?"朝年声音里充满了不能理解的情绪。

溯侑先回答了薛妤的话,他摇了下头,道:"没有浊物气息,从头到尾,很干净。"

薛妤像是早就猜到了这个结果,并没有显现出什么不一样的情绪。她随手扯了张椅子坐下,睁着双清凌凌的眼,视线似观察又似审视般落在溯侑身上,好半晌才慢吞吞开了口:"就目前我们拥有的线索,你说说看,下一步该怎么走?"

朝年一听这话,腰杆都下意识挺直了。

他从小跟在朝华身边长大,也自然知道,薛妤只对自己欣赏的抑或办事能力得她认可的人问这样的话。比如他姐姐朝华,官级就是被这么一句一句的问话问着往上升的。然而,他就没这种待遇了。

溯侑垂着眼,覆下长长的睫,在眼睑下形成沉郁的一片,回道:"附近村里施雷的妖究竟有几只我们并不清楚,可就我们亲眼所见的那只,确实没有害人。它来一趟的目的,好像仅仅是为了劈那些树。

"那海叫九凤海,村民们供奉时也带了九凤的名,证明那片海域确实有九凤栖居。一山不容二虎,寻常妖物是不敢这样长年累月地抢九凤风头。"它们跟人一样,越往高处爬,面对比自己强的,就越要伏小做低。

溯侑轻轻吐字："除非它做这件事之前，提前得了九凤的应允。或者，这就是九凤自己的意思。"

"九凤族群生来强大，落地就是妖族中的王者。它们桀骜不驯，骨子里流淌着凶性，若是真看不惯这一方村落，村里村外的人，一个都活不下来。"薛妤接着道，"既然不是它自己的原因，那么，它还能因为什么，任由手下大妖在自己的领域恐吓人族十年之久？"久到九凤海都成了人们口耳相传的雷霆海，它仍无动于衷。

"那只大妖去求了它，与它达成了某个令人难以拒绝的交易。"溯侑顺着她的思路，一字一句往下说。

有什么明朗的东西在薛妤脑海中一闪而过，她刚要继续沉下心去想，腰间缀着的那张灵符就在她眼前烧了起来。

"阿妤姑娘，是我。"任何时候，善殊的语调都带着润物细无声的温与雅。

灵符那头，善殊顿了顿，似乎在斟酌言语。须臾，她丢出石破天惊的一句："金光寺有妖来袭，可能要麻烦阿妤姑娘来一趟。"

薛妤霍地起身，脸色阴沉。

九

有妖来袭 初见淮南

薛妤再一次用路承泽的身份牌闯了雾到城。善殊早就在屋内等着她了，见她来了，也顾不上礼节寒暄，用简短的话介绍了情况："半个时辰前，住持和雾到城城主回到寺里，正准备为死在一场火灾中的数十人超度。

"就在此时，东南边突然传来一声巨响。我赶过去时，那间房像是一夜之间被雪落满了，再闯入房中一看，床上躺着城主的弟弟。他衣裳穿得齐整，被褥也盖得好好的，整张脸却胀成青色，脖子上有条触目惊心的深紫色勒痕。"

"我到的时候，那妖还没走，就站在窗边。"善殊看了看薛妤，接着道，"是位化作人形的女子，头发极长，直拖到地面。"

"我原本可以留住她。"善殊拨弄了下手腕上挂着的小叶檀佛珠手钏，指了指东边的方向，"她没有跟我们交手的打算，见人来了，只淡淡扫了一眼，就在空气中散去身形。我们还要再追，天空中突然飞出一驾——"

她顿了顿，才将话补充完整："马车。那副车驾挡了我们的去路。"

"马车？"

"是。"善殊有些不好意思地笑了下，道，"北荒少有妖物作祟，我学识短浅，辨别不清它们的品类，这才想麻烦阿妤姑娘看看，指点个方向。"

所谓术业有专攻，让一个整日与神佛为伴的人认认菩萨还行，认妖邪的话，善殊可就真是眼前一黑，什么也不懂。

"那驾马车还在，我没让人动它，只用了个简单术法将它围了起来。"

薛妤跟在善殊身后去看那驾半夜从天而降的离奇马车，她脚才踏出房门，就发现寺里寺外灯火通明，还不断有穿着森冷盔甲、执着刀剑的士兵涌进来。

"夜里受伤的那位，是城主的弟弟，自小体弱多病，是个普通人。受了这一遭，人醒来咳得厉害，现在大家都在那边守着。"善殊凑近与薛妤耳语，"雾到城城主叫陈剑西，是出了名的暴脾气。他适才将门口的守卫劈头痛骂了一顿，等会儿若是有什么言语不当的地方，你别当回事，也别往心里去。"

能当上一城城主，必然是个成名已久的人物。圣地固然高高在上，可在薛妤没有表明身份之前，在他眼中，也不过是个乳臭未干，嘴上嚷嚷着自己的雄心壮志的小年轻。陈剑西身为长辈，身为强者，跟她说话时肯定不会刻意收敛性格，斟酌言语。

很快，薛妤就看到了善殊口中的"马车"。

车是真的，但马是假的。只见半空中，铜马怒嘶，扬蹄欲踏。厢外垂着的藕粉纱帘被风吹得扬起，里面空无一人。风一吹，那些纱帘上系着的银铃便叮当叮当响，像小孩在咯咯地笑。整副车驾上缭绕着一股挥之不去的沉沉的死气。

"不是马车，这是九凤的鬼车。"

"九凤？"善殊一双温柔含笑的眼滞了下。即使是常年居于无妖患的佛洲圣女，也听过这类大妖的声名。

"是。九凤生来有驾鬼车，当鬼车落在哪户人家时，就代表哪户人家即将发生灾祸。"

薛妤抿了下唇，看着铜车驾上飘着的藕粉帘子，道："她在警告我们。我们猜得不错，确实有东西得了她的应允，还请动了她出手。"

"这事，有些棘手了。"良久，善殊缓缓开口，"如果涉及九凤，怕会扯到妖都那边……"

"这下算是知道，为什么雷霆海闹事这么多年，那些前辈个个不出手了。"善殊露出个苦涩的笑，道，"我这运气，可真是，叫人不知说什么才好。"

"他们不出手，说明这只九凤跟我们年岁相差不大，这事只能交给我们解决。"运气最差、次次被天机书逮着干苦力的薛妤沉默了半晌，继续道，"进去看看城主那个被大妖盯上的弟弟。"

薛妤等人甫一踏进东边的院子，浓到几乎化成雾糊在脸上的药气就扑面而来。仆妇们板着脸端着汤药来来回回，脚步挪动间，一丁点儿声音也没发出来。整间屋子从里到外，安静得近乎诡异。

陈剑西以武入道，长了张方正的脸。他身材魁梧，看上去格外壮硕，说起话来声如洪钟："老悟，你说能好能好，这一直咳，血都咳出来了，怎么半点儿好转的迹象都没有？靠不靠谱啊你！"

陈剑西身边站着一位慈眉善目的老僧，像是习惯了他急吼吼的脾性，也不过多计较，伸手探在床沿上那位咳得人事不知的二公子的手腕上。过一会儿，老僧方直起身，眼睛眯得只剩下一条小小的缝："放心，没什么大碍。"

话音刚落，那位才险险逃过一劫的二公子就又惊天动地地咳了起来。

陈剑西箭一样锐利的视线直直落在金光寺住持的身上。

"看我做什么？"悟能住持慢吞吞地从袖里掏出一颗浑圆的丹丸，道，"不是我不给，是我这药你弟弟吃过很多回了，没什么用了。"

"照我说，要不索性由他……"悟能一边说一边看陈剑西的脸色，最后叹息一声，止住了话。

听到这话，陈剑西脸上的阴霾之色更甚。他一把夺过悟能手中的丹丸，一边捞起床上瘦弱的男子，欲将药强行塞进对方口中。

这时，薛妤见那位不大靠谱的悟能住持像是预料到要发生什么不好的事一样，微妙地将头侧向一边，眼神往床幔上飘。

她不动声色看向床沿边的两兄弟。

跟陈剑西的大块头比，陈淮南无疑是瘦弱的。此刻他们身形交叠，甚至现出一种诡异的小鸟依人之感。原因无他，陈淮南太瘦了，瘦到几乎只剩下一层皮和撑起内里的骨头，稍微咳几声，手背和额心上的青筋似乎就要迸裂。

陈淮南尚存了几分清醒的意识，咬紧了牙关，死也不肯吃那药。陈剑西拿起桌上的汤药强行灌入陈淮南口中，苦汁般的汤药淌进他雪白的中衣，洇出一团团深色的水痕。

陈剑西将药碗往旁边重重一放，睁着一双眼，却没说什么。他一只手绕到陈淮南后颈，力道精准地一捏，陈淮南就如面条般软绵绵地倒在了被褥里。

陈剑西再面不改色地捏起他的下颌，将掌心中的药塞到他嘴里，以药汁灌下。

做完这一切，陈剑西才看向那张深陷在被褥里、疲倦得不像样子的脸，闭了下眼平复情绪。

"两位姑娘，淮南的情况你们也看到了。他只是个年少多病的普通人，却常因为我这个哥哥而遭到牛鬼蛇神的算计……"陈剑西替弟弟掖了掖被角，带着几人往外走，一边走一边道，"家里一直保护着他，他自己也乖巧，不可能也没有机会接触那些妖物。这一点毋庸置疑。"陈剑西的几句话，一下让薛妤和善殊想问陈淮南和今夜来的那妖有没有旧渊源的话卡在喉咙里。

"佛宝丢失的事，恐怕要拜托两位姑娘了。之后一段时间，我得寸步不离地守着淮南。"

"唉，跟你没道理说。"悟能嘀咕了两句，而后看向善殊和薛妤，"我们走，不跟这犟驴一般见识。"

陈剑西明显有所隐瞒，没有说真话。要想了解情况，只能从别处下手，眼前的金光寺住持就是个突破口。想到这儿，薛妤点头，应了声"好"。

悟能带着他们一路往西，进了一间小侧殿。小侧殿的地上简单摆了几个蒲团、几张矮椅，供着一盆炭火，除此之外，就没别的东西了。

薛妤和善殊皆落座。

溯侑一人抱着剑倚在门边，身影被光线拉得瘦而长，半张脸沉在阴影里，现出一点点少年的孤傲之意。

薛妤刚要开口自我介绍，悟能却顺着她的视线看向溯侑，乐呵呵地夸道："年轻人生得真俊，雪娃娃一样。"

不远处，善殊朝她无奈而歉然地笑了一下。

薛妤眼波流转，看到陡然一被夸，全身都绷成一张弓的溯侑，颔首轻声附和了句："是。他是长得好看，常有人这样夸他。"

接下来的小半个时辰，三人在里面你一句我一句地小声交谈。

溯侑僵着背倚在门边，黑漆漆的瞳孔里映着天边骤亮的晨光。

不知过了多久，他突然侧了下头，伸出节节分明的长指，轻而迟疑地触了触自己的脸颊。

真的……好看吗？

殿内，炭火橘色的光明明灭灭。斑驳的火光衬得悟能住持那双手又皱又瘪，苍老得不成样子。然而悟能眯着眼睛笑时,总给人一种如沐春风的和善亲切之感。

"我听善殊提起过,叫薛妤是吧?"悟能把手放在火盆上烤了烤,与其说是问话,不如说是自言自语地嘟囔。他没等薛妤回答,就又开口:"天机书总算起了作用,将你们找来了,不然这样的事,我们怎么插手嘛。"抱怨腔十足,显然被这些事困扰了很长一段时间。

薛妤不是第一回听到这样的说辞。当初皇室夺嫡,她和陆秦抽到天机书任务,木着张脸看那些让他俩聚集在一起的前辈时,那群老头也是这样一边心虚地左顾右盼,一边说:"哎呀,这种事我们是真管不了,怎么管嘛,一管人间就要大乱了。"

薛妤问:"不知是怎样的事,能让住持和城主觉得棘手?"

"你们也看到了,方才那驾鬼车。"悟能愁得直摇头,"实不相瞒,刚开始那片海闹腾的时候,就已经有人走过一遭了,也确实看到了作乱的妖物。他们当即祭出灵器擒拿,谁知突然从海里飞出一只凤凰,将他们的灵器生生撞飞。"

"那凤凰化成人,是个年岁不大的女子。她行事乖张,言语傲慢,居于鬼车之上,左右站着二十四位衣着华丽的侍童。"悟能没好气地从鼻子里冷哼一声,继续道,"好大的排场!若是成年了倒还好,偏生是个乳臭未干的小娃娃,背后的家长不知是妖都哪一家,我们怕出手重了。"

"妖都那些人又不讲规矩,蛮横得很,哪管是不是自家的孩子闯了祸,反正先打了再说,到时候真是长十张嘴都说不清。"

话落到这里,薛妤已经全然懂了。

世间凡事都有规矩,权力集中点却只有三处:一是人皇,管普通人的赏罚生死;二是圣地,约束所有修道、修仙之人;第三处,就是悟能口中的妖都。

若说前面两者都能令人信服,但每每说起第三处,人们总是神情微妙。

妖都,顾名思义,是诸多凶名在外的大妖的聚集之地。里面住着妖、鬼、精、怪四族,以赤水为界,后面十万深山大林全是他们的领地,妖都就建在其中最繁华、最昌盛的地方。

至于里面是什么样,薛妤其实没见过,也很少听人说起过。妖族排外,正如人族排斥他们,若是没有大妖带领,或本身不是妖族血脉,普通人很难在那里存活下来。

可除了居住在妖都里的，尘世间每日都有数不清的妖、鬼、精、怪修出灵智。他们懵懵懂懂，无人教导，全凭本能做事，因此生出了许多麻烦。

说起来，邺都和妖都还有些渊源牵扯。

按理来说，所有既不修仙又不是纯粹人身的东西惹出来的事，全归妖都管，可妖都就是不管。妖都那群老头的意思是，小崽子们闹腾，那是妖的天性，怎么管？这要管了就是扼杀天性了，还怎么成为合格的妖？

虽然他们这么说，可这事总不能真没人管。于是皇宫和六圣地一合计，纷纷将目光投向当时管灵异邪祟之物的邺都。言下之意就是，反正管一样是管，两样也是管，为了世间的太平，只能暂且委屈委屈邺都了。

不管事也就算了，妖都那群老头还总变着法子添乱。他们时不时就传一道符给各大家的家主，清一清嗓子告知诸位：我们妖都哪家哪家的崽子今天去尘世历练了，你们倘若遇见了可千万别动手。他们要是在外惹出什么小事就算了，惹了大事，就通知我们一声，自会有人去处理。但若是谁以大欺小，以多欺少，那我们这些老头子可就要去谁家喝喝茶、谈谈心了……

反正，说来说去，就是不能动。就比如今天的九凤，想都不用想，必定出自妖都。但妖都虽蛮横，却有一点好——输得起。

不能以大欺小，以多欺少，那就单打独斗。在年龄相同的情况下，若是把妖都哪家血脉打趴下了，只要不打死，他们都不插手。在他们眼里，这叫技不如人，没什么好说的，多说一句都是丢人现眼。

这只怕也是天机书逮着薛妤和善殊来的主要原因。

薛妤看了眼悟能身边眉眼温柔、遇事不慌不忙的善殊，想：还好来的不是陆秦。她真是怕了那种身在局中浑然不觉，最后却能精准地被人利用反过来捅自己一刀的队友了。

"悟能住持，我想了解方才那位的情况。"既然一个想找回佛宝，一个想完成任务，那薛妤索性打开天窗说亮话，"雷霆海附近大大小小上百个村落，那妖驾驭雷电，并且有九凤帮助，这么多年下来，死的人只寥寥几个，说明它不是弑杀的性格，并且它没必要以身犯险，在明知你和陈城主都在的情况下对他的弟弟下手……除非他们之间有什么旧渊源。"

善殊认同地点点头，侧首看向悟能："而且方才，城主和他弟弟之间的相处，也确实有奇怪之处。"

悟能像是料到她们要问这个，眯着眼慢慢回忆："陈剑西这个人，耿直、爽快、仗义、胆大心细。别看他方才凶神恶煞的，其实平时不这样。但有一点，你问什么都好，说什么都行，就是不能把话题落到他弟弟陈淮南头上去，一提就翻脸。"

薛妤问："您认识陈淮南？"

"不熟。"悟能摇头，"当年我承了陈剑西一份情，之后常有书信往来，也勉勉强强称得上一声老友。然而相识几载，他从未说起自己有个叫陈淮南的弟弟。"

善殊耐心地提醒他："可您方才在陈剑西跟前说，那药陈淮南已经吃过很多次了。他得的是什么病？方才服下的那颗又是什么药？"

"你这丫头，也让老衲喘口气。"悟能笑吟吟地说。他微微仰起头，像是在透过门隙看窗外的晨光，又像是突然陷入某种回忆里。

"陈剑西肩上担着雾到城城主的担子，忙起来分身乏术，几乎没有清闲的时候。我呢，又常年住在金光寺。因此，虽然同住一城，但是见面的次数实际不多。直到两年前的一天，陈剑西突然来找我喝茶。"

悟能指了指远处的亭子，道："我们坐在亭下品茶对弈，他心事重重，下几把输几把，我便猜到他来找我是有事相求。不出所料，他问我有没有一种药，吃下去能让人暂时忘却忧愁，不哭不闹，安静睡去。

"我欠他个人情，这药不是什么稀罕东西，于是我当下便答应。谁知这一供，就是两年。这药就是方才你们见我拿出来的那颗，叫忘忧散。"

听到这里，薛妤和善殊同时皱眉。

这场交谈一直持续到天大亮才结束，悟能耷拉着脑袋深一脚浅一脚地率先出了门，一边摇头一边止不住嘟囔着什么。

善殊对此习以为常，她朝薛妤解释："悟能住持就是这样的性情，看着不着调，实则一心为民。只是年纪大了，操劳多了，话也就多了。"

薛妤收回视线，点点头表示理解，其实她心思根本不在悟能身上。

"我们得见见这个陈淮南。"她拧眉，青葱一样水灵的手指在一侧小桌上或轻或重地敲着，发出嗒嗒的声响。这是她想事情出神的习惯性动作。

"陈剑西的态度已经分明,想见到他,并不容易。"善殊也罕见地发了愁,"不若我们先想办法见见九凤,既然她意不在杀人,总有别的所图。"有所图谋,那就好谈,总比她们这样云里雾里连对方的目的是什么都搞不清要强。

"她潜伏在暗处不露面,我们也没辙。"薛妤言简意赅道,"我和她谈不了,她不会信我的话。"

善殊听后一顿。

确实,薛妤手上沾了无数大妖小妖的血,只怕与九凤一见面,就会演变成生死仇敌狭路相逢的场面,更别说信任了。

"为今之计,也只有等待了。"善殊很快拿了主意,"那妖并不是每晚都出来,两次出现至少相隔十五天。在这十五天里,我们想办法弄清陈淮南的事。"

薛妤道:"好。"

令所有人没想到的是,接下来十几日,不论薛妤和善殊怎么找人打听,都探不到任何关于陈淮南的消息,甚至都没人知道他现在被陈剑西安置在什么地方。陈淮南整个人,连带着他所有的生活痕迹都消失了,恍如人间蒸发。

陈淮南见不到,九凤不出现,大妖不露面,所有的线索基本被拦腰斩断。哪怕在脑海中拼接千遍万遍事情的完整始末,但没有实际线索摆在面前,什么都等于白想。

薛妤等人住的小村落更是风平浪静。自打那天薛妤动怒,溯侑劝解了一番话之后,村里人看他们的眼神就不大友好。甚至还有孩童跑到朝年面前,甜甜地问他们什么时候回去,一听就知道是背后有大人授意。

薛妤听过之后,什么话也没说,独自一人拜访了城主府。彼时陈剑西并不在城主府内,而距离管家通报到陈剑西出现在眼前,她足足等了一个时辰。

结果接连问了四五个问题,陈剑西眼皮都不掀一下。等她话音落下,陈剑西才慢慢放下手中的茶盏,一字一句道:"姑娘应天机书请托,是为解决尘世灯和佛宝失窃一事。淮南的事,不劳姑娘操心。"

薛妤讨厌极了这种既要你办事,又什么也不肯说的人,这导致她在回小村落的时候,浑身带着一股寒气。

什么线索都不给,只说要找东西,她上哪里找?先出来个不按常理出牌的九凤，再来个守口如瓶的陈剑西，薛妤总算知道这四星半是怎么一点点升上去的了。

天气转暖，雷霆海附近的村落里开了点花。花朵一簇簇团着挤在枝头，又被舒展的枝丫颤颤巍巍挂着伸到薛妤那间石屋的窗底下。

彼时，溯侑站在大树一条枝干上，剑尖抵着老树龟裂的树皮，肩上落了三两片纯白的花瓣。

某一瞬，他似有所感地抬眸，就见薛妤在屋里踱步，发丝间珠钗颤颤晃动着，珠钗下是一截儿白胜雪的脖颈。

他极慢、极缓地眨了下眼。

深夜，整个村落陷入死一般的幽静，像是被一张血盆大口连皮带肉吞进腹中。村里种了那么多树，夜里却连声鸟鸣都听不见。

薛妤正在翻朝年白天费尽心力整理出来的陈剑西的生平，看到一半，她似有所感，侧头确认了片刻，而后将手中书卷啪地往桌上一放，身影青烟似的掠向了一侧隔得不远的石屋。

入门就是一道阻止人进入的术法。薛妤动了动长指，面不改色地穿过去了。

这是溯侑住的地方。少年表面看着乖巧，实则孤僻，不肯跟朝年同住一屋。

此刻，屋里敞亮，桌上燃着灯。薛妤一眼就看到了倚着墙，手腕汩汩淌着血，脸色苍白如白纸的少年。他脚下是几近成形的晦涩阵法，整间屋子因为它的存在，温度一降再降。这不是仙门正统阵法，而且，这阵法阴邪至极，薛妤就是被它惊动才一路寻来。

"溯侑。"薛妤的视线从他脚下的阵转移到他脸上，声音轻而缓，话语中却隐有动怒之意，"审判台下来的第一天，我跟你说过什么，都忘了是吗？"

少年抬起一双乌溜溜的眼，用一种执拗的语气道："我不用它害人，不算邪法。"

"你想用它做什么？找人？"拥有千年记忆的薛妤仅仅扫了一眼，就知道这阵是什么来路，"找谁？"

薛妤突然记起来，那天雷电劈下来，眼前的少年曾捡过一枝被毁的芽苞，上面有大妖的气息。用它，正好可以作引施法。

薛妤一腔火气顿时不知道往哪儿发，她扯了下嘴角，冷然道："你知不知道，这个阵若成,你引来那只大妖后,必遭反噬。若引来九凤,会被当场格杀。"

溯侑沉默。他知道,所以他都算好了,他身上有一些保命的东西能拖延片刻,只要那只妖一来,薛妤必定能够察觉,而他,大不了重伤。他从审判台下来时就是重伤,是薛妤救了他,让他逐渐恢复。这本来就是他欠她的。

薛妤看他许久不说话,如流水般长长的发遮住他的脸和眼,只能看见他两个肩头,像是竭力压制着什么情绪,一点儿一点儿地耷拉下去。薛妤顿时想到他的年龄、他的心性,以及今日他不惜以死帮她的好意。

"出来。"她动了动唇,道,"我不需要用这种方式完成任务。"

溯侑慢慢抬起眼,一双惑人的桃花眼微微挑着,声音轻得出奇,像是极度不解:"一只妖鬼,换天机书一个任务。还有当地村民的感谢,族人长辈的赞赏,以及如日中天的声望。不值得吗?"

他歪了下头,问这话时如孩童般纯粹。

及至此时,他盛极的容貌甚至将他的神情衬出一点点委屈和无措之意,无辜得令人生怜。

薛妤静静站了片刻,像是被问住了,又像是在认真思考这话该怎么答。

"我不知道别人如何。"她眼底像是泅着一片浮动的碎光,迎着溯侑探究的视线,一字一句道,"就我而言,不值得。"

她再开口时,朝他伸出了手,道:"阵法易成难解,你牵着我出来。今日之事,下不为例。"

时间仿佛在这一刻静止。

没有让薛妤等很久,这一次,溯侑乖乖将手递给了她。

他的手形堪称完美,骨节匀称,皮肤泛着冷白。因为太瘦,他手背上细密交织的青筋清晰可见。这只手握在手里,有一种玉石般清凉的质感。

薛妤将人拉出来后,溯侑很自觉地松了手。然后他站在一侧墙角的阴影里,捏着一枝被雷电烤焦的芽苞,安静得像一棵开出花骨朵的树。

这样的天气,他身上仅穿了件长而宽大的黑袍。老气横秋的款式落在少年身上,除了衬出那张毫无血色的脸的苍白,并没能削弱半分原有的风韵。

如悟能所说,他确实长得很好看。

薛妤的视线从他脸上落到他手上，半晌，道："给我。"

溯侑鸦羽般的睫毛颤颤落了几下，像是做了错事的孩子，不敢看她的脸色，只是默默将手里捏得死死的那枝芽苞放入她手中。后撤时，他指尖不经意蜷了蜷，触碰到她温热的掌心，又触电似的缩了回去。

薛妤脸色并无变化，她接过芽苞，半蹲下身，长长的发丝因为这个动作而朝前垂下，遮住了她半边侧脸。而她恍若未觉，只是皱着眉，以芽苞为笔，在那个已经有雏形的"引灵阵"中勾勾画画。不过寥寥数十笔，阵中局势一变再变，阴冷之气一点点降下去。

"你从前，走的什么道？"

薛妤是这世间少见的灵阵师，纵使这具身体现在尚停留在大灵师境界，可千年的造诣仍在。她能感受到布置这阵法的人手法并不娴熟，像是临时参照着某种阵图一点点摸索着描画出来的，即使这样，他也依旧接近成功了。

不只在灵修，甚至在灵阵师一道上，他也展现出了不同常人的天赋。

"没。"溯侑抬了下眼，因为阵法输入过多灵力的原因，他两边眼尾尚缀着点晕开的红，颜色深郁，像是有人提笔用胭脂画了两朵小小的云。他低声道："有什么学什么，不讲究。"

像他们这样的，也讲究不了。前期活下来都成问题，后期有心想专注一条路，但那时候学的东西已经杂了，更无法改。

"也好。"薛妤点了下头，道，"你现在等同于从头来过，以前学的那些就全忘了吧。这半年你主修邺都心法，同时想一想，往后要往哪条道上走。等回了邺都，我带你去藏书阁选适合的秘籍。"

只有在这种时候，她才像是从圣地走出来的公主殿下，出手大方，浑然不在意那些秘籍、功法在外面价值多少。就像那颗用在溯侑身上的七彩丹，她碾碎了用气劲拍进他身体时，也如同说这话时一样自然，没有犹豫，没有迟疑，也没觉得任何不对。

"今天这阵。"薛妤顿了顿，侧首去寻他的眼睛，强迫他与自己对视，郑重道，"不准再有下次。"

"好。"溯侑白玉般的长指在宽大的袖袍下动了动，轻声吐字。

十 妖都九凤 受托寻人

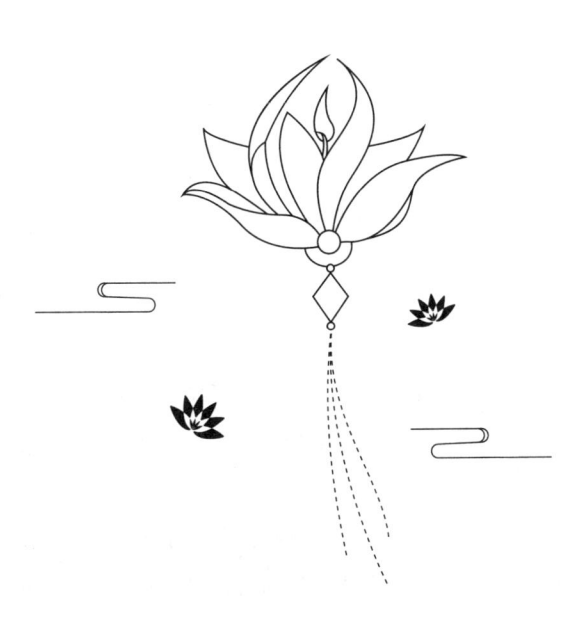

时至深夜，清冷的月被云遮了一半，另一半颤巍巍悬在天边，薄霜似的皎光均匀地洒在草木葳蕤、古树参参的村落里。

对面不知谁的石屋窗台外，养着一墙的迎春花，在这样夜阑人静的时刻，开始发生奇妙的变化。

也许是吸饱了雨露霜华，枝条上一朵迎春花无声绽放。片刻后，迎春花里面跌跌撞撞跑出一个拇指大小的姑娘，她像是喝醉了酒似的醉醺醺地抱了朵花苞趴在枝头，好半晌没有动静。

万物成精，这是世间常有的事。只可惜这花仙命不好，生在尘世，生在人族的村落里。若是明日一早被人看见，那些人会如何对她呢？是见钱眼开地高价卖给城中商贾人家，还是眼也不眨地扼断她的生机？

溯侑仅仅扫了一眼就收回视线，却发现薛妤出乎意料看得认真。她对尘世中热闹、鲜活的事与物总抱有许多新鲜感和好奇。

于是他又顺着她的视线看过去，看到那个石屋悄悄开了扇窗，从里面探出半个脑袋。没过多久，有人从石屋里溜了出来。

那人一边跑一边胡乱系着衣扣，可即便如此，还是被夜里的温度冻得狠狠打了个哆嗦。

他顾不上许多，先支着脑袋左右张望，见四下确实无人，才小心翼翼地伸出手，将那小得可怜的花仙放入掌心中，而后像灵猴一样往远处蹿。

"苏允。"薛妤望着这一幕，想起那个在他们第一天来此地就跳起来告诫他们的少年，认出了他的身份。

"他去了雷霆海的方向。"溯侑很快跟上她的节奏。

"跟过去看看。"

两人悄无声息地融入黑暗，他们借着夜色与树林的间隙，不远不近地跟在苏允身后。

苏允没有修习术法，但少年敏捷，又长于林间，跑起来连气都不带喘。他偶尔一脚踩到落叶，清脆的"嘎吱"声很快被风声掩盖。

苏允一路穿过树林，拐入一条荒废的长满杂草的小道，又一口气不歇地跑到滩涂边，这才终于停下来狠狠喘了几口，并胡乱抬起手用袖子擦了擦额头上沁出的汗。

浪潮声从四面八方呼啸而来，苏允踩在一块被浪花拍打的巨石上，朝深海方向不知吼了几句什么。

下一刻，海水几乎停止了涌动。

溯侑感受到纷杂的气息像缠绕的海藻般缓缓逼近。其中一股尤为可怕，如曜日中汩汩涌动的岩浆，只是稍微流露一丝气息，就能将人放出去的神识灼得有去无回。来人众多，且格外强大。

他刚要侧首提醒，肩头便被一只手不轻不重地压了下。溯侑余光里是大片铺开的瓷一样白腻的肌肤，少女身上淡淡的香止不住地往他鼻子里钻。她清冷的声音尚带着呼出的热气，一点儿一点儿拂在耳边："来了，别动。"

不知是因为她这句话，还是因为别的什么，溯侑深色的瞳孔颤了颤，像被人用了定身术定住了一样，慢慢地连呼吸都凝滞下来。

薛妤凝视着大海中央，面色彻底凝重下来。

这一环确实在她意料之外。这个叫苏允的少年，那日跳出来跟他们嚷嚷时她就探查过，气息纯净，是个普通人，因此她便没有将他放在心上。

这些天她忙着查九凤、查陈淮南，包括去查金光寺和陈剑西，唯独没想过一个纯粹的人类少年会跟妖族有这么深的牵扯。

月色清冷，绵延起伏的海面突然从中间裂开，像是被什么不可抗拒的力量强行撕裂，然后颤巍巍拱起了一座水桥。桥上渐渐有人影现出，或倚着或站着，宛若有人临空落下几笔，便有画中人物栩栩如生呈现在眼前。

薛妤的视线径直略过那些气息微弱、尚不成气候的小妖小怪，最后落到最中间那位女子身上。

女子一身张扬热烈的红色留仙裙，头上盘起的发髻上讲究而精致地插着当下最时兴的珠钗，剩下的发柔柔垂到腰侧，眉心用朱砂般的颜料恰到好处地勾出一片凤羽，心思巧妙得令人称叹。

她随意抬了抬下巴，身边打扮得花枝招展的女妖们便一哄而上，各出手段。旋即，那座小小的水桥便开出各式各样的鲜花，而她这才略微满意了似的从"鲜花桥"上一步步跨下来。

她的气势太压人，气息太张扬，以至于无须辨认，但凡长了眼的人都能识出她的身份。这就是那位令悟能等人心生忌惮的妖都九凤。

"小鬼，大半夜的，吵什么？"九凤生了双妩媚的凤眼，漫不经心说话时显得浑身懒洋洋的。她伸出长指，戳了戳苏允的脑门，语调软绵绵的简直要酥到人骨子里去："给姐姐带什么好东西来了？"

"是这个。"苏允自然而然地扭头躲开那根白玉般的手指，张开手掌，露出掌心中那个连爬都爬不起来的小花仙。

许是出来的时间不能太久，他说话格外地快："我前段时间看花苞上有些灵气，心想可能要诞生个小花仙，这些时日便格外留心迎春花藤。因为圣地来了人，我阿爷这几日格外不高兴，见我就骂，说我荒废学业，遛猫逗狗的没个正经样子，骂着骂着就起了兴，将一盆热水倒在了花架上，导致她提前出生。你看可还有救？"

"噢？是这样。"九凤眼风轻飘飘掠过他掌心中孱弱的花仙，掩唇打了个哈欠，格外无情道，"我管不着。"

苏允急了，他挠挠头："怎么就管不着了，你不是这片海的头头吗？那这……这小花仙长大后也可以为你做事啊。"

九凤这下是真笑了，她道："小鬼，你当我是你们口中的山大王呢？还头头。"

"行。"她像是那种高兴了什么主意都能轻易改变的性格，"那就留下吧，正巧我的十二花仙里缺这么朵迎春。"

苏允肉眼可见地松了口气。

"不过。"九凤的眼低低垂下来，眼尾处压出一道格外凉薄的线，整个人的气势在一瞬间拔高，"在有些人眼里，这可不叫花仙。"

她语气轻得令人毛骨悚然："这得叫，该死的花、妖。"

话音落下的瞬间，爆炸般的气浪从她鲜红似血的衣袖间迸出，而后去势不减，携着万钧力道在苏允收缩的瞳孔中掷入他背后数十里的林间，顿时声浪涛涛，泥浆翻滚。

"不是想见我吗？"半空中，九凤居高临下，红唇轻启，"还不出来？"

薛妤早就知道瞒不过，她一步步走出来，仰着头看九凤时，脸上并没有被人揭穿的狼狈和胆怯。

"你这手上，还真沾了不少我妖族的血啊。"九凤眼底像是燃烧起两朵绚丽的火莲，她舔了舔唇，满脸勾人的媚态，"真是令人讨厌。"

"托妖都的福。"薛妤指尖的雪线拉成千万条，将他们所在的整个区域密不透风地围起来，而后化为雪粉，消失在空气中，于是方圆数里的海面，像是凭空生了无数堵门，将风声和浪潮声一并隔绝开，"邺都倒十分愿意将这管束的权力交还妖都。"

九凤冷冷地哼了一声，身后浮现出巨大的凤凰虚影，华丽的尾羽每一根都似缀着镏金，妖娆地绽放出朵朵火莲。

"你要在此处与我交手？"九凤勾唇笑了笑，眉宇间终于凝起些火热之色，"好啊，我已经许久没遇到如此干脆利落的人了。"

薛妤皱了皱眉，问："若我不与你交手，雷霆海一事，可有交谈的余地？"

九凤终于肯仔仔细细打量这位素未谋面的邺都公主，半晌，她将一绺碎发别回耳后，道："没有。"

薛妤颔首，朝她扬了扬下巴，话语格外简单利索："那来，打。"

她跟九凤素未谋面，却从许多人口中和许多书中得知妖族本性。他们骨子里仿佛就带着战斗的本能，凡事以实力说话，只有展现出令人认可的实力，他们才会真正将眼前人重视起来。在此之前，说什么都没用。

九凤深深看了她一眼，道："化繁为简，三招定胜负。"

薛妤点头，衣袖挥出一股柔劲，将苏允和溯侑远远推离出这片区域。

她们凌空而起，九凤声势浩大，无数根流星火箭迸发，带着肃然的杀气从四面八方攻向薛妤。九凤的火箭所过之处，空气都仿佛被高温灼热，而薛妤则缓缓地闭上了眼。

一个极动，一个极静。两者碰撞在一起时，空气甚至有片刻的静止。

下一刻，画面陡然破碎。无数火箭倒飞出去，又在半途被某种气息碾碎，灰扑扑地落进海里。

短暂交手后，九凤畅快淋漓，兴致昂扬："再来。"

这一次，薛妤主动出招，万千灵光如流萤般飞出，落成一个小小的阵法，阵中伸出一根藤条，将才要腾空避开的九凤狠狠拽下来，等她回身斩断时，人却早已入阵。

薛妤在阵外安安静静看着，长而宽的衣袖垂下来，像两片绵软的云。

和灵阵师交手，就这点不好。一旦入阵，那就是他人在外面笑看，任你在里面手段尽出，丑态毕露。

九凤像是被这一幕刺激到，眼瞳在一瞬间炸开镏金光芒。下一刻，无边热浪将整个灵阵包围。最终，灵阵不堪承受，如被打碎的玻璃般发出清脆的咔嚓声，在两人眼中碎成无数灵光。

"最后一招。"九凤揉了揉发麻的拳头，收敛起眼里懒洋洋的娇态，认真道，"让你提前见见妖都的实力。"

她以为薛妤不会理她的挑衅话语，谁知眼前霜雪一样的冷美人竟也认真地回了句："好，我看着。"

九凤化为灵光消散在空中。下一瞬，有流动的浮光顺着海面一点点漫上来，一只巨大的火凤舒展赤翼，带着海上的万里长风，以一种绚丽到寻常人不敢想象的姿态将海水劈成两半，朝薛妤飞来。

那一双琉璃似的黄金瞳里倒映着远山、夜空和海面，美得令人心惊。

就在火凤尖利的喙即将触到薛妤头顶时，薛妤整个人像是被那团炽热的火烤得融化了似的徐徐消散。

眨眼间，海面上落下纷纷扬扬的雪，温度急转骤降。雪轻轻柔柔覆盖在火凤流光溢彩的漂亮羽翼上，一层接一层，像开了一树又一树怪异的花，却偏偏将那些有脾气的、冒着火光的尾羽安静而坚定地压了下去。

如此对峙片刻，两人都现出原身。

九凤眉心拧起来，很不高兴地抖了抖衣裳上的水，硬邦邦地道："算平局。"

"好。"薛妤不在这些事上跟她计较，道，"我想问几个问题。"

"只能问三个。"九凤眼也不抬地回,"我拿人东西,临时收手绝无可能,这件事你别提。"

有人愿意开口,事情无疑好办许多。

薛妤沉思半晌,问道:

"一,佛宝失窃是不是你们干的?

"二,这件事跟陈淮南有没有关系?

"三,它闹得这么厉害,目的是什么?"

让她问三个问题,她还真列个一二三出来。九凤打完架,平复了下心绪,复又变得懒散起来:"第一个问题我不知道,回答不了。你换一个。"

薛妤沉默半晌,问:"你受谁之托?"

"她叫云籁。"九凤又站回那座水桥上,托着腮看着晃荡不休的海面,同时伸出手拨了拨,"是海底的一只大妖。"

"至于跟陈淮南有没有关系。"九凤不紧不慢地哼了一声,低头欣赏自己沾了水而格外艳丽的指甲,言语格外不屑,"你自己问问不就知道了?"

"还是有人将他保护得太好了……"九凤顿了顿,慢吞吞地补充完,"连对请来帮忙的你都藏着掖着不让露面啊。"

薛妤慢慢压了下唇,道:"还剩最后一个问题。"

"目的,不是杀人,就是找人咯。"九凤像是想到什么不好的事,神情怏怏地拢了拢衣裳,"你快点将人带过来,事情解决了不就行了?"凤凰厌水,她真是在这冷冰冰的海底待够了。

薛妤将她这几句话在脑海里翻来覆去倒腾了许多遍后,方道:"我知道了,多谢。"

"别谢我。"九凤朝她摆手,"这事还没完,该出手时我还是会出手。"

说完,她凌空点了下苏允的方向,又道:"正好,顺路把这小鬼拎回去。"

闹了一晚上,之前九凤和薛妤过招时虽然有结界隔绝,但是因为双方打斗太过激烈造成有些许力量泄出,山崩地裂的阵势将村里的人都惊醒了。村民们察觉到少了三个人,寻人的火把顿时满山头攒动,只是大家都远远躲着这片海不敢过来。

回去的路上,薛妤走在前面,溯侑紧随其后。他们两个都不说话,苏允也梗着脖子不敢吭声，风一吹，他抱着胳膊冷得直哆嗦。

"小六？小六！"远处，有人举着火把看到了苏允，声音一下子拔高了许多，他朝着后面招手，道，"村长！小六回来了，回来了。"

苏允也配合着往前跑，被涕泗横流的老村长一把摁入怀中。煽情过后，是又打又骂的鸡飞狗跳的场面。

眼前火把涌动，一片热闹。

溯侑抬眼看身边的人，发现薛妤安安静静地站在圈子外沿，过了许久，她才慢慢用手指摁了摁眉心，流露出一些疲惫之态。

他睫毛轻颤，视线落在自己的手掌上，而后空空握了两下。

许是她一直以来表现得太低调、太柔软，他便以为她跟他从前所见的那些少年天骄没什么区别。直至今日，直至方才，那场轰轰烈烈的对峙后，他才知自己的想法有多天真。

那种级别的战斗，即使是上审判台前的他，都挨不过一遭，何况现在？而且，她在战斗之前，还得分出心神来管他。如果不能快速强大起来，这样孱弱的身体，他拿什么帮她？

越来越近的火光照得少年侧了下头，映出他眼里一片浓郁的阴翳。

他们与村民相遇时，天将亮未亮，云上还蒙着一层厚厚的乌青。村民们举着的火把像是漫山的灯笼，在眼前晃晃荡荡，身后的海面又恢复了沉寂的模样。

老村长抱着苏允又打又骂，一张因为苍老而堆起褶子的脸惊吓未消，声音里尚带着劫后余生的颤意："你干什么去了你？！一个人乱跑什么？"

苏允"嗷嗷"叫了两声，他的衣裳被海浪拍湿，又在林间沾了泥土，他想起方才薛妤和九凤两人打斗时那惊天动地的声响，觉得瞒是怎么都瞒不过去的。

他索性眼一闭，瞎编一通："我晚上睡不着，担心我那墙迎春，想偷偷起来看一眼，结果才走到花架前，人就晕了。等我醒来的时候就在海边，发现这位圣地来的姑娘在和一只——"他比了个格外夸张的手势，"那么大的妖斗法，最后将那大妖打跑救了我。"

他这么一说，村民们的视线齐刷刷朝薛妤汇聚过去。

老村长正了正神情，擦了擦眼角的湿润，上前郑重其事地朝薛妤作揖，道："多谢小仙长出手相救。我们家如今就剩小六这一根独苗，他若是出了事，我真——"后面的话他再也说不出口。

来到这里，薛妤还是头一次感受这种被戴高帽子的感觉，她避过老村长的礼，道："分内之事，应该的。"

等一行人回村时，天已经大亮。一群妇女围在村口左顾右盼，最中间的那个眼睛肿成了核桃，几乎喘不过气来。老村长一见，气不打一处来地揪了下苏允的耳朵，道："还不快见你阿娘去！"

苏允立马飞奔到那妇人跟前，连说带比画地解释。

"女郎。"一片混乱里，朝年几乎连滚带爬地跑过来，将薛妤上下看了看，见她没有受伤的迹象才道："您跟九凤交过手了？"

九凤的气息对梁燕和轻罗这种小妖几乎具有审判性的压制，梁燕还好些，轻罗的耳朵到现在都还竖着，用帽檐低低压着。闻言，她们都看向薛妤。

薛妤道："嗯。"

朝年顿时倒吸一口凉气，喃喃低语："居然真在这儿。要不咱们别管这任务了，反正到头来也完不成。咱们冒着危险奔波来去，他们一个两个地推三阻四，连个真话都没有。"

"女郎。"朝年压低了声音提醒，"您身上还有伤呢。"

溯侑一排浓密的睫羽颤然动了动，看向薛妤。

"没事。"薛妤不甚在意地道，"我有些头绪了。"

"朝年，这两天你多在村里走走，盯着村长和几位管事的，有什么发现不要擅自行动，及时通知我。"她又看向轻罗和梁燕，指了指不远处的一座小镇，说，"你们两个去我们那日会合的驿站里守着，不用干别的，就每天吃吃茶，问问驿站里的掌柜和歇脚的老人，十年前这个村子，可有来过什么富家公子，又发生了怎样的奇闻怪事。"

三人齐声应下。

"溯侑。"薛妤看了眼身形单薄的少年，道，"你跟我过来。"

石屋内，薛妤站在半开的窗牖前，看着窗外那位才经历了大喜大悲的老村长。

老村长在进屋之前，狐疑地看了看那墙迎春花藤，片刻后，招手叫了几个人将那些藤全拔了。

在这期间，苏允单脚站在墙边，环着胸看着，一脸想跳起来阻止却最终迟疑的神情。直到最后，他嗤笑一声大步回屋，这场闹剧才算告一段落。

薛妤收回视线，随意拉了把椅子坐下，肩头这才一点点地松落下去，那种深藏在冷淡外表之下的疲倦开始慢慢显现。她把从九凤那儿得来的回答说给溯侑听，而后问："这事，你怎么看？"

溯侑看着她搭在椅边水晶般的长指，沉思片刻，道："谜底多半藏在陈淮南身上。"

"现在的问题是，我们无法接触到陈淮南。"薛妤一双琉璃似的清水眸落在他那张无可挑剔的脸上，认真问，"若是你，你会如何？"

这个问题，她若是在十天前问出来，溯侑必然会换上一张全然无辜的、正义的面孔，说出那些他自己都嗤之以鼻的话，讨她欢心，应付她的试探。他很聪明，更知道如何利用这份聪明。

可她此刻在他眼前坐着，脸上霜雪依旧。十几日的奔波，她为了这些不把自己性命当回事的人，连着吃了几次的闭门羹不说，还去和九凤过招。

他不在意这个任务能不能过，更不在意那些利欲熏心的人能不能活。可朝年说，她身上还有伤。那只将他牵出阵法的手，冷得和冰一样。

良久，就在薛妤以为溯侑不会回答的时候，他突然抬眼，轻声缓字地道："若是我，我会硬闯。"

薛妤有些讶异地扬了扬下颚，像是没想到他会这样回答。半晌，她慢慢起身，道："先去问问苏允。"

苏允闯了大祸，现在正被老村长勒令禁足。听到薛妤和溯侑想进屋问事情的时候，老村长迟疑了下，直到溯侑不轻不重地开口说了两句大妖会盯上苏允的鬼话，他这才忙不迭地将人请了进去。

像是料到薛妤他们会来，苏允也不惊讶。他托着腮坐在窗前，正对着那墙空落落的木架子，怅然叹了口气，道："还好，送走得及时。"

"既然你喜欢这些，你祖父为何容不下？"薛妤顺着他的视线看过去，问道。

"他有心病，见不得任何妖啊怪的。"苏允没觉得有什么可避讳的，耸了耸肩，又补充了一大段，"你不是也知道，我父亲去世得早，家里就我一根独苗。我父亲就是被妖害死的，就在我祖父眼前，被一只黑豹妖一口吞了。从此之后，祖父就受了刺激，听不得这些，也看不得这些。"

薛妤细细观察他的神色，发现他一脸坦然，神情不由微动："你也知道这件事，为何还敢跟九凤那样的大妖接触？"

"我是个普通人，也不知道九凤是不是大妖，是怎样的妖，但我接触的妖对我都挺好的。"苏允像是陷入某种回忆，"我阿娘身体不好，需常年用药。祖父年事已高，出海捕鱼也赚不了几个钱，因此阿娘吃的药大多是我去山里、林间采的。"

"有一回我去东边的山头采药，那天才下过雨，路滑，我一个没留神就倒了下去，头磕在石块上。醒来的时候，我发现自己倚着一棵桃花树，树上坐着个笑吟吟的男子。那男子见我醒了，将手中的桃花灯给我，让我一路顺着灯的方向走，便能到家。"苏允弯着眼笑了一下，现出点少年的飞扬神气来，"其实那个时候，我就知道他是妖了。"

"之后我常去找他，给他带了许多东西当作谢礼，他都没有再现身。后来估计是被我烦怕了，所以也就现身了。我们熟了之后他也会多说几句话，带我见见他的好友。"苏允转了转手腕，道，"很奇怪，我真是一点儿也不怕，只是觉得新奇。"

"我听你祖父说这海从前叫九凤海，十几年前九凤就居于此地了吗？"薛妤安静听完，问起了自己关心的事。

苏允摇头："并不是，但九凤十几年前确实来过这边。这海是因她某位老祖而有的名字，她时常过来看看，这次来是在半年前。"

薛妤看着他的眼睛，又问："那只和九凤做交易的大妖，你认识吗？"

"不认识，但有听说过。"这个心直口快的少年罕见地犹豫了一下，才挠了挠头，"你们要是想知道，我可以说给你们听。但得事先说好，我也只是听说，不知道真假。"

"没事，你说。"薛妤回道。

"村子里常出这样的事，大家都人心惶惶。我曾不止一次问过桃知，他只说那只妖没有坏心思，不会伤害无辜之人。之所以这样，是有人欠下了债，得还。"

薛妤再看过去的时候,苏允已经投降似的举起了手,嗷嗷乱号:"别的我是真不知道了,一点儿都不知道了。"

"我想问最后一个问题。"薛妤看着那空落落的迎春花架,缓缓出声,"既然你祖父那样怕妖,厌恶妖族,为何宁愿忍受长年累月的折磨也要继续住在村里?你们其实大可以去城里生活。"对于经历过丧子之痛的老村长来说,还有什么是比人命更重要的呢?

薛妤话音落下,苏允瞳仁里的笑意如潮水般退去。他扯了下嘴角,摊了下手掌,道:"谁知道呢?可能是我阿娘需要一直吃药,而我,需要攒钱才能去大门派拜师学艺吧。"

薛妤深深地看了他一眼,而后带着溯俌走出了石屋。

她看了眼正当空的曜日,刚想说话,就见腰间的灵符燃起来,善殊温温柔柔的声音传进耳里:"阿妤姑娘,你现下有没有空?我这里有些发现,关于陈剑西的。"

"有空,马上到。"薛妤速回道。

薛妤和溯俌再次大摇大摆从雾到城的高空飞过,负责记录的弟子在两人走后,颇为不解地看了手册上一排的"赤水违规"的字样。二人面面相觑,其中一个对另一个道:"赤水最近是发了什么横财吗?"

"不知道。圣地一向有钱,出手阔绰。不过赤水往常是最守规矩的一个,最近不知道是怎么了,一反常态。"

十一 陈氏兄弟 逆天借运

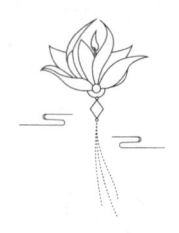

金光寺，善殊的住所。

薛妤到的时候，古树底下已经摆好了桌椅，桌上斟好了热茶，清香阵阵。不远处的竹林风声簌簌，美不胜收。

薛妤落座后，善殊屏退左右，将手边一卷竹简推到薛妤跟前，道："阿妤姑娘，你先看看。"

薛妤接过竹简，逐字逐行认真看下去，最后她"啪"的一声合起来，递给身边眉目艳极的少年："看看。"

"你走之后，我命手底下的人着手调查陈剑西，跟悟能住持说的八九不离十。他为人宽和，接手雾到城后，在百姓口中名声和威望都不错，看不出有什么反常之处。"

善殊整理了下衣袖，娓娓道来："于是我开始调查他的生平，令人拜访他昔日同门，查他的幼年和过往，最后发现了上面写的这些。"

"他这个人，处处透着可疑。"薛妤锁眉，将昨夜发生的事简单说了下，又道，"这些东西我们看了，心里也好有个数，何况即使找陈剑西对峙，也能被他轻而易举驳回来，还容易打草惊蛇。"

"说的是，所以我也不敢轻举妄动。"善殊认同地点点头，忽而叹息一声，"若上面所言不虚，那这个陈剑西，真不是一般人。"

薛妤的脊背往后稍倾，直到靠在椅子上，她才闭了下眼。

"可若是不打这条蛇，我们根本见不着陈淮南。"善殊也发了愁，"这个人物不现身，我们说什么都是空。"

"陈淮南比陈剑西小十岁，陈淮南出生前，陈剑西已经被当地稍有名气的门派拒绝了五次，说他根骨不佳，悟性不足，难成正果，即使陈父陈母花大价钱也没能买通门中教习。"薛妤冷静道,"而在陈淮南出生之后,他再去同一个门派,却能同时被长老们看上、哄抢,最后惊动掌门。"

"为什么?"薛妤不自觉皱眉。她并非全然否定一个人的努力,如果陈剑西是咬牙以毅力坚持取胜,那她毫无二话。可门派选新生这种事情,往往都是看一个人天生的潜质,前期若是根骨不佳,难道后期就能脱胎换骨、去旧迎新吗?这绝无可能。

"还有。"善殊苦笑了声,"陈剑西父母原本是当地的巨富人家,可当年时逢干旱,家中生意一落千丈,几乎要到倾家荡产的地步,而这些问题,在陈淮南出生之后,也都迎刃而解了。

"最巧的是,陈剑西十年前竞争雾到城城主之位,其中诸多不顺。本来这个位置是怎么也落不到他头上去的,可就在争得最厉害的时候,他突然说家中弟弟病重,几日后便将陈淮南接来了雾到城,安排在一个小村落里养病。就在陈淮南来后不久,圣地和朝廷一同颁布法旨,宣布陈剑西出任雾到城城主之职。

"这个陈淮南,说是福星转世也不为过。"

就在此时,溯侑看完了竹简,将竹简安静地摆到桌面上。

他稍稍倾身,那双潋滟桃花眼微垂时露出一道不深不浅的褶,下颚的线条像一气呵成的留白。薛妤与他对视时,仿佛听他在轻声问:"闯吗?"

薛妤静坐片刻,骤然将竹简推回善殊跟前,问:"悟能住持是否在寺里?"

"在。"善殊回道,"佛宝失窃,他日日都得在寺内守着。不过,若是阿妤姑娘寻他有事,我可以顶替他一段时间。"

"那就麻烦佛女先守住金光寺。"薛妤挺直脊背,起身缓缓道,"通知悟能住持一声,现在跟我去城主府。"

善殊了然,她们作为圣地传人,在外多不会透露身份,一方面是为了磨砺自己,另一方面也是怕节外生枝。因此,自从接了这桩任务起她们就处处有礼,对悟能如此,对陈剑西亦如此,为此,薛妤甚至吃了几次闭门羹。

真要显露身份,不论是陈剑西还是悟能,即使年龄、身份摆着,都只能让出主座,称一句臣下。

薛妤这是不打算忍让,准备强闯城主府了。

半个时辰之后，笑呵呵的悟能陪着薛妤再一次登门城主府。

陈剑西的脸色格外难看，他看一眼慈眉善目的悟能，又看着薛妤颇为不耐道："薛妤姑娘，我已经说得很清楚了，要找灯就好好找你的灯。你小小年纪，该知道分寸，不该插手的就不要插手。"

悟能"唉"了一声，摸了摸光溜溜的后脑勺，道："陈剑西，这两个小孩子破案也不容易，你这里多少透露一点儿讯息，不然我们都搞不定的事，她们哪能说解决就解决？"

"悟能，你不用替她说话。"陈剑西起身，气势如山海般释放出去，一寸寸施加在薛妤和溯侑身上，道，"今天，我谁的面子也不卖，淮南的事，任何人都不准过问半个字。"

即使薛妤是年轻一辈的翘楚人物，可陈剑西毕竟年龄、修为在那儿摆着，他的威压施加在身上，对她而言有如山岳。溯侑就更不必说，他脊背绷得笔直，眼尾甚至拉出两条长长的血泪，可他愣是一声没吭。

"陈剑西，说归说，动手就过分了。"悟能见状不对，上前拍了拍薛妤和溯侑，将那股威压碾碎。

"小孩子不听话，就应该给点教训。"陈剑西不以为意。

就在此时，薛妤上前两步，一双清冷的眸落在陈剑西的脸上，一字一句问："我若说，今日这城主府，我一定要闯呢？"

陈剑西像是听到了什么笑话般，他冷笑了两声，又猛地沉下脸，道："我知道圣地出来的大多自傲，可你凭什么觉得，圣地会为了一个不起眼的弟子，而来诘问一城城主？简直不自量力。"

说着，他双手张大便要隔空拿人，可当手才碰到薛妤周围数尺，就被一道深幽的黑色光束打了回来。

这一举不只令陈剑西措手不及，也令急欲上前保人的悟能愣在原地。

"邺主，护身符。"良久，悟能看着薛妤一字一句道，仿佛要将心中震撼吐露出来。

很显然，这不可能是普通弟子能有的待遇。

下一刻，薛妤手执象征自己身份的邺都身份牌，道："圣地查案，如有阻拦者，通通扣回邺都待审。"

众人抬头看那令牌如雾里看花，悟能和陈剑西眼睛才一落上去，就狠狠震缩了下。

城主府的人稀稀拉拉跪了一地。

悟能上前几步，见陈剑西面色阴沉，仍是难以置信的模样，顾不上细想，一把摁着他的脑袋跪了下去。

"臣下遵殿下旨意。"

偌大的城主府骤然陷入一种难以言喻的死寂中。其中心情最复杂的，当属跪在最前头的悟能和陈剑西。

悟能只知道这个任务涉及九凤，可能需要年轻人来解决，可再怎么说，这个任务只是找东西，不必跟九凤硬碰硬打起来，各项叠加起来，顶多也只是三星难度。天机书即使派人来解决，也不该是这种年轻一辈里的顶尖人物。

陈剑西比他更蒙。

六圣地中，赤水、北荒、羲和、昆仑都是由族人选出天赋高、实力强、品性好的人登继承之位，唯有邺都和太华，千万年来都是嫡系相承。

当今邺主无子，只有一个女儿，虽然还未正式册封为皇太女，可邺都之主的归属，但凡有点脑子的人都能看得明白。

圣子、圣女可以换，可以被后来居上的新人顶替，而眼前站着的这位，即使邺主再生一个，人家也是嫡长女。换句话说，真得罪不起。

就连陈剑西最引以为傲的城主身份，都是朝廷和圣地联手封的。

"我再问你最后一遍。"薛妤居高临下望着陈剑西，道，"陈淮南到底在哪儿？"

陈剑西一脸颓唐。说了，从今以后身败名裂，一辈子心血尽毁；不说，可能今晚就进邺都大牢了，命能不能保住都是另一回事。

几番挣扎之下，陈剑西在薛妤越来越冷的神色中黯然开口："在雾到城城南山上的一处小院里。"

"押着他，前面带路。"薛妤道。

很快，浩浩荡荡一行人到达陈剑西说的地方。

那是城郊的一座荒山，无数藤条缠绕在树上，随着天气的转暖开始冒出绿色。这些藤条像一条条奇形怪状的巨蛇，将整座山密不透风地包围起来。

人从远处看，视线全被遮挡，根本发现不了山腰上不知何时坐落了一处小小的院落。

院子不大，前后都密密实实地扎上篱笆，一处小小的通道，仅够一人通行。院子里只有五个伺候的仆妇，见一下子这么多人闯进来，惊慌得要命，张嘴"啊啊啊"地说话，却一个字都蹦不出。

"被毒哑了。"溯侑默默压下体内翻涌的气劲，抬眼看着这一幕，轻声道。

薛妤脸色更不好看，说道："先进去看陈淮南。"

想起上次见时他那病殃殃随时要断气的模样，薛妤领先一步，"嘎吱"一声推开了门。

在进门前，薛妤已经做好了见到满地血腥的心理准备。

出人意料的是，陈淮南的屋子很干净。窗子正对着后山的风景，窗外，一小块湖泊映入眼帘。屋子里充斥着淡淡的药味，一张四四方方的木桌擦得干干净净，上面还摆着精致软糯的糕点。

屋里只有陈淮南一个人，他背对他们坐着，一动不动地望着窗外，听了动静也没有回头，更没有说话的意思。

比起那天，他现在的身体状态无疑好了许多，至少能坐起来了。

薛妤曲起指节，在木桌上不轻不重地敲了下，音色如银铃："陈淮南。"

被喊到名字的人身体陡然一僵，像是遇到令他不可置信的情况，他顿了一会儿，才慢慢转过身来。

四目相对，映入薛妤眼帘的，是一张白得几乎带上沉沉死气的脸。因为太瘦，陈淮南的颧骨高高显露出来，像是很久没有沾过水，他唇上有好几处血迹斑斑的干裂。唯独那双眼睛，温润而平和，因为这一点亮处，衬得他整个人有一股书卷气。

他像是很久没有说过话，即使摁着喉咙说话，也透着一股沙哑之意："陈……陈……"

没被毒哑。薛妤提起的心悄然松了一半。

"东窗事发，陈剑西已经被押起来了。"薛妤知道他想问这个，耐心颇足地告知了他基本情况，"现在轮到你说说，这么多年，发生了什么？"

听到这句话，陈淮南愣了愣，旋即露出一种极其复杂的神情。半晌，他像是终于从一场延续了上千年的荒唐梦境中挣脱出来。

他看着薛妤，一字一句道："我，比陈剑西小十岁，今年一千三百四十二岁。可我只是个普通人。"一个普通人，活到了一千多岁，本身就是件令人难以想象的事。

"说说。"溯侑勾了把椅子放在薛妤身后，脊背微倾时，一双眼全然落在她身上，话却不紧不慢的，"你的遭遇。"

陈淮南终于挪了挪身体，如竹枝般干枯瘦长的手端过床头边已经放凉的水，动作斯文地抿了几口，干得冒烟的嗓子才有了继续说话的力气。

"一千多年前，我出生在距离皇城不远的一个小城中，父母生意做得很大，是城中出名的富户，后来因为各种天灾人祸，家中生意几乎到了撑不下去的程度。我就是在家中最困难的时候出生的。"

陈淮南说得很慢，咬字却很清晰，一字一句的，很有一种说书人讲故事的意味："自我出生之后，家中濒临绝境的生意突然起死回生，兄长也终于被仙门看中，父母扬眉吐气，几乎将我供起来养着。可我生来病弱，注定活不过十五岁。"

陈淮南陷入某种沉重的难以挣脱的回忆中。

那个从出生起就给人带来惊喜的孩子，被陈家夫妇看得格外紧，冬怕冷着，夏怕热着，就连喝下去的药，每一味都是精挑细选过后熬好盛到他跟前。

因为身体不好，他不能多见日光，不能出门玩耍，不能跟着兄长练那些令人心驰神往的招式。他的天地只有小小的一片——一座富丽堂皇的屋子，就是他的全部。他是父母口中的小福星，家里因为有他，处处都是盎然向上的气氛。

这样的日子一年一年过去，眼看着陈淮南十五岁生辰将至，他的身体开始肉眼可见地一天不如一天，那种生命流逝的速度，让人胆战心惊。

陈剑西胆大，陈淮南儒雅，兄弟俩性格南辕北辙，连长相都无一处相像，可他们的感情却很好。在大人们没注意的时候，陈剑西总会御剑飞行带着陈淮南去远处看看，看看热闹的集市、月下的灯火以及暴雨天晴后的山峦。

陈淮南偶尔也看见过愁眉不展的父亲，在书房里走过一圈又一圈，也看见过母亲眼眶红红，靠在父亲肩头垂泪，哽咽着说："没了淮南，我们怎么办？剑西怎么办？"

父母珍视他，比关心兄长更甚。

他见过陈剑西被父亲揍得上蹿下跳的样子，见过陈剑西被母亲揪着耳朵恨铁不成钢训斥的样子，可这些，在他身上，通通没有发生过。他们对待他，总是小心翼翼的，连一句重话都不曾有，甚至于，陈淮南不止一次觉得父母看他的眼神中，总含着沉甸甸的亏欠和愧疚。

陈淮南的身体差点儿没撑过十五岁那年的寒冬。一场突如其来的大病，他昏迷了三天三夜，气息一点点地弱下去。他以为他会死，可他没有。

再次醒来时，陈淮南每月都要喝一碗药。那药颜色浓郁，红得像血，气味也透着血液混杂的腥和臭，别说喝，就连凑近闻一闻，都令人难以忍受。

他第一次捧着那碗，茫然地左顾右盼。

他看向陈剑西。陈剑西狠狠握了下手中的剑，不敢看他。他又看向自己的母亲。母亲脸上尚且挂着泪，脸色是一片青灰的无地自容。唯有父亲还算冷静，端着那碗药轻声跟他解释："淮南听话，这药是父母花大价钱从你哥哥的仙门中求来的，十分管用，每月只喝一次，喝了之后病就好了。"

这些年，因为他的病，父母一再神伤，陈淮南不愿让他们担心，咬着牙将那碗血乎乎的药喝了，喝了之后吐得稀里哗啦。他那孱弱的身体，也果真维持在一个平稳的虚弱状态，不再接着恶化了。

可这世上哪有令人不死的药？

到了后来，每次喝完那种药，他都会陷入昏睡，且昏睡的时间一日比一日长，动辄数十年。再往后，他的身体还是避无可避地在漫长的时间中一点点流失生气。

此时，陈剑西终于闯出名堂，在修仙界声名鹊起，每次总带回许多延年益寿的丹药，也是依靠着那些药，陈淮南在睡梦中断断续续过了许多年。

"十年前，陈剑西将我从沉睡中唤醒，说要带我去一个地方。"陈淮南抚了抚自己这张脸，又深深吸了一口气，道，"从小到大，我能出门的机会不多，每一次，都是家中出现困难，或陈剑西失意之时。"

陈淮南自知时日无多，想，若自己真是个福星，他愿意帮兄长最后一次。

"他带我来了雾到城。"陈淮南看着溯侑漫不经心的眼神，道，"我第一次知道，原来世间那样大，花可以开得那样好，树可以长得那样高。"

"他没时间管我，就将我安排在一个靠海的村子里。"一口气说了这么多话，陈淮南停下来，慢慢地缓了几口气，才接着道，"那段日子，是我这一生仅有的一段肆意的时间。"

那段日子，他时常捧着书在树下躺着，倦了就闭眼休息一会儿，或者看一看天上的飞鸟，听一听耳边澎湃的潮声。寻常人的一切，对他而言，都是令人欣喜而好奇的。

"我这一生，从头到尾都是个笑话。"陈淮南闭了下眼，像是想起了什么荒唐至极的画面。他的话语字字锥心，可因为他生性温和，浑身上下透着一股病弱之气，这话便失了几分气势。

陈淮南说话的时候，溯侑垂着眸，现出一种散漫之意，等他说完，才掀了掀眼睫，道：

"你身世有问题。

"他们给你喝了妖血。

"在海边村子里，你遇到了大妖，她帮了你，你才活到现在。

"你发现身世真相后，陈剑西囚禁了你。

"十年来，那只大妖一直在找你。"

少年的声音好听，每说一句，陈淮南的脸色就苍白一分，听到最后，他全然安静下来。

薛妤静静地坐着，在溯侑话音落下后，忍不住抬眸扫了他一眼。

这是她审案审得最轻松的一次。无须她一字一句问，他所说的话，恰恰是此情此景下最恰到得宜的话。

她不由得又想起了松珩，后来威风凛凛的天帝，也曾跟着她东奔西跑。那时他尚未长成，心智不稳，常在两星和三星任务里苍蝇似的晕头转向，束手无策。

她只能冷着脸一边做任务，一边教。很多时候，他仍懵懵懂懂地跟不上节奏，但一看更蒙的朝年和梁燕等人，她便想：人总有一个适应过程，谁也不是生来就会这些。

可溯侑，他确实很令人意外。

像是察觉不到她的视线，溯侑行至陈淮南跟前，瞳色几乎现出一种美好而甜蜜的深郁。他稍稍弯腰，喉结上下滑动，问："你呢，你现在想不想去见她？"

陈淮南蓦地握了握拳，苍白的脸陡然涌现出两抹红晕，他艰难道："我要去见她，我还欠了她东西，一直没还。"

见状，溯侑满意地直起身，朝薛妤看过去。

薛妤端坐着，一双蒙着冰霜似的眼透出的余光落在他格外有韵味的眼尾。半晌，她扯了下嘴角，露出一个十分浅淡的笑，似鼓励，又似赞赏。

像是被人拨动了弦，溯侑心头蓦地一动。

十二　淮南还珠　日月花败

从雾到城到雷霆海，他们仅用了半个时辰。

早早得了消息的朝年等人已经将苏允带到海边。原本蔫头耷脑、百般无聊的苏允看到这个架势，一下子精神起来。他凑到薛妤面前，挤眉弄眼地问："这是都解决了吗？"

"差不多。"薛妤颔首，看向一望无际的海面，道，"叫九凤出来，陈淮南要见云籁。"

"好嘞。"苏允将手腕上套着的用一种柔软海草编织成的手链小心取下来，浸泡到海水中。很快，那些海草舒展身姿，绽放成花的形状，无数细微的灵力光点在半空中交织，于众人面前化为一面水镜。

不多时，水镜上现出九凤懒洋洋的半张面孔以及她凑到镜子前的十根亮晶晶的手指。她声音里带着点没睡醒的哑意："又怎么了，小鬼？你这几天皮实得很哪。不过也正好，来看看姐姐新染的颜色……"

苏允重重地咳了一声，打断了她的话，飞快地说道："圣地的人把陈淮南带来了，他们要见你。"

水镜那头，十根凤仙花一样亮眼的指甲倏地收了回去，九凤"噌"的一下坐直了身体，声音里透出点不自胜的喜意："真带来了？这么快？"

"人已经到海边了。"苏允迎着一个不期然打来的浪头大声道。

"就到。"九凤回道。

几乎是下一刻，此起彼伏的海面从中间分开一条小道。这一次，九凤身后站着的不再是花枝招展的女妖，而是一个十分温润的男子，桃色的衣裳，笑起来如春风般清徐。苏允见到他，眼睛顿时一亮。

见状，九凤冷冷地哼了一声，伸手拨开讨人嫌的小鬼，与薛妤对视。半晌，九凤的视线挪到骨瘦如柴的陈淮南身上，挑高了眉间："他就是陈淮南？"

薛妤颔首，言简意赅道："去见云籁。"

九凤懒洋洋地收回视线，手腕挂着的银铃叮当叮当地响："算你效率还不错，跟我走吧。"

海底和陆地是全然不同的两个世界。成群的鱼虾在眼前游过，瑰丽的珊瑚摆着花枝摇曳的姿态，舒逸地随着水流的方向浮动，偶尔有成了精的妖朝这边远远地看一眼，感受到九凤和薛妤身上的气息，"嗖"的一下夯了毛，掉头就跑。

那座载着他们的水桥一路往下延伸，像一条波光粼粼的彩带，在海底七弯八绕。

约莫过了一盏茶的时间，水桥终于停止动作，静静地停在一座破落的小殿前。

小殿外被打扫得很干净，一尘不染，但庭前荒芜一片，就连海草也不愿驻足。从小殿的飞檐翘角上能看出昔日金灿灿的颜色，而今却成了斑驳古旧的模样。殿门前只歪歪斜斜挂了块牌匾，上面写着小巧而娟秀的"云籁"二字。

九凤推门进去，他们的脚步声被拉出悠长的回音。

此前一直无声无息的陈淮南突然驻足，只见他伸手抚了抚高高凸起的颧骨，又细细整理了下自己的衣裳，直到将头发顺得一丝不苟，这才挺着背迈向殿门。

九凤见此嗤笑了一声，声音冷而凉薄，带着一种显而易见的讥讽。陈淮南身体一僵，紧皱的眉心又很快舒展开，像是要在这一刻将自己最自然、最像从前的模样展现出来。

小殿不大，他们很快绕入内室。几朵干巴巴的花插在瓶子里，一把小小的琴竖在角落，除此之外，就只剩寂静和空旷。

直到一面珠帘挡住视线，薛妤的脚步才略微顿了一下。

她感受到一股森森的死气，死气中又带着纯正平和的意味，两者矛盾地交织在一起，又诡异地相互融合着。

九凤扯了扯嘴角，一把掀开珠帘，"哗啦"一声响动后，露出一张寒冰玉床。

只见床上蜷缩着一个人，同样脸色苍白，却拥有花一样的面孔。女子闭着眼瑟缩时，眉眼间无意识地显出楚楚动人，她柔软的长长的头发顺着床沿垂下来，像一摊融化的水。

"云籁，醒醒。"九凤环着胸倚在一边，声音比之前低了两个度，"你要找的人，给你带来了。"

薛妤和溯侑侧了侧身,给后面的陈淮南让出了一条路。

半晌,床上躺着的人睫毛猛地颤了一下,慢慢睁开了眼。

下一刻,陈淮南的呼吸都凝滞下来。

"怎么样?"九凤身上慢慢盘桓起一股腾腾杀意,她看着云籁,道,"你现在生机无几,我可以替你杀了他。这种忘恩负义、言而无信的人族,我见一次手痒一次。"

薛妤拧起眉,冷然提醒:"九凤,陈淮南是否有罪,如何处罚,是邺都和朝廷的事,你别插手。"

九凤猛地转身,盯着薛妤看了看,恶意十足地晃了晃手腕上的银铃,道:"也对,我怎么忘了,圣地的人个个都自诩正义,人族犯了罪是情有可原,妖族犯了罪就是罪无可恕。"

"胡说八道。"薛妤一字一顿道,"规则如此。你若想管,就别只管这一件,从今往后,邺都的活儿全部交还妖都,届时,随你如何处置。但今日这案子还在我手上,便只能按照邺都的规矩来。"

九凤被薛妤这番强硬的话语挑起火气,正想撸起袖子找她再打几回合,就见床上的女子撑起手肘,慢慢坐直了身体。

云籁看着陈淮南那张脸,看得格外仔细,像是在确认什么。许久,她才开口,声音里没什么情绪起伏:"陈淮南。"

陈淮南连支撑身体的力气都没有了,腿脚瘫软半跪在她床前,闻言哽咽得"嗯"了一声,神色悲恸:"是……是我。对不起,我来晚了。"

他握着她冰凉的指尖,一点点贴近胸膛,道:"欠你的东西,我来还了。"

"晚了。"云籁的视线顺着他的手掌往下,看到他薄薄一层皮包着骨和血肉的手腕,许久,才缓慢地动了下眼珠,道,"一月之约,你晚了十年。"

她平静地摊开手掌,给他瞧上面布满黑线的纹理,道:"我控制不住杀了人,我要死了。"

说罢,她如青葱一样纤细的食指在陈淮南胸膛前勾线般勾了勾,后者眼神顿时如傀儡般迟钝下来,大片大片的记忆不受控制地呈现在其他人眼前。

十年前,陈淮南是典型的富家小公子模样,因为常年被关在家中不见天日,他那一双眼，看什么都带着股烂漫的好奇。他常捧着书往树边一坐，任由花叶落满身，路过的小动物也不怕他，熟了甚至会主动蹭到他手边讨点吃的。

他温柔而慎重地对待世间一切事物。

云籁是来找桃知办事时偶然遇见他的。四月春光烂漫，陈淮南躺在桃树下，笑着与一只松鼠手对手地碰了一下。那一刻，云籁觉得他比身为桃花妖的桃知更像桃花妖。

她身为大妖，从不喜和人类接触，见了这一幕，也只停顿片刻，而后脚步不停地回了海底。可这世间许多事，好像都有命定的缘分，一旦开了头，后面便会陆陆续续地产生交集。

那段时间，云籁见了陈淮南许多次。

忍不住现身时，她屈着腿，飘飘然从桃花树上一跃而下，像一只灵巧轻盈的蝶。她仔仔细细打量他，对上那双温润如玉的眼，不喜地皱了下眉，声音凉飕飕的："你的身上，背负了三百八十一条妖的性命。"

少年怔然，而后粲然一笑，冲她行了个礼，声音比春风还温柔："姑娘说笑了。"他长这么大，见过的人都很少，更何况妖呢？

云籁原想嘲讽他，可他那双眼睛实在干净，干净到以她上千年看人的阅历，都挑不出任何一丝端倪，仿佛他原本就是那样干净而纯粹的一个人。

几日的相处下来，云籁甚至开始怀疑自己的感知出了问题。

陈淮南身体不好，常常躺一躺就苍白了脸，可偏偏对这世界充满了诸多好奇。他会捕捉花朵一瞬间绽放的姿态，会聆听竹林簌簌的风声，会温柔抚摸鱼的脊背。

甚至，他会在得知云籁妖族身份的时候屏住呼吸，而后好奇又礼貌地问她妖族有怎样的习性，和人类有何不同。最后笑着道，其他妖必然也是美好而温柔的生物，就和云籁一样。

那个时候的小公子，实在是迷人极了，迷得一向清醒的大妖也开始头晕目眩，摇摇晃晃沉醉其中。

在此期间，陈淮南的身体每况愈下。直到有一天，他早早在海边的滩石上等她，手里提着一盒精致的糕点。见了她，他抱歉地笑了一下，唇色乌白，声音虚弱："云籁，我要回一趟家，父母病重，我得赶回去见他们最后一面。"

云籁说不清那一瞬自己是什么感受，她站在浅浅的浪花里，垂着头，半天才冷冷地憋出一句："你这一去，就回不来了。"或许会死在半路，或许会连父母最后一面都见不到。

"你身上全是死气，时日无多了。"她认真地看着他，逐字逐句道。

"我知道。"小公子像是早已看透了生死，跟她耐心解释道，"云籁，我们人族讲究这个，生育之恩大过天，我和兄长得在父母的最后时刻侍奉于床前。"

云籁无话可说地点了下头，而后见他将盒里的糕点拿出来递到她面前，听他道："这是我先前答应过你的，人间酒楼里卖得最好的杏花糕。不过我手笨，怎么学也做不像。你若是不嫌弃，可以尝一尝。"

说完，他垂下眼，看起来羞愧又自责。

云籁与那几块歪歪扭扭的杏花糕大眼瞪小眼，心想：杏花糕若是真长这样，那酒楼估计一天都撑不下去就得关门。可想过之后，一股酸酸涩涩压也压不下去的情绪便喷薄而出。

她从未见过这样的少年，从未见过这样的人族，如此的温柔、细致、体贴。于是一眼便心动，相处即沉沦。

"若是你回去，还想回来吗？"她问。

昭昭日光中，他点头，应得温柔："我与兄长以后都会长住雾到城，我喜欢这里，自然会回来。"

云籁交给他一颗闪闪发光的珠子，认真道："我将妖珠借给你，一月之后，你回到此地，将它交还给我。"

"失去它，于你而言，有什么危害？"陈淮南珍而重之地握着那颗珠子，问道。

"一月之内，我尚能应付。若久不收回，我将不能在白日现身。再久，便是心性失控，生机流失。"

那颗妖珠，在陈淮南手中，顿时比山岳还重。

离开村落的时候，他以为，这次一别，归期已定。他以为，待父母逝去，兄长那样疼惜自己，在最后的时光里，必然会如他所愿，让他在那个海边的村落里静静逝去。

吃了那颗妖珠，陈淮南的气色果然一日比一日好起来，一路长途跋涉也没有大碍。

等陈淮南回了家，送别了父母，去他们房间里收拾遗物时，却无意间发现了一本手册和几页纸。这些东西足以将他打入无底深渊。

上面完完整整记载了他的身世——

陈淮南尚在陈母腹中时，一位曾受家中祖辈恩情的方士追随怨灵的踪迹来到城中，借住在当时已经落魄倾颓的陈家。见到整日长吁短叹、愁眉不展的陈父陈母，方士念及和陈家祖辈的旧情，有一日忍不住告知："其实解决之法就在眼前，就怕你等心软，下不定决心。"

这样的话对当时的陈父陈母来说，无疑是久旱中的甘霖。陈父一再追问，方士禁不住死缠烂打，指了指陈母已经显怀的小腹，透露了具体信息："此子乃怨灵转世而成，因前世遭遇不公，今生运势颇好，若是能施展借运之法，陈家困境可迎刃而解。

"只是如此，此子注定活不过十五。如何抉择，你等好生思考。"

陈父陈母经过了几日的艰难思索，最后请了方士作法。

果然，自陈淮南出生后，陈家蒸蒸日上，所有与他亲近的人都沾得了他的好运气。

可事实证明，人心是最不容易得到满足的东西。陈淮南活到了十五岁，身体一日比一日清瘦，眼看在生死存亡关头，陈父又不知从哪儿寻来了邪方。

他们让已经学有所成的长子以各种方法击杀、收购各地妖物，生剖妖珠，随后让陈淮南和以妖血服下，如此能稍微填补他已经漏气的身体。

陈淮南本身是怨灵转世，又承受了借运之术，早算不上是人，于是这种方法虽然阴损，但仍是起了作用。这么一留，就强留了陈淮南一千余年。

只是最后仍抵不过命运之力，谁知他又另有际遇，得了身份很不寻常的云籁的妖珠。

陈淮南看着眼前白纸黑字的铁证，一时间如遭雷击。他难以置信，跑去问兄长陈剑西。

陈剑西因为弟弟的好运气而登上城主之位，正春风得意，见东窗事发，他一张脸沉沉地阴着，可看着弟弟因为愤怒而泛起潮红的脸，他却一声没吭。他已经很久没在陈淮南的脸上看到这种健康的红润了，他知道，陈淮南不会有事了。之后的道路，他将步步高升，一片光明。

陈剑西将陈淮南囚禁起来，不准他离开屋子半步，可到底还有千年的兄弟情分，陈剑西不曾在任何地方上亏待陈淮南，要什么给什么，只是不准他出去。

而陈淮南一心要回九凤海的村落，一想起云籁失了妖珠的后果，他就日日夜夜合不上眼。后来他话也不说半句，只一心求死。那段岁月，他是靠着悟能给的忘忧散，在睡梦和清醒中沉沉浮浮，一点儿一点儿咬牙挨过来的。

这样的日子，一直持续到一月前。雾到城佛宝丢失，身为城主的陈剑西正忙得脚不沾地，又听闻陈淮南险些自寻短见成功，心有余悸之下，陈剑西终于铤而走险，将人接到了自己身边。

当晚九凤夜袭，破绽才由此而出。

随着记忆被读取，陈淮南的眼角突然淌出一行泪，他张了张嘴，捧着云籁的手颤抖得不成样子。

"对不起，对不起。"他断断续续，除了对不起之外仿佛无话可说，无话可以辩解。

一直留在他体内的妖珠感受到云籁的气息，不受控制地破体而出，投入主人的怀抱。可就算这样，云籁苍白的脸色也没有丝毫好转，体内依旧死气沉沉，宛若被剥夺了最后生机的枯草。

陈淮南的气息肉眼可见地虚弱下来，他这具身体早已经被各种乱七八糟的东西毁得七七八八，之前全靠云籁的妖珠苦撑着。如今妖珠一失，顿时出气多、进气少。

昔日如春风般的小公子早已变了副模样，脸颊只剩下骨架撑着，配上白如死灰的脸色，甚至显得阴沉吓人，唯有一双眼仍是圆的。他竭力转身，求助似的看向薛妤，断断续续道："一切都是……都是我的错。因……因果循环，善恶有报，这跟云籁没有关系。"

九凤神色复杂地盯着他，看过这么一段过往，倒也没再提什么忘恩负义，要打要杀的话，只是瘪了瘪嘴，很不乐意地道："云籁是日月花，由天地之灵汇聚而成，承受的是四面八方的善意，手中一旦有了无辜冤魂，花开也到尽头了。两年前，她找你时失控，用雷电劈死了一名五岁的孩童和几位妇人。"

陈淮南张了张嘴，还想说些什么，瞳孔却渐渐涣散了："我这……我这一生……"陈淮南头一歪，蓦地软倒在床边。

他这一生，从来没被期待，从来没被善待。唯一喜欢的姑娘，因为他的缘故，手染血腥，即将消亡。什么福星，不过是一场弥天大谎。

云籁慢慢弯下腰，凑上前，仔细地帮他整理鬓发，一双冰凉的手替他合上眼。做完这一切，她才难以承受似的闭了下眼。下一刻，云籁的身体像个破碎的琉璃娃娃般，从全身放出散漫的灵光来。

"为了个男人。"九凤冷然看着这一幕，似乎有极大的怨气，"将自己弄成这副模样，我是真搞不懂你怎么想的。"

"九凤，谢谢你。"云籁却倏地露出个浅浅的笑来，她轻而快地交代起身后事，事无巨细，"我死之后，你将妖珠拿走，这是答应给你的报酬。"

说完，她又看向薛妤，接着道："佛宝是我用术法蛊惑寺里的和尚偷的，是为了暂时保我寿元所用，被放在殿后的屏风里，你等下将东西带回去吧。"

她话音落下，一朵纯白无瑕的花"啵"的一声在空气中绽放，将云籁和陈淮南交叠的身影包围住，渐渐在众人眼前化作无数点灵光，消失了踪迹。

最后，回荡在空旷室内的，是女子低而轻的一声叹息："淮南，我不怪你。我爱你，我将携带人间日月、四季春风来爱你。"

这样的结局同时出乎九凤和薛妤的意料。空荡荡的殿内，一颗散发着灿然金光的妖珠悬浮在九凤面前。见状，九凤眼中闪过强烈的挣扎之色，恶狠狠地道："为了这件事，我在这破殿里住了近半年……"拿这点利息，真还算少的。

"妖珠一没，她连转世的机会都没了。"九凤那手都伸到一半了，涂了凤仙花汁的指甲颤了几颤，愣是没能下得去手。

"唉。"半晌，她看向薛妤，不客气地道，"要不要跟我一起做件事，需要耗你一点儿灵力。"

话音才落，九凤便自嘲般地笑了下："算了，你们这种圣地的传人……"

薛妤抬眸，眼里清凌凌的看不出情绪，她打断九凤道："可以。"

九凤后半截儿话顿时噎在喉咙里。

薛妤静静垂下眼，褪去手套，露出一双白玉似的手，她朝后吩咐："朝年，以我命令，传下旨意。雾到城城主陈剑西手段下作，德不配位，现夺去城主之位，即刻押回邺都待审。"

她话音中的冷意，手段的强硬，连九凤都为之侧目。

片刻后，一行人站在九凤那座水桥上。水桥能长能短，像一截儿随波逐流的绸缎，最后穿过一个深不见底的黑洞，停在一座小小的海底花圃前。

说是花圃，其实里面开的花鲜少有人认识。红的紫的，每一朵都各有神异的姿态，它们在水波中静静散发着氤氲灵光，像一团团游动在水里的火。

九凤没在外围过多停留，而是拧着眉径直往深处走，过了片刻，脚步停在花圃正中间的小圈外。

圈内长着一朵开败了的花，它的花瓣是极为罕见的水色，宛若蒙了一层皎月的清辉，叶片则呈现出熠熠的光泽，稍微靠近一些，便能感受到上面如炭火般的温度。毫无疑问，这是真正聚天地之灵、山水之秀生成的灵物。

而此刻，这朵巴掌大的花如向日葵般垂下了脑袋，叶片也无精打采地耷拉下来。细看之下，整株花像破了个洞的皮球，从根茎处不停地往外吐出灵力。

照这样的架势，不出三日，这朵日月花就会悄然消失在世间。

"搞什么不好。"九凤摊开手掌，露出掌中莹白的妖珠，脸上是十二分的不耐烦和不情愿，"非得搞个男人。"

薛妤被她这话说得皱眉，轻轻压了压唇。

"我数三声，一起出手。"九凤手一松，掌中妖珠垂直掉入日月花的花苞中。她头也没回，专心致志地观察着日月花的变化，在某一刻，声音都轻了下来——

"一、二、三……"

薛妤出手，纯白的衣袖随着风震荡起来，像两片颤颤巍巍悬浮的云。成千上万根雪线缠绕上她纤细的手腕，松松悬在半空，根根如雨丝，绵绵柔柔地搭上日月花的花瓣，精纯的灵力如流水般源源不断地涌出。

相比于薛妤春风细雨的动静，九凤那边就格外粗暴简单一些。岩浆般的火液喷溅，在半空中炸出一朵朵绯色烟花，再尽数被日月花吸收进体内。

在此过程中，日月花周围的光芒越来越盛，花瓣层层舒展开，绿叶边沿甚至出现了细细的一层金边，灵力之充盈，几乎已经达到了全盛时的状态。

"快成了。"九凤朝薛妤看了一眼，语气中隐隐透出些微微的如释重负的愉悦，"再过一会儿，我们同时收手。"

薛妤颔首，开始减缓手中灵力涌出的速度。

"啵！"

就在妖珠即将彻底跟日月花本体融合的那一刻，变故陡生。

盛开的花瓣片片合拢，汹涌的灵力全部顺着流淌的路线反哺回薛妤和九凤体内，那颗妖珠跃然跳出本体，重新出现在众人眼前。

"云籁，你！"九凤被庞大的灵力推得往后退了两步，她盯着那颗妖珠，懒洋洋的声音一反常态低了下来，"你疯了吗？一旦失去这次机会，你连转世为人的可能都没了。"

薛妤烟水般的杏眸略略往上抬，静了片刻，也难得开口："回去吧。"

妖珠周围绕着两点光，一明一暗转着圈。其中，暗淡的那点在众人的视线中一点点化成了银色的细沙，亮的那点朝九凤和薛妤飞来，拂过二人脸颊时，如春风一样温柔，同时又带着些说不出来的馥郁花香。

于是薛妤又听到了那只大妖含笑的软语。

"谢谢。"云籁在她耳边低低喟叹，"我受人的善意出生，却因自身缘故伤了他们，这是我和淮南的债，得偿还。"

陈淮南无辜，她无辜，那些因她失控而丢掉性命的人更无辜。

"下一世，我不当妖，淮南也不当人了。"她像是卸下了什么繁重的担子，就连收尾的话语都带着上扬的笑意，温柔得不成样子。

他们会成为山间涌动的泉，天上清冷的月，成为人间千万盏明灯中灿然的两点。

云籁话音落下，围绕着妖珠亮的那点倏地飞向远处，化为流星般的轨迹。它会在冥冥之中包裹住当初因她而亡的数个灵魂，将一身福报与善行散尽，而后像燃烧到了尾声的烟火，悄然暗淡，无声落幕。

薛妤和九凤同时沉默下来。

直到那颗妖珠再一次落回九凤手中，她才猛地眨了下眼。她伸手狠狠握住，染着凤仙花的指甲鲜艳得像要淌出汁液来："就这点出息，确实不能当妖。"

薛妤满袖缠绕的丝线无意识地扯动了下。她垂下眼，一根根慢慢理直，半晌，蓦地转身，音色如旧："我们走。"

"等一下。"九凤喊住她，高高地抬起下巴，道，"我跟你一起。"

"我的朋友都成这样了。"她说着说着又忍不住咬牙，"这事总得给个交代。"

"云籁天生地长，无父无母，身边就我们这些朋友。"九凤指了指自己，又点了点满脸惆然的桃知，道，"那个陈剑西，还有那个老痞子方士，全部都得给我——"她咽下那个"死"字，换了种相对能被圣地接受的说法，"给我得到教训。"

"九凤殿下。"朝年见状，急忙站出来打圆场，"陈剑西已被我家女郎下令剥夺城主身份，押回邺都待审。您放心，这件事我们一定按规矩走，绝不姑息任何一个有罪之人。"

"圣地本就偏向人族，陈剑西作为一城之主，万一还能有点用，就会被你们用什么借口放了。"九凤厌恶地皱起眉，点了点已经完全枯败下去的日月花，道，"那这两个人，不就白死了？"

"陈淮南怎么着我不关心，但云籁没做错什么，这事我管定了。"九凤坚定地说。

朝年挠了挠头，还想再说什么，却见薛妤转过身，望着九凤那双懒意横生的凤眼，开口道："跟着可以，但你若是敢贸然出手，伤及无辜，便也跟着陈剑西一起去邺都大牢里见识见识。"

薛妤字字清脆，声如冷玉："我的话你大可以听进去。"

九凤不是别人，她的实力在明面上摆着，真要缠上来跟着，也不是随口一句"不行"可以拒绝的，既然她只是为云籁要个结果，薛妤可以满足她。退一步说，陈剑西是押回邺都落罪，若是在别人家大本营，九凤还敢乱来，就得做好让妖都按照规矩来"赎人"的准备。

九凤冷冷地哼了一声，拨弄着自己晶莹剔透的指甲，百无聊赖道："放心，我对圣地那点破事没兴趣。"

薛妤回过头去，不再管她。

一行人又站回那座水桥上，其间朝年拽了下溯侑的衣袖，对着少年那双似乎时时藏着笑的勾人桃花眼低声说了两句话，后者垂眸，而后略略颔首，站回薛妤身侧。

薛妤上岸之后，二话没说，直接转道去了金光寺。

◆ 十三 ◆

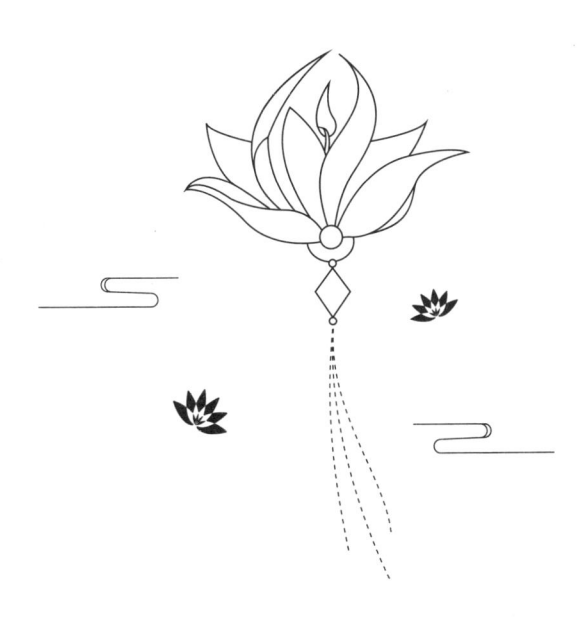

佛宝归位

继续寻灯

抵达金光寺时天色已晚，天边错落有致地飘着一层绚烂的霞光，衬着一轮西沉的落日，颇有种萧瑟的美感。

善殊才从佛堂出来，一个照面见到薛妤冷若冰霜的脸，再看看双手环胸靠在古树边眯着眼站着的九凤，稍愣了愣。她急忙请薛妤到殿内落座，问："这是怎么了？"

薛妤有些疲倦地合了下眼，捧着热茶润了一口，才要撑着精神解释前因后果，就听身边一道独属于少年清冽的声音不疾不徐流淌出来。少年把从强闯城主府到海底发生的一切讲出来，说得简单，却概括极全，事无遗漏，听得薛妤的眉心陡然舒展了些。

她确实从未享受过这种待遇。同样是才从审判台下来，带着松珩接任务和溯侑接任务俨然是两种截然不同的感受：一个鸡飞狗跳闹得人脑仁疼，一个则省心得令人想感叹。

善殊听完，沉默半晌，道："这可真是……"叫人不知说什么好。

薛妤从灵戒里拿出一颗舍利，推到善殊跟前，道："这是寺里被盗的佛宝，等会儿交给悟能住持吧。"

善殊点头，伸手将发丝拨到耳后，有些愧疚地开口："说来羞愧，这桩任务真是麻烦阿妤姑娘了，我笨手笨脚的，实在没帮上忙。"

这样敏捷的思维和雷霆般的手段，确实很少有人可以比肩。难怪跟她一起前往皇城平乱的陆秦都羞愧欲死，灰溜溜闭门好几个月不敢跟薛妤碰面。

"佛女说笑了，金光寺若不是你守着，我也没法儿腾出手来做事。"相比于陆秦和路承沢那种碍手碍脚的，善殊无疑是个极好的搭档。

两人互相客气了一番之后，薛妤从袖中取出天机书，和善殊的并排放着，接着双方十分有默契地同时点了上去。

那列字在眼前飞快滚动，很快，天机书像是感应到什么，前面半列字化为飞灰消散在眼前。这是任务要完成了的意思。

善殊轻吁一口气，身子稍稍往后，脊背靠在椅背上。她才要笑着跟薛妤说点什么，就见天机书上后半段字蓦地亮起来，以一种几乎闪得人眼睛疼的速度滚动。

薛妤和她同时看过去，只见上面慢慢浮现出几个字——

寻找尘世灯。

"尘世灯"三个字笔画落得极重，颜色深郁，生怕人看不到一样。

从一开始，薛妤和善殊被人告知的就是，尘世灯是个无关紧要的东西，灯的主人都不在乎，说作用发挥到了尽头。而天机书从来没有说要寻找尘世灯，任务上那行大字，清清楚楚，明明白白，只说尘世灯丢失。

谁都以为这只是为了引出雷霆海和金光寺的事，结果现在所有事情都解决了，突然冒出来个找灯的任务。

溯侑见状，眸光微动。他悄然转身，行至一边轻声问了那位跟在九凤身边，看着十分温柔好说话的桃花妖几个问题。

得知详情后，溯侑回到薛妤身侧站着，微微倾身，浅声道："桃知说两年前紫薇洞府的掌门确实到过九凤海，跟九凤好言好语沟通过一阵，那灯根本没有什么镇压大妖的作用，只是个幌子。

"那掌门在卜卦一途走得深远，因此通晓天机。他在九凤和云籁面前起卦，卦上明确表示，两年之内，陈淮南不会出现在雾到城，云籁再动用自身力量去寻人也是白费生机。"这才是那两年雷霆海终于恢复平静的真正原因。

"后来，掌门走时确实平地起高楼，在塔中放了一盏灯，但全无作用，只是为了让周围村落的人看着心安。"

薛妤听后，看着那仍在不断闪烁的字，语气要多冷有多冷："所以它是在发什么病，让我们去找灯。"

善殊也深深皱眉，用手指重重摁了下胀痛的眉心，苦笑道："我早该料到，四星半的任务，以天机书的惯例，怎么会这么顺利就完成？"原来还有下半截儿藏在这里等她们。

溯侑垂着眼,余光正好落在薛妤半边侧脸上,她白瓷般的肌肤颜色因为天机书这始料不及的反转而现出一点点薄怒的晕红,像冰雕玉琢的冷瓷人突然鲜活起来。一瞬间,他组织好的言语忽然乱了。

少年再开口时,鸦羽似的睫毛密密垂着,冰冷的音色因为刻意压低而现出一丝欲盖弥彰:"方才朝年说,老村长这些年一直想凑够苏允拜师名门的钱,眼看着苏允年岁渐长,再拖下去可能会错过最好的修炼时机,于是和村中缺钱的壮年们一合计,将主意打在了尘世灯的身上。

"宿州有家大户听闻这灯有镇压大妖的作用,十分心动,数次请人开价。老村长前几次都没答应,后来实在心动,铤而走险,选了个人最少的日子——祈风节,将灯偷走了。"

谁知道阴差阳错的,云籁也是在那晚动手蛊惑僧人拿了佛宝。时间如此巧合,自然而然就让人联想是同一人所为,但其实并不是。

总结下来,就是一句话,天机书将三个任务合成一个,步步引她们入局。她和善殊不想当傻子,这破书处处将她们当傻子。

薛妤腾的一下起身,望着天机书,格外冷静道:"这个任务,我不接了。"

就在此时,轻罗提着裙摆慌慌张张跑过来,附在薛妤耳边小声道:"女郎,朝年让我告诉女郎,跟老村长联系买灯的是一个方士,而且说和城主家是旧交,还拿出了信物。正是他一再保证拿灯绝对万无一失,老村长这才决定冒险一试。事后那方士果然丢下不少灵石,带着灯回了宿州。朝年说,听村长描述,那方士很有可能就是千年前跟陈家勾结的那个方士。"

不远处,九凤正指挥自己的鬼车在金光寺上空转圈圈。听到"方士"这两个字眼,她耳朵动了动,而后停下动作,趾高气昂地走过来,看着薛妤道:"什么方士?借运的那个?"

说话时,她满脸一副"我们什么时候出发去杀人"的神情。

薛妤深深吸了一口气,定定地看了眼九凤,后者立刻道:"你可别说不管这事,那破方士必须给本殿死在云籁坟前。"

薛妤半晌没说话。片刻后,她回头,指尖蹿出一团火,眼也不眨地丢到天机书上。

小小的卷轴立刻在半空中来回翻滚，上下扑腾。

薛妤冷然欣赏了半天，这才一字一顿地回九凤："嗯，明天去。"

当天夜里，薛妤和善殊理起整件事的来龙去脉。

"原来是日月花。"善殊放下手中捧着的热茶，半晌不说话。许久，她才颇觉可惜地叹了一声，道："这花至纯至善，又带着佛宝，难怪你们察觉不到她身上的杀气。"

薛妤想起那只大妖温柔的面目，手中蘸着墨的笔在纸上顿了顿，洇出重重的一点黑，轻声道："从陈家倾覆，到方士的借运之术，再到日月花、尘世灯，我总觉得其中环环相扣，像是早有预谋。"

跟白日冷若冰霜的严肃模样不同，今夜薛妤散着发，眉目温柔。她此刻俯身于案桌前，幽香浮动，原本清凌凌的声线都现出一点儿难得的温柔之意。

善殊朝案桌上铺着的纸张一看，见潦草而不乱的几条线连在一起，边上落着一行行小字。那字体并不似寻常世家闺秀的娟秀，反而带着点嶙峋的锋利，流畅而顺滑，写的全是当前得出的一些既定事实。

"不瞒阿妤姑娘，我也这样想过。"善殊才梳洗过，换了身浅色的长裙，此刻随意拉了把椅子在案桌边坐着，通身上下是说不出的温婉和气，"可从陈淮南出生到现在，已经过去一千多年，若是真有人埋了这么一条暗线，那单说这份心性和未卜先知的本事，就足以令人心生畏惧。"

"我总觉得事情没那么简单。"薛妤的思绪卡住，将笔置于笔架上，拧眉道，"可我想不出他这样做的目的。"

"如果他盯上陈家，盯上陈淮南是另有所图，目的是什么？是为了日月花的死，还是为了得到尘世灯？"薛妤说着说着，又绕进了一条条无法解释的死胡同，"若是前者，得不到妖珠，日月花的死对他根本没有实质性的好处；若是后者，他是如何知道紫薇洞府的掌门会拿出一盏说不出效果的灯做幌子？"

善殊接着她的话道："巧就巧在这里。他是怎么能在千年前算到陈淮南能活上千年，怎么算到云籁会喜欢上陈淮南并且给他妖珠，又是怎么猜到云籁会失控用雷电寻人？"这些因果循环，但凡有一样出了偏差，就是满盘皆输。

"有这种通天本事的人,在世间不可能是籍籍无名之辈。不管是要云籁性命,还是要尘世灯,都有千万种便捷的方法,何必如此大费周章?退一步说,如果真的如此,那这个任务,天机书不该让我们去接。"要接也是圣地里那些成名已久的前辈去接,放在她们身上,那就不是历练,而是送死了。

薛妤眼睫动了动,半晌才开口:"那就是巧合。去宿州前,我先去一趟紫薇洞府,见见那位掌门。"

善殊欣然点头,道:"这样安排最好,还是阿妤姑娘想得周到。"

"还有一件事,我想问问阿妤姑娘。"善殊看着薛妤那双稍稍褪去些寒霜的眼,颇有些顾虑地道,"你昨日硬闯城主府,并且传下命令,废除陈剑西城主之位,将其押回邺都的消息已经飞快传了出去,没过多久,我就收到了族里传来的消息。"

"借运是阴损之术,他本不该有今日成就,圣地对此并无意见。"善殊接着说,"我是怕朝廷那边,会有不一样的说法。朝廷对圣地一直颇为忌惮,这些年尤其如此。人皇若是对此不满,阿妤姑娘是否会受到刁难?"

像他们这样的圣地传人,虽然权力大,但要考虑的东西也多,很多时候都不能率性而为。善殊自问,昨日的事,若是落到她手中,就做不到薛妤这样果断。

闻言,薛妤眼皮微掀,像是想起了什么不好的回忆,冷着张俏脸道:"人皇不会管这件事,他欠我一回。"

善殊一下子回过神来,问:"是那回四星半的任务?"

薛妤点了下头。

托陆秦的福,当时他们像傻子一样团团转了几个月,最后让漏网之鱼成功逃脱,登上高位,还被迫收拾了一堆烂摊子。

可不得不说,那位人皇是位人物。在登基大典过后几日,听闻薛妤和陆秦完成任务即将返回圣地,他还特意出城相送,将"能屈能伸"这个词诠释得淋漓尽致。

因为病弱,人皇的脸常年苍白着,如深闺女子般弱柳扶风,三步一喘,五步一咳。对着薛妤和陆秦拱手时,他脸上挂着十二分的虚弱,话语说得极其诚恳:"此次瞒哄陆兄,实是无奈之举。朕欠陆兄和薛姑娘一回,日后若有机会,两位有用得上朝廷和朕的地方,朕必定义不容辞。"

薛妤那段时间被陆秦的愚蠢弄得心力交瘁,看着那位以如此手段上位的人皇,只丢下一句冷得带冰碴子的话："这一遭，我记住了，人皇好自为之。"

说白了，昨日的事若是换成善殊，或是圣地其他长老，在没有和朝廷商量的情况下贸然如此，人皇肯定会不满。那不是陈剑西该不该死的问题，而是摆明了圣地不将朝廷当回事。

可偏偏做这事的是薛妤，和人皇曾有恩怨、被摆过一道的薛妤，那这事就一下降了级，变了性质。

薛妤是邺都未来板上钉钉的掌权人，人皇根基才稳，不会想连着得罪她两次。所以薛妤毫无顾忌地就这样做了，不过她本来也不需要顾忌什么。

"原来如此。"善殊想起那件事，不由露出点笑，道，"难怪陆秦好长一段时间不露脸，提起你的名字就摆手，怕是从此不敢跟你一起接任务了。"

薛妤顿了顿，格外认真地回道："是我不敢再跟他一起接了。"

善殊没忍住笑了两声，气氛一下子放松起来。她靠在椅背上，露出如水般柔软的曲线："你救下的那位小少年呢？怎么今夜不跟在你身边了？"

提起溯侑，薛妤的肩头稍稍松下来："才给他接好经络，这些天一直跟着我东奔西跑，这里忙活那里操心，也没时间好好休养。这事先告一段落，我让他回去歇息了。"

"可真令人省心。"善殊想起自己救下的那位，就觉得头疼，"我有时候是真猜不透这种小少年的心思，被他们笑嘻嘻地一闹，总觉得是自己年龄大了。"

"我看阿妤姑娘这段时日的态度，是打算栽培他？"善殊又问。

薛妤并不避讳，她垂眸思考半响，坦然颔首："他心性不错，天赋和悟性都属上乘，遇事不慌乱，还够聪明。我需要一个这样的帮手。"

善殊看着她那双眼，倏尔失笑。她从前没过多和薛妤接触，两人都不是喜爱热闹与交友的性格，但同为圣地传人，她确实听过不少关于薛妤的言论，大多都是清冷、严肃、脾气怪、不好相处这类言辞。这次因为尘世灯的任务凑在一起，善殊才真真正正地感受到，薛妤的身上藏着一股力量。

薛妤出身高贵，却不自大、不自负，她沉着冷静，遇事果断，而最令人动容的是，那张白雪般清冷的面孔下，确实有着一颗善良而柔软的心。

她两次说不接这个任务，却两次留了下来：一次因为雷电害人，一次因为云籁的死。人与妖的性命，她同样地珍视。

就比如方才，她只说溯侑聪明、天赋高、会做事，却从不曾说他是只妖鬼，不曾说他生来低贱、狡诈，不值得信任。

这样的人身上，几乎带着一种令人着迷的魄力。

"我也观察过那位小少年，确实值得培养。"善殊轻轻呼出一口气，又说了几句话后起身告辞。

她才掀开珠帘，就见适才被她们谈论过的少年正顺着长长的游廊朝这边走来，月色将他的影子拉成长而孤瘦的一条。于是善殊又笑着折回一步，朝薛妤道："阿妤姑娘，你的帮手来了。"

果然不出片刻，少年干净的嗓音如清泉般从门外淌进薛妤耳里："女郎。"

"进来。"

溯侑才梳洗过，流水般的黑发乖顺地披在肩头，一身雪色长衣，衬得他身形挺拔瘦削，自然而然透出一种孤高清冷、即将登仙而去的气质。可那无可挑剔、令人难以忽略的五官，使他又现出一点儿纯然的妩媚和花瓣似的娇艳。

有一种人，天生好颜色，穿什么都别有韵味。溯侑俨然就在此列。

薛妤在案桌前站着，先是抬眼扫了扫他，问："怎么了？"

溯侑垂着眼，认认真真地回："我回去后，整理了陈剑西城主府上的各种偏方邪术，是关于借运、妖血延寿这一方面的东西，可以作为证据提审陈剑西。"

薛妤顿时再次感觉到了轻松。这些细枝末节的东西，往常都是她将整件事情全部处理完，再一摞摞带回邺都，自己一遍遍翻过之后写进邺都办案总结里。

偶尔朝年也有心想帮她做这些事，可他和梁燕、轻罗等人都还没成熟到那份儿上，很多事遇见了不知该如何应对，便会慌慌张张地跑过来让她定夺，她放不下心，还是得自己揽过这项任务。

前世上千年都是如此，劳累，但也没有办法。而今，有人帮她接了这个沉重又烦琐的担子。

"你有心了。"薛妤朝他招手，点了点自己身边的位置，道，"正好，我这里有些东西，你帮我看看。"

等人站到身侧，她青葱一样的长指轻落在桌面铺着的纸张上，说："这些是我的猜想，你看过之后跟我说说，关于这件事，你是怎么想的。"

溯侑的视线从她玉白的指节慢慢落到那些字句上，应得从容："好。"

薛妤将手中的笔递给他，又抽出张白纸铺开，问："从雷霆海异样到陈淮南之死的经过，会写吗？"

"会。"身形颀长的少年接过她手中的笔，那笔上面还存着淡淡的余温，他握上去时，指节有瞬间不自然的僵硬，旋即又恢复。其间，他神色自若，看不出任何异样。

薛妤在案桌前坐下来，终于腾出手翻看宿州的地图。两人一个站着，一个坐着，都不说话。此刻，屋里只有落笔和翻页时沙沙的轻微动静，两人各干各的事，出乎意料地融洽、和谐。

某一刻，薛妤停下动作，她皱了皱眉，腰间的灵符燃烧着悬浮到眼前。

她看着上面显示的名字，又看了眼身侧握笔伏案的乖顺少年，手指在空中停了下，像是在考虑要不要理会一样，最后一刻才慢吞吞地点了下去。

灵符另一头最先响起的是一阵难以抑制的沉闷咳嗽声，好半晌，才传来男子含蓄的一声低笑："薛妤姑娘。"

"人皇。"薛妤的声音转换自如地冷下去，换上公事公办的口吻，"找我什么事？"

"是这样，朕昨日收到了关于陈剑西被废的消息，又一直忙着朝中的事，直到今日才有时间来问薛妤姑娘其中详情。"人皇裘桐的声音现出一点点无奈，"陈剑西好歹是朝廷亲封的城主，薛妤姑娘说废就废，说押就押，朕提前没收到半点儿风声。"

薛妤哧地笑了一声，反问："人皇觉得他所作所为能堪大用，应该继续留在城主的位置上？"

裘桐听着她的声音，眼前不可控制地闪过几年前的画面。当年几王夺嫡，皇城时时刻刻都在流血，人命在那样的争夺中，俨然成了最不值钱的东西。当时圣地来了两个传人，一个是温润有礼、好忽悠的剑修少掌门，一个是冷若冰霜的小美人。圣地传人嘛，自然也是跟皇子、公主一样，养尊处优，娇贵讲究。

裘桐很快摸清了陆秦的底细，那就是个有点侠义心肠、被名门正派教出来的乖乖接班人，脑子不太够，但道心还算坚定。裘桐没威胁他，只用几顿酒菜、几句煽情的话语，就换来了他的称兄道弟。

唯有薛妤，一日比一日出乎裴桐的意料。

他站在高高的城墙上，吹着冷风居高临下看着城墙下的薛妤。看她如飞蝶般奔波，看她弯腰替濒死之人覆上双眼，雪白的长裙沾染上血的颜色，看她面对疮痍的皇城偶尔露出那种本不该出现在圣地传人脸上的悲悯和难过，再看她收拾好神情，戴上冷冰冰的面具转身离去。

她很聪明，非常聪明。如果不是陆秦的掩护，他必定会被她揪出破绽，而即使这样，他也好几次险些踏入她设置了诱饵的陷阱。

这样集身份、聪慧、果敢于一身的女子，太少见、太迷人了。像是棋逢对手般的惺惺相惜，又仿佛带着点男人对女人的好感，他确实愿意跟她结识，听她冷冰冰地说些不近人情的话。

裴桐的嗓音里带上些笑意，声音全然柔和下来：“薛妤，你知道朕没有这个意思。”

他说话的时候，听得薛妤不耐烦，任由灵符在半空中燃着，她头一转，伸手去拿方才放下的宿州地图。

一个猝不及防的侧身，她长长的发丝划过一道弧度，径直落在溯侑撑在纸张上的手背上。那一刹那，像是从骨肉分明、指节匀称的手背上开出一朵缠缠绕绕的花，在他眼中摇曳。

溯侑落下的字就这么重重画了一笔。他怔怔地停下动作，不知是因为灵符那头人皇温柔的语调，还是因为那铺开如流水的发丝。

薛妤感觉到身边少年的僵硬，回头一望，看到的便是半张铺着遒劲工整字迹的纸张，以及上面一团小小的洇开的墨团。

"我不懂人皇的意思。"薛妤以为溯侑遇上了什么问题，稍稍朝他凑近了些。她好看的杏眼微微垂着，视线落在纸张上，同时还一心两用地应付裴桐："人皇若对此事有任何不满，可以直接联系我父亲。"她声音清清冷冷，三言两语截断了所有话题。

裴桐那边果真沉默了一瞬，而后是一声颇为无奈的低笑："薛妤姑娘对朕不必如此防备，这件事朕已经压了下来，陈剑西德不配位，确实难堪大用，就按薛妤姑娘的意思处理。"

他的话在薛妤的意料之中，因此她眼皮也未掀一下，只漠然"嗯"了一声，接

/ 158

着问:"人皇还有什么事?"

裘桐还想说什么,可话才到嘴边,又是一阵撕心裂肺的咳。殿内顿时热闹起来,在旁侍奉的人抚背的抚背,递帕子的递帕子。半晌,他才将那阵翻江倒海的感觉勉强压下去。当他再次抬头,正准备开口时,发现半空中燃烧的灵符早已经暗了。

其实,在他咳第一声的时候,那边就不耐烦地单方面切断了联系。

身为人皇,这几年来坐拥江海,享无边江山,人人都尊敬他,低眉顺眼仰望他,即使是圣地那些辈分颇高的老头,也不敢有丝毫怠慢。这确实是几年来,裘桐第一次感受到这样的待遇。

他长相阴柔,看似弱不禁风,实则手段狠辣。在一旁伺候的宫内总管看着他陡然沉下去的眼,小心翼翼地揣度他的心思。半晌后,他观察着人皇的脸色道:"这薛妤姑娘在陛下面前也太放肆了些,照陛下的身份,该跟当邺主平起平坐,她还未坐上那个位置,就如此不将陛下放在眼里,行事作风未免太乖张。"

裘桐瘦如枯竹的手指摩挲着灵符上一圈圈动荡的纹理,听了总管的话,不知想到什么,竟突然笑了一声。

"错了。"他心情如同三月的天气,说好就好,"不论朕如今是什么身份,对薛妤而言,都只是个不顾百姓性命、以无耻手段上位的小人。对小人,可不就是只有这个态度。"

宫内总管悚然一惊,不敢再说什么。

"传信给裘召,让他在宿州老实些,别惹到邺都和北荒头上去。"裘桐顺手拿过一本奏折,他的声音低而轻,宛若一把钝刀划过肌肤,给人一种不寒而栗的感觉,"告诉他,若是管不住自己的手和嘴,皇城也不用回了,直接在圣地传人面前自裁吧。"

另一边,薛妤看过溯侑写下来的总结和标记,侧首问他:"哪里不懂?"

溯侑捏在笔杆上的手指朝下压了压,不过是垂眼的工夫,就已经为自己短暂的失态想好了天衣无缝的借口:"那些村民联合外人偷窃尘世灯之事,女郎准备如何处置?"

"凡人的事不归圣地管,报官就是。"薛妤言简意赅答过之后,想了想,又耐心地教他,"人间万物自有一套循环规律,生与死、富与贫,都属于命数。我们虽有修为、有手段、有能力去替他们解决很多事情,可人间因果一旦牵扯过多,结局往往适得其反。"

"再有一点,圣地和朝廷关系复杂,虽然也需要合作,但大多数时候,井水不犯河水才是长久之道。"她一字一句说得缓慢,声声似珠玉般清脆。相比于方才那位身份贵不可言的人皇,她对他,耐心甚至可以用好来形容。

溯侑的心绪有一瞬的紊乱。她靠得太近,长长的发丝几乎就在耳边垂着,偶尔一侧身,两人的发交叠在一起,有一种说不清道不明的纠缠意味。

而她全然不觉有什么不对,也没什么避讳,不觉得这样与他接触对她而言是什么难以忍受的冒犯和亵渎。

她刻意栽培他,亲自教导他。那么多人求而不得的信任,她就这么给了一只妖鬼。

"你来看看这个。"薛妤将宿州地图平铺在桌面上,点了点其中的一处,说,"朝年说,和老村长联络的那个方士说尘世灯的买主是宿州城南的一户大家族。我翻过宿州历史典籍,基本上有些积淀和底蕴的家族都立在城南,那一片是当地众所周知的富贵地。这代表着,我们到宿州之后,得挨家挨户暗中调查尘世灯的买主是哪家,查之后再想办法潜进去一探究竟。"在没有证据之前,即使是圣地也不能随意搜查任何一户人家,他们只能按捺着性子慢慢查。

想到这里,薛妤忍不住摁了摁眉心,说:"我们得耗在宿州,短则一个月,长则三个月。"

溯侑凝神看过去,想了半瞬之后开口:"既然买了尘世灯,那户人家必定时时关注着雾到城的近况,城主被废一事说不定已经传到了他们耳朵里,接下来他们会十分谨慎。"

"不过——"少年清润的声线在薛妤腰间灵符再一次燃烧起来时弱下去,他不自觉地垂下眼,鸦羽似的长睫下藏着沉郁的瞳色。可他浑身上下,连头发丝都透出一种伪装得天衣无缝的乖顺的意味。

薛妤看着灵符上"路承沢"三个字,想起这段时间她带人横穿雾到城上空的次数,微不可见地扬了扬眉,手指点了上去。

"薛妤。"路承沢的声音憋着股显而易见的火气,"你故意的吧?"

"故意的。"几乎是在他话音落下的那一刻,薛妤坦然承认,"圣子有能力、有胆量从审判台救人，一点儿罚款罢了，算不了什么。"

可这根本不是钱不钱、罚不罚款的事。路承泽想起这段时间的遭遇，再好的心性也控制不住怒火。

赤水负责制定律法，向来疾恶如仇，甚至可以说是圣地中最不讲情面的一方。路承泽身为圣子，在没有跟族内长老提前沟通的情况下带回一个死囚，这也就算了，可偏偏他带回的那个人还跟朝廷扯上了关系。

路承泽犹记得当时自己这个派系的大长老是如何恨铁不成钢地在房间里踱步，又是如何又摇头又叹息地长篇大论："承泽，你身为圣子，平时就更应该谨言慎行、以身作则。"

"从审判台上救人下来，你怎么想的？图什么啊？"大长老指了指自己眼下的一团乌青，道，"从你将人带回来到现在，我不知应对了几拨其他族内长老的责问。原本这件事过去了就过去了，你做事一向有分寸，我也相信你知道什么该做什么不该做，可你救谁不好，偏要救个刺杀朝廷亲王的人。"

大长老满脸"你怕是疯了"的神情，说得兴起时，他将手中灵符重重拍到桌上，站在路承泽眼前，道："现在朝廷派人联系上我，说是问问我们的想法，背后有什么用意，可人家那话说白了就是责问，我只能支吾地回答人家，真躁得慌。"

路承泽从小到大顺风顺水，几乎从未被这样疾言厉色地斥责过。可这能怎么办，松珩他不能不救，当下只能硬着头皮挨训，捏着鼻子认栽。

若说这件事还在他的意料之中，那么前几日那一长串无中生有的罚单，就真的像一个猝不及防的巴掌，一下子将他打蒙了。他这辈子就没见过那么长的违规记录。

这次大长老说的话比任何时候都重，他将那一串长长的罚单摆在桌面上，问："说说看，这个圣子，你是不是做腻了？"

路承泽不是傻子，几乎是扫下来的第一眼就意识到是薛妤在捣鬼。他站起身，道："我有块令牌，从前接任务时落在薛妤那里，一直没拿回来。这段时间我在族中，压根儿没出去过，这事不是我干的。"

可若是看一个人不顺眼，那他浑身上下都有可以挑刺的地方。执意将松珩送入赤水最好的闭关道场的路承泽，俨然成了不受大长老待见的那个。

只见大长老眉毛夸张地一挑,声音一下提高了几度:"你怎么又和薛妤闹成这样了?"

说起这个,路承泽觉得自己是真冤,说不出的冤,他真是什么也没干,莫名其妙就被留在千年之前。遇到这些令人头疼的破事,对他而言,不亚于飞来横祸。

"路承泽。"大长老冷静下来后开始连名带姓地叫他,"你是赤水圣子,身份尊贵,那些长老不敢闹到你面前,可你是我看着长大的,所谓忠言逆耳,这些难听的话,只能我来跟你说。接下来这些话,我只跟你说一遍,你好好给我听进去。"

"你和薛妤不同。"大长老拉了张椅子坐下,开始苦口婆心地分析,"人家偌大一个邺都,除她之外,再没有第二个传人。她现在是公主,可过不久,就是皇太女,再过上千年,邺主退位,她便是当之无愧的女皇。在此期间,没有任何人能撼动她的地位。"

"可你不同啊。"仙风道骨的老者语重心长地劝,"且不说以后有怎样的变故,咱们就说眼前。音灵差吗?她弱吗?支持她的人比你少吗?她有哪点不如你吗?"

大长老一连丢下几个问题,他每说出一句,路承泽的脸色就难看一分。

"你屡屡出错,音灵那派乘胜追击,你又该怎么应对?

"我不要求你跟其他传人都能处成称兄道弟、两肋插刀的关系,可这最基本的表面的和谐,你总要维持吧?你以为你跟薛妤交恶,吃亏的是她吗?

"六圣地里,就我们和邺都联系最频繁,往来交接最密切,一年到头,我们得往那边移交多少批人,你自己比谁都清楚。

"你跟她交恶,将来有你求她的时候。"

…………

这段时间,无疑是路承泽人生中最灰暗、最憋屈的日子。

他咬咬牙将巨额罚款掏了,以为事情到这儿就结束了,结果之后几天,居然还有源源不断的罚单到他手中。他彻底坐不住了。

"我不跟你多说什么,这段时间的罚款我交了,你在雾到城的事也结束了,找个人把我的令牌送回来,这事我就此不提。"路承泽忍气吞声,念及和薛妤千年的情分好言好语道。

薛妤置若罔闻,晾了他好一会儿,手指才在宿州地图上拿下来,冷声回道:"想要令牌，自己派人来拿，我身边没人给你使唤。"

"路承泽。"说完，她慢悠悠地抬眼，"长点教训，有点记性，不该管的事别乱插手。"

话音落下，她没给那边再说话的机会，长指点在灵符上，直接切断了联系。

薛妤顺着身边人投来的视线看过去，正好对上一双瞳色极深的无辜黑眸。

她想了想，想到他如今的年龄和往日无所顾忌的作风，正是需要人告知对错是非的时候。于是薛妤撂下笔，肃着一张俏脸正儿八经道："我这是特殊手段，不好，你别学我。"她指的是前段时间用路承泽的令牌闯雾到城的事。

她的态度再认真不过，说自己不好时神色都不带变一下，浑身上下的气质却在那一刹那鲜活起来。

"好。"溯侑的睫毛上下颤了颤，应得极轻。

薛妤现在住在城主府的一处小别院里，由于陈剑西东窗事发，原本热闹非凡的城主府如今沉寂下来。夜里各处都亮着灯，偶尔会有枝头树梢上惊起的鸟雀拍打翅膀的扑棱声，除此之外，看不到什么人的踪影。

于是夜晚被拉得格外漫长，也格外安静。

溯侑提笔落下几个字，忽而开口问："女郎和赤水圣子不合吗？"

"有恩怨。"既然日后溯侑要跟在自己身边做事，那接触这些人是不可避免的。薛妤眉头皱了下，像是想到什么难以忍受的事，视线从宿州地图上挪至窗外，压了压唇角，道："路承泽这个人，拎不清，爱多管闲事，也爱慷他人之慨。日后遇见，不必过多理会他。"

前世千年，薛妤跟路承泽打过不少回交道，也一起经历过生死存亡的惊险关头。他是被赤水教出的典型的传人，在他眼中，这个世界非黑即白。

镇压邬都于他而言，是件值得拍手称快的事，而且他一直认为，薛妤之所以跟松珩刀剑相向，多半是女人被男人背叛之后的恼羞成怒。

若仅仅只是如此，薛妤不至于对他如此反感，他们之间最多也只是道不同不相为谋。可路承泽这个人，他不明前因后果，不管是非曲直，非要强行做和事佬，非得插手别人的事。

简单来说,这个人脑子不大好,沟通起来很费劲。

薛妤的喜恶表现得很明显,让人无须细想就能轻易分辨,可有一点,或许跟骨子里的教养有关,她即使面对自己厌恶的人,也顶多冷淡地说一声这人不行,或者干脆直接处理。对陈剑西是这样,对人皇也是这样,不会有再多的话。唯独对路承沢,她会使一些无伤大雅的小绊子。对她而言,这是罕见的行为。

或许她自己都未曾察觉,但溯侑长于市井,生于微时,察言观色和揣度人心几乎成了他活下去的本领。根据这段时间的相处,他大概摸清了她一贯的行事作风,于是更能明白,她确确实实被牵动了心绪。

不是因为路承沢,就是因为路承沢身边的某个人。

溯侑握于指间的笔顿了又顿,半晌,才点头,翩然应了声"好"。

十四 九凤入伙 宿州之行

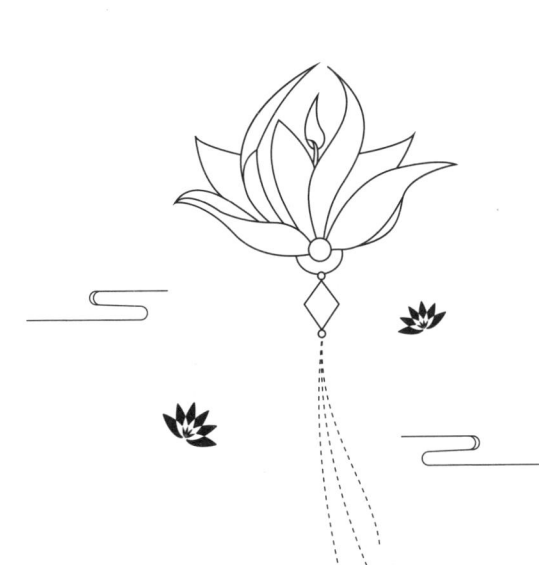

第二日，九凤早早登上城主府。她身后跟着那驾声势浩大的鬼车，面目温柔的桃花妖走在她身侧，偶尔被鬼车上聒噪的乌鸦吵得受不了了，便会无奈地唤一声她的名字。

薛妤出来时，被外面花里胡哨开了满地的十几种花闪了眼。她默了默，看向兴致勃勃往鬼车上系铃铛的九凤，又在看到苏允时不自觉地皱了下眉，问："怎么回事？"

"村里那老头不是偷了尘世灯，让官府来人逮进去了吗？"九凤头也不抬地回，"这小鬼没人收留，一大早去海边淌眼泪。我看着可怜，怕他饿死，就索性把他带着一起赶路。等哪天遇上个合适的门派，再将人丢进去学学东西。"

许是因为家里遭此变故，之前那个捧着迎春花仙健步如飞的少年，此刻神情显而易见地蔫巴下来，一副无精打采的样子。见了薛妤，他也只扯了下嘴角，象征性地打了个招呼，就又默默蹲到桃知身后发呆去了。

见状，薛妤也不好说什么，只转头告诫九凤："既然是你带的人，路上就留点心，别把人看丢了。"

九凤不以为意地点了下头，而后拍了拍手掌站起身，扫了城主府几眼，问："北荒那位佛女呢？不和我们一起吗？"

"九凤姑娘。"九凤话音刚落，善殊含着笑的和气声音便从身后传来。她穿得一向素净，也不着浓妆，身后仅仅跟着两名女侍，低调得过分。

善殊眼角上扬时温柔如春风般温柔："我跟悟能住持多说了几句话，耽误了些时间，来得稍迟些，让九凤姑娘和阿妤姑娘久等了。"

善殊是佛门中人，身上自然而然有股令人信任的气息，加上本身性格温和，说话客气，九凤对她并没有像才见薛妤时的横眉冷对、拔刀相向。但因为妖都的大妖和圣地传人本身就有身份上的冲突，也压根儿热络不起来，见面互相点一点头就算友好。

"知道来迟了下次就积极些。"九凤懒洋洋地拨动了下手腕上缠着的红绳，道，"人都齐了，那就走吧。"

"我先说好，不坐马车。"九凤像是知道她们要说什么，财大气粗地挥挥手，"用飞行灵宝，强闯城池的账算我头上。"

才准备说话的善殊将话咽了回去，从善如流地笑着颔首，道："有劳九凤姑娘了。"

于是九凤那驾花里胡哨的鬼车在众人眼中飞速变大，犹如一座错落有致的院子。长长的珠帘流苏上生长出不同时节的花朵，红的、粉的，花团锦簇，邀宠似的争相吐艳，整驾鬼车顿时现出一种艳俗的可爱来。

鬼车载着众人急速越过地面的山水，朝着远处飞驰而去。

九凤闲得无聊，顺手编了架秋千荡，有一搭没一搭地跟站在周围的人聊天。

"哎。"她看向脾气极好的善殊，问，"既然你们急着做任务，多带点人出来不就行了，明知任务难还单枪匹马的，不是摆明了浪费时间吗？"

"我知道你要问什么。"在善殊说话前，九凤摆了摆手，眯着眼睛道，"早些年我们也收到过天机书，但没人做任务，完不成也没人交过罚款，时间长了，它就自己消失了。"

妖都那群大妖，个个桀骜，骨子里生来都带着难驯的不羁，天生不将圣地当回事。别说做任务维护世间秩序了，他们收敛点性子，不到处惹祸就阿弥陀佛了。

善殊失笑，她解释道："天机书发布到我们手中的许多事情，人多反而不好解决，你一句我一句的，信息分散，无法抓住重点，办起事来还容易打草惊蛇，反而更费时间。不仅如此，任务的难度往往会随着人数的变化而变化，届时处理起来更麻烦。"就像原本四星的任务被硬生生拖成四星半，身边还多出许多拖油瓶，这种任务光是想想就令人头皮发麻。

她们说话的时候，朝年也在和溯侑说话。而薛妤早在进鬼车的那一刹，就带着那张宿州地图和几本记载了宿州历史的书籍一头扎进了最里间。

"你将这个给女郎送过去。"朝年从袖中拿出一个小巧的瓷瓶，递给溯侑，苦着脸道，"查案归查案，也不能伤都不处理了。这万一到了宿州，再碰上个难缠的大妖要实打实地硬碰硬，女郎的身体怎么受得了？"

察觉到溯侑不解的目光，朝年龇着牙补充道："女郎不听我们的，她很少用这些外物疗伤。若是女郎不肯用，你就再劝劝她，好歹休息休息。"

溯侑掀开帘子进到鬼车车内的时候，薛妤正合上一本书。她听到动静抬头，见到他手中握着的瓷瓶，也不意外，问："朝年让你来的？"

"女郎该珍重自己的身体。"溯侑扫过她手边堆着的那些书，道，"尘世灯一事，不急于一时，这些事，大可以吩咐给下面的人做。"

"朝年？"薛妤摇了摇头，道，"他们得再好好练上两年才行。这些烦琐的东西丢到他们手上，不出半日，都要哭着回来跟我求饶。"

"我可以替女郎整理对比。"溯侑说道。

当日在审判台上凶得不行的小崽子收敛了爪牙，也终于开始露出一星半点儿亲人的意思。

薛妤抬眼看他，感受着他体内的气息，问："邺都心法，练到几层了？"

他有修炼的基础，天赋高，还勤奋，速度绝不会慢。可即使做好了心理准备，在他轻声吐出那个"四"字时，薛妤还是有些惊讶地挑了下眉，道："不错。"

她犹记得，当年松珩学习此法，一个月才磕磕绊绊到两层。

"这段时间你也辛苦了。"薛妤鼓励小孩似的露出一点儿不明晰的笑意，道，"你年纪还小，又刚受过刑，赶路的这两天好好休息休息。"

"这药，"薛妤扫过骨白色的小瓶，拒绝得干脆，"让朝年收回去放着。"

说完，她又垂眸安静地翻起书，不知疲倦似的一处处对比，圈出不同，如此来回重复。

溯侑原样拿着瓷瓶出来时，有一刹那不自觉地皱起眉。

朝年远远地跑过来，将瓶子收回去后就地半蹲着，愁眉苦脸地叹气。

"女郎为何不肯用药？"溯侑一双桃花眼往下垂着，说话时仿佛永远透着一股与年龄不符的从容。

"女郎是灵阵师。"溯侑现在得薛妤看重，将来是肯定要留在身边做事的，朝年想了想，觉得也没必要对他隐瞒，低声道，"灵阵师你知道吧？讲究的是对世间万物的领悟。外界总有许多传言，说每个灵阵师都得天独厚，灵力细致入微，这样的说法，对，又不对。"

"灵阵师的身体比起同修为的其他人，宛若一碰就碎的娃娃，就肉身力量而言，也就比普通人好一点儿。"朝年一字一句说得清楚，"其实这根本无伤大雅，只要双方境界相差不是很悬殊，一般情况下，别人根本近不了灵阵师的身。可女郎说，邺都不能出现一个有明显弱点和缺陷的传人。

"这些年，女郎一直都很忙。她要一边处理邺都政务，一边接天机书的任务，同时还要做到阵法修炼毫不落下，此外还得抽出时间跟那些五大三粗的体修比拼。为了淬炼身体，也为了警醒自己，除非生死攸关的场合，不然女郎基本不会用药，不管有多疼，都只等着伤口自愈。"

朝年说着说着，声音闷下去："我姐姐拼了命地修炼，也常觉愧疚，觉得跟不上女郎的步伐，无法替她排忧解难。"

"女郎身上的担子，真的……"朝年摇了摇头，话语都沉重起来，"真的太重了。"

"女郎是不是说要你去休息？"朝年看向匿在花藤沉影中逆着光的少年，问道。

溯侑颔首。

"她跟我、梁燕和轻罗也这样说。"朝年闷闷不乐地用指尖在地上涂涂画画，道，"其实我们根本没有帮上什么忙，所有人都在休息，就女郎自己在忙。"

溯侑像是突然被闪动的光亮刺到，倏尔难以忍受一般垂下了眼。

这些天，他没有藏拙，孔雀开屏一样地展露自己的能力，她明明知道，那些朝年做不了的事完全可以交给他。可她偏偏没有这样做，半点儿都没有。他、朝年、轻罗，于她而言，都是需要照顾的半大少年，可她唯独忘了自己此时也不过是花一样的少女年纪。

溯侑自知自己的品性，他低劣、阴狠、不择手段、演技精湛，他得咬牙淌着血往前爬才能活下来。因此，之前的百年间，他从未对任何人动过半分恻隐之心。

唯独此刻，他站在斑驳的光影下，一时之间竟分不清在身体里乱窜的到底是种什么样的情绪。

九凤的鬼车速度极快，上面挂着无数个铃铛，迎着风往前飞时，那动静堪比百鬼出行。加之这车上面的十几种花明明是不同时节开放的，却强行凑成一堆，一片姹紫嫣红。横跨城池时，鬼车总能引来无数人的围观热议。薛妤等人都感受到了妖都的财大气粗。

"从前就听说妖都有钱。"朝年看着九凤眼也不眨地签下那一长串罚单，摇着头接连啧声，"没想到这么有钱。"

"这算什么？"在鬼车上待了几天，九凤跟他们这些小少年处得不错，闻言哧地笑了一声，道，"妖都五大世家，哪家少主出门不是奴仆上百，招摇过市。你们这些小鬼，就是太守规矩了，没见过大世面。"

他们说话时，薛妤难得出来透气，听完九凤这几句话，倏尔问道："妖都五大世家，还是从前那几家？"

这世间，妖都尤为神秘，神秘到甚至与这俗世脱了轨，普通人进不去。薛妤这样的圣地传人进不去，就连天机书，进去了也灰溜溜地自行消失。久而久之，除了他们自己，很少有人知道里面是什么样子、势力如何分布，外人只能偶尔从九凤这种来尘世游历的大妖嘴里得知一星半点儿的信息。

"没，跟从前比略有调整。"九凤眯着眼懒洋洋地晒太阳，闻言扭头看了薛妤几眼，慢悠悠地拖长调子解释道，"温家掉下去了，新挤上来一家。"

"温家？温家怎么会掉下去？"善殊与薛妤对视一眼，有些诧异地开口，"我记得五年前妖都世家排名，温家还高居第二，排名仅次于九凤一族。"

跟圣地不同，妖族讲究血脉，因此通常是强强联姻，排名前几的世家往往沾亲带故，打断骨头连着筋。温家能从第二的位置直接跌出前五，除非是出了什么致命的过错。

"惹了一家疯子，被人生生打下去的。"九凤提起这个，像是想到了什么不愿回忆的情形，耸着肩摇了下头，道，"这事说来复杂，新提上来的那家不是什么底蕴深厚的望族，也不是为了五大世家的头衔，跟温家打起来只是因为他家丢了个孩子，而温家出言不逊，正好撞上了。"

"那家人神秘得很。时至今日，我们都没摸清楚底细，连人家本体是什么都不知道，只在那家叔侄跟温家家主、长老们对决的时候，看到了一双长翅。"九凤伸手在苏允肩上拍了一下，才接着道，"我出来时，家里老头儿还在为这事发愁，来来回回翻书，头都翻大了也没找到什么线索。"

"哎，我们快到了。"九凤遥遥指了指前方层层叠叠堆在山峦上的雾，道，"再过半个时辰，就能在宿州城上空降落。"

薛妤从妖都世家排名更改的事中回神，低低应了一声，道："找个僻静的地方停下，别打草惊蛇。"

鬼车最终停在一座荒山的半山腰上。此时宿州天将亮未亮，晨光熹微，山上山下都笼罩着一层蒙蒙浅雾，山风一吹，那雾就像流动的轻纱，往翠绿的山林中一钻，出来时俨然变了种颜色。

九凤往远处眺望，没多久就不耐烦地收回视线，问薛妤："这么大的地方，从哪里找起？"

"别的地方先不用管，重点查城南。"薛妤看向朝年。

朝年机灵，挺了挺胸膛道："女郎放心，等会儿我们分开行动，我带着梁燕、轻罗去城南的客栈和酒楼多打听打听，那些小巷路口也看看问问。"

"那你说说，都要问些什么？"薛妤看着朝年自告奋勇、信誓旦旦的样子，不由轻声问了句。

"问、问……"朝年一下卡了壳。

"你们不必多问什么，那方士既然拿了灯，一定也知道雾到城发生的事，更知道我们即将到宿州查灯的下落。宿州是他的地盘，我们初来乍到，一上酒楼就问关于城南的问题，十有八九会被盯上。"溯侑站在薛妤身侧，长身玉立，声线不急不缓，"你们只需要在各处转转，多留意旁人嘴里近期发生的奇闻趣事，暂时不要妄动。"

朝年看向薛妤，薛妤点了点头，转向溯侑，道："你也一起去，多教教他们。"

善殊此刻拉了拉裙摆，听她都安排好了，上前道："阿妤姑娘，我先去一趟当地的佛寺，北荒有种功法或许可以起到追踪的作用。"

薛妤颔首："这样再好不过。"

"你们忙你们的，别管我，我带着小鬼去转转，见见世面。"九凤拽了下鬼车上的铃铛，道，"查到了那方士的线索来告诉我就成。"

如此一来，溯侑带着朝年等人去打探信息，了解当地风土民情，善殊和身边的女侍前往佛寺，九凤带着桃知和苏允在城里乱晃，仅剩下薛妤一人独行。

溯侑皱了下眉，视线扫向朝年，朝年顿时后知后觉反应过来，道："女郎，我跟着你吧。这宿州人生地不熟的，你一个人出行，真要遇见什么棘手的事，不能连个使唤的人都没有。"

薛妤看了他两眼，像是在斟酌言辞，半晌，硬邦邦地直言道："你修为不够，容易暴露，跟上来也没用。"

朝年才往前迈出一步的脚被这句话打击得飞快收了回去，九凤在一旁不客气地发出哄笑声。

晨起的雾岚里，溯侑默不作声地掀了掀眼帘，他知道，薛妤说的是实话。她太优秀，优秀到身边人想帮忙都无从下手的地步。

相比之下，不论是朝年，还是他，都太弱小。不是想不想帮忙，而是根本帮不上忙。如果他不能快速强大，那些欠下的，想要偿还，全部都是空话。

一行人就此分开，溯侑用余光瞥过那道如鸿雁般的雪影，从那一刻起，他从心底抽出一种蓬勃涌动的向上奋争的劲头。

薛妤径直掠向城南。

那是一条悠长的古街，街道两边是林立的高门大户。一行行扫过去，只见各家大门前都挂着描着金边的牌匾，檐角边都悬着款式不一的精致宫灯，顿时现出一种厚重的古韵。

现在时辰尚早，各家的大门大多都还紧紧闭着。少有的几家开了偏门，管家打着哈欠提着灯出门采买，脚步一声一声拖出懒而散的节奏。

薛妤脚步不停，蜻蜓点水似的在屋檐上落下，下一瞬就已经飘到了另一处高耸入云的古树梢头。如此一路悄无声息朝古街深处潜进，动静轻得像一片枯叶落地。

片刻后，她停下脚步，拿出早就准备好的城南地图，正要逐一对比，视线突然滞了下。只见那张地图上，被人用笔细细地圈出了几处地方，同时在下方标注着小字。

薛妤的指尖在半空顿了顿，而后落在那行"城南徐家，三代经商，可能性较小"上，旋即又顺着字迹看到下一行——

城南令家，四十年前移居宿州，祖上曾有功名，后败落。现任家主生

/ 172

性懦弱,好女色,可能性较小。

城南谢家,四十年前移居宿州,祖籍不详,现任家主任宿州珍宝阁阁主,可能性较大。

城南云家,世代居于宿州,家主不详,生意不详,可能性大。

....

这些天她怀疑的那些人家,全部写了如上这些简短却方便辨认的标记。除此之外,还详细标明了各家路径,心细得令人称叹。

薛妤想起那个将什么衣裳都穿得极有风韵,抬眼和露出笑意时都格外勾人的少年。半晌,薛妤压了下唇角,动了将他送入殿前司指挥所栽培的念头。

那是邺都事务最繁重的地方,由薛妤完全掌管。三个副指挥使的位置全空着,正指挥使除了朝华,还差一个,至今无人替补。不是没人去,而是薛妤不放心别人。

殿前司指挥所直接掌管邺都百众山,里面全是受过罚又无处去的妖鬼精怪,其中不乏许多生性凶恶的大妖。因此,能胜任指挥使职位的,首先得有强大的武力,得镇得住他们,其次要有足够的耐心,不会因为那些层出不穷、一日多过一日的琐事暴跳如雷。

上一世,薛妤是在两百年之后松珩崭露头角时,试着将他送了进去,可他不耐烦做这个。

松珩可以为人族一桩悬案奔波劳累月余,但一接触百众山上的妖物时,总是蒙着一层面具,靠着天生的好脾气应付了事,甚至好几次因为急着出门救世人于水火,而不问清事由,弄出几桩冤假错案来。为此薛妤还发过几次火,冷着脸呵斥过他几回。所以现在回过头想想,其实变故早有端倪。

溯侑进殿前司指挥所的事不能急,他再如何聪明、心细,总归修为摆在那里。他现在进百众山,半天不到,就能被里面那群大妖耍得团团转。

眼下最重要的,是找到尘世灯和那个深知各种邪术的方士。

就在薛妤准备进其中一家探底时,却见对面的屋顶上,同样站着两个刻意隐匿气息的人。后面的那个像是得了前头人的吩咐,无声地朝她挥手。见她一眼就发现了他们,那人顿时将手摇得更快。

薛妤皱眉，心念微动，下一瞬，已经移到了他们眼前。

一看，发现是熟人。

"薛妤殿下。"紫薇洞府的少掌门司空景和先前招手的那个弟子同时朝她拱手让礼。

司空景清声道："上次不知殿下身份，多有冒犯，望殿下海涵。"

薛妤对他有点印象，点了下头后说："出门在外，没什么殿下不殿下的。"

于是司空景从善如流，改口道："薛妤姑娘。"

"姑娘前来宿州，可是为了尘世灯？"司空景问道。

"是。"薛妤直接问，"你们来这里，是有什么尘世灯的线索了？"

说起这个，司空景简直只有苦笑的份儿。他扯了下嘴角，道："月前，在薛妤姑娘登山门问起尘世灯前，家师就已经得到了尘世灯丢失的消息。家师当时不以为意，吩咐我们不用管，说是这灯没什么作用，丢了就丢了。谁知十几天前他老人家突然云游回来，火急火燎地让我和师弟速来宿州找灯，说是那原本不起眼的灯，好像突然有了什么不得了的大作用。若是真让人等到了时机，宿州百姓将有大祸。"

司空景越说越觉得离谱，嘴里发苦："我和师弟没法儿，当天夜里就收拾东西下了山，来了宿州。"

总结下来就一个意思，那位紫薇洞府的掌门，跟天机书一样不靠谱。

司空景的师弟接着说："我们到了这边之后，根据师父给的几条线索锁定了城南的几户人家，这几天日日都在蹲守，但暂时没什么发现。昨日我和师兄偶然间听得城南一户人家发生的趣事，觉得有些蹊跷，想今日早点来探查一番，然后就遇见了薛妤姑娘。"

此时，薛妤腰间的灵符突然燃烧起来，她看着上面的"朝年"二字，长指点了下去。

"女郎。"灵符那边吵闹得很，周围全是熙攘的人潮声，穿过灵符传到薛妤耳里的，却是溯侑清而冽的声音，"云迹酒楼这边死了人，疑似被妖所害。"

"什么？"司空景的师弟瞳孔微缩，惊讶出声。

"我们——"灵符那头，少年的字句倏地轻了下来，过了一瞬，缓声吐字，"女郎在宿州遇见故人了吗？"

十五 云迹酒楼 定魂索命

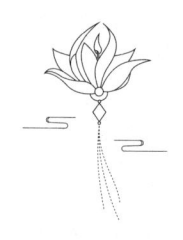

云迹酒楼在城西，薛妤在城南。

得知妖物害人的消息后，她和司空景师兄弟飞檐走壁抄近路赶过去，足足用了半个时辰，到达出事的酒楼时，天已经完全放亮。

城南住的人少，都是大户人家，规矩多，因此看不出什么。可一旦上了城中大街，便立马展现出宿州大城池热闹的一面。吆喝叫卖声一条街接一条街，大小酒楼驿站林立，沿窗的两边坐满了吃茶谈天的人，视线所过，都是一派富足祥和的氛围。

唯独才出了事的云迹酒楼，上下两层空无一人。倒是有胆子大、爱看热闹的，跑到隔壁酒楼，躲在帘子后观望。其他路过的人则远远地避开，脚步如抹了油般迅速。

薛妤等人在房顶轻飘飘落下，低头扫了眼正下方的情形。

被害者就死在云迹酒楼的大门前，直挺挺地躺着。黑红的血液从他暴露在空气中的皮肤里渗出来，一双眼向外凸起，睁得大而圆，像是看见了什么令人心神俱颤的东西，死状尤其可怕。

围在死者周围的，是朝年和轻罗等人，除此之外，还有五个穿着宿州执法服的弟子。他们腰间佩着剑，年龄也不大，但表现得颇为严肃。十个人围成圈，将死者遮得严严实实，像是在刻意隐藏什么骇人的一面。

见她来了，朝年顿时松了一口气。他将身边站着的一名执法堂弟子拉过来一些，稍微顶了自己的位置，凑到薛妤跟前，快速说道："女郎，这边情况不大对。出事时我们才上二楼，刚入座，溯侑偏了下头，还没来得及说什么，外面就传来一声惨叫。我们急忙下楼，下楼的时候，人还活着，可一眨眼的工夫，人就倒在我们眼前了。"

薛妤扫了眼周围吵闹的环境，皱眉问："怎么就任由人在这里躺着？"

"不是。"说起这个，朝年声音越压越低，"我们挪不动他。他就跟被钉在地面上一样，我们这么多人一起使力，都挪不动他。"

此时，宿州执法堂为首的弟子走出来，见到薛妤和司空景等人，拱手作礼，有板有眼地道："见过诸位贵客。"

稍微大些的城池基本都设有执法堂，执法堂中的弟子是从附近各个门派抽调过来，专门解决一些修道之人大打出手、小妖小怪作乱的事。再严重一些、影响恶劣一些的，就上报当地颇有名气的门派。解决完事情之后，不论是作乱的修道者，还是妖鬼邪祟，全部按规矩移交圣地处置。因而从某种意义上来说，执法堂算是圣地的下属部门。

薛妤往前走了几步，忽然闻到一股恶心到极点的臭味，就像是沉淀了十几年的臭水沟横在眼前。那股臭味来得突然，围着尸体的人吸了个正着，几个定力不好的小弟子一下子绷不住脸，转身干呕起来。

朝年稍微好点，但也忍不住重重咳了几声，才勉强把那股恶心感压下去。轻罗是猫妖，嗅觉本就比人灵敏，突然来这么一遭，一张脸变得煞白煞白的，深深憋住气才好一点儿。

唯有溯侑面不改色，将视线不露声色地从司空景师兄弟身上收回来。

他面朝着死者，居高临下注视着尸身，瞳仁里是全然的冷漠和无动于衷。直到察觉到死者身上某种变化时，眼神才略微泛起些波动。他略微侧身，唤薛妤："女郎。"

薛妤像是发现了什么，快步上前。

只见原本还硬邦邦躺着的死者，正开始以肉眼可见的速度从脚底开始腐烂。诡异而厚重的黑色纹路所过之处，血肉像水一样融化成肉糜，和着紫黑的血淌下来，臭得人连呼吸一下都要下十二分的决心。

不过眨眼的工夫，死者的下半身只剩下一堆扭曲的白骨。

"这、这……"司空景跟过来一看，道，"这种死法，闻所未闻。"

眼看着死者全身都要被侵蚀，薛妤半蹲下身，手掌毫不迟疑地落到他的腹部。

十几双眼在此时皆震缩了下。

几乎是在她的手指与死者的衣物接触的瞬间，厚重的冰霜覆盖了死者全身，上面灵光时明时灭，像是在跟那些舞动的黑色纹路做拉锯般的争斗。

半晌，一切恢复平静。死者身上冰霜不减，黑色纹路嵌入肌肤深处，像打了败仗一样暂时安静盘踞起来。

薛妤细细端详死者的脸，又探了探他体内经络的情况，转身问那些跟来的执法堂弟子："死者的来历、姓名，摸清了没？"

执法堂为首的那个弟子摇了摇头，苦笑着回："我们收到消息往这儿赶的时候，没想到性质如此恶劣，之后尸体一直动不了，我们只能在此守着，还没时间去查死者的身份。"

"确实动不了。"薛妤长指往空气中勾了勾，道，"定魂绳缠着呢。"

那些执法堂弟子不知道定魂绳是什么，可长在圣地的朝年知道。他蓦地吸了一口气，当下也顾不上那股令人窒息的味道，跟着半蹲下身，喃喃道："定魂绳都用上了，这得是多大的仇啊！"

"女郎，现在怎么办？"朝年看着这具棘手的尸体，又扫了扫周围越来越多看热闹的人，道，"就这么放在街头，怕是也不妥。"

薛妤朝他们很轻地摆了下手，声音清冷："全部退后。"

于是死者周围"哗啦啦"留出一圈空来。

"溯侑。"薛妤抬眼，点了点身侧的位置，"你过来。"

溯侑长睫下的眼闪了闪，像两颗点点颤动起来的星，随后依言照做。两人肩并肩半蹲着身，衣角都拂到地上，沾上了斑斑点点的血迹。

"死者年龄四十左右，粗布衣料，家庭条件不好，身材壮实有力，常年做苦力活。"薛妤细细观察，时不时抬一下死者的手臂，"身上没有灵力波动，是普通凡人。"

"定魂绳是阴损之物，被定上的人魂魄会永生永世留在同一个地方，无法转世，无法投胎，永无解脱之日。"薛妤指了指半空中的某个位置，道，"去摸一下。"

溯侑听话地伸出手，顺着她示意的方向摸过去。很快，他指腹摸到一个粗粗的绳结。

"不会术法的普通人看不到，会术法但不知道定魂绳的也注意不到。"薛妤望着他，好看的杏眼清清冷冷，像是怕他听不懂，于是说得格外仔细认真，"被定魂绳捆住的人肉体重若山岳，无法挪动，半个时辰之内身体便会化为脓水。方才这具肉体若是全化为了脓水，那他永生永世都要被锁在这里了。"

薛妤不爱开口说话，很多时候都沉默着。像朝年和轻罗等人，在她身边跟着，能学到多少东西全靠自己悟。就算她一股脑儿将所有的事全部摊开掰碎了讲，他们在短时间内也消化不了，薛妤索性不费这个口舌。

能让她这么正儿八经教的，除了朝华，就只有溯侑。前世的松珩也只偶尔得到几句点拨，但薛妤操心更多的还是他修炼上的事。

"朝年说，人死之前你曾有感应。"薛妤问道，"说说看，方才都发生了什么？人是怎么死的？"

从溯侑的角度看过去，能看到她长长的睫毛，上面覆着层晶莹的霜雪，在阳光下一照，很快化成了颤巍巍的水珠，坠落到地面上。

就跟她这个人一样，表面看着是冷的、冰的、不留情面的，接触之后才能隐约察觉出如同化开的水一样包容的心性。

溯侑侧首，视线落在云迹酒楼的牌匾上，像是在竭力回忆每一处细微的异动。

"没什么异常，来人修为不低，我能察觉，是因为我——"他声音轻下去，"我天生对杀意敏感。"

一个妖不妖、鬼不鬼的怪物，天生不容于世，想要活下来，总该有点不同于常人的本事。

薛妤定定地看了他一眼，开口道："定魂绳只有一种解法，今日我教你。"

她站起身，留仙裙勾勒出细细的腰线，一双美眸往身后的人群里扫了扫，像是在审视什么一样。随后，她声音陡然冷下来："朝年，将人群清开。"

朝年磨磨蹭蹭，路过溯侑时挤眉弄眼地低声道："定魂绳的解法就是跟设下绳索的人博弈，那妖什么底细我们都不清楚，况且女郎身上有伤，还一直没用药呢。"

溯侑微微动了动唇："去叫九凤和佛女。"

朝年飞快地眨眼。

等他慢吞吞擦身而过，溯侑行至薛妤身侧，温声道："女郎，我们的人才到宿州，就出这样的事，很难说不是幕后之人给我们的下马威。设下定魂绳可能是想提前探知我们的实力。"

"那就让他好好探一探。"薛妤冷然垂眸，左手绕到右手一侧，轻而缓地一揭。

像是突然打开了某种开关，密密麻麻的封印层层剥落，空气中的温度几乎在一瞬间猛地降下来。

现下是开春的季节，万物复苏，阳光洒落下来，暖融融、软绵绵地酥散到人骨子里。而此刻，太阳依旧高垂着，碎金般的光芒也依旧打在屋檐和墙角，泛出七彩如琉璃般的颜色，可站在光影中的众人，却不约而同起了一身细细密密的鸡皮疙瘩——冷出来的。

轻盈汹涌的灵力从薛妤的掌心中涌出，在空中化作一根雪色箭矢。那根箭的箭身修长，晶莹剔透，箭尾因为蓄满了难以承受的力量而"嗡嗡"颤动起来，又在猝不及防的一刻重重落下去。

这一击，天地都为之变色。

箭矢落在半空，与某种未知的力量对峙着，雪色像是沾染上了这种不祥的力量，从底部开始缠上和死者身上如出一辙的黑色纹路。

薛妤面色不变，长袖被巷口的长风一吹，像两片飘飘荡荡的云。随后，浩荡的灵力在空中化成了一种古老的阵法，牢牢囚住了那根定魂绳。

没过多久，空气中传来"啪嗒"一声脆响。

众人抬眼一望，一根恍若青铜浇筑却系着粗麻绳结的怪异绳索掉落在地上。

整个过程，耗时比所有人想象的都短。

那些以为的僵持不下的对峙、一呼而应的帮忙画面全部没机会出现，这双洁白似玉的手干脆利落地斩断了一切。

人群外，得了朝年传音，兴冲冲赶来看热闹的九凤脸色顿时难看起来。

她愤愤地转身，看向桃知："朝年那小崽子怎么说的？是叫我来帮忙的吧？是吧？"

"你都看到了吧？"她扫了下薛妤的方向，白眼快翻上天，"就这种实力！这种实力，我帮个屁啊，我再来晚点，绳那边的妖估计都被她冻成冰渣渣了。"

"不是。"九凤看了看自己的手掌，越说越纳闷，越说越怀疑自我，"就几年没出来，圣地传人已经强到这种程度了吗？是只有薛妤这么强还是都这么强啊？"

说完，九凤安静下来。片刻后，在她花一样明艳招摇的脸上现出怏怏之色："照这样看，等找到那个方士，我大概又要回妖都闭关了。"

围在外圈的人雾里看花似的看不明白，身为妖都顶级血脉的九凤却一眼扫出那攻击中蕴含的强大力量，并为之色变。

　　古老的灵阵中，薛妤站立在原地，长风浩荡。她额心中的冰雪纹路尚未消失，垂眸落眼时，宛若神祇降落人间。

　　而后，"神祇"蹲下身，捡起那段绳索，五根青葱一样的长指落在死者凸出的眼上，缓缓替他合上。

　　没有同情，没有怜悯，这样细微的动作，仅仅源于她流淌在骨子里的素养和对人的尊重。对一个普通的、死状狰狞的凡人的尊重。

　　那一瞬间，溯侑近乎仓皇地错开视线，不敢看第二眼。

　　定魂绳一解，那具半人半骨的尸体终于能被人挪动了。

　　几名执法堂弟子看着越聚越多的人和哭丧着脸的店小二跟掌柜，也顾不得那股逼人的恶臭，一窝蜂涌上去捏着法诀将尸体抬回了执法堂。

　　薛妤和朝年等人刚要跟着过去，就见云迹酒楼那个快要晕过去的掌柜猛地吸了两口气，冲上前抓住了溯侑的衣袖。

　　掌柜苦着脸，不敢冒犯刚刚"大发神威"的薛妤，只连声道："小仙君们，可否赐予一两张镇灾镇邪的符纸？不然今天发生这样的事，我们这酒楼怕是再没人敢来了。"

　　见溯侑垂眼望过来，那掌柜一下精神起来，连声道："仙君们放心，我们酒楼不白捡这桩好处，符纸值多少钱，我们出双倍价。"

　　说罢，他连声吩咐小二去里间拿钱。

　　溯侑不露声色地将衣袖从掌柜手中抽开，看向朝年。

　　朝年遇见这种情况尤其多，他笑嘻嘻地上前，驾轻就熟地从袖中掏出三张符纸，道："我们不收钱，符纸挂在酒楼牌匾上就行，这里的东西我们都清理干净了，别怕。"

　　掌柜听后几乎感激得要落下泪来。

　　"说起来。"掌柜指了指那具尸体才躺过的位置，鬼鬼祟祟地压低了声音，"这人我们认识。"

薛妤和溯侑同时看过去。

朝年一听，在给出去三张符纸后又紧接着拿出两张递给掌柜，问出了大家关心的事："这人是什么身份？"

"嘿！"掌柜多收了两张符纸，更心安了些，当即也没藏着掖着，他舔了下干裂的唇，道，"这人叫柳泉，家中三个兄弟，他排老二，大家都叫他柳二。此人今年四十有二，在城南谢家当马车夫，老大不小的年纪了，却一直没娶妻生子，一年到头攒下点钱，不是在我们这儿喝酒，就是花在后边花柳巷里了。"

朝年又问："这无妻无妾、无儿无女的，他身边可有什么要命的仇家？"

掌柜摇头，撇了下嘴，说："您要问起这个，那我还真不知道。您也知道，我们这酒楼，做的是富贵人的生意，平时关心的也都是城南那边的人家，一个车夫，若不是我们小二……"

说到这里，他顿住了，随后声音高起来，朝着店小二招手："对，我们小二跟柳二熟，他们是一个村的。"

薛妤的目光又移到匆匆赶来的店小二身上。

这小二年龄不大，约莫十八九岁的样子，肩上搭着一条汗巾。四月的天里，因为适才的慌乱，他额心布着一层细密的汗，此刻见了这样大的阵仗，下意识地用袖子胡乱擦了把脸，才道："是的，我跟柳二同村，按照村里的辈分，我还该叫他一声叔哩。"

朝年又将方才的问话重复了一遍。

"柳二在村里是出了名的油嘴滑舌、不着调，我娘常常告诫我，不要跟这样的人学得歪七歪八没个正形，所以我和他也没太多交集。不过，他虽然不招人喜欢，但要命的仇家我也没听说过。他平时在谢家当差，讨好不上里头的真主子，也接触不了外面的贵人，无妻无子，身边只有几个常约着去霜月楼的狐朋狗友。"说到这里，店小二也摇了摇头。

掌柜一听，想他们是外地来的不懂，于是贴心地解释："哦，霜月楼是我们宿州出了名的花楼，里面的姑娘好些都十分有名。这不前几日，里面一个花魁还被朝廷的王爷看上，纳进了府。"

"朝廷的王爷？"薛妤两条细长的眉拧在一起，问，"哪位王爷？怎么会在宿州？"

"是当今陛下的弟弟，亲弟弟，昭王。"掌柜左看右看，话说得小心翼翼，"年前突然来的，至于来做什么，就不是我们这些小人物能知晓的了。不过昭王在城南盖了座宅子，看样子是要长住。"

店小二接着道："柳二这个人，大的毛病没有，唯有一点就是好色，见了漂亮妇人就走不动道。我娘说他早晚得栽在女人头上。仙长们若是要查，不妨去谢家问问，我记得他和谢家一个伙夫处得不错，有空没空的他们常一起来我们这里喝茶。"

好歹算是知道了点有用的消息。薛妤朝掌柜和小二点了下头，脚下一点，人已落到了另一屋的房顶，三下两下直奔着执法堂而去。溯俌紧随其后，身形如烟，似一缕翩然拂面的春风。

执法堂内，气氛格外凝重。三十来个穿着执法服的弟子被那股难以忍受的臭味熏得不停绕着停尸的房间走，可即便如此，也有好几个定力不行的都憋出了眼泪。

薛妤跨步进门时，正好有个小弟子紧紧捂着鼻子对身边的人道："周师兄他们是抬了个什么回来？这味儿，我真是顶不住了，我情愿回宗门扫落叶去。"

她神色不变，一路往停着柳二尸体的房间走。溯俌很快跟上她，下一瞬，他脚步顿了顿，轻声提醒："女郎，味道变重了。"

薛妤诧异于他如此敏锐的五感，点头道："我收回了覆在尸体上的部分力量，不然那半截儿身体不化为脓水，也得被冻成冰屑。"

"会用定魂绳的人不多，这种邪术，不但需要知道具体的操作方法，还需要庞大的力量做支撑。"薛妤说话时神色依旧没什么波动，"我们这次可能碰上个难缠的对手。"

她随意的一句话，使溯俌藏于宽大袖袍下的长指像是被火烧般动了动。

他不是初入门什么也不懂的懵懂孩童，知道修炼一途不可操之过急，当下的稳固有利于日后突飞猛进。可在这几天，他数次感到一种从未有过的急切。

明明留给他的时间还长，可他就是觉得，若是现在能强一点儿，再强一点儿，今天这样的场合，便不需要她亲自出手，所有敢在她面前露出挑衅锋芒的对手，全要先过他这一关。

届时，即使是四星半的任务，他也可以在短时间内协助她完成，而不是像现在这样，只能沉默地干些在地图上勾勾画画的小事。

如果他一点儿忙都帮不上，那她救下他，这么用心教他，而他却连半点儿回报都没有，凭什么呢？

踏进停着柳二尸体的房间，房里只站着四个弟子，皆是一副苦大仇深的模样。薛妤没过多理会其他，而是仔细观察柳二的状态。

事实上，尸体已经被定魂绳摧残得不成样子，被冰霜覆盖之后，柳二的脸上现出多处青紫的伤，已经看不出死时的神情。

身后九凤慢悠悠地踏进来，显而易见她捏了个闭气的小法诀，因此呼吸自若，半分没受影响。

九凤扫了眼半身白骨的柳二，视线落在薛妤身上，也不说话，背着手走过来走过去，在空荡荡的小屋里东瞅瞅西看看，一副煞有其事的认真模样。

经过一段时间的相处，薛妤早清楚九凤的性情，对人死人生这些事她根本毫无兴趣，一个柳二也不值得她专程过来走一趟。因此，在九凤第三次折返踱步时，薛妤冷飕飕地开口："有话就说。"

"确实有两个问题想问。"九凤像是早就等着薛妤开口似的清了清嗓子，她昂着头道，"我不白问你问题，这样，你不是想查这个凡人被杀的案子吗？我这儿有样灵宝，可以感知死者生前去过的地方。你回答我几个问题，我把灵宝给你。"

"不需要。"薛妤眼都没抬，言简意赅道，"我查得差不多了。"

"那这样。"九凤点了点她身侧站着的溯侑，道，"你身边这只——"她将"妖鬼"囫囵咽下去，含糊道，"他跟人不一样，得过成长期，你们圣地的灵物不适合他，我这颗妖芫果，是我当年过成长期时用剩下的一颗。这东西只有妖都五大世家有，在外面万金难求，你回答我的问题，我把果子给你。"

九凤用的东西，确实不会差。

这一次，薛妤没有很快拒绝。她接过朝年递来的手帕，慢条斯理地将手指一根根擦净，才要说话，就听身侧的少年开口，字字轻缓："我不要。"

"你不要？"九凤翻了个白眼，没好气道，"你不要，成长期疼都能疼死你。"

"说说。"薛妤抬起眼看向九凤，问得简单直白，"你想问什么？"

"上次你我对决，可有用全力？"问起在意的事，九凤吊儿郎当的神情一下收敛起来，她看着薛妤道，"说实话。"

"你用了全力？"薛妤陡然反问。她们这样的身份，出门在外往往都有保留，又不是生死攸关的场合，动辄拼尽全力，那跟傻子有什么区别？

九凤顿时懂了，她神色凝重起来，深深看了眼薛妤，又问："六圣地传人中，你能排第几？"

"不知道，没有正经较量过。"薛妤面不改色地看着她，道，"灵阵师在比试中是吃亏的一方。"

"得了吧。"九凤心里大概有了数，她将手中嫣红的果子抛给薛妤，道，"那是初期尚弱小的灵阵师，强大起来的灵阵师怕谁？"别人躲着走还来不及。

"两个问题，一个正儿八经的回答都没有。"九凤又恢复了懒洋洋的神色，她打了个哈欠，眼尾沁出点泪来，"我听北荒那位佛女说，你原本可以不接这个任务，是为了云籁的死才追过来。你跟她不熟，还愿意为她费这个心，这果子就当我送你的。"说白了，这一趟就是她刻意来给薛妤送东西的。

"这地方，味儿是真重。"九凤朝薛妤投去个敬佩的眼神，话说得真心实意，"你是真不讲究。"

说完，她便如轻烟似的飘出了执法堂。

停尸间顿时只剩下两个人，薛妤神色不变地将手中颜色鲜艳的果子抛给溯侑，后者默不作声地接过。良久，他动了动唇，声音显出一点点艰涩的意味："女郎其实不必回答她。"

薛妤捏了捏左侧手腕骨的位置，抬了抬眼扫向他，话说得风轻云淡："问的都是些无关紧要的问题，我也没认真回答。"

可在九凤开口问那些问题之前，薛妤也并不知道她会问什么。

"同为继承人，九凤没那么不懂分寸。"薛妤点了点他怀中像颗圆滚滚小球的妖芜果，道，"她说得没错，妖芜果确实是对成长期最有帮助的东西。有了它，你会少受很多苦。之前为你准备的桑落果，就留给轻罗，她天赋悟性不如你，成长期怕是难过。"

像是不愿在这方面多说，薛妤很快转移话题，道："把东西收好，等下跟我去趟城南。"

她不想多说，溯侑却不得不多想。

别说高高在上的圣地古仙，就连普通的凡人，在得知妖族处于最为虚弱的成长期时，都只会千方百计地算计，图他们身上剥落的骨，图他们能卖出大价钱的妖珠。

溯侑曾经想过，若是他能活到成长期来临，大抵是在一个破落、无人知晓的屋里，最多给自己提前准备几天的吃食，靠着不屈的毅力和挣扎着要活下去的欲望，咬牙撑过那段痛苦的时光。

他是石缝里生长出来的野草，早习惯了风吹雨淋，因此从未想过，在自己都没开始筹划的时候，会有人在百忙之中想起这一茬，并且一言不发准备了桑落果。所以他并不知道，此刻心里那种酸涩和几乎要不受控跳出来的情绪到底是什么，又该如何遏制住。

现下，他近乎不知所措。

溯侑的发丝垂在耳侧，看不清脸上的神情。半晌，他才缓缓点了下头。

执法堂外，一棵苍天古树的树荫下，九凤笑嘻嘻的神色在转身的瞬间垮了下来，一张花朵似的明艳的脸顿时僵住。桃知下意识地用手托起她的下巴，听她今日第无数回愤愤抱怨："我就说吧，她果然没用全力！"

"她跟我比试，居然不用全力？！"九凤没骨头一样将身体大半重量压到面色温柔的桃花妖身上，说着说着咬牙道，"很久没人敢这样轻视我了！"

"不是轻视。"桃知好笑地看着她，道，"你不是也没用全力？"

"那怎么能一样！"九凤眼皮半耷拉着提不起精神，"她可是灵阵师啊，她还比我小两岁呢，要是现在就拼成平手了，日后谁打得过她？谁打得过大成状态下的灵阵师啊！"

"我要回去闭关了，我真要回去闭关了。"九凤说完，拿眼瞅桃知，"你真不跟我回妖都？人间多危险啊，若是我闭关一时照顾不到，你在这里被那些王侯联手捉了怎么办？再说，万一你跟云籁一样，被哪个人间女子勾走了魂，我就是飞奔着赶来救你也来不及啊。"

"遥想。"桃知被她说得笑起来，轻声唤她少有人知的名字，道，"我长于人间，喜欢这里的山水，跟你回去反而不自在。"

半刻钟之后，薛妤和溯侑一前一后出了停尸的房间。在出执法堂大门前，薛妤特意停了下脚步，找蹲在门前抱怨的两名弟子要了执法堂的身份令牌。

"这些年，圣地威望如日中天，不只各修仙世家、门派奉为圭臬，就连凡人也开始盲目信从，遇事不提朝廷而提圣地。"薛妤边走边语气淡淡地对身边人说，"前三任人皇各有各的特点，但都沉迷于后宫美色，无心管事。如今新皇上任，一直在将权力往回收拢。人皇嘴上虽不明说，可心里对圣地尤为忌惮。圣地不欲与朝廷争雄，因此，平时在人世间行走，我们应该处处小心，低调行事。"

薛妤摩挲着手中执法堂令牌上凹凸不平的纹路，漠然垂着眼睫，腰间玉佩上缀着的流苏随着动作的幅度来回曳动，宛若一只追赶春风的蛱蝶："那日陈剑西出现，便处处透着蹊跷，相关线索他一字不提，我大可以当场将人扣下，强行搜查。可若是那样做了，事后却查不出什么，我们将要面对的就是朝廷蓄意授意的造谣风波。"

这两天说的话比往常一个月都多，薛妤有些不习惯地顿了下，接着道："今日出现一则圣地传人无故强闯城主府的传言，明日再传出一道圣地弟子无证据闯进人间富商府上拿人的消息。那么圣地千万年积攒起来的信誉，可在一夕之间倾塌。"

像她，像善殊，若亮出圣地传人的身份，大半的问题便可迎刃而解，但她们不能。不是不会偷懒，而是站的位置越高，身上肩负的责任越重。

她教得细致，溯侑也听得仔细。他远比常人聪明，因而一点即通，甚至很多事情她才一提，他就已经能触类旁通到别的事件上了。

整个过程并没有薛妤想象得令人头大，这让她心情好了一点儿。

从执法堂到城南谢家，薛妤与溯侑两人穿街走巷，用了大概半个时辰的时间，等脚步停在谢家门前时，已是日悬中天。

稻穗般的金黄阳光毫不吝啬地从头顶洒落，穿堂而过的风难得带上了暖融融的温度，晒得人下意识眯起眼，浑身骨头都酥懒下来。

溯侑上前叩门。

门响第三声时，才有个五十岁左右、仆妇装扮的嬷嬷将门从里推开条缝。她见到溯侑那张脸时，那些皱起的褶子颤颤凝了一瞬，而后回过神来，飞快往他身后瞥了眼，没看到什么大阵仗后，才又恢复了一丝不苟的冷漠神情，问道："你们有什么事？"

不等他们说话，那婆子又不耐烦地接着道："不管有什么事，我家主人才吩咐过，今日不见客。"

下一刻，溯侑拿出了执法堂的两块令牌，声音如春风般清徐，字句却带着不容人推拒的意思："执法堂办案，有事相问，请速去禀告谢家家主。"

那婆子何曾见过这种架势，看着那两块刻着狰狞图案的令牌瞬间泄了气势，半晌支吾着讪笑起来，说话时满脸横肉都跟着颤抖："两位大人稍等片刻，容奴进去通禀。"

说完，那婆子逃也似的回了宅内。

他们说话时，薛妤一直抬头观察着这座宅院。溯侑顺着她的视线朝上望，看到的是一棵从内宅里生长出的巨大槐树，华盖如亭，茂盛得仿佛已经生长了上百年，快要成精了一样。

"在民间，槐树招鬼。"薛妤隔空点了点那棵树，眼神不明，"尘世中的人注重这些，从商之人尤其忌讳，一般情况下，不会任由家宅中生长出这样一棵槐树。"

溯侑垂眼，视线落在自己纹路分明的手掌上。

按理说，他也有一半的鬼族血脉，可面对那些招鬼、驱鬼的东西，却从没起过半分反应。为此，在未上审判台前那段少有而珍稀的风光日子里，他也曾尝试过各种方法，甚至捉来了小鬼试验。最后小鬼吓得不行，摆摆手飞也似的溜走了，而他一人面对着满屋的摄魂铃、镇鬼锁，毫无反应。

就像此时，看着那棵大得离谱的槐树，他内心也没什么波动。

"女郎觉得，谢家有蹊跷？"溯侑唇角微动，问。

薛妤拧眉远眺，沉思良久，方道："再看看，等见了谢家家主再说。"

"来前，我查过谢家。"少年拥有比春风更温柔的声线，那些字句由他说出来，只稍稍一顿一停，尾音上挑，就是说不出的勾人韵味，"宿州城中开了家珍宝阁，里面卖的是贵女、夫人用的脂粉、珠宝首饰以及一些效用不大的灵宝符纸。因为店中售卖的物品样式新颖精致，价格也不算离谱，所以十分受当地达官贵族欢迎。"

"这家珍宝阁,就是谢家开的。"他话音才落,谢家大门便再次被从里向外推开。

这一回显得尤为正式,一个四十岁左右、衣着华贵讲究的男子朝薛妤和溯侑客气拱手,因为挺着的肚子,男子弯腰的时候格外为难。

他呵呵地笑,语气和蔼道:"不知是执法堂的小仙长们驾临,我这手底下做事的婆子笨手笨脚,若对两位有什么冲撞,谢某在这先替她赔个不是。"说着,一路将他们请了进去。

谢家家宅十分讲究,从入门起便是一派古风古韵,长廊曲亭环着假山湖水,别致的风景尽收眼底。

薛妤不喜欢开口说话,溯侑看着那位手指上戴着花花绿绿宝石戒指的谢家家主,缓声问:"谢家主可听说了今早在云迹酒楼发生的事?"

"当不起小仙长这一声家主,鄙人姓谢,单名一个海,小仙长称呼我姓名就行。"走了这么一段路,谢海停下来重重喘了口气,冲着两人笑道,"不瞒两位仙长,今日我这宅子闭门不见客,说来也是因为这件事。云迹酒楼的事一出,城南各家都被惊动了。谢某平素好客,这宅中迎来送往,有交集的人多不胜数,此时一出事,便有许多人上门来问候,实在是不胜其烦,这才——"

谢海人到中年,身材圆滚,笑起来时脸上的肉将眼睛堆得只剩两条缝,看着并不凶恶,反而显得平易近人。

"适才下人一来禀报,我就知两位仙长是为这件事而来。不过说实在的,我这宅子,看着不大,实际也不小,再不怎么讲究排场,上上下下伺候的也有百十来号人。谢某平时忙着珍宝阁的生意,这宅中下人没能全混个眼熟,若不是出了这样的事,我也不知道柳二这个人。"

这话是实话,溯侑领首,道:"大妖伤人的事少见,性质恶劣,为了宿州百姓的安危,我们得来走这一趟,问些事情。"

"应该的,这是应该的。"谢海回道。

这世间修道之人的威望往往高于大多数凡人,谢海生意做得再大,也只是个商人,既非皇亲国戚又无一官半职在身,自然将姿态放得很低。

谢海继续补充道:"我已经吩咐下人将平时跟柳二走得较近的人都叫到偏房里

了,两位仙长有什么要问的尽管问,但凡我谢家能配合的,绝无二话,一定配合到底。"

溯侑一双桃花眼中荡出层层笑意,官腔打得比谢海更天衣无缝:"既如此,便麻烦了。"

溯侑做事细心,又总将分寸拿捏得恰到好处,薛妤只静静听着,并不插话。她将注意力分散在宅中各个角落,直到看见那棵长得不同寻常的粗壮的槐树,才蓦地停下脚步。

跟从墙外见到的不一样,真正看到它全貌的人很难不为那种鲜活的繁盛和蓬勃驻足。

溯侑顺着薛妤的视线看过去,他那张比花魁还勾人心弦的脸露出意想不到的惊讶。他侧首,看向谢海:"这树,是槐树?"

这话应当是有许多人问过,因此谢海答得顺畅:"是,是槐树。我们谢家四十年前移居宿州,得知城南这边的宅子地段好,平时也幽静,于是就动了定居于此的念头。但当时剩的宅子不多,我父母反复商量,还是更喜欢这里,第二天便买下来了。"

"这槐树是当时就在了。"谢海搓着手笑,"嘿,不怕两位仙长笑话,民间嘛,特别是生意人,总有这样那样的避讳。'槐树招鬼'这样的说法,家喻户晓,当时我父亲说这宅子到处都好,唯独这棵树煞了风景。"

"因此在住进来的第二天,我父亲便准备让管家将这槐树处理了。但是这宅子的前主人说,宅在树在,若是要将这树砍了,那宅子是说什么也不卖了。"谢海道,"当时我才出生没多久,这些事都是后来从下人口中才得知了一星半点儿。"

"我父亲当时还纳闷,因为这宅子的前主人也是祖上从商,一度将生意做得很大,当年颇有名气的锦绣阁光在宿州就开了三家,几乎包揽了大部分达官贵族的生意。后来一想,既然都是从商,那人家住得好好的,生意蒸蒸日上,也没闹出什么见不得人的丑闻,可见这树不仅不招鬼,说不定还招财,因而就一直留到了现在。"说完,谢海有些紧张地问薛妤,"这树,该不会真有什么问题吧?"

"没。"薛妤惜字如金,她的视线从那棵槐树上移开,道,"去偏房问问吧。"

谢海松了一口气,连声应"是"。一个须白鬓白的老管家朝前带路。

走了几步，薛妤鬼神使差般往后又扫了一眼，正巧此时刮过一阵风，吹得树叶婆娑不止，簌簌作响。从她的角度望过去，那棵树像一张放大了无数倍的娃娃脸，眼尾上扬，朝她露出一个纯真无瑕的微笑。

薛妤收回视线，跟着前面几人的步调拐进小院里。

偏房内，站着几个惴惴不安的中年人，穿着还算得体，一眼望过去，个个都是老实面孔。

谢海挺直胸膛，道："今早柳二的事，你们也都听说了。这是城中执法堂的两位仙长，专为了调查此事而来，现在问你们什么问题，都给我老老实实回答。若是有隐而不报的……"他重重地从鼻子里冷哼一声，拖长了声音道，"到时候被妖盯上了，老爷我可救不了你们。"

肉眼可见的，那站着的三个仆妇、五个伙夫齐齐抖了抖肩，缩了下脖子。对于一辈子生活在市井里的普通人来说，妖怪的震慑力比牢狱之灾大得多。像柳二那种死无全尸的死法，他们想一次便胆寒一次。

"诸位不必担心，问你们什么就如实答什么，捉妖的事交给我们。"溯侑道。

若说谢海在连逼带吓地唱红脸，那换成溯侑，便俨然变了种截然不同的意思。他原本就生了副顶好的相貌，加之话语温和，展现在这群上了年纪的仆妇、伙夫眼前的，是十二分可靠的形象。

说完，溯侑看向薛妤。

"你问。"薛妤朝他点了点下巴。薛妤的脸冷若冰霜，垂着眼想事时，显得尤为有距离感。

"谁平素与柳二交好？"

溯侑话音一落，眼前的几人就开始你推我推你，谁也不肯先走出那一步。

他神色渐渐冷下来，眼中原就虚假的笑意如泡沫般消散。

"哎哟！推什么！踩着我脚了。"

就在薛妤冷然观望的耐心告罄的一刹，被挤到末尾的仆妇发出一声洪亮的痛呼，脸上的五官都扭曲起来。

她头一个走出来，低眉顺眼一股脑儿往外道："两位仙长，其实我们跟柳二也没什么交集，只是都在一个宅院当差，低头不见抬头见的，又都是差不多的年龄，这能说的话也就比别人多了一点儿。"这仆妇性格直爽，想着柳二人都死了，再避讳这避讳那的，说不定下一个死的就是自己。

她想着自己说得越多，眼前这两位能捉住妖的可能性就越大，于是噼里啪啦像倒豆子一样开口："柳二平时就不老实，喜欢偷奸耍滑，多大的年纪了还爱盯着过路的丫鬟婢子瞧，一双眼色眯眯的，见着个女人就放光。平时闲着也不干点正事，一发月钱就跟钱三出去乱混，第二天当差还满身的酒气。"

"苏婆子，你，你莫要血口喷人！"闻言，站在最左边的男子一下子绷不住了，他涨红了脸，有些结巴地大声嚷嚷。

被称为苏婆子的仆妇翻了个白眼，朝着谢海道："老爷，我可没说谎，柳二平素是什么做派，大家都看着呢，我跟他是八竿子都打不出一个熟字。这次他出事，说不定就是将色胆放在了妖怪身上才遭殃的。"

说完，苏婆子将头往左边一扭，问另外两个仆妇："我说得哪里不对？"

大家一起当值这么久，就是平时再怎么看柳二不顺眼，现在人没了，本着死者为大的意思，也说不出这么犀利直白的话，因而其他几个人脸上多少有些不自在。

苏婆子像是知道他们在想什么，又嘀咕了句："不是我说话难听，柳二死得那么惨，连尸骨都没留全，想必那妖恨极了他。若是它觉得柳二跟我们关系好，顺着找过来，那我找谁哭去？"这话像是自言自语剖析心迹，但何尝不是说给其他人听的。

果然，很快有人咬咬牙站出来证明："老爷，苏婆子说得没错。"

溯侑泼墨似的眼瞳转到整张脸涨红的男子身上，问："钱三？"

钱三被那眼一看，只觉得一股说不出来的冷意顺着背脊爬到后脑。他脑子"嗡"地空白了一瞬，再回过神时，眼前的年轻男子还是那双桃花眼，甚至往里细看，还带着点莫名温柔的笑意，仿佛有着无穷的耐心。

"是。"钱三颤着牙，忍不住为自己辩驳，"可我真……真的没做什么。"

"昨日，你和柳二在一起吗？"溯侑问道。

"在，在一起。"钱三脸色灰白，将昨日的经过说了出来，"前天府上才发了月钱，昨夜下值，柳二约我去云迹酒楼喝茶。他常去那儿，里面的店小二跟他是同乡，每次都会给我们多送碗茶水。"

"喝完茶，天色暗下来，我准备回家，见他竟朝着城南方向去，还忍不住问了一句。"说到这里，钱三脸色变红，透出像烧红的炭一样的颜色。

溯侑望着他，道："一字一句，详细道来。"

钱三猛地闭了一下眼，索性破罐子破摔，将昨夜情形一五一十地说了出来——

昨夜月色极美，清冷的月辉铺在地面上，树枝被拉出长长的影子，像浅水中浮动的水草藻荇，又像某种狰狞扭曲的鬼魅。

钱三见柳二居然没去霜月楼寻欢作乐而是准备回城南宅院，颇有些诧异地揶揄："你今日转性了？还是霜月楼的红叶姑娘不够勾你魂了？"

"谁说我要回宅里？"柳二不知想起了什么，鬼鬼祟祟地凑过来，附在钱三耳边道，"我们宅往里再过四座府邸，新搬来了一户人家。这户人家常日闭着大门，里面没男人，只有个妇人，生得貌美如花。"

柳二不知道该如何形容那种美貌，只连声道："红叶姑娘在她跟前，都不算什么。"

钱三悚然一惊，他看着柳二那双昏黄的眼，一时之间竟不知该说什么。他好半晌才回过神，压低了声音道："你疯了吗？！能住在城南的，那都是些什么人家？什么身份？你干这样的事，不要命了？！"

可这男人，特别是色欲上头的男人，根本没有脑子。

柳二一脸浑不在意道："我看过了，那妇人多半是什么达官贵族养在外面不敢带回家的外室，院里也没有人伺候。"

他一说，钱三就懂了。没有男人，又没下人伺候，即使真遭了欺负，多半也不敢报官，不敢闹大。

夜里，钱三看着睡在身侧的妻儿，良心煎熬了整整一夜，哪知第二天一早，就听到柳二惨死的消息。

谢海听完，顿时怒了，一张和蔼的脸完全沉了下来："我竟不知道，我谢家的下人，有这样滔天的胆子。"

那几个站成排的仆妇和伙夫顿时战战兢兢跪成一片。

薛妤一双琉璃似的眼瞳静静落在钱三身上，开口说了进屋后的第一句话："那户人家在哪儿？"

钱三颤巍巍伸出手，往西面指了指，道："往巷子深入第五个宅子，门前挂着红灯笼那家。"

薛妤转身就走，溯侑紧随其后。

"混账东西！"谢海怒骂出声，狠狠一拂衣袖，看了看两人远去的身影，没来得及算账，便连忙转身挺着圆滚滚的肚子追了上去。

"两位仙长。"谢海艰难追上来，伸出袖子擦了擦汗，露出一双满带愧疚的眼，道，"我同你们一起，我给你们带路。"

说罢，他看向一旁的管家，吩咐道："快备上厚礼，随后送过来。"

薛妤却等都没等他，足尖一点，身影瞬移一般翻过高高的红墙，眨眼的工夫，人已到了百米开外的地方，唯独剩下点环佩相撞的清脆响声，袅袅散在空气中。

"这……"谢海傻了眼，搓着手看向脾气甚好还停留在原地的另一位，问，"这可怎么办？这妖……这妖还能收吗？"

"这若是不收，惦记上我们家可怎么好啊？"谢海原本还觉得没什么，听完钱三的话后顿时心有戚戚然，开始担心起这担心起那，"小仙长，这妖能收的，对吧？"

"我治下不严，赔多少钱都行。"谢海急忙保证。

谢海抬眼看溯侑，发现少年一双好看的桃花眼不知何时垂了下去，压出一道不深不浅的线。

原本如春风化雨般的温柔笑意，摇身一变，换成了种淡薄的、不近人情的无动于衷，先前的温柔、乖巧、耐心，全部像是装出来的一样。前头那位冷若冰霜的女子一走，他便显露出了自己的真面目。

溯侑轻轻吐了三个字："不知道。"

谢海像是被捏住了脖子，霎时没声了。

像是想起什么事情，溯侑难以忍受一样浅浅皱眉，最后也跟着跃出外墙。

十六

红灯宅院　怀孕妇人

按照钱三说的特征，他们很快找到了那家门口挂着红灯笼的宅院。

溯侑上前叩门，过了很久，门才从里推开。里面果然没仆人，来开门的是一位梳着妇人发髻的女子，眼睛亮亮的，有一种少女般活泼明媚的美。

薛妤仔细观察她的神色，而后像是察觉到什么，视线往下，挪到她凸起的有点明显的小腹上。

"你们是？"女子声音清甜，笑起来十分友善，脸颊两边各有一个小小的梨涡。

溯侑上前，将两块执法堂的令牌拿出来，又重复了一遍提前想好的说辞："我们是执法堂的弟子，今早云迹酒楼发生命案，我等奉命前来探查。"

"命案？"女子一副全然不知情的样子，随后将门敞开大半，有些不好意思道，"我才搬来没多久，身子也不方便，宅内乱得很，让两位大人见笑了。大人们快请进。"

许是要做母亲的人都格外柔和些，那女子轻轻抚着小腹，很轻地叹了一声："应该也是个可怜人。"

听到这里，薛妤知道，柳二那些污秽的阴邪想法，因为某种原因没能实现。

她往女子身后的小院里一看，果真空空荡荡，连花草树木都没有几棵。溯侑例行公事般进去看了一圈，而后出来朝薛妤摇了下头。

薛妤看向那名女子，点了下头，道："打扰了。"

说完，她转身踏进幽深的小巷，没走几步又停下来。薛妤皱着眉回头，与那名嘴角噙着温柔笑意的女子对视，略有些生硬地提醒："女子独居危险，若是可以，还是买些仆人回来伺候好。"

女子倚着门颔首，对陌生人的善意应得温柔而慎重："多谢姑娘提醒，这事昨日已经办妥了，等会儿人牙子就会带着人来。"

薛妤不再说什么，转身离开。

接下来一路沉默，直到拐过一个弯，薛妤才慢慢停下脚步。溯侑亦步亦趋地跟着，偶然一个抬眼，见她有些疲累似的伸手摁了摁眉心，然后听她开口："她还有孕在身。"

"是。"溯侑声音轻得好像怕惊扰她一样，像是好奇她会如何回答，又像是单纯地询问，"那妖，我们还追吗？"

如果没有那妖，今日出事的，就是一个全然无辜的妇女，以及一个未出世的孩童。

先动歪念的是柳二，该死的自然也是柳二。可城中心杀人，定魂绳锁魂，全都在圣地和朝廷不能忍受的范围内。那她呢？她会怎么想？真捉到了那妖，她又会怎么做呢？

少年侧首，视线落在薛妤的半边侧脸，安安静静地等她的回答。

"追。"

他想象中的挣扎、犹豫、纠结的神色通通没有出现，薛妤应得干脆而果断，仿佛方才一瞬间的愤怒只是错觉。她道："去查谢家那棵槐树，回去后让朝年和轻罗轮班守在这女子宅院前。"

"让司空景师兄弟来见我。"薛妤道，"另外，联系佛女，请她到执法堂来一趟。"

说完，她冷静地回首望向城南，一字一句轻声道："三日内，我要彻底结束这个任务。"

跟想象中截然不同的发展，溯侑那双宛若点墨的眼瞳难得茫然地眨了下。

薛妤没在城南待太久，相反，她转身去了个溯侑没想到的地方。

云迹酒楼一层层铺着琉璃瓦的房顶，薛妤和溯侑肩对肩坐着，中间隔着段不长不短的距离。在这个位置，一垂眼，就能将周围大小酒楼、热闹街道尽收眼底。

二人捏了个隐匿身形的小术法，下面熙熙攘攘的人群看不到他们。

她很长时间没有说话，只见太阳从天穹正中逐渐往西边倾斜，最后洋洋洒洒落下漫天碎金，那颜色又几经变幻，最后变成如夜晚灯笼照出的温柔橘色。

薛妤皱着眉思考，将整件事一遍又一遍地从前往后推，直至晚霞温温柔柔落了满身，她才突地转了下手腕。

在这期间，她不说话，溯侑也没开口扰她。他安安静静地坐着，衣摆被风吹得左右摇曳，人却纹丝不动，若不是那双漆黑的瞳仁偶尔微动，他整个人便像一幅着墨极重的画像。

见她终于有起身的架势，溯侑脸上的神色才跟着鲜活起来，他动了动唇，低声道："女郎，司空景师兄弟和佛女都已到执法堂。"

薛妤点了下头，随后，她偏了下身，看向溯侑，问："可有哪里不懂？"

溯侑鸦羽似的长睫如蝶翼般上下急促地动了两下，像是经历了瞬间的撕扯挣扎，而后坦然点头，道："有。"

他生来多智，在闯出一番天地后也见识过诸多诡谲山水，深知山外有山，人外有人。这世上强大的人比比皆是，可唯独在头脑这一块，他从未有不如人的时候。

哪怕是跟在薛妤身边，朝年那种从圣地出来的，也常常晕头转向。任务执行到后面，朝年往往已经懒得自己折腾，薛妤让做什么就去做什么。唯有他，时时能跟上薛妤的思路。

除了这一次。他想了一下午，隐隐约约有所发现，却又每每卡在关键的点上，推演不下去。

她说的是三日之内完成这个任务，而他们唯有一个任务，就是寻找尘世灯。尘世灯被城南某户巨富人家买走，又跟当年提供借运邪术的方士有牵扯。他们来宿州追人，才开了个头，就遇上柳二被杀，被捆上定魂绳一事，之后查访谢家，带出方才那位有身孕的女子。

这全是一天之内发生的事。他们来宿州，才一日，甚至一日都不到，而这期间发生的每一件事都疑云重重。灯在哪里？方士在哪里？杀害柳二的妖是谁？全部都不清楚。

三日之内破案，纯属天方夜谭。可说这话的人是薛妤，她不会无的放矢，更不会做没有把握的事。

"今天早上，你提醒我，大妖杀人意在挑衅和试探我们的实力，这种说法，对了一半。"薛妤俯瞰下面来来往往的马车和路人，道，"但凡有点脑子的人，都不会用这种方式去挑衅连实力、身份都没摸清的敌人，他能活到现在，不可能自大到这份儿上。"

"可他确实这么做了。不仅做了，还做得那样彻底，连定魂绳都用上了。"薛妤微微抬着下巴，神情专注，脑海中竭力还原当时的情形，"不说用定魂绳是多么阴损的路数，会不会反噬自身，单说那根绳，本身就是件擒拿的上好灵宝。

"他杀柳二若真只是路见不平，临时起意，又或者说是向我挑衅，那他有千万种方法，或将人处以极刑，或千刀万剐，样样都能让人生不如死，自尝恶果。可他偏偏选了最极端的方式。这种方式，只有一个特点，便是使人永生不得解脱。"

薛妤伸出长指，随意地点了点他们脚下的云迹酒楼："这酒楼位置极好，太阳一出，必能照到这个路口，而被定魂绳捆住的柳二，作为最惧光的鬼魂，将日日在阳光的曝晒下煎熬。

"费了件上好的灵宝，冒着被我们捉到的风险，还是铤而走险这样做了，只能证明一件事——柳二干了一件令他情绪失控、无法保持理智的事。"

"他和那女子有关系。"溯侑轻声道，"我之前想过这一层。那女子有孕在身，即使是不能出现在人前的外室，也不至于身边连个奴仆都没有。如果真这样不在意，又何必租赁城南的宅子养着？可那女子，言行气息都十分正常，是个普通人。"

"是。"薛妤点头承认，看了看沉下去的太阳，道，"所以我现在有两个问题，一个需要司空景回答，一个需要佛女回答。"

"先回去吧。"说着，薛妤起身轻飘飘地从屋顶跃下，像一片从天而降的落叶出现在人渐渐少起来的街道上。溯侑才落在她身边，就见她回头，看了他一眼，认真道："你这样，很好。"

溯侑怔了怔。

"不懂就是不懂，你不懂我才好教你。"薛妤一字一句道，"若你不懂，还死撑着不说，我就是有心想教你，也无从下手。"

薛妤这样的性格，平时话都不说几句，若是方才问溯侑懂不懂时，得到的是一个懂的回答，那她势必不会再开口解释那一堆。之后的事件中，他也只能跟朝年等人一样，她说什么就做什么，再也跟不上她的思路和步伐。

薛妤这样想，是因为她不止一次经历过这样的事。

松珩脾气好、性格好，对芸芸众生总能抱有一种不求回报的善意和包容，不可否认，这是他千年间一再吸引薛妤的闪光点。甚至，他跟不上她的思路和节奏的时候,也只是无奈地表现出一种笨手笨脚的坦然。

可之后不知从什么时候开始,那种好性格就变成了一种不自知的逞强,好似承认自己不如她是什么丢人的、难以启齿的事。所以,即使有不懂的地方,他也绝不提问。

薛妤不明白,但她忙,很忙,忙到没时间去问,只要他说"懂",她便不再说二话,只要他不坏她的事。

溯侑反应过来,他倏尔弯了弯眼梢,道:"我不会。"他是从石隙中拼命生长出的细芽,会抓住一切机会向上攀爬。

见状,薛妤的话语也软和了些,她道:"等我问过他们,猜测被证实之后,再跟你细说。"

二人回执法堂时,司空景师兄弟从大门口迎上来。司空景道:"朝年小兄弟通知我们回执法堂等姑娘,姑娘可是有尘世灯的线索了?"

司空景的师弟也适时出声:"如有什么用得上我们的地方,请薛妤姑娘不必客气,直言吩咐便是。"

"用不上。"薛妤一边脚步不停地往停尸房走,一边冷声问,"你们掌门查尘世灯的来历,可有查出什么东西来?"

提起这个,司空景连话都不知怎么说,只有苦笑的份儿。没有其他原因,主要是这位紫薇洞府的掌门,说起来也是世人眼中仙风道骨的人物,但实际上非常不靠谱,不靠谱到任谁听了他的话都会生气的程度。

几年前,这位掌门把尘世灯往雷霆海上一丢,就没再管过。后来,尘世灯丢失,他无所谓地朝徒弟们摆手,说得那叫一个云淡风轻、信誓旦旦,说那不过是个没用的东西,骗人用的。可没过多久,他又改口了,火急火燎地打发司空景师兄弟来找灯,说那灯不找着,对宿州百姓来说将会是一场大灾难。

薛妤早上问掌门,那灯有什么用?怎么就有大灾难了?

掌门却支支吾吾答不上来,好半晌才说那灯是他机缘巧合下得到的宝物,也一直没认主,因此并不清楚这些。掌门说尘世灯丢失会有大灾难是因为当年他得到灯的同时还得到了一本书,书上第一页写着:若有一日书泛灵光,则灯有变故,需要速将灯放回书旁，否则恐生大事端。

薛妤又问那书里还写了什么，灯有什么具体用途，结果他说马上去翻翻看。

司空景在一边听着，脸都热得慌。

好在掌门查了一下午，总算查出点东西来。司空景收敛神色，一本正经地回："家师才传了信过来，说尘世灯外貌会随着所处环境而变化，挂在树上就是样式新颖的宫灯，放在桌上就是家中常点的油灯。

"灯的效用也查出来了，大的小的有很多。灯若是认了主，可以当灵器用，里面的火芯能起到灼烧的作用，除此之外，还有掩盖气息、镇压、安抚阴寒之物的作用。"

薛妤脚步放慢了点，拣最紧要的问："书泛灵光，代表灯有变故，是什么变故？"

司空景默了默，再开口时声音都低了点："一般灯正常使用时，书是不会有变化的。可这灯特殊就特殊在它还有个用处，它能听从主人吩咐，将方圆数百里的阴气、秽物引到一个地方聚集起来，并且，它能掩盖气息。"

薛妤一下停了脚步。

"简单来说，这灯对那些见不得光的东西来说，就是圣物。"司空景也跟着停下脚步，总结道，"既能引阴气聚集，又能做到悄无声息不被人察觉，这肯定不是正道手段，很有可能会有什么百年怨婴、鬼童要出世。若真在宿州城中发生这样的事，对这里的百姓来说，会是一场大灾难。"

薛妤和溯侑对视一眼，几乎同时想起了独自住在城南那一座宅子的女人，以及她那微微凸起、遮都遮不住的肚子。

沉默半晌，薛妤朝司空景师兄弟丢下一句"我知道了"，接着脚步不停地朝停尸房走去。

停尸房内，善殊微微垂着头，手指一根一根落在柳二的脸上，像是在认真感受什么。

在这个过程中，九凤百般无聊地拨弄着自己晶莹剔透的指甲，时不时脑袋一歪，像是被那股味道臭得没脾气似的精准地倒在桃知肩上。

薛妤进来，两个人同时抬起头。

"尸体看过了吗？"薛妤朝善殊颔首，开门见山地问，"有什么发现？"

"确实有。"善殊擦了擦手，回看向薛妤，神色格外凝重，"阿妤姑娘让我过来看，是不是早就有这种猜测？"

"是，但不肯定。"薛妤将柳二尸体旁放着的定魂绳勾在指尖观察了会儿，道，"在定魂绳上对峙时，我能感觉到另一边浓郁的妖力。可这尸体上，耳边那一处伤，像是被禅杖挑破的，再认真感应一下，确实透着点佛门功法的意思。"

善殊站直了身体，冲着薛妤疲惫地点了下头，道："阿妤姑娘猜得没错。我们北荒有种说法，有僧成大道，因执念入尘世，沾人命、染杀孽，融入妖血和妖珠后行走于世间的，被称为妖僧。"

接着，她轻吁出一口气，摇了下头道："我算是知道我为什么会抽中这个任务了。"

九凤一听，扯着桃知的袖子懒懒笑了一声，露出点兴奋的神色："你们俩这是干吗，打哑谜呢？"

"遥想。"桃知第无数回扶正她的身体，温柔提醒道，"你好好站着。"

"人间有一句话，叫'良禽择木而栖'，你没听过吗？我是凤凰，可不就得在树上休息？"九凤被他这样的动作弄烦了，假模假样地吓唬，"你再动我，把我头发弄乱了，我回头把你那片地方圈出来填我的九凤海！"

大概是知道她的脾气，于是桃知也很自然地将到嘴边的那句话咽了回去。

良禽择木而栖，她栖息的地方应该是那个生来与她定下婚约、真正的凤凰木梧桐族嫡长公子的肩头，而不是尘世间一棵普通到无人问津的桃花树。

在善殊"妖僧"二字落下后，薛妤便陷入一段短暂的沉默中。半晌，她两条细长的眉往下压了压，开口道："人间女子，怀鬼胎？"

"我反正没听过这样的事。"九凤懒骨头一样散漫地抬眼，道，"鬼胎出生所需要的庞大能量，还有那闹腾得要上天的动静，撑都能把凡人撑死。"

"如果真是这样……"薛妤白瓷一样的长指掰过柳二的脸，目光落在他耳侧像是被禅杖打出来的伤痕上，语气一点点凝重下来，"会很难缠。"

两星、三星任务之所以好接，不是因为面对的敌人有多弱小，而是没有埋下这么多错综复杂的线。天机书往往会直白地告诉你，在什么地方，有什么妖作乱。他们一去，发现果真如此，就可以直接用武力降伏，或带回圣地受罚，或当场击毙，这个任务就算结束了。

四星以上的任务完全不是这种难度，它往往需要处理好几件事。就比如这次，尘世灯的任务进行到现在，却告诉你凡人女子怀了鬼胎。单是这句话，落在薛妤耳里，就只有一个意思——这背后又有段难以言喻的故事。

如果那女子是普通人，也并不知道自己的孩子是鬼胎，那么薛妤得在保证她安全的情况下解决掉那个鬼胎和隐藏在暗处不现身的幕后主使；如果那女子知情，且心甘情愿如此，那更得查明白，她为何如此？谁胁迫了她？以及背后之人要用鬼胎去做什么？最后还是得解决掉鬼胎。

这种任务很麻烦，也很棘手。

"我大概知道尘世灯在哪儿。"薛妤面色平静地说出这句话。

站在她身侧的溯侑像是倏尔意识到什么，他轻声道："是那女子门前挂着的红灯笼。"

薛妤点头，视线从柳二耳侧那处因为被冰霜冻过而更明显的伤痕上移到溯侑的脸上，神色微动，问："怎么回事，你脸色很差？"

今早接触过柳二尸体化成的脓水后，薛妤和溯侑都换了身衣裳。少年仗着天生的好颜色，向来穿得简单，不是纯白就是纯黑。现在，他穿在身上的是一件宽大的黑绸长袍，没有别的花纹和点缀，仔细一看脸色，虚弱的惨白被这样的颜色衬得尤为明显，甚至跟月前才从审判台下来时的脸色有得一拼。

溯侑茫然地动了动长睫，似被惊动的蛱蝶，道："没事，我天生……便是这样的肤色。"

薛妤想了想他平时的那张脸、那双手，确实比养在深闺里娇滴滴的姑娘或夫人还要细腻，也就略略点一下下巴，没有再问什么。

九凤见状，左右脚换了下姿势，懒洋洋地歪在桃知肩头，偷偷地笑了两声。

溯侑循声看过去，见她那双软和下来而显得媚态横生的凤眼里全是耐人寻味的揶揄笑意。

他慢悠悠地垂下了眼。

"尘世灯挂在那女子宅院前，出手杀人的妖也和那女子有关系，现在只要抓住那妖，盘问是谁作为中间人得到这灯，那方士的下落便也知道了。"九凤拍了拍手，脸上现出跃跃欲试的神色来，"这样，你们的任务完成了，我的任务也完成了。那女子在哪儿？"

善殊耐心安抚道："九凤姑娘且再耐心等等，若是现在将那女子抓了，打草惊蛇惊动幕后之人，之后再想捉住他们就难了。"

相比于善殊，薛妤无疑更直白一些，她看向九凤，道："不需要你出手，这事我们去做。"只差把"你别给我添乱"这六个大字写在脸上了。

九凤乐得清闲，慢吞吞地"哦"了一声后，手闲不住地往旁边一伸。她将懵懵懂懂站着的苏允勾到身边，恶劣地扯了扯他像模像样梳起来的高马尾，道："小鬼，你们人族平时都喜欢玩些什么？等会儿带姐姐也尝尝鲜。"

苏允被她揉搓得嗷嗷惨叫，一张脸都变了形，脱困后连滚带爬地躲到桃知身后。九凤再伸出那几根漂亮指头的时候，就被桃知连说带哄地制止住了。

"再等半个时辰。"薛妤道，"我让朝年和轻罗等人去查谢家那棵槐树的来历了。"

"我这儿也还需要一点儿时间。"善殊抿着唇角解释道，"宿州护城寺在用香火之力追查城内出现过的佛家功法气息，若是成功，就能大体锁定妖僧停留的位置。这样，即使女子那边的线索中断，我们还有这条线可以追下去。"

城南，昭王府内院，花木葳蕤，彩蝶翩跹，怡然的花香充斥着府内每一处角落。

王府有着不同一般人家的气派，连着打通了四处宅子不说，还颇为奢侈地在府中心挖了个湖。跟普通世家、贵族那种过家家般的秀气挖法不一样，那湖深不见底，不论晴天、阴天、清晨、傍晚，深郁的雾气始终笼罩在湖周围，像是为那湖披了无数层遮蔽视线的浅纱，令人看不清全貌。

湖中心潦潦草草建了座简单的亭子，亭子顶棚只浅浅铺了层茅草，四面光溜溜地立着四根柱子，柱子连漆都没刷，风吹雨打时，亭中的人便会霎时成为落汤鸡。

这亭跟王府奢靡讲究的风格格格不入，可偏偏被看守得极严，除了昭王裘召，少有人能进去，执着刀剑的王府亲兵更是时时不离，不放过任何一点儿风吹草动。

此时，湖心亭中罕见地坐了三个人。

因为不准侍女进出，其中一人不得不自斟自酌。他留着长长的胡须，面色是常年不见阳光的苍白，手指如枯竹般捏着小巧的酒盏，向居于主位的昭王敬酒，道："臣下星夜不停从皇城赶回，才到宿州，就听说了王爷的好消息。"

昭王和人皇裘桐是亲兄弟，眉眼中的阴郁也如出一辙，就连笑起来时，也都带着令人捉摸不透的深沉意味："说来听听，本王何喜之有？"

那人像是早习惯了他这种语调，朗笑一声，挤眉弄眼道："赵悦姑娘的美名，在这宿州城可是无人不知、无人不晓，王爷好福气。待过两三年，王爷回京时，说不定已是儿女双全，这难道不是天大的喜事吗？"

男人之间，一旦谈起风月之事，气氛便一下子轻松起来。

"就你这张嘴会说。"昭王挑着唇漫不经心笑了一下，道，"不过一个戏子，生了副好身段、好样貌，本王不忍花落泥泞才收入府中。真论起生儿育女，非得王妃所出的嫡子嫡女才好。"

那人连连笑道："是是是，谁都知道王爷和王妃感情好，是臣下多嘴了。"

昭王似笑非笑地挑了挑眉，看向在对面坐着从始至终一声不吭的僧人，长指提醒似的在小桌上敲了敲，道："汇觉大师。"

听到在叫自己，那人方浅浅地抬眸，露出一张唇红齿白、清俊若少年的脸。他回望过去，毫无波澜地道："昭王。"

像是习惯了这样的对话方式，昭王也不着恼，他身子朝前倾了倾，甚至还浅浅笑了声，问："洛彩姑娘那边，怎么样了？"

"一切都好。"汇觉颔首，身边禅杖上的铜环被风吹得"叮当叮当"响，一声声碰出清脆的旋律。

"都好就好。"昭王看着那张不知多少年过去却一点儿没变的脸，眼中隐隐沉郁下来，他接着道，"云迹酒楼柳二暴毙的事，本王已经听说了。这事，本王认为不妥，很容易惹祸上身。

"不瞒两位，这次来宿州城追查尘世灯下落的两人，身份大有来头。皇兄早前传信给我，说若真到了必要时刻，宁可将鬼婴舍弃，也不能与她们面对面碰上。"

另一位听了这话，眼一下子睁大了，当即也顾不上喝酒，诧异地连声道："我们为这事付出了多大心力，怎能说舍弃就舍弃？来人到底是什么身份？"

昭王回答时并没看向他，而是盯着汇觉，一字一句道："圣地传人，两个。"

"两个"二字被他咬得极重，像是一种明显得不能再明显的警告和提醒。

那人眼珠子一下瞪直了，话语含在嘴里转了又转，像是觉得颓然，又憋了回去。

昭王说话时，汇觉只盯着水面看，不知道听没听进去，听进去几分。等周遭悄然安静下来，他才若有所觉地抬头，露出黑白分明的眼睛，额心那粒点上去的朱砂妖异得近乎滴出血来。

汇觉道："不冲动，怎么让她们查上我？不查上我，鬼胎怎么降世？鬼胎不降世，她怎么能活下来？"

"终究要走到这一步，早一点儿，晚一点儿，没什么差别。"

汇觉这话一落，昭王近乎有种被完全看穿的错觉。他危险地眯起眼，发现汇觉神情自然，甚至连眼神都没有丝毫波动，仿佛平静赴死于汇觉而言，只是微不足道，甚至是盼望已久的一件事。

昭王慢慢转动着大拇指上的墨玉扳指，逐渐冷静下来。他思索半晌，索性将话摊开了说："本王是凡人，仙门中的手段，汇觉大师比本王懂。鬼婴诞生之日，若是没有大师的力量，则势必会吸干母亲的生气作为养分。"

"我知道。"汇觉平静地抚了抚衣袖，而后与昭王对视，头一次露出认真而凝重的神色。

汇觉郑重地一字一句道："我死，她生。她什么也不知道，什么都没做过。我死之后，昭王也别想着以防万一，斩草除根，我在她身上留有后手。但凡她受伤，王府鬼婴，还有这湖中的东西，都将一件一件公布于天下人眼前。比起跟圣地交差，以王爷的本事，庇佑个普通女子，是件再简单不过的事。"

昭王沉默良久，突然将酒盏往前一推，徐徐站起身来，笑道："大师放心，本王一向言而有信。"

汇觉深深看了他两眼，起身拎起禅杖，刚要转身离开，又像想到什么似的哑声通知："那位圣地传人在我来之前到过她住的地方，并且已在尘世灯上做了手脚，鬼婴若不想自身受重创，必会在三日之内出世。我不会管鬼婴，我只要她活着。"

半个时辰之后，朝年捧着本书冲进执法堂偏房，他朝薛妤道："女郎，查出来了，那树确实在谢家入住前就有了，而且十分古怪。"

薛妤接过书，一目十行扫下来，在看到最后时眼神冷然凝了一瞬，而后将书合上，道："果然。"

迎着善殊和九凤的眼神，她简单解释了两句："这槐树在百年前被种下时，当时宅里恰好没了一个女婴，这女婴也不是意外死亡，而是盼儿子盼疯了的亲娘听信了过路骗子的话，生生将她溺死的。此后百年，这座宅院前前后后有数十个女婴死亡，那些怨气和阴气，全部聚在那棵槐树上。"

"鬼婴无法附在人类女子身上，她们承受不住那种力量。可若那女子并不完全是人，又同时怀有身孕，被鬼婴看中鸠占鹊巢，就说不定了。"

"并不完全是人……"溯侑垂着眼，睫毛都蒙上一层细密的汗，他不敢抬头，只是轻声吐字，"像，陈淮南那样的——"

薛妤点头，当机立断道："去城南。鬼婴三日内会出世，届时必定会闹出大动静。我们先去布阵，将那座宅院与城南地界隔开。"

"好。"善殊温柔应下，道，"等我片刻，我准备些镇压的东西。"

朝年等人也一溜烟跑去准备之后三天可能会用到的东西。此刻，唯有薛妤和九凤在树荫下吹风，一个在想事情，一个在看热闹。

"哎。"九凤最终还是憋不住话，她蹲在地上，捡了几片叶子在手里把玩，道，"可别怪我没提醒你，你看重的那只小崽子，都快痛死了。"

薛妤终于看向她。

九凤见状，朝天上翻了个白眼："不论鬼婴还是那灯，再或者那棵树，都是大阴之物，你带他转了一圈，自己没事，他呢？他——"

"说重点。"

九凤没好气地加快了语速："成长期提前了。"

晚霞挥洒出极致绚烂的几抹后在天际销声匿迹，人间四月的晚风徐徐拂在人的脸上，有一种说不出的柔和缱绻、温存小意。

薛妤听完九凤的话，转身回望，才发现溯侑一反常态地远远落在后面。

他长得高，骨架瘦削，站在才点起的灯盏边，地上被拉出长而虚幻的一道黑影。他微微落着眼，整个人几乎要无声无息溺进如潮水般涌上来的夜色中。

薛妤走到他面前，道："溯侑，抬头。"

少年身体有一瞬的僵硬，他沉默着屏息了片刻。半晌，像是不甘心，又像是怀着某种执拗的目的，他舔了下干裂的唇后沉着哑意开口："女郎，我没事，我……"

薛妤皱眉，根本不听他不将自己当回事而强撑出来的借口。她伸出长指，落在他线条流畅的下颚，而后稍微用力，将他整张脸挑了起来。

溯侑余下的话一下自动消音。

橘黄色的灯光下，他一张脸像是才从水里捞起来，连睫毛上都蒙着汗涔涔的水珠，抬着眼躲避薛妤的视线时，那些汗珠便一颗颗顺着眼睑滚下来，悬挂在下巴上。

若说他先前的脸色是不正常的白，那现在的两腮则晕出高烧一样的红，现出一种成熟的桃李般甜蜜的艳色。

"这就是你说的没事？"薛妤问。

在这样的动作下，溯侑的神情避无可避。他捏着宽大的衣袖，不知是因为全身各处出现的渐渐令人难以招架的疼痛还是一些别的什么，指节用力得泛起急骤的白。

溯侑此刻的神情像做了错事被大人抓住的孩子，既茫然，又忐忑。

"妖芜果，用了没？"薛妤话才说出口，就觉得问了个多余的问题，于是她收回手，言简意赅道，"拿出来。"

溯侑照做，橙黄色的果子完完全全占据了她的掌心。他看着她拧着眉，垂着眼，难得有些笨拙地施展起属于妖族的催长术法。

风一吹，灯一晃，她脸色分明冷若冰霜，他却愣是从中看出了几分耐心，对他的耐心。

妖芜果吸收了精纯的灵力，眨眼间便冒出一棵细嫩的芽。那芽甫一舒展身姿，就像是有自主意识般缠上了溯侑的手腕，"嗖"的一下钻入血肉里，没了踪迹。

薛妤再抬眼看他，少年长身玉立站在灯光下，从眉眼到发梢，每一处都透露着被安抚住的乖巧和听话。

"等下你别去了，就在执法堂休息。"不是跟他商量的意思，换句话说，等同于命令。

溯侑一直强撑着不说也是怕有这样的结果。

其实与鬼婴博弈那样的场合，他和朝年等人去了也帮不上什么忙。可四星半的任务难得，即使是薛妤，也仅仅接过两次。若是能全程参与，对他而言，亦是一次难得的磨砺和能够成长的机会。他需要快速提升，不论是自身实力，还是办事能力。

还有就是，这样一触即发的紧张氛围中，薛妤不应该因为什么人、什么事而分心。自己帮不上忙，总不能还拖后腿吧。

宿州城开始亮起万千灯火，月华也从天穹末端一路淌下，溯侑像是被这样的光亮闪到，侧着身别过眼，应得低声而自然："好。"

十七 尘世灯现 鬼婴出世

薛妤等人到城南那片地域时,家家户户门前都挂起了灯。

因为住的都是讲究且有声望的大户人家,整条小巷显得格外幽静。来往的多是下值的伙夫仆妇,或是奉命办事的丫鬟,他们浩浩荡荡一行人的动静,引得过路人频频侧目。

等到了巷子尽头,见到那座眼熟的宅院,薛妤停下脚步,朝身后的人点了点下巴:"都隐匿到暗处去,别弄出动静。"

闻言,朝年和梁燕,以及善殊身后的两名女侍都跃到就近的树上,借助着浓密树冠和枝叶的遮掩,将自己藏得严严实实,并收敛住气息。

薛妤上前叩门,这回应声的是个面容和善的嬷嬷,说话时笑吟吟的,现出一点儿属于年长一辈的慈祥来:"来了来了,姑娘这是——"

薛妤将早上编好的台词又重复了一遍。

没过多久,那位身怀六甲的女子得了传信被一个俏美的丫鬟扶了出来,依旧是轻声细语地请她们去里面坐。

这一次,薛妤没有拒绝。

屋内陈设简单,显然才收拾过,东西都井井有条摆放着,并不显得杂乱无序。两个花瓶中插着早春的花,将古板的见客正厅衬出几分怡然的野趣。

"杀人的大妖尚未抓获,执法堂长老尤为重视,令我们将城南彻查。"薛妤手指搭在沏好的新茶茶盏上,说话时尤为正经,任谁都看不出半分端倪和异样。她不动声色看向坐在对面的女子,道:"命令如此,希望夫人配合。"

"这是自然。"女子浅笑着朝薛妤和善殊点了点头,手在隆起的腹部上轻轻抚了两下,道,"我姓洛,单名一个彩,两个月前搬到了这里。"

"只你一人?"薛妤追问。

洛彩点头，回忆起往事，那张灵动如少女的脸上不可遏制地浮现出忧伤和惆怅："我夫君生来体弱多病，即使日日汤药不停，也依旧没熬过入春前的最后一场雪。我们自幼相识，夫妻情深，他一去，我整日昏昏沉沉，以泪洗面。原本以为余生就要这样浑浑噩噩度过，可这个孩子……他不忍我受苦，来得及时。

"诊出喜脉后，大夫说，因为前段时间忧思过度，这孩子胎象不稳。他建议我换个环境，避免触景生情，静静安养后，情况或许会有好转。

"正好，我们在宿州有这处空着的宅子，我思来想去，还是来了。说来奇怪，自我来后，日日隐隐的腹痛再没有发作过，请大夫来看，都说这孩子健康得很。"

只怕真正的孩子早被鸠占鹊巢的鬼婴扼杀了。

薛妤和善殊对视一眼，后者一敛裙边，含笑着唠家常般问："既要安胎，怎么独身一人？这岂不是要自给自足，每日为生活中的小事亲自操劳？"

"其实并不只有我。"洛彩挽起鬓侧一绺发，轻声回，"先前府上便有个伺候了我与夫君近十年的嬷嬷，我用得顺手，也一并带来了。想必是这宅子空着，地方大，我们两人又深居简出的缘故，外人看着并不招眼，以为只我一个。

"在这位姑娘提醒我独居不妥前，已经有好心的邻居提醒过我了。这孩子月份渐大，情况也稳定下来，我想了想，确实该多招些人伺候，于是便有了现在这些。"

薛妤面无波澜地听完这些话，也不知信了还是没信，听洛彩停了话，才不疾不徐将手中茶盏放下。

"夫人。"她看着洛彩的眼睛，突然道，"据附近人家的供词，都说这两个月有僧人频繁出现在城南，我们追查了一天，都没查出踪迹，不知夫人可曾见过他？"

"僧人？"洛彩讶然地睁大了眼，而后皱起眉细细思量，摇头道，"未曾见过。我为了安胎，其实没怎么出过门，只偶尔让嬷嬷在菱窗前搬把椅子躺一躺，看看外面过路的人，不过看不清脸，只能隐隐看到些衣角配饰。"

薛妤审过邺都无数鬼怪，仔细观察他们的神情，一个细微的抬眼、不自然的抿唇，都能成为撬出关键线索的豁口。可此时此刻，洛彩那张明艳动人的脸上，全是发自内心的茫然和讶异。

她是真不知情，也是真期待和盼望着肚子里的生命来到世间。

那么，她们要是现在说实话，不论有没有拿着执法堂的令牌，都极有可能被宅子里的仆人拿着木棍或扫帚撵出府。可如果不说，不让她提前配合，采取措施，三天后鬼婴出世，洛彩甚至活都活不下来。

孰轻孰重，根本无须深想。

薛妤有自知之明，这样的活儿不适合她，她看向善殊，道："麻烦善殊姑娘跟夫人解释。"

善殊苦笑着颔首，转而站起身，面向洛彩，轻柔地说出那些对一个即将为人母的女子而言极其残忍的话语："夫人，非我们不识趣对你冒犯，接下来的话，你可能不愿相信，可时间急迫，我们希望你听完始末之后仔细想想，然后配合我们捉妖除恶。"

面对人族女子无辜而懵懂的神色，善殊顿了顿，道："你的孩子，被鬼附身了。"

洛彩脸上的笑意一下子僵住了，她扶着嬷嬷的手站起来，身形颤巍巍的，声音不受控制地染上了怒意："我对两位好言相待，也事事配合，没想到你们居然……"

她平生温柔，连怒急了骂人都找不到词，顿了顿才拔高了声音道："我不知道什么执法堂不执法堂，就算是圣地、朝廷来了人，也不能这样信口雌黄，指着别人还未出世的孩子说是鬼！"

半响后，薛妤和善殊被力大的婆子推搡着出了宅院，好好的一扇门在她们眼前"哐当"一声关上，动静大得上面一层灰也跟着落下来。

先前那笑眯眯的婆子也变了副脸，指责地出声："不知所谓。"

总之，两人确实被扫地出门，且过程格外狼狈。

善殊好脾气地卷了卷袖边，听身后女侍的低声回禀后，有些担忧地去看薛妤的脸色。

薛妤忍耐似的闭了下眼，再睁开眼时，脸上已经是难以按捺的愠怒之意，她道："不能再给鬼婴成长的时间了，现在布阵，夜半子时动手，逼它和妖僧出来。"

"朝年。"薛妤朝树后唤了一声，随后将一件薄若蝉翼的轻纱衣丢到朝年怀里，眼也不抬地吩咐道，"现在进去，给里头有孕的女子披上。"

"鲛纱衣。"善殊看着那件衣服，感慨般地喟叹一声，道，"我还以为阿妤姑娘生气，不想管这人了。"毕竟生来高高在上的人，最受不得的就是冒犯和怠慢。

"没。"薛妤道，"任务做多了，被关在门外的次数也多。他们不懂这个，没什么好生气的。"

善殊想，内心真正强大的人，确实不会因为这点事而恼羞成怒。

那么，她如此明显的怒意，是因为什么呢？是这个被利用的人间女子和那条无辜逝去的生命？还是某个不听话、执意顶着成长期的痛苦乱跑的妖族少年？

热水打着旋转进杯底，被会察言观色的丫鬟端到近前。

薛妤和善殊走后，嬷嬷扶着洛彩坐下，斟酌了再斟酌，说着讨喜的话宽她的心："夫人可别听她们瞎说一通。我听人说起过，执法堂厉害归厉害，可也常有学艺不精的小弟子浑水摸鱼，完不成任务了就指鹿为马，冤枉好人。

"况且就凭着那两块……两块啥也看不出的令牌，也不能证明她们就是执法堂的人，说不定是从哪儿捡来吓人的。照这般说，真是居心叵测，若夫人因此出了什么好歹，非报官去拿她们不可。"

生长于市井的婆子什么也不懂，可洛彩读过诗书典籍，早年跟着丈夫也见过不少世面。

方才那两位女子，不论是站还是坐，都有自成一派的姿态，衣着配饰也样样非凡物，言谈举止更是得体，普通人家养不出这样的女儿。她们有这骗她的工夫，做什么不好？

人往往总是这样，越在意的事就越爱多想，一星半点儿的可疑之处都要翻过来倒过去地反复咀嚼，每想一遍，心里就咯噔一下。

洛彩拳头捏得极紧，指甲深深陷入掌心里，整个人像是一根绷紧的弦，又像一只遭了雨淋的鸟，显而易见是受了惊的惶惑不安。

那婆子见她忧心忡忡，才提了口气要接着说那些不知道从多少人嘴里传出来的流言，就见洛彩的肚子突然打拳似的动了一下。

那动静不小，惊得嬷嬷一下将所有的话卡在喉咙里。

"怎么了？"洛彩看向嬷嬷，嘴巴一张一合，像是全无察觉似的，现出一点儿提线傀儡般不自然的僵硬，"你接着说啊。"

一向多嘴多话的嬷嬷心一颤，嘴角勉强动了两下，一边偷偷看洛彩的肚子，一边自欺欺人般接着道："老奴说得粗俗，但是话糙理不糙。咱们是凡人，既不修仙，也没跟什么门派有牵扯，真要有什么神鬼灵异的事，也是朝廷派人来通知，哪有这样潦草给人定性——"

嬷嬷突然说不下去了，因为洛彩突然一反常态地笑起来。

跟之前秀气优雅的笑不同，此刻她笑时甚至发出了尖而高的咯咯声，嗓子里咕咕哝哝的，像数十个孩童同时得了什么有趣物件般好奇而满足地低声议论。

丫鬟见状，率先反应过来，"啊"地扯着嗓子尖叫一声，慌不择路地逃跑时将桌上奉着的茶水带得"叮当哐当"砸了一地。

这响声惊动了洛彩身边站着的嬷嬷，她张了张嘴，一张脸抖得跟剥落的树皮一样，这才连滚带爬地出了待客的正厅。

偌大的宅子地动山摇般震颤起来，才买来的丫鬟和婆子晕的晕、跑的跑，一时之间闹得鸡飞狗跳、人声鼎沸。

她们跑，洛彩也不追。她看戏一样坐在四四方方的凳子上，不老实地挪动着臀，小孩般娇娆地舔了舔自己的指尖，像是嗅到什么香甜的东西，又天真地笑起来："跑吧跑吧，一个都跑不了，通通要被我吃掉。"是个清脆的女童声。

这种异常情况只持续了半盏茶的工夫，洛彩恢复神志的时候，只觉得天旋地转，眼前一片黑，耳边也是"嗡嗡嗡"的一片吵闹声。

洛彩好半晌回过神来，手先落在小腹上，见没有任何异常，提着的心还没彻底放下，一口气就噎在了喉咙。

只见她的肚子如吹气皮球一样胀了起来，眨眼间就快到临盆的模样。她渐渐连自己的脚尖都看不到了，视线里只有那个大得离奇的肚子。

洛彩脑子顿时"嗡"的一声，在撕裂般的疼痛铺天盖地涌来之前，脑海中只有一个念头——果然，她们说的是真的。

薛妤和善殊就在此时冲了进来。

薛妤手里提着一盏鲜红似血的灯，那灯不受控制地乱颤，光芒越来越盛，颜色越来越妖异。罩子里的火芯熊熊烧着，像是得了主人的话，要将拿灯人的手灼出个洞来。

偏偏那灯被薛妤握着。它越不老实一分，身上蒙着的寒霜就越厚一层，到后来，已经看不出这是一盏灯的形状，它才终于知道怕似的，垂头丧气地歇了劲儿，安静下来。

这就是引她们一路从雾到城追到宿州城的幕后元凶——尘世灯。薛妤和善殊之前在外守着，为了降伏它，很是花费了一番力气。

善殊捏了个小术法，将在疼痛中时而清醒时而迷糊的洛彩放上了床。

薛妤在尘世灯上下了个封印，动作利落地挂在床幔上。紧接着，以薛妤为中心，连着外面早就布置好的隔绝大阵，像是被一根无形的线牵着提了出来，爆发出铺天盖地的灵光。但凡有些修为的，隔着十里八里都能察觉到这边不同寻常的动静。

"这样大的阵仗，那妖僧也该来了。"善殊弯腰细细看洛彩的脸色，视线又落回她大得不像样，像是绷到极致下一刻就要炸开的肚子上。随后，善殊看了眼薛妤，又道："听留在执法堂的人说，你身边那少年好似不太听话，你前脚来，他后脚就去云迹酒楼盯梢了。"

薛妤显然也得知了消息。她美目微扫，屈指在尘世灯上敲了敲，带着点威胁的意思，那灯于是不情不愿地彻底熄灭。

做完这些，她才难得露出点被牵动的不太愉悦的情绪，道："不知道跟谁学的，不把自己的命当命，刚来时也不这样。"

"倒是挺聪明。"善殊正准备将手中的止痛散给洛彩服下，谁知洛彩一碰那东西，整个人就剧烈地抖，一点美人唇颤颤地哆嗦，如碰了什么剧毒的药似的，"这鬼婴，想生生耗死她。"

薛妤见状，直接上前捏住洛彩的下颚，强迫她张着唇。

善殊终于顺利将止痛散给洛彩灌下，神色眼见轻松了些，才又道："大阵里里外外需要那么多人守着，就连九凤都作为阵心脱不开身，等会儿打起来，我们这边完全没人再去探查城南那十户人家的动静。"

"溯俌聪明，知道你的心思，更知道这个缺口得有人去堵，他也确实解了我们的当下之急、后顾之忧。"

善殊冲薛妤笑了下，道："人家忍着疼做事，等会儿这边结束了，你也别跟人生气。"

薛妤动了动唇，才要说话，就见房间里骤然刮起阵阵阴风。屋内四扇窗都牢牢锁着，大门紧闭，这无故而起的风从哪儿来的，一想便知。

窗户"哐当哐当"响起来，那样的动静，像是有人在外使劲儿撞击。很快，四面窗都经受不住这样的摧残，一扇接一扇掉落下来。

"咯咯。"

"咯咯咯。"

小孩子刻意使坏捏着嗓子叫喊的声音和身上"叮叮当当"的铃铛碰撞声响到一起，成为一种阴柔的、催人命的旋律。这声音在这空荡荡的宅子里接二连三响起，又飞一般往四处扩散，像是在搜寻什么令人期待的猎物。

薛妤和善殊对视一眼，后者轻声道："我们进来之前，那些仆人已经被你我身边的人带出去了。"

薛妤点了点头，背抵着墙站着，动作间利落地将衣袖翻开，露出凝脂般的一截儿肌肤，以及上面那条草草涂了点止血散了事的伤口。雪白与鲜红糅杂在一起，那道伤口血肉翻卷，光是看一眼都让人觉得触目惊心。

数十个女婴满院找人补充能量，找不到人才会回来化整为一，从洛彩肚子里出世。在这之前，她们不能出去，得在屋里守着。

善殊盯着薛妤手上那伤，想起方才布阵完成后，这位邺都公主十分娴熟地拿起刀眼也不眨往自己手腕上一划，鲜血喷溅出来，又淅淅沥沥落到阵法上。

那血像是有什么加持效果一样，几乎是落在阵法上的瞬间，整座大阵的光芒比起之前亮了数倍有余。

"都说灵阵师体弱，身体上的伤格外难痊愈，阿妤姑娘这伤，可要服用些恢复的丹药？"善殊有些担忧地道，"不知那妖僧实力如何，往最坏处想，到时这鬼婴，可能得交给阿妤姑娘处理。"

薛妤不想说自己不用外药的事，借着她后面的问话，将前面的话含糊过去："不碍事，鬼婴这边由我来处理。"

此时，那数十个惨死的女婴满院翻遍也找不着一个活人，蓦地发出怨恨的尖啸，翻腾的死气如潮水般一层层堆叠，直到半空又成了黑森森的云，最后一股脑儿对着床上躺着的洛彩涌去。

洛彩原本有些涣散的瞳仁突然定住了，像是正常妇人生产那样，疼得大汗淋漓，唇都咬破了，现出殷红的血迹。

这还是在吃了止痛散之后，若不然，孩子还没出生，她就先疼晕了，而等鬼婴出世后，她作为生母，将头一个作为绝佳的养分被生吞掉。

"这样不行。"薛妤几次弯腰查看洛彩的情况，看着她身上那层漫出光彩与鬼气抗衡的鲛纱衣，皱眉道，"没有力量来源，鬼婴出不来。聚灵鼎，佛女可有带上？"

"有是有。"善殊一边将小巧的银色四方鼎拿出来，一边凝视着洛彩的眉眼，道，"可若是用了聚灵鼎，之后就不能对她用忘尘咒了。"

原本她们是打算这事过了之后，给洛彩施个忘却前尘的小术法，将关于怀胎和鬼婴的这一段记忆抹去。如此一来，她醒来之后，就只记得自己是因为丈夫早逝，郁郁寡欢而来城南散心。

如若不然，光是这一天发生的事，洛彩可能一辈子也忘不掉。到时不仅要接受人鬼神妖的全新世界，还得接受自己的孩子被鬼害死的事实。这对她来说，未免太残忍。

"顾不上那么多了。"薛妤伸手探了探洛彩滚烫的额头，从善殊手中接过聚灵鼎，道，"凡人身体太弱，经不住这么熬。"人活着，比什么都强。

就在薛妤要施展聚灵鼎时，阵中突然传来颇大的动静，还有九凤气急败坏要跳脚的声音："……哪儿来的死秃驴？！还厚着脸皮冒充什么游侠方士，今天非得给本殿死在这儿！"

薛妤停下动作，将聚灵鼎随手放到方桌上，轻声道："来了。"

九凤守在阵心，无论如何离不得身。汇觉也根本没想跟她过招，只在她横眉冷眼问出那句"千年前为陈家提供借运之术的方士是不是你"时掀了掀眼皮，淡声应了个"是"，姿态甚至还带着点佛家人独有的谦逊守礼。

九凤气得七窍生烟，恨不得当场出手镇压，偏偏她此时牵一发而动全身，只能嘴上哇哇乱叫几声出气。

汇觉便这样旁若无人，如进自家庭院一样进了宅子，一路轻车熟路到了正院庭前。

在他脚步踏进房门的前一刻，原本偃旗息鼓的尘世灯骤然亮了一下，洛彩一声含糊的痛呼卡在喉咙里，人忽然晕了过去。

汇觉拄着禅杖，一步一响地行至洛彩床前。而后他半蹲在床沿边，长久地凝望着洛彩汗涔涔的眉眼，珍而重之地寻了她的手握着，如此才像终于寻到归路的人一样，挑着唇，嘴角轻轻勾出一个弧度。

他冷着脸时显得古板而僵硬，这一笑，却不知怎么显现出点豁然的少年气来。他眉宇间每一根紧绷的线条都放松下来，露出原本俊俏而清秀的五官，看着像个唇红齿白的小和尚。

薛妤冷然看着这一幕，长指微动，问："柳二是你杀的吧？"

汇觉握着洛彩的手，便怎么也不肯放了，连带着冰冷的神色也温和缱绻起来。

他像是知道早就会面临这一遭，像是早知道要踏进这张请君入瓮的网，因而认得坦然："是。"

"陈家于我和素色有旧恩，借运之术，是我给的。"汇觉的声音从容而平和，"尘世灯是我拿的，柳二是我杀的，那根定魂绳，也是我的。"

他一口气通通认下。

善殊感受了片刻，惊疑不定地开口："你的气息？"

"是。"汇觉笑起来一点儿威胁也看不出，他望向善殊，像是在说一件不值一提的小事，"千年前，我佛法也修到了一定境地，北荒来人，准备纳我进圣地。不过现在的修为损伤了许多。"

他说得轻描淡写，却在善殊心里掀起了波澜。

六圣地中，除了昆仑常年招新，其余五地对此管控极严。像北荒，只有佛法极高深，能被长老看上的人才有资格进圣地，且必定是当时年轻一辈的翘楚人物。

然而，就是这样一个人，走了妖僧的道。

"不用聚灵鼎。"汇觉又看向躺在床上的洛彩，伸手慢慢将她散乱的鬓发别到耳后，像是怕惊醒了她一样，声音落得又轻又慢，"她胆子小，经不住吓。"

"她不是个纯粹的人，真正的肉体凡胎不会被鬼婴看上。"薛妤一针见血地问，"所以她是什么，或者说，在这世之前，她是什么？"

"是妖。"汇觉竟正儿八经地回她，"是一只不太聪明又闹腾得不行的小狐妖。"

薛妤懂了，又是一桩缠绵悱恻、不得善终的爱情故事。

"现在这个局面，你准备怎么做？"薛妤平静地指出事实，"明知是局，仍要踏进来，想必不希望她死。"

汇觉看向洛彩，眼神竟说不出是欢喜多一些还是释然多一些。左右迟疑了半晌，他像是终于做了什么艰难的决定，倾身上前，用唇瓣轻而慢地蹭了下洛彩的额心。珍惜的，慎重的，还带着点不经意的眷恋和讨好。

说起来也是活了上千年的人，这么个微小的动作，竟像是用尽了汇觉微薄的脸皮，他耳朵红了起来，有些不好意思地笑："让两位见笑了。"

来这里之前，薛妤想过会昏天暗地一顿对弈，在刀光剑影中降妖除鬼，却怎么都没想到是这种开场。她不由木着脸别了下头。

汇觉握着洛彩有着微弱温度的指尖，含笑道："过了今夜，便是个纯粹的人了。"

话音落下，他的手放在洛彩高高凸起的肚子上，浑身灵力受到驱使，如江海般争前恐后释放出来，半空中像是围绕着他下了一场酣畅淋漓的光雨。

"你这是？"善殊瞳孔微缩，惊讶吐字，"要以命换命？！"

汇觉并未抬头，周身力量却涌得更急、更快，卷成了风一样的旋涡。

沉寂下去的鬼婴再也忍不住这种致命的诱惑，又活跃起来，贪婪地大口鲸吞这些力量，被引着一点儿一点儿牵出洛彩的身体。

那是个粉雕玉琢的女童，头上扎着两个朝天的发揪，胖乎乎的手腕上一边挂着一只手镯。如果不看那双恶毒到极点的眼睛，谁也不会将她和"鬼婴"这样瘆人的字眼联想到一起。

几乎就在鬼婴脱离母体的瞬间，薛妤看准时机，飞快出手。与此同时，善殊指尖弹出一张张带着佛光的符纸，如箭雨般射出去。

那鬼婴在槐树上成长了上百年，又吸食了尘世灯引来的诸多阴气，猖狂得很。奈何她同时面对薛妤和善殊，很快就被打蒙了似的蔫了。

"都给我等着，给我等着！"鬼婴愤愤地跺脚，用小女孩娇憨的语气说着怨毒的话。她一双眼落在薛妤和善殊身上，权衡利弊般思考着，末了，使劲儿摇了摇手上挂着的铃铛。

"她在叫人。"薛妤一眼看穿，总觉得事情到这一步，是天机书也不曾料到的发展。

现在尘世灯找到了，妖僧也出现了，只要降伏鬼婴，这个任务就彻底结束了。可鬼婴在叫人，她的背后还有人？

薛妤一下子想到了溯侑。

其实以她的性格，想安排人在云迹酒楼或是城南巷口守着完全是有备无患，说白了就是安个心，但是，在人手不够的情况下，这样的举动便成了可有可无，没想到还真出现了意外。

事实证明，薛妤的猜测没错，鬼婴果真叫来了人。

来人一身黑衣，鬼面面具死死地遮住脸，只露出一双黑色的瞳孔。他像是知道薛妤和善殊的身份，根本不和她们硬碰硬，铤而走险来一趟的目的只为救人。

来人轻功极好，但不懂什么招式，那一身修为好像是从别人身上偷来的一样，能够在薛妤和善殊的绞杀下拎着鬼婴飞快逃跑，全仗着从他手里丢出来在空中炸开的灵宝。

那些灵宝样样威力不俗，但都没机会在主人手下大放异彩，就被粗暴地丢弃，发出轰然巨响，以自爆的方式为主人挡下铺天盖地的围剿。

又一道金光将薛妤的攻击挡开，她的神色彻底冷下来："第六件。"

即使是当地颇有威望的大门派也做不到这样财大气粗，一口气丢下六件灵宝。

所以尘世灯、鬼婴这事背后，可能还跟世家门派、当地巨户有千丝万缕的联系。

善殊也想到了这一点，她足尖一点，铺天盖地的金光从她身上迸发出来，化为根根箭羽，蓦地发力，以破空的速度朝鬼婴和前来救人的黑衣人镇杀而去。

结果那阵箭雨才到近前，就又是轰隆一声巨响，被灵宝自爆引起的灵力动荡逼了回来。就这样，黑衣人一招都没跟她们过，堂而皇之拎着鬼婴跃到了他们布下的大阵边缘。

今日一旦让他们逃脱，即使薛妤下令将宿州城掘地三尺，也不一定能再抓到鬼婴。这就等同于一个随时会爆炸的炸弹，今夜留不下来，则后患无穷。

薛妤扫过善殊，后者出生于佛洲，修习的术法多是用来度亡魂、平怨念，那些令人闻之色变的大杀招，她使用起来会慎重再慎重、斟酌再斟酌，一个不小心就会影响心性，造成后续修道路上的麻烦。

九凤倒是跃跃欲试想出手，可她在大阵中心，若她一动，整个宿州城的百姓都会被这里惊天动地的响动炸得从睡梦中清醒，并且遭到波及。

眼看那鬼婴冲她们"咯咯"地笑着，差一步就要被黑衣人带着沉入黑暗，逃出生天。

薛妤腾空而起，而后垂下眼，浩浩荡荡的长风不知从何处起，将她绵软的衣袖吹得朝前鼓动。

她伸出长指，在半空中点落，整片夜色像是在这一刻被定格。

"跑什么？"她轻而冷地吐字，"全都给我留下来。"

面对她们，黑衣人一次也没敢大意，见到这样的阵仗，他咬咬牙又连着将数件灵宝丢出去，炸得地动山摇、动静喧天。可先前屡试不爽的招数好似没了作用，薛妤的攻击照样朝他袭来。

察觉到肩头落下的一片雪时，他尚愣着，只不过一眨眼的工夫，他那条手臂，连带着被他抓在手里的鬼婴，瞬间像落叶一样掉了下去。

他没来得及惨叫，脑海中唯一也是最后的念头，就是头也不回地转身遁入夜色。

善殊立马上前，将被强留下来的鬼婴捆着设下层层封印。

朝年吸着气跑向薛妤，慌里慌张地问："女郎，你没事——"那个"吧"字还没吐出来，就见薛妤冷着脸，不着痕迹地用袖子擦了擦唇边涌出的血迹。

朝年一下红了眼。

"眼泪收回去。"薛妤转身往洛彩的房间走去，同时吩咐道，"将宿州城及周边城池各大世家和门派的资料列出来给我，现在去。"

变故来得快而突然，那鬼婴前一刻还嬉皮笑脸地吊在黑衣人手臂上荡秋千，扯长了调子冲薛妤等人挑衅，下一刻就抱着条鲜血淋漓的手臂掉了下来。

鬼婴还没来得及反应，善殊蓄力已久的佛门镇鬼术就如同春日绵雨般落在她身上，将她捆了个结结实实。

那鬼婴在谢宅中生长了上百年，看过那么多人来人往，是是非非，真论起心智，跟朝年这等年龄的不相上下。当下她便知道自己流年不利，才出世就被镇压，几番思索后眼珠子一转，叫也不叫，动也不动，垂头丧气耷拉着脑袋装可怜。

可惜现在没人理她，唯一一个终于能腾出手来的，还是刚被她大言不惭挑衅过的九凤。

鬼婴脑袋才低下，下巴就被一只纤纤柔夷猛地捏住，力道大得能让她皮肉分家。她被迫顺着力道抬头，正对上九凤那双微微往上挑着、似笑非笑的眼："长得还真水灵，细皮嫩肉的，装起可怜来也像模像样。来，将你方才对我喊的话再喊一遍。"

大妖生来不羁，骨子里放荡惯了，稍微收敛神色是懒洋洋的没骨头样的美人，这会儿真被挑起火气训人时，身上那点气势便一点就着似的噌噌往上升。

那鬼婴睁大双眼看着那双被金色火焰占据的瞳仁，因为周身死气被封，当即脑子一蒙，像是被人当头砸下一座山的重量，痛苦得闷哼出声。

这几日九凤跟着薛妤敛声收色，跟苏允、朝年等人也打打闹闹的没个正形，但这猝不及防地一释放气息，直接叫离得远的轻罗和梁燕不由自主地哆嗦起来——那是妖族刻在骨子里对顶级血脉的本能畏惧。

离得最近的桃知想要阻止她，他的手才伸到半空，也跟着止不住地颤抖。他看了看自己的手，半晌，又默默收了回去。

"什么东西也敢在我面前大呼小叫？"九凤才经过云籁的死，又接连被汇觉和鬼婴一前一后挑衅，满肚子火终于在此时爆发，一发不可收拾。

照九凤的话说，她跟薛妤相安无事是因为两人身份相当，谁也不压谁，又实打实地较量过，认可薛妤的实力。跟苏允那些小鬼是闹着玩、解解闷，跟普通人是根本没必要计较。

可一个区区百年小鬼，仗着一破灯短时间吸来的庞大阴气，又用里头妇人的身躯做遮挡，愣生生在她耳边吱哇鬼叫了大半夜，甚至屡次出言不逊，这怎么忍？她要能忍得下去就不叫九凤！

眼看那鬼婴被九凤三两下揍得披头散发，从喉咙里哼哧哼哧地喷气，桃知上前一步，颇有些无奈地开口："遥想。"

"你别劝我。"察觉到他在身后，九凤气势汹汹地回道，但她身上那股大妖气息像是怕伤到人似的倏地往回收，"说什么都不好使！"

"薛妤姑娘和善殊姑娘都进去了。"桃知生得清隽，声音也是天生能浇灭人怒火的温柔，"我们毕竟是来找那方士的，这鬼婴，你出过气之后自有她们来处理。"

说起方士，九凤霎时想到那个坦然承认借运之术，又大摇大摆从她眼皮子底下走进院子的僧人。

她两相权衡下，用力地捏了捏鬼婴的下颚骨，阴恻恻地恐吓："得了这一回教训，进邺都大牢里记得放乖一点儿，才出生就该夹着尾巴做人，知道吗？"

说罢，她一甩手，趾高气扬地进了那座灯火通明的宅子。

◆ 十八 ◆

旧梦前尘

狐妖与僧

洛彩的房里，薛妤和善殊一左一右，一个抵在床沿边的柱子上，一个站在四方桌旁。两人都沉默着，视线齐齐落在床沿边身着袈裟、手中拿着禅杖的僧人身上。

九凤兴师问罪来砍人的气势被这么凝重的氛围一压，神色莫名地侧了下头，朝薛妤看过去，问："怎么回事？"

"不知道。"薛妤旧伤未好，又强行引发杀招留下鬼婴，此时脸色苍白如纸。但她仍是冰冷的，不近人情的回答和平时没什么两样："自己看。"

三人一齐看过去。

那眉清目秀的僧人先前为引鬼婴出来不要命地往外散灵力，在鬼婴被引出来之后也没停歇。那些金色光点如春风细雨般将床榻上的姑娘一圈圈缠住，随后，灵动而柔和地将她裹成一个茧，外面只留下被他握在掌中的几根手指。

因那些流光溢彩的佛光，一时之间，整间屋子竟现出一种火树银花的迷离美感来。

随着时间的推移，半跪在床沿前的汇觉像是被抽干了血肉，那张十分具有迷惑性、根本看不出年龄的俊俏脸庞上，属于人的血色正慢慢消散。

即使这样，他仍抖了抖肩，将身体中的积蕴不遗余力地抖落出来。到了最后，淌出的灵力甚至已经不完全是金色，而是一种掺杂了鲜血的红，像极了四月天里漫天绚烂的晚霞。

薛妤和九凤都不懂佛门功法，于是纷纷看向善殊。

善殊像是被震撼到，扯了扯唇苦笑着看向她们，解释道："我们佛门修行跟常人不一样，早期驱恶鬼、度亡魂、平怨念，每做一件善事，便成一件功德。他先前既然能被北荒看中，必定做过不少善事，按照常理，之后他堕邪道、修恶术，这些算恶业。善与恶功过相抵，他其实尚有一线生机，即便死，也能成功入轮回。

"可他抱必死之心，将好的留给了洛彩姑娘，坏的给了自己。"

从此再无来生。

"与云籁姑娘当日所作所为有异曲同工之处，佛门功法与日月花皆以善为本，只不过他这个方式更霸道些。云籁姑娘能留下一颗妖珠，日后便还有无限可能，他这样一来，什么都留不下。"

此时，汇觉的身形已经薄得像层纸。因为那一层茧的缘故，他已经看不到洛彩的脸，于是更用力地去握她的手，捏得那几根娇养出来、水葱一样的指头泛出反常的白。他才像是终于抓住了什么似的，很轻地滑动了下眼珠，轻轻吐出一口气："从前啊……"

一千多年前，他还不叫汇觉，只是个初出茅庐、下山四处历练攒功德的小和尚。

他背着那点聊胜于无的行囊，怀着少年的一腔意气和对外界的向往，立志斩妖除怪，保百姓安定。

走到一半，他发现了那只偷偷摸摸跟下山的小狐狸。

"素色，我跟你说过，山下很危险，你不能再跟着我了。"

汇觉跨上几层长了苔藓的石板阶，三两下将那只知道自己被发现了，索性不挪动的纯白小狐狸捞起来坐端正。

他顶着张年轻俊秀的脸，说话却是煞有其事的严肃："我有时连自己都保护不好，怎么照顾你？"

小狐狸突然在他眼前化出人形来，是个眉目灵动、五官精致美艳的小姑娘。

她矮了他一头，就非得站上高的那层石阶张扬气势："我不需要你保护，我可以保护你，我可是妖！"

素色在青山寺后山长大，跟一群深居简出的僧人生活在一起，没机会见识凡尘。她只看过几回话本，什么也没记住，只记住妖是种强大而神秘的生物，山下的人谈之色变，个个惧怕。因此那句"我是妖"说得自然而骄傲。

汇觉努力摆正了脸，道："不准去，再跟着我，我日后都不陪你玩儿了。"

于是小狐狸每次便只能在石阶上气急败坏地跺跺脚，看着甚至连少年都称不上的汇觉离开青山寺。时间一次比一次长，往往出去时是暖融融的春日，回来时天气已经转凉。

汇觉很争气，自律而明是非，在佛法上的天资悟性极高，年纪轻轻就已在当地颇有声望。住持对他抱有厚望，于是教他时更用心，也更严格。

他在寺里修行和下山除害这两种生活中渐渐长大，容貌变得出众，实力也更强大，一言一行都是令人信服的安心，人们对他的称呼也从"小和尚"变成了"小圣僧"。

后山的狐狸却还是那只狐狸，光长开了倾国倾城的容貌，脑子却仍停留在令人昏昏欲睡的阳光和生动有趣的话本里。

一年冬，素色实在没忍住，靠着一样追寻气息的法宝远远跟着汇觉下了山。她东躲西藏，生怕被他发现又被毫不留情地赶回去。结果最后还是被他发现了。

瓢泼大雨中，破庙里横七竖八地歪着几根梁，里面才经历过一场恶战。素色小心翼翼地探着脑袋往里看的时候，汇觉正念着佛号收了那只四处作乱的妖，手里尚往下滴着血。

汇觉惊觉有人，以为是那妖的同伙，那一眼望过去时，眼里浮冰似的冷意一下就将小狐狸看蒙了。

他在她的记忆中，还是如小时候那般温的、软的，笑起来香甜极了。而这种眼神，她从未在他身上看到过。

她垂头丧气地走出来，以为会挨一顿骂，谁知汇觉只是慢条斯理地擦干净了手，又细细看过她的眉眼，见她形容虽然狼狈，但都是从山林中窜出来的落魄，并没有受什么欺负。

"怕不怕？"他问。

素色摇头，蔫声蔫气地讨好他："我知道，你只杀做坏事的妖。"

跟都跟来了，再将她赶回去，这一路穷山恶水的，汇觉想来想去，实在不放心，于是就将她带在身边。

枯燥的日子因为她的到来变得生动有趣。

人间红尘滚滚，远比小小的青山寺热闹。她仗着他在，便更不顾忌，有时间就拉着他上街，要这个要那个。有时候她也自知过分，看他隐隐忍耐的模样，并不吭声,只用一双眼看着他。

她早长成了祸国殃民的倾城颜色,眉眼间是挡都挡不住的天生媚意。她再那么楚楚可怜一求,软着嗓音撒娇,周围人看汇觉时便用上了一种难以言喻的揶揄与打量的神色。

或许是出来的时间久了,她也知道自己是个美人胚子,又正处在懵懂的年纪,所以常常在山水间捧着脸、托着腮美滋滋欣赏自己的容貌。末了,还非得凑在汇觉面前,问他漂不漂亮。

这种时候,汇觉往往面无表情,道:"出家人眼中,女色都是红粉骷髅,美与不美,分辨不出。"

他不说,她也不闹,就这么捧着张脸看着他,大有一副要跟他比拼耐心的架势。

他常常一睁眼,便能看到她长长的睫毛,一点丰满的唇,还有一点点上扬的眼尾。可惜她不懂得如何利用自己的诸般优势,时常故作姿态地乱用一通。可即使如此,哪怕汇觉遁入空门,不通情欲,不以美丑辨人,也不得不承认,她是极好看的。

那种美不仅在表面,更像是水一样地透进了骨子里,人很难不被她吸引。

日子这样一天天过去,素色像是生了根的尾巴,一直跟在他屁股后面。或许是因为她长大了,不再将他哄孩子一样的威胁放在心上了,又或者是她太喜欢外面那样热闹的、可以和他游山玩水、吵吵闹闹的日子了。

时间长了,素色少女心思泛滥,情窦初开,爱慕的对象是他,也只能是他。

可这根本不可能。

心里的念头败露,她一脸做错事的慌乱神色,哽咽着声音保证:"我知道你们的规矩,我们就……就还像从前一样,好不好?"她第一次真正用上乞求的语气,哭得脸上的脂粉都花了。

汇觉头一次那样冷着她,话说得决绝而果断:"这次回去,别再跟着我出来了。素色,我没那么好,你别喜欢我。"

之后,他果真说到做到,极少在她面前露面。而事实证明,以他当时的修为,真想要躲着她,根本不是她那点三脚猫功夫可以追得上的。

很快，青山寺上下迎来了一个天大的好消息——汇觉被圣地一位长老看上，破例纳入北荒，不日就要上佛洲深修了。

入北荒，那是何其荣耀的一件事。

深夜，一只雪白的狐狸顺着窗子爬进来，在汇觉房里化成了披散发丝的女子。她蜷着膝，像是知道他不想搭理她，连话都说得小心翼翼，吞吞吐吐："我不喜欢你了。

"汇觉，我不喜欢你了。

"你别不理我了，成不成？"

汇觉听她一声更胜一声的哭腔，终究做不到无动于衷，他面无表情地坐起身，面向她，问："真不喜欢了？"

"不喜欢了，真不喜欢了。"她见他终于肯说话，连声地应，眼睛亮亮的，像是被水洗过，"我听他们说，你要入圣地了，那我……我日后变厉害了，可以去找你吗？"

汇觉想到她那数十年如一日不变的软趴趴的招数，忍不住扯了下唇，道："变厉害了再说。"

她却像是得到什么保证似的，报着唇笑起来，语气又轻又软："你答应我了啊，你答应的啊，不许食言，不许不理我。"

那夜最后，她得了他的回答，欢天喜地化作原形跑入了山野。

那个时候，他没想到，也想不到，那竟是最后一面。

就在他准备进圣地的前十天，她在他身边留着的灯突然灭了。他当时正在练字，见到那灯的变化，手中的笔"当"的一声落在素白的纸张上。

自从他成年，少有那样不沉稳的时候，可那日他奔向后山时，步子踉踉跄跄、跌跌撞撞，手和脚都是软的。

那样多的血，从她的狐狸窝里流出来，她仅撑着最后一口气，像是在等他来。

现场无法掩盖的气息和痕迹，几乎在明明白白告诉他，他那对他严厉有加的师父，绝不容许有人动摇他的道心，也终于忍无可忍对素色下了死手。

小狐狸一生天真烂漫，气息干净得跟白纸似的，甚至好长一段时间跟着他吃斋念佛，不论对谁，都没有过半分坏心。仅仅因为一句喜欢，仅仅因为喜欢他，就得死。

她倒在他怀里，血色尽失，像是知道自己生命到了尽头。她没说是谁动的手，没跟他告状，没跟他喊疼。她前所未有的听话、乖巧，只是执拗地一遍遍重申："我、还喜欢。"

"我那天，骗你的。"她拉着他的袖子，委屈地淌眼泪，"就是很喜欢。"

她说，如果真有来世，她不想当妖，她要当人，那样，就能离他更近一点儿。不用每到夜色降临就要回到湿漉漉的狐狸洞，不用在他不理她的时候束手无策，连见一面都艰难。不用在一起，就是近一点儿，再近一点儿就好。

小狐狸死在了心上人的怀里，那是他第一次抱她。于是她闭眼前看天空的最后一眼，觉得云都是亮的，风都是清的，阳光都是暖的，这个世界都是亮堂堂的。

汇觉带着那颗妖珠，离开了青山寺。

他没有接着除妖卫道，也没有去圣地，而是混入人海，在红尘中流浪。有时候他走着走着，觉得她就跟在身后，央着他去买那些稀奇古怪的只有小孩子才吃的甜食。时间越久，他就越想念她。

后来，他固执己见，疯了似的收集诸多歪门邪道的术法。

数百年、上千年的时间从指间淌过，他越发阴晴不定，喜怒无常。他会一时兴起追杀乱造杀孽的妖物，又会在转眼间想起哪户人家曾帮过他和小狐狸，下一刻就将借运术这样阴损的法子交到他们手中。

曾经令圣地都忍不住起接纳之意的天骄少年，变成了人们口中颇为忌惮的"妖僧"。

不知浑浑噩噩过了多少年，竟真叫汇觉找到了用妖珠投生的方法，不，或者说，是有人主动找上了门。可那都不重要。

他将大半数修为注入妖珠，令其投生在人间一户普通人家，她的父母为她取了个新名字，叫洛彩，彩色的彩。

她这一生果真过得顺遂，闺中娇养，有一个从小玩到大的少年陪着，及笄后他们顺理成章成亲。前世孤独至死的小狐狸终于等来了一场有回应的感情，她依旧爱笑，笑起来明艳动人。

她的夫君对她极好，说是精心呵护也不为过。

这个方法有两点忌讳：一是施法人永远不能出现在她面前；二是她二十五岁时

会有一场劫难，劫难过去，之后便是彻底崭新的人生。

于是那二十多年，汇觉暗地里守在她身边，看着她穿着大红嫁衣嫁为人妻，跟人琴瑟和鸣，情意浓浓。

他夜夜不能寐，眼前全是她灵动精致的眉眼，淌着泪说喜欢他，一眨眼，又是她和别的男子相携而来的画面。许多次，他被刺激得发疯、酗酒，而后又回隔壁默默守着她。

他想，那时小狐狸流着泪说不喜欢他的时候，心里是不是也像他今时今日一样酸涩委屈、难过得要命呢？

后来，他终于知道她这一世的"命中大劫"是什么。

鬼婴出世，需以命换命。

一千多年后，他终于得以解脱。

金光流淌到最后一滴，汇觉颤着唇亲了亲洛彩的指尖，一直从容不迫的人喉咙里也终于有了哽咽的破碎之音，他道："我也喜欢你。"很喜欢，很喜欢。

那是一句迟到千年的回应，可素色再也听不到了。

他们最后的结局，不过是她生，他死，两人生死不复相见。

"睡一觉起来，以后什么都是好的了。"汇觉笑着松开她的手，任由金光将她严严实实裹住，也任由自己像沙砾般消散在空中。

片刻后，洛彩睁开眼。

她对上薛妤等人复杂的视线，又看了看身处的环境，最后掀开身上的被子坐起身来，颇有些不好意思地问："我这是怎么了？"

"夫人这两日可有见过什么僧人吗？"薛妤垂着眼，神情看不出什么变化，试探般地问了个早前问过的问题。

洛彩仔细回想了半天，摇了摇头，道："不曾见过。"

十九 硬闯昭王府 九死一生

云迹酒楼视野极好，南通北透，站在屋顶，能同时将东西两街和城南巷口的动静收入眼底。

溯侑在这里等了一晚。

从某种程度上来说，溯侑和薛妤是同类人，他们心思同样缜密，因此很多事总会想到一起去。比如来云迹酒楼盯梢。

在来之前，他得了朝年传信，说尘世灯已经被女郎取下，妖僧也已经入局。情况发展到这一步，几乎已经接近尾声，来云迹酒楼不过是图个安心。

溯侑坐在酒楼屋檐之上，半截儿衣摆悬空，像裙摆一样被风吹得摇曳，花瓣似的一片片剥开，现出一番旖旎的风韵。

妖芫果能缓解他体内的疼痛，却不能消除。才经历成长期的妖对这个过程总是难以接受的，那种疼痛，即使服了上好的药，一动不动地躺在床上休息，也觉得整个人连呼吸都是破碎的，挪一下手指都是伤筋动骨的痛。

在这个过程中，体内的妖性会被激发，血脉越纯粹，承受的痛苦越大。像九凤那样的顶级血脉，若是轻易放出去，说不定会短暂丧失本性大开杀戒。

按理说，一只只有一半妖族血脉的妖鬼，不会经历这个过程，即使经历，也只是走个过场。可就是在这样的诸般前提下，溯侑仍觉得自己每呼出一口气都是滚烫的，两腮像发高烧一样。

他轻轻合着眼，一下觉得身体像是浸泡在岩浆里，一下又被屋顶的风吹得猛地一个战栗。

这些都是次要的，最要紧的是，一股不受控制的破坏欲从心底升腾而起，在突突跳动的血管里横冲直撞，像小鸟一样拍打着翅翼喧闹、叫嚣。

他的成长期出乎意料地来得迅猛而热烈，好似身体里藏着的那点稀薄血脉原本就是什么高贵而神秘的东西。

弯刀一样的清月升至半空，溯侑算着大阵开启的时间，抬头朝城南方向看去，眼底几乎是沉甸甸的一片黑。因为布置了隔绝大阵，他看不到什么，也感受不到里面山崩地裂的搏杀。

视线中久无动静，他却仍尽职尽责地守着，没有离开的意思。他能做的，好像永远只有这些微不足道的事情。

小半个时辰之后，溯侑身体微不可见地绷了绷，手指垂在一侧琉璃瓦上，浅而短地落了一笔。

"……被杀意锁定了。"他轻喃出声，呼吸滚烫，思绪在永无止歇的疼痛和渐渐难以控制的躁意中维持清明。

这个时候，附近能出来修为不俗的人察看，并且悄无声息锁定他的气息，怀着杀人灭口的心思，只能证明一件事——有什么不能让圣地知道的人或家族要出面行动了。

奔着城南去的，去做什么？要么救妖僧，要么救鬼婴。

这件事，若是宿州世家跟妖物勾结作乱，溯侑几乎闭着眼睛都能想象到，薛妤该是怎样的生气、失望。虽然她从不表达出来。

溯侑依旧垂着眼，一副无知无觉的模样，心里却飞快思考着。

暗中潜伏的人现在不杀他，无非是看他修为不足，气息紊乱，干预不了他们的大事，而他们现在，一定有更紧急的事要做，不便在这个时候打草惊蛇坏了好时机。那么，这个暗中潜伏者，只会在事情办成之后再动手。这之前，都是他的时间。

溯侑身上还有三件灵宝，是早前混得风生水起时在一处秘境中所得。

他们既然这样藏着掖着，说明对薛妤和善殊有所忌惮，实力不在大能级别，也不会是那种活了数千年的老怪物。那他借着灵宝之力，哪怕受点伤，也能成功逃脱。而在这之前，他要看到今夜出手的是哪户人家。

事实证明，溯侑在算计人心这方面几乎有着令人惊叹的天赋。

潜伏在暗中的人果真没有即刻动手杀他。他赌来人张狂自大，不将自己放在眼里，亦赌他们心有顾忌、不敢声张。他一样不错，全赌对了。

没过多久，城南一座宅中有了动静。三个套着灰扑扑的仆从衣裳的人开了一处侧门，探头探脑地往外张望，伸长了脖子，像灰头土脸的滑稽小丑。

很快，那三个仆从匆匆跑出来，两个在前一个在后。如水的月光下，他们那身衣裳后绣着的纹路以及家主的姓氏，隔着远远的距离，却无所遗漏地落入溯侑眼中。

一个谢、一个云、一个令，都是宿州城的大户人家。

这么拙劣的障眼法，几乎是在将人当傻子糊弄，溯侑倏尔冷笑。不知是因为成长期流转四肢百骸的剧痛，还是因为别的什么，他眼中映着熠熠的光，明艳张扬到几乎不容人忽视的地步。

他静静坐着，脊背挺拔，姿态认真得像是在聆听先生讲课的学生。

那三个仆从耍戏一样出来跑了一圈，又原路跑了回去。片刻后，走出来的是一个佩戴了面具、全须全尾连半寸肌肤都没露在外面、看不出男女的黑衣人。他轻功极高，低着头极快地朝城南掠去。

溯侑掩唇低低咳了两声，硬生生将血腥气沿着喉咙咽下，手放下来时，肩头因忍耐轻而促地颤抖。

城南每座宅子都建得气派非常，大门上无一例外悬着牌匾，一眼看过去，是哪家的人，一目了然。

可这座宅子不一样。溯侑看过去，全是一片蒙蒙雾色，别说牌匾上的字，就连里面的房屋样式都看不清，唯一能看清的，只有一面刷了漆的红墙。而整片城南人家，全是这种外墙。

"云雾阵。"溯侑在心底将这阵的名字咀嚼了两遍。

这些天他跟在薛妤身边学了不少东西，从为人处世的态度，到秘籍术法的差异，甚至她时常还会让他看一些并不常见，可办事时说不定就会碰上的阵法。云雾阵赫然在内。

这阵是典型的隐匿阵法，阵开启时，外人看不清阵内的任何事物，可那宅子却实实在在建在那里，即使他此时拿着城南所有人家的名册一一对过去，对到最后，人数和姓氏也不会出错。

而破阵的方法唯有一种——他进到阵中，拨开云雾，看清那牌匾上的字。

可若是如此，他等于一举撞入不知深浅的敌营，再有灵宝傍身，也必定活不过今夜。

太过极端的手段，薛姈从来不喜欢，只能之后再查。

过了一刻钟，先前如大雁般沉入夜色的黑衣人飞速奔了回来，模样格外狼狈。只见他一头原本一丝不苟的发胡乱散开，右手死死捂着左手臂膀处，臂膀往下被齐齐斩断，空荡荡一片，格外瘆人，一路上鲜血止不住地淌出来，气息紊乱得像是体内在经历一场火山喷发。

显而易见，那人既没有抢到东西，又赔了一条手臂。

血腥气在溯侑鼻前成百成千倍放大，他像是被一盆凉水泼中，身体彻彻底底僵下来。因为那些喷涌而出的殷红鲜血对成长期的妖来说，是致命的引诱。

有那么一瞬间，溯侑几乎忘记了背后时时盯着的那股杀意，也忘了眼下的处境，他只想不顾一切扑上去，吸食新鲜的血肉，再将这城南用一把火燎了。他骨子里需要那些东西，渴望那些东西。

溯侑的手缓缓握拢，重而急地闭了下眼。他艰难算着身后那人出手的时间，喉结几乎是不受控制地上下滑动，气息如岩浆般滚烫，两腮红得像是厚厚涂上了姑娘家新制的脂粉，现出浓墨重彩的两笔。

他的状态受血气影响，变得越发恶劣，脑中绷着最后一根理智的弦，摇摇欲坠。那根弦不是仁义道德、世俗成见，不是人们脸上都会挂着的惊恐和稚子无辜的啼哭。那根弦叫薛姈。

他从来没把自己看得很重要，所以他知道，若是真发生了这样的事，不必身后藏着的那位出手，薛姈会亲自了结他。

他可以死在敌人手中，可以被抛尸荒野，化为脓水烂到泥土里，可唯独，他不想死在薛姈手里。不想叫她知道，她花了心思认真培养、觉得尚能有救的他，骨子里还是这样卑劣、丑陋不堪的东西。

冰火两重天的尽头，理智彻底支撑不住的前一刻，他腰间的灵符恰到好处地燃烧起来。

朝年的声音传出来："溯侑，你在哪儿呢？我怎么没在执法堂看见你？"

溯侑舔了舔唇，默了片刻，开口时声线难得的哑着，像一捧粗砺的沙："我、没在。"

朝年在寒风中吸了吸鼻子，声音刻意压低着，显得有些着急："你快回来。我们这儿突然出了些变故，女郎让我收集整理宿州和周边城池所有世家的资料。

"女郎为留下鬼婴强行引发杀招，受了不轻的伤，方才还吐了血。我实在放心不下，将轻罗和梁燕留下整理了，但女郎要得急，她们两个没你懂，需要你帮忙。"

溯侑熊熊烧着的一腔滚烫血液被几个字眼镇压下来，他瞳仁里映着天穹上的一轮弯月，声音轻得能揉进夜风里："受伤了？"

他的尾音勾着，现出一点儿不近人情的漠然，听不出什么关心的、受牵动的意思。

朝年习惯了他这么说话，闷闷地"嗯"了一声，道："原本一切顺顺利利的，谁知来了个黑衣人……"像是知道自己又说多了，他潦草地总结，"这事说来话长，跟我们先前想的不大一样，总之你快回来，回来再说。"

溯侑站起身，身形摇摇欲坠，像一根踩在钢丝线上随时要掉下去的鸟雀，而原本那些不受控制、跃跃欲试的冲动渴望，通通被他收敛进身体里，唯有眼底沉甸甸的黑，昭显出另一种不同往常的恣睢。

一个城有多大，光是城南这片地区的世家，她就足足看了两三天的地图资料，更别说周边城池，根本看不完。就是看完了，等他们分析出来了，幕后黑手早就将一切抹个干净，换个地方销声匿迹了。

溯侑没做全身而退的打算了。

他指尖夹着那张薄如蝉翼的灵符，话语冷静而清晰："朝年，将灵符交到女郎手中。"

这段时间，薛妤信任他、看重他，总将重要的任务交给他，朝年于是没问什么，匆匆说了句："等着。"

身后银丝一样的刀光带出破空之势，由远及近朝溯侑站着的方向斩去。

溯侑似是早料到这一幕，身形蓦地倒转，借着脚下砖瓦的着力倏地跃至半空，沾着冰冷湿气的发被高高束着，勾勒出少年那张美得极有侵略性的脸，全是一种蓬勃的生动之气。

突然，溯侑的袖中飞出一把巴掌大的青铜钥匙，箭矢般朝着身后终于现出身形的幕后人而去，还没等来人看清钥匙的真面目，它就在半空中猝不及防炸开，"砰"的一声，像孩童在半夜恶作剧般点燃的烟花。

来人瞳孔一缩，迫不得已抽身而出改了方向，暂避锋芒。

溯侑借着这股巧劲儿，落叶般飘到城南的巷口，朝着里面那座像是在吞云吐雾的府邸而去。反震的力道将他暴露在外的十指炸得鲜血淋漓，他垂着眼，压着唇，恍若未觉。

那个断臂的黑衣人才进府门，被剧烈的疼痛折磨得反应慢了一拍，等察觉到不对时已经来不及了，只见"砰"的又是一声，他睁着眼倒在绚烂的火光中。

"竖子尔敢！！"身后那个紧随而至，却不得不避着那团光走，怒到目眦欲裂的老者吼道。

灵宝自爆，不认主人，溯侑离得稍远，也被这样的力道震得五脏六腑都仿佛挪了位。他不甚在意地擦了擦唇角和口鼻处流出的血，抬眼朝府门前的牌匾上望。

这一次，看山是山，看水是水。

只见牌匾上雾气不再，而是用正楷题着三个威严端肃的字——昭王府。

原来是这样。

另一边，灵符才传到薛妤手中，便是接连两声地动山摇般的响动，薛妤霍地起身，遥遥看向云迹酒楼的方向，很快意识到什么，问："你在哪儿？"

"女郎。"溯侑长而瘦的指骨根根收拢在断臂黑衣人的喉骨处，直到传来一声声清脆的碎骨声，他才慢慢垂手，颤着长长的眼睫，条理清晰地说自己的猜测，"与妖僧有勾结想让鬼婴降世的，是昭王府。宿州城的资料已全部整理好，放在——"

"溯侑。"薛妤的话一字一句冷了下来，话语中命令口气十足，"立刻退出来。"

"臣被围困。"溯侑粲然一笑，衣摆迎着夜风猎猎作响，仿佛又成了审判台上那副浑身是刺、浑然听不进任何一句话的样子，"无法退了。"

他这辈子活得卑微而艰难，如野草般想尽办法求生，却自有骨子里的傲气，一生不愿为臣为奴。

这是第一次，好似只有这样，才对得起她从审判台上将他救下，接经络、赐丹药、给秘籍，又牵着他从引妖的阵法中走出来，不遗余力栽培付出的种种心力。

"一刻钟。"薛妤"噌"地迈开腿往外走，"溯侑，用你任何可以保命的办法。"

"撑一刻钟，我马上到。"薛妤斩钉截铁道。

作为人皇一母同胞的兄弟，昭王府戒备重重，绝不只有护卫亲兵，并且，府上时时住着大能级别的人物，平时不显山露水，一到关键时刻，便昭显出作用来。

见了血，溯侑体内的凶性彻底控制不住，可头脑反而越来越清楚，他精准地计算着身后老者的距离。眼前是从王府内飞速赶来的几个同样装扮的黑衣人，每一个气息都深不可测，不是他能对抗的程度。

奇异般的，在这种时候，溯侑居然没有什么惧怕的求生心理，也没抱什么置之死地而后生的侥幸心理。他的结局，只剩一个"死"字。

溯侑的身体像被风吹起的纸片，轻飘飘朝后飞去，直到抵在那堵朱色外墙上，身前身后再无退路，他才倏地抬眼。等人齐齐逼到前后不过百米的距离，他五根鲜血淋漓的指骨根根收拢，将一枚携带着灵光的令牌再次抛入空中。

那令牌速度极快，携带着破空之声，转瞬就到眼前。

"小、畜、生！"

一马当先向前追杀的老者没想到对方还留着灵宝，更没想到他能有以死换死的魄力。猝不及防之下，老者躲避不及，惊怒交加时，一团热烈的、能将人灼化般的热浪在眼前陡然炸开。

这一击，不只前来捉拿他的人，溯侑自己也处于热浪中心，千万钧力道"砰"地重重打在他身上，像是一根足以开山平海的巨棍横扫在胸前。

溯侑重重皱了下眉，血液争先恐后从喉咙里涌出来，浑身上下几乎没有一处完好的地方。

视线昏沉下来前，余光尽头是那几个如折翅的鸟儿般横飞出去的黑衣人。溯侑扯了扯嘴角，撑着后墙支离的砥柱，感受着体内飞快流失的生命力，懒洋洋地合了下眼。

说来奇怪，他一直认为自己骨子里存着贪生怕死的劣性，所以哪怕从前活得再艰难、再狼狈，也咬着一股劲儿不肯轻易去死。

现在临到死前，他问自己后悔吗？答案竟是否定的。

溯侑闭着眼，脑海中的画面似乎还停留在一个多月前。

天寒地冻的二月天，审判台上滴水成冰，她一眼扫过来时，姿态无疑是高高在上、不可攀近的。

有人告诉他，救他的人是圣地传人，邺都公主。

彼时，他满眼戒备，浑身是刺，做好了最坏的打算。他想，最多不过一死而已。

那个时候，他不曾想到，一个人，原来不必说什么话，不必做什么笑吟吟的姿态，便可以令人心安、依赖甚至眷恋。

一个月的时间，在妖动辄成百上千年的寿命中，实在太短了，短到临时回顾起来，那些零碎的记忆像是眨眼一晃就溜过去了。

可他偏偏愿意为这一个月的温暖、信任、尊重，从容赴死。

潮水般的倦意和冷意呼啸着传遍四肢百骸，溯侑再也支撑不住身体，没骨头一样顺着墙边滑坐在地，鸦羽似的长睫颤颤眨动两下，最后无声闭上。

长风呼啸，残垣断壁的破败间，少年身形瘦削单薄，十指耷拉在膝头，根根血肉模糊，脸微微垂着，脊背仍挺着，像一根在发射前骤然失力的箭矢。

这个夜晚，昭王可谓过得一波三折，水深火热。

他时时关心着今夜的事态，既不甘心就这样将鬼婴舍弃，又不得不顾忌裘桐的警告，不敢招惹到薛妤和善殊眼皮底下去，于是只能老老实实缩在府里。最按捺不住的时候，也只派了两个人出去营救，甚至下了大血本给出大量灵宝。

结果呢，坏消息一个接一个来。

若说鬼婴没救回来只让他缓缓沉了脸色的话，那"邺都公主身边的人闯入昭王府"这个消息，就令他当即掀了案桌，勃然大怒。

"人呢？！"昭王一把揪过前来传话人的衣领，因为惊怒，他手背上绷起根根青筋，"人放走没？"

"没……没。"幕僚也被这样的变故吓出一身冷汗，他一边从牙缝里吸着气，一边道，"人留下来了，但几位大人都受了伤，还……还死了一位。"

昭王听了这样的说辞，狠狠闭了下眼，道："不过是圣地传人身边的一个从侍，一个从侍……"他连着念了两遍，一字比一字重，"就能有这样的能耐自由出入王府伤人，我昭王府供菩萨似的供着那些人，是让他们来当摆设享福的吗？"

这话幕僚不敢接，他垂着头，大气不敢喘，等昭王情绪平复下来，才小心翼翼接话："王爷，现在怎么办？要不要告知陛下？"

"告知？谁去告？"昭王深深吸了一口气，烦躁地扯了扯衣袖，阴恻恻地问，"你担这个责任，还是本王担？"

那幕僚哆嗦了下，默默闭紧了嘴。

"闯进来的人什么身份？现在是什么情况？"昭王头脑清醒了点，又问，"死了没？"

"回王爷，人没死，剩着半口气，不是从圣地出来的住民，好似是只半妖。"好不容易遇到自己能回答的问题，幕僚事无巨细补充道，"游先生说，此子在昏迷前曾点亮过灵符，不知是不是在与圣地那边联系，有没有说出咱们王府的情况。因此臣等不敢擅作主张要他的命，特来请示王爷，要不要连夜审问此子，我们也好提前有个对策。"

昭王一直悬在半空的心，在听到"半妖"二字时终于稍微放松下来。别说圣地传人了，就是尘世中一般的达官贵族，都看不起妖，特别还是只半妖。

他好歹是人皇的胞弟，正儿八经受过册封的人族亲王，真算起来，地位不比圣地传人低到哪里去，没有谁会为了一只半妖追到亲王府邸要人。

退一万步讲，就算真来了，他死不承认，那位邺都公主能奈他何？强搜亲王府不成？

算是不幸中的万幸。

"是要好好审一审。"昭王抵着眉心，道，"走，去私牢。"

说着，他一步当先踏出书房。房内两个幕僚面面相觑，其中一个朝另一个摆摆手，拍了拍软倒的牙根，急急道："快去联系陛下，这边若真出了什么闪失，别说我们了，就连王爷自己都得赔进去！"

溯侑被经络中一冷一热横冲直撞的两股野蛮力量胀醒，几乎是在有意识的一瞬间，他的肩骨便出于本能地低低压了下去，紧接着便在左右手腕处感受到了阻碍，那种冰冷的、禁锢的感觉太熟悉了，俨然与在羲和大狱受刑时别无二致。

他第一时间辨认出来，这是在昭王府的私牢里。

他力竭闭眼时感受到自己破碎的五脏六腑，再加上生长期撞上两拨灵宝自爆，自认必死无疑，没想到再醒来时自己的伤势反而以一种极为缓慢的速度在修复，仿佛有什么蛮横的力量强行把生机胡乱凑合着粘在一起，勉强保住了一条命。

可即便如此，这具身体还是太虚弱，像一个被撕扯得七零八落的旧布娃娃，他连动动手指都做不到。

像是察觉到他醒了，淌遍四肢百骸的疼痛又如春潮奔涌般苏醒，齐齐涌向大脑，那种绵长的余韵深深刻进血肉里，将人逼得发狂、发疯。

溯侑睫毛覆在眼睑下，形成一丛浓郁的阴影，宛若墨笔凝成。

哪怕是这个时候，他一张脸仍显得安静，甚至透出一点儿苍白的虚弱与纯真的乖顺。

耳边渐渐传来压得格外小而低的交谈，是从旁边囚牢中钻出来的。

"看看，又来一个。"这人说话时透出一股毫无生气的漠然，甚至还隐隐带着点幸灾乐祸，"一天三个，三天来了十五个，王府里凡是看了那湖的，全得遭殃。"

"都什么时候了你还笑话别人？"另一人的声音稍弱些，牙关打着战似的，好似拼命忍着哭腔，"那么大个湖摆在那里，谁知道多看几眼就要遭殃，这样下去，王府里伺候的人早晚要死光。"

"不懂了吧。"最开始说话的人呓了一声，声音隐隐有高涨的意思，"这就是天潢贵胄，他们的富贵窟旁边，可不就是我们这些倒霉人的埋骨地。"

又是一拨难以承受的疼痛过去，溯侑缓缓拢了下手掌，睫毛狠狠往下压了压。

他想，昭王府的湖，很可能也和妖僧、鬼婴等事件有关。

就在此时，一阵急促的脚步声传来，随之涌入几个亮堂堂的火把，方才的低低细语立马停了，空旷阴暗的私牢里顿时展现出其原有的肃杀气。

"还没醒？"男子声音阴柔，吩咐左右，"泼水，将他弄醒。"

一盆冰透的冷水朝着溯侑的身体狠狠浇上去，这一桶水像是点燃了溯侑身体里所有知觉，像烟花似的一个接一个迅猛地炸开，将他整个人炸得皮开肉绽，鲜血横流。

溯侑静静抬起眼，望向居高临下斜瞥着他、着亲王装扮的男子。他没有开口说一句话，也没有闷吭半声。

"鞭子给我。"昭王一甩鞭，在空气中发出令人胆战心惊的响声，鞭影随后如骤雨般落到溯侑身上。

"说，进昭王府时，你在跟谁联络？说了什么？"

…………

昭王连问数个问题，溯侑未置一词，恍若未闻。他静静地站着，虽再次沦为私牢中任人宰割的阶下囚，可背依旧挺着，如同青松一样不屈不挠向上的姿态。渐渐地，他身上的疼痛也麻木了。

溯侑眼皮沉下来时，身体像是彻底承受不住这样接二连三的重创，渐渐现出一种难以启齿的变化。

他的脊骨处抽出长长的翅翼，上面布着仿佛如水波漾动的古老的黑色纹路，根根翎羽的尾端细细勾勒出金丝纹路，冷不防一看，便是满眼浮动的金光。

昭王来不及收手，一鞭子朝着溯侑的脸而去，这期间一动不动、病殃殃像是下一刻就要断气的少年眼瞳微微缩了下，而后用尽力气侧了侧头。

那一鞭子于是险而险之避过他的脸，落到他雪白的手腕上，现出一道触目惊心的血痕。

昭王被溯侑油盐不进、生死无畏的姿态激怒。他上前一步，死死捏住他的脸，强迫着他去看自己露出来的翅翼，一字一句道："还嘴硬？还指望有人来救你？"

"你自己看看，来，好好看看。"昭王无情地讥讽，"知道自己现在是什么样子吗？谁来救你？你的主子？她见到你这样子，怕要被恶心得想亲自动手吧。"

之前的严刑拷问没能在溯侑心里泛起半分涟漪，可就这区区几句话，一字一句，像是铺天盖地打来的浪头，想要将人溺死其中。

溯侑屏了下呼吸，良久，根根绷起的手指渐渐松开，像一只颓然的巨兽，终于无力地放弃了挣扎。

他这副人嫌鬼憎的样子，连自己都不敢看。这一刻，即使薛妤能来，他也不希望她来。

昭王头一次审问这样硬骨头的人，以为他已经认命了吧，他却仍死死不吭半声，连个气音都不给。若不是看到他额上一颗颗往下滚落的汗珠，昭王甚至以为这人已经死了。

像是短短一刹，又像是过了很久，他们脚下踩着的地突然摇晃起来，整个昭王府像是被一只巨兽从地底拖着往上拉扯、拱动，而后轰然倒塌。

"什么情况？！"昭王惊怒交加，才要抓着身边一个黑衣人质问，就见私牢大门被轰然炸开，流水一样的光争先恐后地朝地底涌来。他被刺得眯着眼怔了怔，而后难以置信地抬头，正好与人群中最前面的面色冰冷的女子对视。

"我说呢，小崽子原来被关在这儿。"九凤的声音随后传来。

溯侑艰难地颤了颤眼睑。

视线尽头，薛妤神色冷得跟结了冰似的，默不作声走过来。朝年眼疾手快地将绳索划断，溯侑没了支撑的力量，被朝年抱住，靠在他肩头。

四目相对，溯侑抿了下干裂出血的唇，声音轻得几乎要飘进空气里："立刻，审牢里其他……其他人。"

他艰难地滚了下喉结，一字一顿道："昭王府，湖里有蹊跷。"

说罢，他像是被等着宣判死刑的囚犯一样，用尽最后力气将自己长而尖的翅翼往身后藏了藏，头一次用了破碎得近乎哀求的语气："女郎，你别看。"

火把将地牢照得透亮，一股难以形容的腐烂潮湿味被灌进来的风席卷着带向出口，发出孩童般哭号的声音。

整个私牢在薛妤进来的那一刻，恍若被施展了定身术法，牢里牢外，鸦雀无声。

强撑着说完三句话，溯侑已是强弩之末，他指尖缩在袖袍下，手指根根蜷着，往外殷殷冒着血。他像是绷到了极致的弦，只需要一个细微的动作，就会骤然断裂、破碎，化为齑粉。

那句"你别看"说出之后，溯侑强撑着渐渐沉下来的眼，视线小心而执拗地落在薛妤冷若冰霜的脸上。

那上面看不出什么神情，他便去寻她的眼睛，几乎是猜疑般地去分析里面每一种转瞬即逝的情绪——应该是后悔、漠然、鄙夷，抑或是厌恶的。

这么多年，他就是在这些眼神中活过来的，还是在世人没看见他那双丑陋翅翼的前提下。

或许，他此时一闭眼，再醒来时便是在某个暗无天日的矿井、荒山或暗流中，做些废人该干的事，而不是站在她身旁，与她同用一张案桌，看一份地图资料，被视作心腹之臣培养。

浑身的血液仿佛逆着经络流转，溯侑甚至能听到另一个自己在心里道：大梦终有期限，该回到自己原有的人生轨迹上了。

可他逆着火光，看她的眼睛，一瞬间像是又回到了从审判台下来初次见她时的情形。

那里面没有轻视、憎恶、不屑，因为时时凝着冷意，像初春还未完全化冰的湖水。除此之外，是难得外露的能被一览无余的恼怒。

"乱想什么？"

薛妤朝他俯身，流水般的袖缎柔柔垂在他发尾，她长指点在他鞭痕累累的手腕上，感受他体内支离破碎、横冲直撞的气息，一下子皱起眉。

她冷着脸，屈指往他体内弹入一缕生生不息的灵力。四目相对时，视线不可避免地落在他像是被高烧蒸腾出晕红的眼尾上。

见状，薛妤忍了忍，没忍住似的喊了他一声："溯侑。"

少年慌乱地挪了下眼神，又抿着唇，不敢应答似的，只轻轻点了下头，像是在等待什么迟来的审判。

"知不知道自己在成长期？"她话说得重，一字一句，皆是少有的动怒模样，"不要命了，是不是？"

朝年没见识过她这样训人的样子，左看看薛妤，右看看肩头上气若游丝的溯侑，连忙道："女郎，溯侑他知道错了，之后再也不敢了。"

"不敢？"薛妤问，"你问问他，知道'不敢'两个字怎么写吗？"

于是朝年急忙贴在溯侑耳边提醒："你擅闯昭王府，女郎猜到你凶多吉少，妖僧那边的事全丢给了佛女，带着我们直接硬闯进来。"

"急都急死人了，我还没见女郎这么生气过。"说罢，他催促着道，"快说'知道'。"

溯侑想过很多种结局，唯独没想到这一种。

直到她此刻真实站在眼前，字字动怒，他才终于找到了点真实感似的张了张唇，半晌才发出了点声音，带着点茫然的示弱，喉咙里吐出来的全是滚热的气音："……知道。"

薛妤的视线从他颤动的喉结一路往下，落到他印着道道鞭痕的手腕骨上，随后难以接受般皱眉，转而看向昭王和牢中站着的黑衣人，问："谁用的刑？"

从她进来到现在，昭王从始至终被晾着，脸上一阵青一阵白，此刻沉着面色站出来，道："薛妤姑娘，此人深夜闯入亲王府，本王半座王府险些被夷为平地。此刻你又带人强闯昭王府，圣地究竟意欲何为？是彻底不将朝廷、人皇看在眼里了吗？"如今形势，他外强中干，只能倒打一耙，先发制人。

正常情况下，涉及圣地和朝廷，即使是圣地传人，也应该停下解释几句，不敢再轻举妄动，这样便能给他足够的时间应对这一夜发生的变故。

可薛妤不，她像根本没听到昭王话语似的，一道道命令即刻发布下去："执法堂将昭王府围起来，无我命令，任何人不得进出。

"梁燕，提审私牢中的犯人。

"轻罗，你和佛女身边的女侍一起，带着人去搜查昭王府东边的湖，有任何异动，即刻禀告。"

"我看谁敢！"昭王怒极而笑，他上前一步与薛妤对视，道，"薛妤，本王是朝廷亲王，你圣地有什么资格强搜亲王府邸？！"

"裘召，人皇知道你为他惹出这种事吗？"薛妤静静看着他，毫不留情地戳破实情，"与妖物勾结，这样的罪名，他敢认吗？还是你敢认？"

"信口雌黄！本王根本听不懂你在说什么。"昭王抵死不认。

"听不懂，那就让听得懂的人来听。"薛妤道，"朝年，联系人皇。"

朝年应了一声，桃知上前搀过溯侑，轻声道："我先带你回去，这里交给他们处理，你别担心。"

九凤懒洋洋倚在私牢门口，视线落在溯侑渐渐往体内收回的金色翅翼上，眼里闪过一丝不确认的疑惑，道："溯侑这翅膀我怎么看着有些熟悉？不过纹路和颜色都不同……行，你们先走，反正留在这儿也没用。"

溯侑脑子里那根紧了一夜的弦在此刻悄然松下，如水的疲倦浩浩荡荡涌上眼皮。他听到身后的话语，是女子独有的清冷声线——

"问心无愧？问心无愧就是昭王要如此迫不及待对我的人用刑？"

溯侑顿了顿脚步，似是被那几个字眼戳中了某种心思，瞳仁中的墨色像是掺了水般绵绵柔柔化开，现出一种近乎茫然的无措，随后，藤蔓般疯狂抽长的坚忍便如野火般熊熊燃烧起来。

大起大落的情绪起伏令他的身体彻底承受不住，溯侑视线彻底昏暗下来之前，脑中闪过最后一个想法——

过了成长期的妖，会快速成长起来。他要拼尽全力，追赶她的步伐。他愿意收敛爪牙和骨子里的劣性，做薛妤麾下的心腹之臣。

私牢里顿时乱成一锅粥，薛妤的人根本不管裘召的命令，他们只听薛妤的吩咐。而被关在私牢里的那几个，原来都是在昭王府伺候的下人，极会察言观色，一个个还未被问两句话，就全招了。

"是，是。"胆子小的仆从一边抹眼泪一边道，"那湖中动静可大了，一到晚上，不是下暴雨就是刮黑风，声音大得我们夜夜睡不着觉。我们伺候府上的主子，白天不小心离那湖近了点，就会立刻被捉进来关着悄悄处理。为这，后山上的尸骨都堆成一座山了！

"仙长容禀，不是我们不想逃，而是这昭王府根本就是座死牢，我们进了就出不去，走再远，还是会像绕迷宫一样绕回原地。"

薛妤听着这些话，看向面色青白交加的昭王，问："刮风又下雨，湖中藏着什么东西？说吧，你们救鬼婴做什么？"

"薛妤，你是在审问本王？"昭王阴恻恻地别过头，问。

"是。"薛妤冷冷颔首，不留情面地道，"我是在审问你。"

朝年烧了两张灵符，此刻退至薛妤身侧，低声道："女郎，联系不上朝廷那边。"

薛妤点了点头，示意自己知道了。她看向霎时面无人色的昭王，说："既然这样，事关作祟妖物，为保证宿州百姓的安全，我只好先斩后奏，搜查王府，事后再向人皇说明实情了。"

昭王头一次强撑不住脸色。如果搜了府，人赃并获，即使他裘召死在薛妤手里，人皇能如何？朝廷能如何？不说一句"死有余辜"已经算是仁至义尽。

即使薛妤不杀他，湖里的东西一旦被搜出来，裘桐也不会放过他。

/ 248

前后都是死路，就因为捉了一只半妖，他裴召居然将自己逼入如此绝境。

没过多久，轻罗匆匆进来，她附到薛妤耳边，低声道："女郎，人皇来了，我们没搜查成那湖。"

薛妤露出讶异的神色。

人皇远在万里之外的皇城，日日早朝，日日有数不清的事操劳，怎么会突然出现在宿州？

她道："将昭王请过去。"

其实与其说是请，不如说是半强迫地架着。昭王深感屈辱，一张布着病态苍白的脸涨得变了色，连连咳嗽起来。

薛妤对此无动于衷，转身掠往东边湖心方向。

夜半，月朗星稀，因为搜湖的缘故，湖边全是执法堂的人。此刻，他们举着火把，动作整齐划一，朝湖心亭的方向跪了一地。

这湖极大，几乎占据了寻常城南两座宅子的大小，月光洋洋洒洒洒落，湖面随着风的动静泛起粼粼波光，像是镶嵌了成千上万颗宝石的裙面，放眼望去，全是璀璨的光点。

湖中心简陋的草亭中，不知何时挂上了层层细密的帷幔和珠帘，影影绰绰看不清里面站着的人的真容。

亭外立着两个大内总管装扮的太监，手中各捏着一柄雪白的拂尘。

其中一个见薛妤来了，朝前迎了几步，操着尖而细的嗓音给她见礼，同时做个引的手势，道："殿下，陛下有请。"

薛妤见过他，在裴桐还是皇子的时候。这就意味着，裴桐真的在里面。

她皱起眉，意识到事情可能有些麻烦了，至少搜湖这件事，应该是进行不下去了。

另一个太监弓着腰为她掀开珠帘，"噼啪"的声响落在身后。

背对着她的顾长人影转过身来，露出裴桐那张因为病气而显得苍白虚弱的脸。他的手握成拳掩嘴咳了几声，而后笑道："薛妤姑娘，许久不见。"

"人皇。"新仇旧怨积在一起，薛妤没什么心思跟他寒暄见礼，她开门见山道，

"人皇一掷万金，动用传送阵出现在这里，想必也是听说了昭王府的事。"

"是。"像是早料到她会这样不留情面，裘桐无奈地笑了下，道，"阿召天性如此，总沉淀不下来，朕为磨砺他才将他下放宿州，以为他会长点心，凡事会多动动脑子，没想到还是惹了祸事。若是有冒犯得罪薛妤姑娘的地方，朕替他赔个不是。"

事实证明，这位用非常手段登上人皇高位的病弱皇子一如既往地能屈能伸，说起话来天生有种令人如沐春风的舒适感。没有明里暗里同他博弈过的人，当真会以为他是位仁德之君，亦是位关爱幼弟的兄长。

"担不起人皇一声道歉。"薛妤道，"妖僧和鬼婴的事，如何解释？这湖底下到底埋着什么？"

"朕来前，已经了解过此事。"裘桐好脾气地笑了声，眼尾随之弯了弯，仿佛有说不尽的耐心，"鬼婴之事，全属阿妤姑娘个人猜测，阿召断然没胆子也没能耐去招惹那些东西。"

"至于这湖底……"裘桐转身，指节拨开一侧珠帘，湖面顿时被薛妤收入眼底，"朕与薛妤姑娘有旧交情，那些歪七扭八的搪塞之词，姑娘不信，朕也不拿来搪塞薛妤姑娘。"

"湖底下有个传送阵，直通皇城。"裘桐朝薛妤摊了摊手，不疾不徐道，"朕能出现在这里，薛妤姑娘应当也想到了这个答案。"

"传送阵不足以让昭王府大动干戈，杀人灭口。"薛妤道，"人皇不若再想个能说服我的借口。"

裘桐像是被她直白的反应逗得笑了两声，又短促地咳起来，等薛妤不耐烦地低眉，他才又慢悠悠地开口："姑娘心思缜密，朕瞒不过，这就如实相告。

"当年父皇南下巡游，惊叹于宿州的好山好水，住了一年有余，朕便是在那时出生的。

"朕天生不足，体弱多病，每日汤药不断，不知能活到何时。此次命幼弟前来宿州，一为磨砺他，二为让他完成朕死后陵寝的建造。

"所谓落叶归根，朕生于此，自也该葬于此。"

帝王生前坐拥万里河山，死后也想享受同等待遇，因此往往会在生前大修陵寝，死后命活人殉葬，这是帝王的绝密事。

为了防止络绎不绝、胆大包天的偷盗人，他们会秘密处死修造工匠，大量怨气、死气同时聚集在一个地方，确实会引起一些小的动荡，诸如风雨骤降，声声如泣。

如此一来，湖底的古怪和惨死的下人，全部与裘桐的说辞一一对上。

至于妖僧和鬼婴，若是裘桐、裘召抵死不认，薛妤在不能强行搜府的情况下，也没有什么办法。

圣地和朝廷井水不犯河水的平衡不能轻易打破。而且真论起来，人皇的地位等同于邺主，在薛妤还未坐上那个位置之前，不宜与之硬碰硬。

人皇的说辞，她不信，一个字都不信。可朝廷有朝廷的内政秘密，就如圣地有圣地的规矩，不容外人干预插手。退一万步说，她总不能真进湖底看人家为百年之后准备的帝王陵寝。

薛妤深深吸了一口气，拿出天机书的卷轴，在那行"寻找尘世灯"的任务小字上点了点，片刻后，只见那行小字在眼前散成风沙。这是任务已经彻底完成，再无后续牵扯的意思。

见状，裘桐负于身后的手像是放松般动了动，他看着薛妤，倏尔舒展眉目，笑道："此事除朕与阿召，再无外人知晓。朕百年之后归宿如何，是长安地底，还是尸骨不存，全靠薛妤姑娘大人大量，发慈悲之心了。"

薛妤："……"

她忍了忍，半晌，抬眼道："昭王重伤我手下能臣，看在人皇和朝廷的面子上，我不与他一般见识，可后续治疗用的丹药和天材地宝，一个不能少。"

裘桐非常有风度地颔首："姑娘放心。只多，不少。"

薛妤忍耐般地皱眉，敷衍地点了点头，转身就走。

薛妤走后，执法堂的人也跟着撤退。火把蜿蜒到昭王府外墙，像一条在黑夜中游走的火龙，又像是四月天里开了一路的绚烂山花。

昭王被太监引着进入湖心的草亭，再没有半分先前叫嚣的气焰。

"皇兄。"昭王看着面朝湖面坐着的男子，心虚般伸手抚了抚挺立的鼻梁，开口唤人。

"蠢货！"几乎是薛妤一走，裘桐就变了副脸色。他身体不好，情绪一上来便控制不住连连咳嗽，身后伺候的太监见状，急忙上前递帕子倒水。

待缓过来一些，裘桐伸臂推开太监抚背的手，先前展现出来的令人如沐春风的好脾气摇身一变，变成十二分的阴鸷凌厉。他拍案而起时，逼人的气势毫无遮拦地扑面而来，顷刻间便叫人如芒在背、冷汗淋漓。

昭王被他突如其来的发难惊得愣了愣，随后一撩衣袍跪下。

"裘召，十天之前，朕联系你时说过什么？这么快就抛之脑后了是吗？"裘桐一步步行至他跟前，居高临下地瞥他，冷声道，"宿州的风水养人，将你惯得越来越不知天高地厚了，嗯？"

这话裘召是半句都不敢应。他垂着头，衣冠散乱，咬咬牙道："臣弟绝没有主动招惹圣地传人，实在是……皇兄，我们在鬼婴身上花了不少心血，若是此时放弃，不知何时才能再孕育出一个。"

"一个鬼婴。"裘桐低喃地重复了句，而后倏地闭了下眼，道，"为了一个鬼婴，你去招惹薛妤？"

说到这里，裘召还一肚子不满。

自从裘桐登基以来，他走到哪儿面对的都是阿谀奉承的脸和恭恭敬敬的言语。就算来宿州办事，也是半个土皇帝，哪里受过今夜这样的窝囊和委屈？

"皇兄，臣弟不明白，一个圣地传人而已，为何就敢这样嚣张跋扈，不将我们放在眼里？"

"为何？"裘桐重重咳了一声，一双眼眸扫向裘召，一字一顿道，"因为人间皇族生来没有灵脉，无法修行。他们斩妖除怪，天上地下来去自如，我们凡人之身，遇事几乎束手无策。他们生来寿命绵长，动辄成百上千年，我们呢？人生不过区区百年。"

"呵。"说到这里，裘桐自嘲般地扯了下嘴角，道，"连小妖小怪都不如。"

"即便如此。"裘召忍不住反驳，"千百年来，朝廷与圣地从来地位相当，莫说只是个圣地传人，今日即便是邺主亲临，也只跟皇兄平起平坐，薛妤不过是个公主——"

裘桐似乎对裘召一腔脑热的无知话语忍无可忍，他道："裘召，你当真以为圣地和朝廷平起平坐了吗？"

裴召顿时闭了嘴，可那眼神，那模样，无一不在说：难道不是吗？

"我和你说过无数次，实力不平等，则地位不平等。各方势力如此，人也如此。"裴桐虽说是夜半便服出行，可不论是腰间垂挂的香囊，还是袖边的纹理，皆细细绣着栩栩如生的九爪金龙。此时一动，上面的纹路跟活过来似的，张牙舞爪，富贵逼人。

"人间诞生的妖与怪，惊扰百姓，肆意杀戮，朕作为人皇，除了派兵，无计可施。可这世间有多少妖怪？朕又有多少兵可以派？"

"圣地呢，他们弹一弹手指，作乱的邪祟便只能束手就擒，乖乖就范，大妖也自有厉害的对付。"裴桐淡漠地说出事实，"所以这世间永远需要他们，他们在百姓心中，也将永远高高在上，时时拥有超然的地位。"

"可我们不一样。没了皇族，圣地可以派人来接手，或扶持个傀儡皇帝，或干脆取而代之。"裴桐唇色淡得近乎现出一种苍白，"这天下可以没有你我，没有裴氏皇族，却不能没有圣地，没有圣地传人！

"形势一日如此，我们便一日处于劣势。就如同今日，薛妤碍于圣地和朝廷的平衡暂退一步，可若是她不退呢？别说是搜查昭王府，就算她在朕眼前将你击杀，朕除了用天下人的舆论逼她认错，讨要说法，还能如何？"

"朕手无缚鸡之力，连冲上去与她过一招都做不到。"裴桐就着太监端来的热茶抿了一口，眼底泛着讥讽的光。

裴召被他说得双拳紧握起来，咬牙不甘道："正因为这样，我才想为皇兄争取鬼婴。"

"鼠目寸光。"裴桐瘦削苍白的手指点了点风平浪静的湖面，狠狠皱眉，道，"来前，为在薛妤面前蒙混过关，朕不得不将才有点动静的龙息重新封印。"

裴召不可置信地抬眼："皇兄？"

裴桐闭了闭眼，道："便是如此，只怕也难以脱身。至于你口中所说的'薛妤不过是个公主'……裴召，你太天真了。"

二十

留得青山在

不怕没柴烧

溯侑醒来时，已是日上三竿。外面天光大亮，屋内安安静静，唯有窗外树上的鸟雀扑腾着翅膀，叽叽喳喳叫个不停。

朝年在小屋里守着溯侑。连着几日奔波劳累，朝年也有点撑不住，搬了张凳子在床边守着，垂着脑袋打盹儿，时不时挣扎着惊醒，看看溯侑的情况。

朝年再一次抬头时，正巧与悄无声息坐起来的溯侑四目相对。他不知今夕何夕地迷茫了片刻，反应过来后，困意顿时全飞了。

"醒了？"朝年有些惊讶地转头去看外面的天色，随后想起来什么似的，从袖袍里掏出一个温玉质感的瓷瓶，动作熟练地拔开玉塞，一颗圆滚滚的七彩丹安静地躺到他手掌上。他递到溯侑跟前，示意道："喏，女郎吩咐的，吃了吧。"

溯侑像是昏睡了很久，开口时嗓音有些低沉，哑得不像话："女郎呢？"

"尘世灯的任务刚完成，女郎和佛女忙着收尾，都在前头空出来的书房里呢。"朝年想到他的脾性，又忙道，"哎，你别动，女郎吩咐过了，在你成长期结束之前，不准离开这间房半步。"

溯侑身体僵了僵，一瞬间回想起私牢里她的几句诘问，默然不语拈起朝年掌心中的七彩丹咽了下去。

"怎么样？好点没？"朝年是个停不住话的，他连声道，"我们没有成长期，但梁燕曾有过。据她说，她当时也只是略微难受了几天，不知道你反应怎么那样大。"

他夸张地比了个手势，道："你是不知道，你晕过去后那个汗流得跟水一样，止都止不住。我们给你灌止痛散也不管用，直到今天早上才好点。"

溯侑沉下心感受自己体内的气息，发现修为默不作声地增长了一大截儿，原本支离破碎的经络已经修复得差不多。那两股横冲直撞、水火不容的力量也乖乖稳定下来，不再作乱，反而开始有条不紊地一遍遍冲刷他的身体，滋养遭受重创的脏腑。

一夜之间，变化堪称脱胎换骨。若是能按照这样的速度继续修炼，用不了多久，便能达到他上审判台前的修为。

那些说度过成长期后，天资悟性不错的妖族的修为将一路高歌、突飞猛进的言论，如今看来，也不全是虚言。

溯侑心里大概有了个底，他朝朝年点了点头，道："好多了，多谢！"

"往后都是一个屋檐下共处的人，客气什么？"朝年一个话多的，碰上溯侑这种话少的，话没说两句就开始坐立难安。

"我这边没事。"溯侑动了动唇角，道，"朝年，你去帮女郎。"

"帮不了。"朝年幽怨地望向他，"我跟你一起被禁足了，非要事不能离开这间屋子。"

"去城南收妖之前，女郎特意让我看顾你，折返回来整理资料时也提过，可我真是没想到你能有胆子跟昭王府对上。"朝年重重叹了口气，沮丧极了，"女郎动怒，我这办事不力的就被殃及了。"

按理说，这个时候溯侑应当说声"对不住"，或者说些别的什么聊表歉意。可不知为何，溯侑听到这番话的第一时间，竟是怔了怔，而后从心底升起一丝说不清道不明的微妙情绪。

薛妤见过他那样狼狈不堪的样子，却还会因为他的擅作主张伤及自身而感到不悦，甚至迁怒朝年。是不是证明他在她心中，其实是有分量的？或者说，是值得培养的？

见他没说话，朝年彻底打开了话匣子，一连串往外砸："你当时灵符一断，女郎的脸色瞬间冷得不行，立刻让执法堂的人围了昭王府，都来不及一间间找人，直接就动手了。"

"你这受重视程度，马上就快赶上我姐了。"朝年搬着板凳往前挪了挪，羡慕地开口，"估计回去后，女郎就要将你引入殿前司指挥所了。"

"殿前司？"溯侑轻而缓地将这三个字念了一遍，问，"那是什么地方？"

"一个特别难进、我很想进又暂时进不了的地方。"朝年一本正经地说着废话。

听完这个回答，溯侑保持了片刻沉默。

"提前告诉你也没事，女郎也说了随你问。"朝年眨了下眼，说，"你是不是很好奇，女郎作为邺都唯一的传人，不说像别的圣地传人那般张扬铺张，可怎么也不至于出门就带着我们几个——"他将"歪瓜裂枣"咽下去，含糊着换了个稍微好听点的说辞，"脑子没怎么长成、修为也暂时没追上来的人。不是女郎身边没人，而是厉害的都留在殿前司了。殿前司管着洛煌百众山的大小事宜，常常忙得脱不开身，因此女郎只好带着我们将就着用。"

"殿前司是女郎直系一派，只听女郎吩咐，为女郎做事。"朝年叹了声，"别的差事都好说，唯有殿前司最难进，需得有智慧、有实力、有耐心，手段齐备，并且女郎亲自点过头应允才行。"

"比如我姐姐，现任殿前司指挥使一职。"别人提起朝华大多是骄傲，朝年不知是被揍多了还是怎样，提起来就苦脸，看溯侑的眼神也变成一种难以言说的同情，"如果不出意料，回邺都之后，女郎会将你交给我姐操练一段时日。"

"那可真是……"朝年憋了半晌，憋出来一句，"你无法想象的人间疾苦。反正我宁愿去后山劈柴。"

若说前两日溯侑还能从朝年嘴里得知不少消息，例如邺都派系和世家、当今邺主的脾气、尘世灯的后续甚至妖僧和洛彩的前世情缘，可话总有说完的时候。

于是到了第三日，便有了两人面面相觑、相顾无言的场面。

溯侑倒没什么，他天赋高、勤奋刻苦，对自己要求极为严苛，时常眼一闭，便当朝年不存在似的入了定。他的修为以一种堪称恐怖的速度增长，几乎一天一个样儿。

在这期间，朝年静不下心修炼，这里动动，那里转转，总之停不下来。可房间一共就那么大，于是他一边佩服溯侑，一边唾弃自己，不到两天，嘴角就起了个水泡。

终于到第四天，宿州城南的天阴下来，风刮得呼呼响，午后又下了点雨。梁燕温温柔柔来叩门，道："恭喜两位，女郎有令，你们可以出门了。"

"溯侑。"梁燕侧首叫住一夕之间个子拔高了不少的少年，露出个笑来，"女郎找你。"

不多时，溯侑站在书房门前，手指屈起叩了两声。

书房里悠悠安静了半响，像是刻意冷落似的，隔了一段时间才传出薛妤的声音："进来。"

溯侑提步进门，绕过屏风，拨开珠帘，见到立于案桌前的薛妤。

很难得，她今日褪下了素净的留仙裙，转而像宿州诸多女子一样，上身穿了件鹅黄质地织金纱通肩短衫，下身配了条百褶式长裙。裙襕金装彩织，整个人仿佛都笼罩在灯下的丛丛暖光中。

溯侑顿了顿，轻声开口："女郎。"

薛妤笔下动作不停，直到最后一笔落下，她方抬眸，看向背窗站得笔直的少年。

他原本就长得不矮，成长期一过去，眼见着又高了一大截儿。若说以前眉眼间还能依稀看出些属于年少的稚气，经过这一回，是彻底看不见了。

从前他容貌极盛，眼一垂便像花魁似的勾人心动，现在那张脸彻底长开，姿色不变，只是轮廓更深邃，线条也更流畅明晰。可以想见，若是正儿八经拧起眉唬人，也能展露出一两分寒芒出鞘的锋利之感。

好像经此一劫，他才彻底长大成人似的。

薛妤撂下笔，纤细的指尖点了点一边堆放着纸张的案桌，惜字如金："去看。"说完，她又俯身忙自己的事。

溯侑走到另一张案桌前，翻开最上面那张纸，一眼扫下来，是密密麻麻的簪花小楷。不是薛妤的字迹，是善殊身边的女侍所写。

上面工整誊抄着因为汇觉而无故丧命的人的姓名，包括陈淮南在内，一共十六位。除此之外，还有那棵槐树上聚集的阴魂，那是数十个年岁不一的女娃娃。

最下方签着善殊的名字，一笔一画，认真而严谨。

这是那位普度众生的佛女为他们逐一度过魂、做法超生过的意思，也代表着尘世灯一案到此终了。

可溯侑仅仅看了两行，便看不下去了。他天生对情绪敏感，几乎是在进来的一刹那，就意识到了不对。

薛妤的话太少了。

即使她不怎么爱说话，可教他时却尽职尽责，不懂之处也常大段大段地解释；

而今天，从进来到现在，一共只有四个字——"进来""去看"。那种冷淡并非天生，而是刻意晾着，不想多管，不想搭理。

溯侑前几日才松下的弦又在无声之间绷起，他重重地摁了下右手手腕突出的腕骨，轻薄的皮肤很快泛出一团红，像不小心沾上了姑娘家的脂粉。

他捏着手中薄若蝉翼的白纸，默了默，起身走到薛妤身侧。像是迟疑了再迟疑，犹豫了再犹豫，他慢慢压了下唇，声线带着一种显而易见的脆弱："女郎。"

薛妤动作顿了顿，却没出声，也没偏头，像是在刻意等着某种等待已久的结果。

"臣，知错了。"

薛妤这才终于撂了笔。她侧目，视线在他脸上转了一圈，开口道："说说，错哪儿了？"

见她终于肯打开一道话题的闸口，溯侑垂眼看着自己匀称的指骨，道："是我遇事冲动，行事莽撞，只顾眼前，不顾之后……"

"溯侑。"薛妤不甚满意地打断他，与他对视，几乎望进那对深深压着情绪的黑色瞳仁里，"我救你、教你、栽培你，我拿你当人看，拿你的命当命对待。可你若是自己都当自己是件可以随意丢弃、牺牲的工具，那你现在告诉我一声，从此你爱做什么就做什么，我不管你。"

溯侑的呼吸骤然凝了一瞬。

他生在泥泞中，自幼在乌烟瘴气的环境中长大，身边的人诅咒他、欺负他，用最恶毒的言语攻击他，甚至连父母都巴不得他早点去死。

从未有一个人站在他面前，这样坦然而直白地告诉他——溯侑，我拿你当人看。

他贴在身侧的长指倏然急促地蜷了蜷，一双眼满是不知所措。良久，他伸手摁了摁咽动的喉结，低喃道："我知错了。"

他外表看似时时都能示弱，其实骨子里淌着倔性和傲性，跟朝年等人的嘻嘻哈哈不一样，一句"我知错了"便已经到了极致。

薛妤点了点身前的案桌，又道："留得青山在，不怕没柴烧。"

溯侑颔首，模样显得异常乖顺。

"别点头。"她自顾自地拉过一把椅子坐下,道,"将这句话抄下来,什么时候彻底记住了,什么时候停。"

溯侑垂了下眼,对此并无异议,她说什么便是什么。溯侑坐在椅子上开始抄写,握笔的姿态认真到近乎虔诚。

薛妤食指抵着眉,想着另一件事。

一个多月前的审判台,她才回到这个时空时,尚记得后面会发生的一些事。可随着时日渐长,那一千年里发生的跟她无关的事,像是被剥夺了记忆般,回想时渐渐只剩一片空白。

按理说,四星半的任务,即使她前世没接,后续也总该在哪里看过、听过,再不济,上报邺都的卷宗上总该有记录。可她对此全无印象。

她只记得自己做过的,切实发生在自己身上的事,比如曾做过的任务,和松珩的恩怨,跟善殊交好。

这个世界既不想让她步入前世后尘,又不想让她事事能未卜先知,行事作风很有点天机书没头没尾、不伦不类的风格。

她想,或许有时间可以试探试探路承沨。

薛妤的视线从手里捧着的书落到溯侑身上。他稍稍弓腰,脊背线条自然爽利,像一把上好的弓,抽长出可伤人的侵略之意,手腕上的伤口结了痂,交错在苍白的肌肤上,仍显得突兀,像白璧染瑕。

不知怎么地,她眼前又浮现出那天私牢里少年血肉模糊、鲜血淋漓的模样,他被救出的第一句话,是告诉她湖里有蹊跷。

而在这之前,他以身犯险,冒进王府,为什么?能为什么?四星半的任务是她的,又不是他的。

薛妤合上手中的书,突然看向溯侑,没头没尾问了句:"疼不疼?"

溯侑手中的动作顿了顿。他不怕疼,那点疼对他而言算不了什么,可她这么一问,像是刻意哄人一样,话里话外透出一种笨拙的不熟练。

他倏尔抬了抬眼睑,眼尾处勾出一道不深不浅的褶皱,低而含糊地道:"不疼。"

"昭王府内确实有蹊跷。"薛妤道,"人皇现身宿州,这条线只能暂时中断。"

"不过。"她将手里的书丢到桌面上,一声脆响,"暂时给你讨了点利息。既然人皇喜欢拿陵寝当借口，那即便湖底那个是假的，他也得给我建出个真的来。"

裘桐在宿州待了两天，到第二天，各路消息便如雪花般飞到昭王府的案头上。他那句"难以脱身"，当真灵验。

又一个茶盏被衣袖拂落，昭王在持续的低气压下跪得端正，他脸上对圣地的不满和不甘在一个接一个坏消息传来的时候渐渐消失，换成噤若寒蝉。

"自己看看。"裘桐将堆满案桌的奏信拂到地上，劈头盖脸砸到裘召身前，道，"一夜时间，宿州执法堂上千人戒严，搜查荒山、暗流和空置废弃的老宅。不仅如此，沧州、筠州、螺州各世家门派都得了消息，严查城内灵宝符纸的去向，凡有阵法迹象，一律上报圣地。"

昭王面白如纸，他随便翻开一本暗奏，几乎就要眩晕。

沧州、筠州、螺州与宿州毗邻，远离皇城，地大物博，是他们布置了两年多、精心培养出来的据点，花费了不知多少心思。

"皇兄。"昭王上下唇抖了抖，道，"现在怎么办？"

阴雨天气，加上动怒，裘桐咳嗽不停，头也胀疼。他用力揉了揉太阳穴的位置，道："传朕口谕，三城四州停止一切行动，无朕旨意，谁敢擅作主张，引火烧身，杀无赦！"

才"引火烧身"的始作俑者昭王后背汗毛竖起，冷汗涔涔，不敢应话。

"看到没？"裘桐气极，反而勾着唇笑起来，"这就是你口中区区一位公主的反应速度。"

昭王张了张嘴，才要说什么，便见裘桐身边的太监又弓着身进来。他当下眼皮一跳，下一刻便听到了太监的禀告声："陛下，王府附近多了不少人，个个轻功不俗，乔装成城南来往进出的下人，看上去意不在伤人，倒像是来探看湖底究竟的。"

昭王一口血几乎要噎在喉咙口。

裘桐深深吸了口气，像是忍了又忍，才说服自己开口下令："龙息不能再留在宿州了，朕会命左右侍统秘密带往山海城蕴养。"

"至于帝王陵寝……"他看着自己青筋凸起的手背，猛地闭了下眼，一字一句咬得分外重，"既然早晚要修，那就修吧。"

说来无比嘲讽，他上位不过三年有余，正值一展宏图的大好年华，尚抱着长生的美好祈愿，却不得不被逼着修建自己的陵寝。除此之外，几年心血，皆功亏一篑，付诸东流。

这一局，堪称满盘皆输。

"裘召，朕最后忍你一次。"裘桐睁眼，盯着那张与自己有五六分相似的脸，道，"你若再给朕惹半分事，别怪朕不念手足之情。"

恰在他话音落下之时，太监引来了唇红齿白的小书生。小书生一身儒雅气，对面前的狼藉熟视无睹，他镇定自若地拱手见礼，道："陛下，昭王殿下，奉我家殿下之命，小人特来给陛下送伤药清单。"

裘桐从太监手中接过那张一眼看不到头的清单，看完上面狮子大开口的一系列丹药名称后，朝下一扬，那清单便如雪花般径直落到裘召手中。

裘召接过一看，脸色顿时涨成青红一片。那张清单像点燃了火似的，灼得他五脏六腑齐齐冒烟，头发丝都要颤抖着竖立起来。

这哪里是赔偿？分明是讹诈！

若是往常，裘召早就沉不住气地大发雷霆，可此时此刻，他当众跪着，一抬眼便是十步之外裘桐阴沉沉的目光。那视线像锋利的刀刃，仿佛在说：他今日胆敢有半分不合身份、不合时宜的举动，这王爷也不必再当了。

见状，裘召便知道，这个哑巴亏，只能他捏着鼻子认了。招惹薛妤，牵扯鬼婴，数年心血全废，裘桐对他的忍耐已经到了极限。

裘召恨恨咬牙，扬了扬那张清单，要笑不笑地扯动嘴角，看向那位来传信的小书生，道："圣地传人身边的从侍，身体挺金贵。"

"从侍"两字他咬得重，像是在表达某种愤懑和不满。

小书生不以为意，甚至眼尾因为笑意而弯起的弧度都没半分变化，只弯了弯腰，道："昭王容禀，我家殿下对下一向宽仁，这单子上列的也都是疗伤必需之物，毕竟人被您伤成那样，想要完全恢复，确实不容易。"

话说到这一步，昭王原本还想再阴阳怪气几句，说些"区区妖物"之类的字眼刺人，想了想，到底碍于面前站着的裘桐，便硬生生将话憋了回去。

他闷闷抬眼，将清单递给垂眉顺眼跟着他一起罚跪的王府管家，竭力忍着火气，道："去库房取。"

裘桐负手而立，即使未着天子冠服，也是一派神明爽俊的仪态风度。他望向小书生，脸上看不出半分阴霾，甚至还蕴着点笑意，道："回去告诉你家殿下，阿召莽撞，朕日后会好生约束，望薛妤姑娘宽恕他这回。"

说罢，他侧身，宽袖垂落，道："白诉，再取三根九节赤参、两瓶玉竹琼花露来，权当是朕管教不严的赔罪。"

他话音落下，昭王才平复几分的心又开始滴血。

九节赤参、玉竹琼花露都是绝顶珍稀之物，裘桐的身体状况在成为人皇之后堪堪稳定下来，没有再继续恶化，全靠这类天灵地宝蕴养着。

只可惜他们说到底是凡人，这些东西用在他们身上，甚至难以发挥百分之一的作用。可再如何，也轮不到白白便宜圣地之人。

那小书生急忙垂了下腰，道："陛下千秋万代，小人必定如实回禀我家殿下。"

等人一走，昭王跪着往前挪了挪，难以理解地压低了声音道："皇兄，这是讹诈，薛妤摆明了在坑我们，一百只妖都不值这些东西。还有九节赤参和玉竹琼花露，皇兄便是赏给朝臣都行，何必给他们？"

"阿召，你方才做得不错。"裘桐就着宽椅坐下，竹节似的长指有一搭没一搭地落在茶盏边沿，发出节奏分明的嗒嗒声响，"你是王爷，是人皇的胞弟，既然今日这番赔偿避无可避，那多说无益，我们给就是了。这便是天家风范。"

"至于你说的九节赤参和玉竹琼花露。"裘桐低低咳了一声，不以为意地笑，"不过外物而已。若能用这些东西与一位心智实力兼具的掌权者冰释前嫌，那是我们赚了。别说这些，再加十倍，朕也愿意。"

"阿召。"裘桐看着自己苍白的手掌，叹了口气，道，"若是事情已然到了一种无法挽救的局面，我们要做的不是一味懊恼沮丧、咒骂对手，而是要竭尽所能将损失降到最小。就比如这回，你罔顾朕言，私自行动，事情败露的第一时间仍没有联系皇宫如实禀告，之后明知那人来历，你却执意用刑，给了薛妤堂而皇之闯王府的机会，将自己变成无理的一方。人家是一步错，你是步步错。"

"此番满盘皆输，我们所有暗中的行动全部被迫停止。按理，朕该废了你，赐你极刑。"裘桐居高临下警着底下那张与自己有五六分相似的脸，用轻飘飘的残酷话语告知他道理，"可朕没有那样做，因为此事已经到了这一步，朕失去了很多东西，不能再失去一个弟弟。"

昭王顿时讷讷不语，他垂下头，握了握拳，保证道："皇兄，臣弟知罪，绝不会再有下回。"

他知道裘桐登基前过得有多难，更知道他城府有多深，心机有多重，有多能狠得下心。

想当年，他们兄弟二人在三位风头正盛的皇子锋芒下处处避让，如今能出人头地，全靠裘桐步步为营、步步谋划。每成一件事，便要杀掉许多人。那些人，不论忠与不忠，如何痛哭流涕，倒地求饶，裘桐从未心软过。

唯独对他这个一母同胞的亲弟弟，裘桐忍了又忍，几次三番对他格外留情，可以说是只打雷不下雨，高高举起又轻轻放下。

正因为知道他是怎样的人，所以这份容忍便显得格外珍贵、感人。

裘桐闻言，眯了下眼，挥挥手让他退下。等昭王退到门槛外，裘桐又不咸不淡地开口警告："裘召，再一再二不再三，你给朕长点心。下次再犯事，谁也救不了你。"

听到这话，昭王之前感动的情绪全部随风飘散，闻言恭恭敬敬地道："皇兄放心，臣弟都知道。"

见到这一幕，跟在裘桐身边最久也最明白他冷酷心肠的白诉不由得将头垂得更低。

三言两语，恩威并济，便使人感动得不知今夕何夕。亲弟弟尚且如此，更遑论别人？

所谓帝王心术，不过如是。

宿州连着下了两天小雨，和风浅浅，地底蓄积了一整个冬天的蓬勃生机，在经过几场毛毛细雨的滋润后骤然迸发。阳光再次洒落时，整座城池都恍若陷入茵茵绿浪中。

薛妤正和善殊逐一梳理、确认尘世灯任务的细节及后续事宜，两人站在案桌前，对着灰扑扑的尘世灯商量着什么。

薛妤指尖燃起一簇火，棉絮一样轻飘飘地落到尘世灯的灯芯上。

妖僧一死，这灯便成了无主的灵物，既聚不了阴气，又稳不了神魂。没过两天，灯外面便糊上了一层灰，怎么擦也擦不掉。此刻被薛妤使术法一烧，棉做的灯芯像是被灌了铜与铁，怎么烧都毫无反应。

薛妤见状蹙眉，道："这灯不认你我，该如何处置？"

任务完成后，那位不靠谱的紫薇洞府掌门松了老大一口气，当薛妤提及让司空景将尘世灯物归原主时，那边用十分羞愧且坚定的语气拒绝了。用他的话来说，尘世灯不认主，落到他手里也没用，若再惹出什么事端来，他真是万死难辞其咎。

换句话说，这种没什么用，但有用起来总要搞出大事的东西，最好还是留在圣地，千万别再回去祸害他了。

于是灯就这样落在薛妤和善殊手里。

其实这样的情况并不少见，天机书的任务完成后，偶尔会有各种各样的灵宝和灵物成为无主之物，这些东西会默认为奖励落到他们手中。

比如两人合作完成的任务，灵物认谁便算谁的，或者其中一人很需要这份奖励，可以拿其他东西与同伴交换。

但像尘世灯这种两个都不认，她们俩又都不需要的情况，还是头一次经历。

"你带回邺都吧。"善殊道，"北荒统修佛法，这东西阴气重，我们拿着也没什么用处，倒是邺都能人颇多，各系各派都有涉猎，又常和鬼怪打交道，这灯在你手里比在我手里有用。"

"这一路，从雾到城到宿州，都是阿妤姑娘冲在前面解决事情，我再收这东西，就真不好意思了。"善殊莞尔，继续道，"说实话，能完成这个四星半的任务，我已经心满意足。"

薛妤听完，没再推辞，她在灵戒中挑挑拣拣半晌，翻出了两个玉瓷瓶，推至善殊身边，开口道："玉菇丸和生息丹，给你们用最好，收下。"

她顶着张小巧精致、覆着冰霜的脸，说让人收下这样的话时，竟透着一种意料之外的关切之意，让人不好拒绝。

善殊笑意渐深："行，多谢阿妤姑娘美意。"

恰在此时，昭王的"赔礼"到了。

听完轻罗的禀告，薛妤抬了下眼，慢悠悠地抬高调子"嗯"了一声，随后道："去把溯侑叫过来。"

轻罗轻声应"是"，才踏出门往西边厢房走，结果刚拐了个弯，就见到了同时往这边来的溯侑。

不知为什么，溯侑度过成长期后，分明只是身高和容貌上有所变化，其余一切姿态、谈吐如旧。但哪怕是在女郎跟前，如今他笑着说话时，轻罗依旧会被一股气势压得喘不过气来。

那是一种天生的压制，就比如他们这样的小妖小怪，在面对九凤那样的存在时，只有臣服的份。

可溯侑明明是一只血脉不纯的妖鬼。

想不明白，轻罗便不去深究。她三步两步跑到溯侑跟前，仰着头看他，低声快速说道："溯侑，女郎让你去偏屋。"

"佛女也在。"轻罗提醒道。

溯侑颔首，飞快绕过她朝前走，雪白的衣袍被迎面的风吹得荡动，背影像古树孤高而挺拔的枝节。

他行至偏房门前，才要叩门，便听见里面佛女的声音。

佛女字字带笑："说起你身边那个少年，真是初生牛犊不怕虎，两日前那阵仗——"她喟叹一声，又道，"难怪都说自古英雄出少年。"

"可别夸他。"提起这个，薛妤不由皱眉，道，"说好听点叫冲动，说难听点跟送死也没区别。"

她直白的话语引得善殊笑起来，道："说起来，我来时遇见了九凤，她央我来和你说一件事。"

薛妤静静地停下动作，看向善殊。

"她说自己手里有一颗沧海妖珠，想跟你换你身边的那个少年。"

门外，溯侑骤然抬眼，呼吸随之缓了下来。

"她说自己就喜欢这样有血性的少年，正巧她一直没寻到满意的近侍。溯侑不错，长得好，性格好，悟性好，需要时能冲锋陷阵，平时还会舞文弄墨有雅调，再者身上也有妖族血脉，于是开了这个口。

"最主要的，还是那日溯侑露出了翅膀，她总说眼熟，好似对此十分感兴趣，这才让我来问一问你。"

听到这里，溯侑其实已经能猜到回答。薛妤对柳二尚且能抱有尊重之心，今日九凤要的不论是朝年、轻罗、梁燕或是他，她都不会同意。

果然，下一刻，薛妤果断拒绝："不必问，让她别想了。"

善殊诧异地看了她一眼，道："我还以为以你的性子，会当面问过他之后再做决定呢。"

"他想去也没用。"薛妤将手边厚厚一叠纸推到善殊身边，道，"你看看，溯侑昨夜给我的。"

善殊好奇地接过来，接连翻过几张纸，只见上面字迹苍劲有力，言语直白简单，从雾到城的陈淮南和云籁，再到宿州的洛彩，写得认真而详细。就连任务完成后她们要写的结案报告，他都替薛妤工工整整列好了草稿。

而善殊自己的，还躺在案头一字未动。

善殊眼神几经变幻，到放下时，已经被羡慕占据。她叹了一声，道："见了这番心思，我都忍不住要动横刀夺爱的心了。"

薛妤扯了下嘴角，许是觉得轻松，也难得勾出浅浅的笑意，一本正经地道："谁来都不好使。你也别想，我不同意。"

善殊笑着啧了一声，施施然起身，道："不同你说了，我无人帮忙，还得赶着回去写结案报告，天机书天天在我案头跳着，催我交差。"

她挑开门帘，见气质如雪一样的少年侧身，朝她点头颔首后翩然进了屋，那股浑然天成的姿态与气质，比从前更胜几分。

果真妖度过了成长期，确实不一样了。

溯侑今日穿了身白衫，一头乌黑的长发用发带高高束起，安静站着时，像一捧初冬时节落下的白雪。

薛妤的手指点了点才被人抬进来的箱子，抬了抬下巴示意："给你讨要的补偿来了，去打开看看。"

溯侑上前两步，半弯下腰，挑开上面挂着的小锁，露出箱内摆放整齐的东西。

很快，他发现箱内的东西明显分为了两份。一份多些，都是疗伤用的瓶瓶罐罐。一份少些，但显而易见更精致讲究，比如镶着金嵌着玉的巴掌大小的铜镜，还有一些看上去就是讨姑娘喜欢的名贵香料、脂粉，甚至最下面还有件万金难求的霓裳羽衣。送给谁的，一看便知。

溯侑垂着眼，长指蓦地动了动。

"溯侑。"薛妤像是发现了他的异常，突然唤了他一声。

溯侑看向她。

谁知薛妤在他脸上扫了两圈，颇为认真地开口道："九凤对你不怀好意，日后离她远些，翅膀也别再露出来了。"

溯侑怔了怔，一双眼如深夜繁星烁动着亮出点点光泽。他在薛妤的注视下稍稍弯了弯眼尾，答得郑重："好。"

四月，万象更新，春雨如油。

薛妤和溯侑一前一后出了执法堂，前往城南巷口。他们路过云迹酒楼时，发现掌柜正在监督修缮自家酒楼的屋顶。

小二站在一边，肩上搭着汗巾，听掌柜咋咋呼呼地指挥："这边……高一点儿……再往上，哎呀，你们听不懂我说话是不？"

"挨千刀的！让我知道是谁半夜不睡觉来削人房顶，我非——"他的话还未说完，手肘处便被小二撞了一下。

掌柜的话卡在喉咙里，眼一瞪，还未来得及骂人，便见到了薛妤两人。他顿时笑得宛若春花，主动迎上前打招呼："问两位仙长安。昨日清晨，官府通知下来，说那日作乱的妖物已经被捉拿，宿州城安全了，我一想便知道是执法堂的各位大人出手了，心里敬佩又感激，没想今日还能见到两位，可见也是一场缘分。"做这行生意的，嘴上功夫必不可少，见人说人话，见鬼说鬼话，总能将形形色色的人哄得舒舒坦坦。

许是任务完成，薛妤内心轻松了些，于是面对这样的问候，也顺着应了句话："除乱安民是我们职责所在，不必言谢。"

她看向云迹酒楼缺了半边的屋顶，问："怎么回事？"

"嘿。"方才抱怨的时候怨气四溢，现在人真站到自己跟前，掌柜陡然变了种话风,"修缮的伙计来看过了,说是被一刀劈下来的,我想着寻常人肯定是没有这样的本事,大概是执法堂的大人们在捉妖时不慎出手劈的。不过仙长放心,我虽没什么舍己为人的大志向,但关键时候还是分得清轻重,捉妖事大,我们这都是小事,不值一提。"

他嘴上说不值一提,可话才落,又搓着手打商量:"好不容易再见到仙长,今日我厚着脸皮,想再跟仙长讨几张符。"

他睁着双眼打量左右,压低了声音道:"不是上次那种符纸,是我听闻仙家还有种常见的符,可以辟邪转运。我这酒楼三天里出了两回事,总觉得是沾上了什么不干净的东西,做我们这行的,对这些东西是不得不避讳,这若是再出个什么事,真就活不下去了啊。"

经过陈淮南与妖僧一事,薛妤听到"转运""借运"这种词便下意识皱眉。

溯侑上前一步,他眼尾微往上提着,像是含着点笑意,于是话也显得温和:"掌柜见谅,若为辟邪,求个心安,我们上回给的符纸已是上乘。若论其他,多是修仙之人战斗所用,威力毁天灭地,若没有修为高深之人镇压,极易失控,这些符纸我们拒不外借。掌柜做这一行,应当比我们明白'匹夫无罪,怀璧其罪'的道理。"

他声线清洌,并没有强硬拒绝和说教的咄咄逼人之感。掌柜一想,拱手道:"仙长说得是,是我鼠目寸光,囿于眼前了。"

薛妤看着他轮廓分明的侧脸,恍然发觉才过了两个月,眼前人身上却发生了天翻地覆的变化。

刚从审判台下来时,他满身是刺,跌宕不羁,一双眼里常匿着讥嘲的光,对人对事冷然旁观。后来稍好一些,可行事作风依然偏激,动辄以身犯险、以命相搏。别说耐心回答别人问题,就连点个头也得看心情。

许是他的容貌太有欺瞒和诱惑性,她一直忙着为任务奔走,近来见他细心体贴、温和从容,便常常有种错觉,觉得他本该是这样的,转而忘了他骨子里藏着怎样的执拗、狂妄和危险。

既有猛兽锋利的爪牙,又有收敛心性后昙花一现的温柔耐心,这样的人,仿佛天生为殿前司而生。

两人一路行至城南巷口。

薛妤远远看到忙活着搬家的洛彩，她身体轻盈，梳着妇人的发髻，面容却如少女般明艳娇俏，原先凸起的小腹现在看不出任何痕迹，腰身纤细，盈盈一握。

那道深红朱门外，小小的一棵树经历了几场春雨，像是铆足了劲往外钻的少年，眼看着比原来高出一截儿。其余一切都是老样子，唯独那截儿横生的枝丫上，少了盏挂了月余的灯。

薛妤还记得溯侑那日坦诚的"不懂"，想了想，道："当日我们先到谢家，看到那棵槐树，因为有尘世灯的刻意遮掩，那棵槐树显得并无异样，但我当时便起了疑心。

"正常情况下，一棵成长百年有余的槐树，尤其还是在深宅古院中，多多少少都会生出灵智。

"有时候，毫无破绽本身便是一种破绽。"

"而后是尘世灯。"薛妤踏上一层石阶，长长的裙摆拂过阶上一层绿苔，声如山间流水，"柳二死状凄惨，我不信杀人的人会因为一个陌生人义愤填膺到要损耗自身灵宝的程度，所以我仔细查看了柳二的尸身，发现他身上的伤有些像佛门伤人的术法。

"一个修了佛且造诣不浅的人，即便改修妖道，心里也存着浅薄的善念，那几乎是一种习惯。他或许会杀人，但绝不会无故虐杀。"

看了尘世灯事件的完整过程，又替薛妤拟了结案报告，加之本身悟性极强，接下来的发展，溯侑几乎能完整推演出来："所以妖僧与洛彩姑娘之间必定有渊源，尘世灯又在附近，便只可能有两个去处：一个是谢家槐树周围，一个是洛彩姑娘身边。"

槐树太扎眼，他们能想到，幕后之人必定也有顾虑，因此不敢放。

"他们的案子其实比雾到城的复杂，能快速破解，是因为妖僧早有死志，在刻意引我们入局。"薛妤总结着，拧着眉朝前走，又道，"昭王府与鬼婴勾结是既定之事，若真只是昭王一人犯蠢还好说，裘桐得知此事必定动怒，会抹掉一切有牵连的证据，王府就不敢再轻举妄动。"就怕昭王府的行径是朝廷授意，那这事就是更复杂了。

可不论如何，这事查到这里，已经无法深入下去了。

洛彩远远看到他们，才进了院门的身子又折回来。她迎上前，欣喜地笑："两位仙长怎么来了?"

她被善殊施了忘尘咒,只记得自己是因为经历丧夫之痛郁郁寡欢,前来宿州散心的。她不知道自己曾有个孩子,不记得那天发生的事,但知道薛妤和溯侑因为捉妖之事前来问过她。

"妖物已除,我们来看看附近有无漏网之鱼。"薛妤看着那张因为绕满了佛光而显得格外鲜活灵动的脸,眼神一转,问,"夫人这是要出远门?"

"说来惭愧。"洛彩捏着帕子擦了擦额角的汗珠,道,"前几日夜里,我突然做了个梦,梦见了我夫君。他说自己在下面过得很好,让我千万不必挂心,照顾好自己和家中父母。"

"我想也是,人这一生,世事无常,不论如何总要朝前看。"洛彩指了指身后十几口大箱子,用温婉的语气道,"所以我决定回去了。"

今生的洛彩不是千年前的素色,她们容貌不同,性格不同,连所爱之人也不同。

汇觉沦入滚滚红尘上千年,以命换命,却只敢在洛彩昏迷不醒时见她最后一面,不知真是因为续命的方法如此,还是因为他心中其实也知道——

不论他如何弥补,如何竭力挽救,当年的素色,早在千年前就彻底消散了。那些未说出口的坦诚、心动和爱意,那只傻乎乎的小狐狸一句也没能听见。

他看洛彩时,分明是在凝望另一个人的影子。

薛妤静默半晌,朝洛彩颔首,薄唇轻启:"祝夫人此去一帆风顺,日后诸事顺遂。"她一路从执法堂来城南,好似就是为了说上这么一句话,说完了便走,没有过多停留。

谁知薛妤没走多久,天机书便颤动着从她的袖口中飞了出来,小小的卷轴在眼前舒展,上面滚动着一行行闪着灵光的小字,俨然是要她再选任务的意思。

薛妤冷然旁观,静静地看着它发疯。片刻之后,天机书垂头丧气地停了动作,磨蹭到薛妤手边,像一只有灵性的黏人小兽。

"我还剩两个任务。"她抬眼,好整以暇地看着这一幕,道,"距离任务结算还有一个月零五天。"

"你现在告诉我,我接下来抽的两个任务都是两星或两星半,这任务,我就接。"薛妤勾了下唇，语气淡得分辨不出任何情绪，"七个人里，就我没碰过两星任务。"

她不再说话，可那神色分明摆着"你是拿我当傻子吗"的嘲讽意思。

若说天机书发布的任务都是忙不过来需要救急的还好说，可怪就怪在各地都建有执法堂，棘手的事会在第一时间上报圣地和各大门派，他们再派人过来解决，这样对大家都好。

可天机书偏不，它非得磨砺年轻人，非得搞稀奇古怪的抽选规则，于是便显得圣地和修仙世家门派处处特殊，也因此常常游走在尘世间，世人想不关注都难。

天机书一下蔫了，又"啪嗒"一声卷起身躯，沿着来路原封不动地滚回薛妤的衣袖。

薛妤不接任务，其实有另一方面的考虑——

灵阵师身体上的劣势再如何磨砺也无法避免，这次为了留住鬼婴强动杀招，算是伤上加伤。这样的身体状态，两三星的任务尚且能应付，可她这手气，若是再抽个四星半的，即使能自保，也会处处掣肘。完不成任务也就罢了，就怕因为自身原因牵扯无辜。

"走吧。"薛妤道，"回去跟佛女辞别，我们明天回邺都。"

"好。"

不知怎么，见到玉树临风立于身侧的溯侑，薛妤停了停脚步。她想了想，郑重其事地问："朝年可有跟你说过邺都的事？"

"说过一些。"溯侑如实回。

"殿前司，听说过吗？"薛妤一字一句说得认真，"溯侑，我不瞒你，半月之前，我其实动过让你去殿前司从底层做起、逐步成长的念头。"

溯侑垂着眼，长长的睫毛很快凝上水珠，静静等她后面那个"但是"。

"除此之外，还另有一条捷径可走。我父亲当年为培养筛选邺都能臣，开了一方小世界，名叫'洄游'。那里面灵气浓郁，每一寸土地都是惊险与机缘并存。若是能在里面待足两百年，并且成功通过四大守卫的考验，破门而出，便代表着智、力、礼、勇兼备，可以直接任殿前司副指挥使。"

若说听到前面溯侑尚无明显的情绪变化，那么在"两百年"这个字眼落下时，他倏然抬眼，原本缀着暖意的眼底像晕开了墨，颜色几乎在顷刻之间深邃下来，现出一点儿原有的凉薄之意。

两百年。

若是在两个月之前能有这样的机会，不必东躲西藏，不必为修炼秘籍发愁，只需要在一个地方待上两百年，便能实力大增、跻身高位，溯侑眼也不眨便会应下来。

诚然，那是天大的好事。

他忍不住去看薛妤的眼睛。她生了双好看的杏眼，许是身份、责任的原因，常常往上挑着，显得清冷而疏离，十分不好亲近。可此时，四目相对，那双眼便恢复了自身的色彩，蒙着纱、缀着水一样。

他能从里面看到自己的身影，小小的一点。

许是昭王府门前他莽撞而不要命的那么一闯，又许是他细心而熨帖的各种细节，他能感受到，薛妤是真的想栽培他。她给他最好的资源，想让他像春日吸饱了雨水的春草般肆意成长起来。

可两百年啊。跟两百年相比，过去这两个月，便宛若只眨了下眼。

等他出来，或许薛妤只会唤他副指挥使，而忘了他的名字。

可他现在确实太弱小，他清楚地知道，自己与她，便如云泥之别。成长、强大，是他必经的路程。

他好似听到另一个自己在耳边说：溯侑，你在犹豫什么？你根本无路可选。

这是头一次，薛妤等他的回答，等了足足半息时间。少年好看的眉眼间分明已有决断，却仍现出犹豫、迟疑之色，最后那些情绪在一刹那通通收敛回去。

在那场春雨彻底停下来之前，他垂着眼，低声道："一切听女郎安排。"

尘世灯的事一了，九凤便带着桃知和苏允在城中疯玩了几天，等薛妤和善殊都传来归程的消息，她才施施然现身，软泥一样摊在宽大的躺椅上，看着他们来来往往地忙活。

"唉。"她意犹未尽地叹了声，显然心还在热闹的街市上没收回来，"算算时间，我也该回妖都了。"

善殊讶然回头看了她一眼，笑道："你不是前段时间说要逛遍人间的风景才回去吗？这才过去几日，就改口了？"

"我倒是想呢。"九凤大倒苦水，"家里老头催好几次了，说再不回去就永远别回去了。"

说罢，她又斜眼去瞥身侧的桃知，近乎用上了蛮横的要求语气："你跟不跟我一起？妖都里的大妖吃人不眨眼，我这一次回去，你日后可能都见不着我了。"

桃知无奈地道："瞎说什么？"

九凤是典型的大小姐脾气，想一出是一出，不开心了就动手，从来没人可以束缚她。这样的性情，直到遇见桃知，才稍微好了一些。

"行，你有骨气。"脾气才好一些的九凤恨恨跺了跺脚，鬼车纵横天际，她纤足一点，便化为流光蹿向远方，竟是说来就来，说走就走，给桃知留下了句散在风里的余音，"留恋你的人间山水去吧，最好有事也别来求我！"

桃知在原地足足站了半响。

溯侑将这一幕收入眼底，在路过回廊时，见到已经选定了修仙门派，再有几天就要去报到的苏允。

苏允扯了下桃知的袖子，他瞪圆了眼，像是知道了什么不得了的机密似的，道："桃知，九凤姐还有个未婚夫啊？"

"是，你从哪儿知道的？"桃知的神色并无变化，他甚至还温柔地替苏允正了正头上束着的高马尾。

"昨天那人联系九凤姐，我偷偷听到的。"

苏允看上去颇为遗憾，他看了看桃知，又看了看天边远去的鬼车，低声嘀咕道："你在人间也没什么亲朋好友，为何不跟着九凤姐去妖都，那里安全许多。而且，万一他们这回要是真成婚了，你怎么办啊？"

苏允看着桃知的眼睛，十几岁的小少年认真起来也颇为有模有样，说的话提前将桃知的话全堵死了："你可别说你不喜欢九凤姐。"

"小小年纪，怎么总将喜欢挂在嘴边？"桃知含笑屈指弹了下苏允的额心，道，"我去做什么？"

苏允不服气地反驳："反正我若是有了喜欢的人，必定主动告诉她。"

"苏允。"桃知垂眸看向正年少气盛，觉得天地都尽在脚下的少年郎，头一次收敛了笑意，认认真真道，"她不过释放了一缕气息，我却连手都在颤抖。"

听到这里，溯侑脚步蓦地一顿，不由又想起那两百年。

时间是最难以捉摸的东西，两百年，足够薛妤忘了一个叫溯侑的人，也足够她再去审判台，抑或是别的地方捡个天资不错的小少年养在身边，悉心教导。

可他生来不认命，遇事总想搏一搏。

他可以接受各种各样的阴差阳错、因果殊途，唯独不能接受因为自己的无能、弱小，而产生那种深入骨髓的无力与遗憾。

二十一 归邺都 入洄游

薛妤一行人辞别善殊，再一次用了路承泽的身份牌，从宿州直接横空，堂而皇之横跨万里返回邺都。

不到一个时辰，薛妤腰间的灵符久违地燃烧起来。

路承泽忍无可忍的声音传来："薛妤，你适可而止！一而再、再而三，你当你没有令牌在我手上是不是？"

薛妤就等着他主动找上门来。她挑开飞行灵宝上晶莹的珠帘，看外面飞速在眼前倒退的山与水，耐心地等那边发完疯，陷入片刻的沉默后，方开了口："路承泽，千年前螺州兽潮一案，你还记得吗？"

路承泽像是没料到她能这么平和地说话，愣了一愣，而后道："螺州兽潮？我不太记得了，几星任务？四星以下的我肯定是不记得，这么多年了。"

这个答案在意料之中，可真听到的那一刻，薛妤还是轻轻吐了一口气。

螺州兽潮，是五百年后会发生的事，也是天机书上唯一一个五星任务。当时，所有圣地传人都参与了进来，除了处于闭关最紧要关头的路承泽。

如果记忆没出现异常，他不可能不记得。

也就是说，她的猜测是真的。

"行，我知道了。"薛妤淡声回他，"你自己让人来邺都取令牌。"

所以说，从宿州到邺都这一路的罚款，还得他来交。欺人太甚！

路承泽深深吸了一口气，还要再说什么，发现灵符已经暗淡下去。

溯侑一夜未曾合眼，第二日天亮，跟他分在灵宝上同一个小房间的朝年睡眼惺忪转醒时，就见他将一本厚厚的小册子交到了自己手中。

"什么呀？这是……"朝年揉着眼睛翻开一看，呼吸都要停住了。

只见上面密密麻麻写着上百条"遇事该如何反应""怎样在各种情境下完整表达女郎的意思",甚至还有"结案报告如何写"……

朝年的困意一下子飞了,他难以置信地看向溯侑,半晌,苦着脸哀号:"不是吧,你?你这是从哪儿学来的跟我姐一样的行为啊?"

"真的,你们放过我吧。"

天刚蒙蒙亮,疾驰了一夜的飞行灵宝终于减缓速度,停在一座秀丽的青山脚下。

很快,身着邺都官服的男子带着十几个弟子赶来,那男子闻着灵宝内若有若无的妖气皱眉,厉声道:"邺都重地,闲人免进,还请速速出来受查!"

朝年一马当先跨出来,他看着这乌压压的阵仗,不由道:"王大人,怎么每次殿下回来,你都得撞上来大呼小叫?谁都没你积极!"

一看朝年那张脸,被称为"王大人"的男子来不及错愕,立刻朝那座缩小了的宫殿躬身行大礼,言语毕恭毕敬:"臣恭请殿下金安。"

薛妤踏出殿门,身后跟着溯侑、梁燕、轻罗以及捆得严严实实只露出一双幽怨眼睛的鬼婴,妖气和鬼气顿时扑面而来。

"起来。"薛妤看着一脸诚惶诚恐的王休,又抬眼看向山顶处,只见一圈朝阳的光晕正激滟般扩大,又在下一瞬收拢,光圈明明灭灭,像一张反复开口呼吸的大嘴,问,"日月之轮又不正常了?山脚下还守着这么多人,城里出什么事了?"

"回殿下,是二公子在山顶借入口强盛的日光之力悟道,结果出了岔子。二公子因反噬受伤,日月之轮也出现了异常。"

薛妤问:"什么异常?"

"正午日盛之时往外喷火、吐岩浆,午夜月盛之时又下冰霜刀剑,主君怕误伤到其他人,因而派我等日夜守着。"

"他人在哪儿?"

王休把头埋得更低了,顿了顿后道:"在金裕楼养伤。"

薛妤皱眉,大步向前,足尖一个轻点朝山顶飞快掠去,朝年等人立刻跟上。

其间,轻罗没忍住问朝年:"外面不都说邺都主君只有女郎一个子嗣吗,怎么还有个二公子？"

连着两个月，看过九凤这种大妖，又经历过许多事的轻罗原本针尖小的胆子也渐渐大了起来，至少遇着事会主动观察和询问，而不是凡事等薛妤吩咐下来才行动。

"这二公子是肃王侯的幼子，女郎的堂兄。"朝年提起这位二公子，脸色也不大好，左右嘱咐道，"二公子脾气古怪，素爱做些离经叛道之事，对人对事都不会手软，并且有已过世的肃王侯和当今主君做靠山，少有人敢惹他，是邺都的一大霸王。

"方才山脚下那位王大人，就是曾经的肃王一脉，算是那二公子的半个亲信。"

薛妤率先落在日月之轮前。日月之轮如同一座巨大的拱门，笼罩在日月光辉中，时常晕染出美丽的七色光线，是邺都的代表建构之一。

"至少要三个月才能恢复。"薛妤手掌触上去，压着细密针脚的衣袖顺着动作滑动时，露出半截儿荔枝般细嫩的肌肤，白得晃眼。

朝年见状，上前问："殿下，我们要去金裕楼吗？"

薛妤收回了手，率先穿过漫出琉璃色泽的日月之轮，一步踏入邺都内，方慢慢地回："不，我先去见主君。"

一听这个疏离至极的"主君"，朝年便知道大事不好，他心里"咯噔"一下，还没来得及说话，便听薛妤吩咐道："去殿前司找你姐姐，将这件事前前后后查清楚，然后带着我的搜查令去金裕楼，该拿人拿人，该下狱下狱。"

朝年"嗖"地吸了一口凉气，还想说些什么，但一看薛妤的脸色，便不敢造次，闷声应"是"。

薛妤又道："梁燕，你带着鬼婴跟朝年一起去殿前司，也带上轻罗，她头一次入邺都，你们给她讲讲邺都的规矩。"

三人一走，原地便只剩下薛妤和溯侑二人。

"看看。"薛妤伸出指尖，点了点他们脚下缭绕的云雾，道，"这便是你日后要生活的地方。"

从日月之轮走出来，他们好似从一座山头到了另一座山头，不同的是，他们脚下的这座格外高耸陡峭，放眼望去，如孤峰突起，鹤立鸡群，只需透过一层浓厚的雾，便能将小半座邺都城的风光收入眼底。

朝下一看，其实跟人间没什么区别。酒楼林立，宅院错落，街道两侧熙熙攘攘，人潮涌动。真要说起来，这里比外面的一些大城池还要热闹一些。

不同的是，街道上来来往往的有许多并不是人。

他们顶着蓬松毛绒的耳朵，其中一个不小心露出了半截儿尾巴，又用手拽着变了回去；有的连样子都懒得做，就那样让尾巴缀在身后扫地；还有一个变出两张嘴，一口叼着包子，一口咬着花卷忙得不可开交……

这不是溯侑想象中圣地该有的、会有的样子。

他到过羲和，处处庄重，处处森严，来往皆是高高在上的圣地住民，那里阶层分明，没有丁点儿热闹的烟火气。

"今日是四月初六。"薛妤看着他的眼睛，道，"邺都分为邺城和百众山两部分，邺城里住着原住民，百众山里住着犯事进来接受过惩罚的妖与鬼。

"每年四月初六，百众山表现良好、攻击性不强的妖鬼都能上邺城走走，置换点东西。他们其实也不需要什么，只独独钟爱尘世的美食，每回出来都是这样的场景，能将一条街的美食一扫而空。

"等你从洄游里出来，管的就是百众山的事。"

薛妤话语罕见的柔和，听不出捉妖拿怪时的冷漠之意，气氛也跟着缓下来。

"溯侑。"她道，"我对你寄予厚望。"

一刹那，溯侑心里那点他这个年纪因为某种懵懂情绪而产生的迟疑、摇摆、不舍，因为薛妤的一句话，像是一丛杂乱无序的荆棘遇到了收割的刀芒，一刀下去，什么都干干净净，毫无遗留。

她说对他寄予厚望，那他必定一往无前，万死不辞。

两人横空半个时辰，到了邺都王宫。从他们进宫门的那一刻开始，一路都是躬身行礼的人。

薛妤目不斜视，脚步最终停在万象殿门口。

"殿下。"守在殿外的内执事朝她一拱手，道，"主君已在里面等着了。"

薛妤颔首，看向溯侑："你在外面等我。"

说完，她像是不放心似的，又转身看向内执事，吩咐道："等会儿朝华来了，你让她带溯侑去周围转转，说些有关洇游的事。"

内执事一听"洇游"二字，顿时变了种神情，愣了下后飞快反应过来，道："是，臣下定如实转告朝华大人。"

薛妤提步踏进了万象殿。

万象殿内布置得十分讲究，却并不是富丽堂皇、雕梁画栋的奢华，反而处处摆着书、挂着画。画中有山，有水，亦有人。绕过屏风往里走，鼻尖处便萦绕着一股素淡的墨香。

邺都主君薛录坐在屏风后的案桌前，听了动静，他小心放下手里捧着的画卷，挑着眼梢去看自己满脸不愉的女儿。

四目相对，还未开口，他便尴尬地摁了摁喉咙，咳了一声。

"阿妤。"薛录点了点跟前的座椅，道，"坐。"

薛妤依言坐下，开口道："儿臣才回邺都，便听说薛荣之事，主君又一次高抬贵手，轻轻放过了。"

提到"薛荣"这两个字，殿内本就生硬的气氛顿时跟结了冰似的陷入死寂中。

"小荣他就是脾气烈了点，去日月之轮练功也是为了提高修为，想日后能帮上你我的忙。"薛录顿了良久，接着说道，"我念他一片赤诚，便罚他禁足金裕楼，算是小惩大过，给个教训。"

一片赤诚。

"主君。"薛妤像是难以忍受般抬眼，一字一顿道，"若我说，薛荣有不臣之心呢？"

薛录食指敲了敲桌檐，沉默良久，长长叹了一口气，道："此话从何说起？"

看看，这样的反应，说薛录对此毫无察觉，恐怕连他自己都不信。可即使如此，他还是要娇惯着一个废物，任由其胡作非为，肆意行事。因为他对死去的兄长有愧，他时时记得自己握着兄长的手答应过什么。

其实，千年前的薛妤面对此事尚且能容忍一二，她明白，即使身居高位，血缘往往也是斩不断的羁绊。精明如人皇，面对裘召的一再犯蠢，不也是忍了又忍，从轻发落吗？

如果真像薛录所说，她这位堂兄心中一片赤诚，只是脑子不顶事，脾气有点急，那没事。不论是哪个圣地，抑或是皇城，总不见得每家的儿郎都是年轻有为的人物，都不知养着多少纵情声色、骄纵无度的浪荡子。

事实上，前世的薛妤也确实顾及着薛录的感受，薛荣每次惹了事犯了错，都是她身边的人去打点，或道歉，或安抚，或赔礼。

可到头来，松珩大军压城，薛荣明明有机会、有时间提前通知薛录，告知薛妤，但他没有，他甚至还主动打开了日月之轮，让松珩的天兵毫无阻碍地长驱直入。

纵容养不出一个人的真心，只会滋长其更大的野心。

薛妤甚至不用细想，都知道那时的薛荣在谋划什么——

薛录自撑封印，而薛妤呢？她引狼入室，识人不清，才让邺都蒙此大难，她不配再掌权。所以邺都的皇位，有且只剩他一个人选。

一个人可以有野心，有对权力的渴望，但如果上位的手段是背叛故土、背叛家国，薛妤无法忍受。

她突然地回到千年前，又渐渐地忘记这千年里与自己无关的、没有牵扯的事，这些变化一件一件都令她不安。她甚至无法保证自己会不会在第二天日出时忘记千年后的一切，彻彻底底与当下的这个世界融为一体。

所以，有的隐患，她必须尽早拔除。

前世，她回来得晚，那时日月之轮已被薛录出手修复，这件事被藏得严严实实，压根儿都没进到她耳朵里。所以今天她一听说此事，便当机立断让朝华去拿人，既是为提醒薛录，也是为警告肃王侯一脉。

正当此时，殿外内执事尖声禀告："主君，殿前司指挥使和二公子到了。"

薛录眉目一凛："带进来。"

很快，一男一女走进殿内。

薛荣生得高大，光看相貌亦是一表人才，风度翩翩。特别是拱手往下拜时，那双下垂的眼，那种问安的声音，真是像极了他父亲："臣见过主君，见过殿下。"

相比之下，朝华身材娇小，又长了张可爱的脸，两颊都带着点肉，腮上晕红。乍一看，她就像个尚未成年的小女孩，就连声音也是脆生生、甜滋滋的，与外面传出的种种威名压根儿联系不到一起。

"禀主君、殿下，日月之轮受损一事，臣已查明，罪证确凿，按律当执棍刑一百。"

薛妤看向主座的邺主，又将视线落在薛荣身上。

三道视线的注视下，薛荣一掀衣袍跪下去，声音是说不出的低落："臣……知罪，但凭主君发落。"

这样的卑微、惶恐，禁不住让人想到，若是肃王侯还在，他何至于落到如此境地？或许，今日殿中坐着的是谁都说不准。这一招，薛荣百试不爽，次次奏效。

能坐到这个位置的，哪有什么软心肠、真仁慈？人皇如此，邺主也如此，权力和荣誉之下，全是铺就的累累白骨。可邺主唯独有个死穴，便是薛妤的伯父。

果然，邺主的脸色一会儿阴一会儿晴，那句"将薛荣拖出去行刑"的话，左思量右犹豫，最终没说出口。

半晌，他挥了挥衣袖，摆了下手，道："行了，你们俩先下去。"

见状，薛妤知道，这便又是不了了之的意思。

她抬眼，卷起衣袖一角，露出纤细白皙的手腕，上面落着一个浅淡的星形印记："百年前，儿臣尚年幼，曾因过错导致法阵逆转，伤及无辜妇孺，于是在三千双眼睛的注视下受罚。"

邺主瞳仁微缩。他自然记得当年的事。

那会儿，薛妤尚且年幼，钻研上古阵法本就是危险的事，可谁也不知道那个阵法会有那样大的威力，能将防护罩冲碎，于是在晨练台三千弟子的注视下，击伤带着孩子前来探望夫君的妇人。

在法阵的冲击下，薛妤当时亦是一身血。但她小小的一个人，抿着唇跑上去善后，而后主动受罚，生生挨了两道灵鞭。

她是灵阵师，身体上的伤即使过去百年也依旧留有痕迹。

邺主摆了摆手，道："就按朝华说的罚。"

薛妤退出内殿，朝华和溯侑默不作声跟在她身后。等到了宫墙一角，她眺望远方，轻声开口："派人盯着薛荣。"

朝华闻言捧着张小脸笑成了花，她跃跃欲试道："殿下，我们要对肃王侯旧脉出手了吗？"

"先不管他们。"薛妤摩挲着手腕上的疤痕，道，"安排一场意外，待薛荣出邺都，截杀他。"

朝华愣了下，蓦地沉下了眼，声音反而轻下来："他惹殿下了？"

溯侑也跟着抬眼。

诚然，薛妤不是个滥用权力的人。很多时候，她甚至只将自己当成再普通不过的凡人，可以被人拒之门外，也能接受被人扫地出门，若是没有被触碰到底线，她不会轻易开口要取人性命。

薛妤沉默了半晌，在他们以为她不会出声的时候，她道："背叛之人，不值得原谅，也没有改过重来的机会。"

因为这句没头没尾的话，留在原地的两人心情皆是显而易见的不好。

朝华盯着溯侑那张令人挪不开眼的脸看了半晌，道："我听朝年在灵符中提起过你，这还是殿下第一次在审判台救人下来。进殿前见你，我还以为殿下是看上了你这张脸。"

溯侑抬眼，眼尾稍稍勾着，眼皮上压出一条不深不浅的褶，每一处都是温柔的模样，唯独那双深邃的瞳仁里，写满了凉薄二字。

和方才在殿下面前的样子，简直判若两人。

朝华深褐色的瞳仁朝他逼近，道："既然是殿下救的，就该好好想着为殿下效力，替殿下分忧。你也看见了，邺都的事、天机书的事，一堆烂摊子压在她肩上。若是有点出息，就尽早从洄游里出来，入殿前司任职。"

溯侑像是被某个词砸中，他动了动唇，问："尽早？"

"按理说，是没这种可能，十个进洄游的人里，有八个过了两百年挑战守卫仍失败的。丢人现眼。"

朝华扫视般看了看他，拍了拍手，道："自然，凡事无绝对，有两个人提早出来了。"

溯侑静静看向她。

朝华勾唇一笑，咄咄逼人的气势收敛，又出现了小女孩一样的娇俏天真："一个用了三十五年，一个只用了十年。"

像是知道他在想什么似的，她朝着他丢过去几本黄皮书，道："邺都势力分布、殿前司职责以及百众山的一些概况，进去了看看，别出来之后还跟无头苍蝇一样什么都不懂，我没这个耐心教人。"

最后，朝华悠悠说了两句话："用了三十五年的是我。另一个，是殿下。"

是夜，圆月高悬。

薛妤几眼扫过邺都近段时间处理过的种种事务，确认无纰漏后放下了笔，骨架纤细的肩渐渐放松下来。

邺都和别的地方不同，这里关着的妖鬼不知凡几，有真做错了事的，也有外边人蓄意陷害进来的，邺都大牢里的血水每天都能刷下好几层。

在她接手之前，邺都狱中上下四五百个狱卒，个个都当得上"草菅人命"一词。

高高在上的观念根深蒂固地留存在圣地住民的心中，非一日可变。她三令五申，以渎职之罪惩罚了不少人，加之殿前司上任接手，这样的情况才有些许好转。

薛妤深知，若是有一刹的失神，在奏本上签下自己的名字，便有数十条生命流逝，其中或许就有被冤假错案缠身、无辜丧命的妖鬼。

她身在其位，须担其责。

薛妤用手撑了撑额心，静默片刻，又提笔蘸墨，在从灵戒中翻出来的一册纸本上缓缓落笔——

天恒三五三年，审判台开，松珩年二十，入邺都，尽心培养。

几乎在最后一个字落下的霎时，薛妤像是拨开了层一直刻意忽视的迷雾，她一抬眼，一蹙眉，几乎是避无可避地想起了千年前种种如烟的往事。

她并不罔顾人命，却自认配不上"心地良善"这四个字，审判台在她眼里，不过是个摆设。当年会带松珩下来，她自己也没想到。

松珩当年二十，温文尔雅，彬彬有礼，笑起来似和风细雨，是如玉般的公子。

薛妤起先对他并未另眼相待，也不曾起过栽培的心思，只是因为时间紧急，带他做了一次任务。

松珩极有涵养，即使手忙脚乱帮错了忙，向她请教时尴尬得直抚鼻梁，也仍是含着笑的。

相处的时间长了，薛妤便发现他这个人对别人有着用不完的耐心和善意。他喜爱夏日聒噪的蝉，喜爱冬日沁凉的雪，喜爱人世间的热闹和繁华。他常常能在高高的城楼上，伴着如水的夜色，陪薛妤看人间一场接一场绽开的烟火。

不同于朝年小心翼翼地观察她的脸色，也不同于朝华陪着时的百般无聊，薛妤不经意回首时，便能看到他的眼——温润通透，如水般包容，里面写着"人间"二字。

薛妤虽明面上不说，可内心确实喜欢那种明艳的、纯粹的东西。

松珩是人族，曾拜入一个修仙门派，天赋不错，凭借着那些不入流的功法秘籍也能小有成就。他冷静地潜入亲王府行刺，并且没有误伤除那位王爷以外的任何亲眷、护卫。

薛妤培养他，像培养今日的溯侑一样，只不过前者打动她的是胸怀，后者打动她的是智慧和天赋。

薛妤提笔落下第二行字——

　　入洄游，上云端，五百年苦修，时值人间动荡，共破兽潮、浮屠案。

松珩没有薛妤和溯侑那样顶尖的悟性和天赋，可他时间多，勤奋肯钻研，修的还是人世道。那时他和薛妤在一处大秘境中找到的天阶秘籍，像是为他量身定制的一般，两者相辅相成，契合度高得惊人。

五百年之后的松珩，彻底洗去身上铅华，周身令人如沐春风的君子之风更盛。几桩大案子下来，见过他出手的人将他夸得天花乱坠、神乎其神。

也许是被夸得多了，也许是已经真正有了在尘世间来去自由的实力，松珩开始忙很多事，可每次听闻薛妤接高星任务时，他仍会放下手边一切事务赶到她身边。即使他心里比谁都明白，她根本不需要别人帮忙。

他时常看着她笑，眉间写满了温柔，眼神像人间三月的风、四月的雨。

薛妤提笔蘸了蘸墨，又写下第三行——

圣地与朝廷关系恶化，世间妖族同气连枝，民基动荡，山河疮痍，松珩求共建天庭，允。

　　这是最令人难忘的几百年，薛妤最担心的事仍避无可避地发生了。

　　裘桐肃厉的朝廷之风历经几代子孙，仍奇迹般地留存下来，且一任人皇比一任人皇更强硬、果决。朝廷经历几次血洗，每日早朝站在金銮殿里的，全是实打实的皇权派。

　　除此之外，朝廷还请了几位德高望重且在修仙界也颇有名望的老先生出山，建了学堂。人间莘莘学子成长起来，进入官场、朝廷，为人皇效力。

　　他们开始处处排挤、针对圣地。

　　可区区几百年成长起来的那些小少年，如何能跟圣地上万年的底蕴相比？

　　朝廷不再让百姓去请圣地出面解决事情，一些小妖小怪他们尚能应付，可面对妖力深厚、出手肆无忌惮的大妖呢？

　　当面对大妖作乱时，虽然他们会束手无措，但仍要强撑着争一口气似的，坚决不让圣地出手。于是深受其扰的百姓流离失所、叫苦不迭。

　　与此同时，人间的妖族忍受不了圣地和朝廷长年累月的鄙夷、猎杀，他们团结一致，拧成了一股绳，率着野兽，使用妖术冲进人类的村庄，与朝廷的精兵对峙，想要通过战争和鲜血获得与其他生灵平等的地位与尊重。

　　日日争斗，日日都有数不清的人和妖死去。人间乱成了一锅粥。

　　松珩几乎住在了人间，薛妤也常隐匿身份出邺都帮忙，驱逐妖兽，给流民安家，可这根本不是长久之计。

　　对于这场战争，薛妤其实早有预感。

　　朝廷不满意圣地的特殊地位，不满意圣地处处高于他们。当野心滋长到一定程度，只需要几任英明的人皇，他们便能将计划化为行动，而这期间，免不了动荡和牺牲。

　　妖鬼精怪一流，因为生有异力，少时皆难辨是非，只靠本能行事而被世间不容，千万年来受打压、欺辱，成为可以被肆意践踏的对象。这种怨气在每一只妖怪心中滋长，总有忍不住爆发的时候。

除此之外，还有个躲在背后看好戏的妖都。每当妖族分队的小首领遇到了麻烦的人物，诸如松珩、薛妤及同样偷偷前来人间帮忙的善殊等人，妖都便也会出来几个难缠的角色。

各路势力错综复杂，宛若一团剪不断的乱麻，滚雪球似的越滚越大，越滚越乱。

薛妤没有办法，或者说，所有人都想不到办法，这像是个无解的死局。

一日，薛妤和松珩无言地走过一个被血洗的村庄时，松珩握着拳，眼眶红着似是下了什么决心般看向薛妤。他声线哽咽，头一次试探地叫了她一声"阿妤"。

相伴数百年，松珩了解薛妤，因此知道她亦为眼下的情形揪心。有时候，什么也不说的人往往更难受。

他说："阿妤，不能这样下去了。"

薛妤看向他那双时时温柔，与数百年前相比毫无变化的眼，没有计较他的失礼，她问："你有什么解决的办法？"

"有。"松珩迎着她的目光，坚定地道，"我想建立一个新的势力——天庭。不吸纳勋贵世家，不依靠圣地朝廷，引进来的将全是看不惯乱世、有心出力的人，他们来自五湖四海，不会形成家族势力。我会严加教束，他们不会如圣地那样高高在上、目下无尘，经此一事，也不会效仿朝廷，肆意绞杀妖族。

"天庭不受圣地和朝廷差遣，听的是百姓的诉求，办的是于民有利的事，因为根基浅，利益不冲突，人皇急于解决眼下的困境，他不会拒绝。"

薛妤静静地看着他，张了张唇，道："长此以往，它将成为下一个圣地，这方法治标不治本。"

松珩苦笑着道："阿妤，你看眼下这情形，我还管得了本、顾得着日后吗？"

薛妤回首看身后被扫荡一空的村落，还有隔壁山头横死的数百只小妖，深深地吸了一口气，没有说话。

松珩最后道："阿妤，我需要你陪我走这一趟。"为民众，为这山河，为他们心中的信念。

可这对薛妤而言，意味着要放弃邺都皇太女的身份，她只能孑然一身，不代表圣地，此事方能成。

薛妤与她父亲长谈了一夜。

及至天明，邺主指着两鬓的发，苦笑道："父亲原本指望你早些上位后，好去逍遥快活几年，现在看来，这个担子还不知要挑多久。"

说完，他正色道："如此一来，你和松珩即使不成，也得成了。此去困境重重，你可决定好了？"

无人知晓他们那夜说了什么，只知道晨光乍破时，邺主拍案而起，大发雷霆，旋即颁布了一道令四海震惊的旨意，他暂废了薛妤的皇太女之位，并且封宫待命，命她静思己过。

天下侧目，众说纷纭。

很快，他们得到了答案，邺都皇太女薛妤出邺都，和那个被她从审判台救下、如今已大有成就的松珩建立了天庭。这个小子，拐走了邺都未来的女皇，难怪邺主气成那样。

于是一时间，羡慕松珩的有，说松珩不厚道的也有。总之，借着这一股风，天庭确实初步形成，并且很快干出了一番作为。

别人不知，薛妤心里却清楚——邺都，她迟早要回去。因此，她刻意只出力而不干预天庭大事，还常接天机书的任务往人间跑。

松珩被推举拥立成了天帝。

加冕礼的那一日，松珩难得喝了酒，那是他曾经在师门珍藏的佳酿。

是夜，他春风得意，佳人在侧，看着薛妤那双眼时，只觉得自己醉了。他从身后小心地拥住薛妤，唇瓣落在她耳畔，一下一下，低着嗓音，近乎厮磨地恳求："阿妤。"

阿妤，阿妤，他一声接一声，像是要磨到她心软似的。他看着衣袖上的九道盘龙纹，像是终于有底气吐露心声："我们在一起，好不好？"

薛妤不懂情、不通欲，看人全凭直觉，接触到的人全被她分为了讨厌与不讨厌两类。她不讨厌松珩。

在灯火下，她看着松珩因为连日的操劳而遮掩不住涌上眉眼的疲惫，想起这人从镣铐满身一步步走到今日，想起他眼中的烟火人间，道："好。"

思及此，薛妤眼中冷意分明，她落下最后一行字——

同行千年，松珩率天兵，入邺都，镇鬼城，百众山六万妖鬼如临炼狱，永世不可再出。他以此举为证，以儆效尤，震慑人间妖族。

直至那时，薛妤方才彻底清楚，那便是他的理想，他的抱负，他眼中的人间。

薛妤目光定定落在这四行字上，良久，突然"啪"的一声将手册合上，半晌，又打开看了一眼。

不得不说，有了这令人印象深刻、永生难忘的第一次，救溯侑时，她的情绪更淡，面色更冷。

她仍忍不住起了惜才、栽培的心思，这次却学会了防备。比如，即便她让他入洄游，进殿前司，那颗随时操纵他生死的玉青丹，仍在他体内。

薛妤想到她回来的这两个多月，心中隐隐有了点猜测。

她站起身，将那本手册摊开，又细细看了一遍，而后皱眉。这盘错综复杂、难以平衡的棋，即便重来一回，也依旧叫人毫无头绪、难以下手。圣地、朝廷、妖都，哪一方都是难题。

当务之急，是将她倒退上千年的修为抓紧时间补上来。

与此同时，金裕楼，三楼房间内。

垂帘帘下，薛荣趴在长春凳上，身后的女侍正给他上药。女侍知道他心情不好，动作轻了再轻，却依然惹得薛荣重重捶了下拳。她身体一哆嗦，即刻跪在地上请罪。

"罢了。"旁边一名褐衣男子摆了摆手，道，"将药给我，你退下吧。"

那女侍如蒙大赦，逃也似的出了房间。

"阿荣，我跟你说过多少回，要沉得住气！"

"我怎么沉住气？"薛荣费力侧首看向来人，咬牙道，"从父亲身死到现在，多少年了？薛妤今日一声令下，我便成了这个样子，再这样下去，我拿什么跟她争？你看看我这样子，看看！"

男子目光扫过他青紫一片、几乎不成样子的双腿和臀，皱起了眉，顿了顿道："我问你，为何那么多地方不去，你非得去日月之轮练功？"言下之意便是，明知自己势弱，还往人枪口上撞，这不是傻是什么？

薛荣闭了下眼，哑声道："若是我父亲仍在，我想去什么地方不能去？"

褐衣男子不由摇头，心想：可肃王侯就是不在了。

若是他父亲还在，肃王侯一脉何至于沦落到今天这个地步？他们又何必苦苦护着这根不知天高地厚、喜欢胡作非为的独苗。

"元离，你说薛妤她，为什么会突然对我出手了？"薛荣用力摁了下拳，冷静下来后道，"我与她向来井水不犯河水，就算她性格古板，一根筋认死理，也常看在她父亲的面子上对我睁一只眼闭一只眼，为何这次一反常态非要处罚我？她是不是知道我们的计划了？"

元离将手中的药珍重地放在桌面上，道："我来就是为了跟你说这件事。阿荣，人间的事，你近期不要再管了，就留在金裕楼好好养伤，哪儿都不要去。薛妤手握殿前司和翊卫司，她若是想对你出手，邺都之外，你随时性命不保。"

可薛荣并没将这番话当回事，他仗着邺主的宠爱有恃无恐，压根儿不觉得薛妤真敢把他怎样。不然，也就不止这一百棍了。

薛荣心系自己的大业，伤还没养好，心就飞到了人间。因此不过十日，他便暗中点了几个从侍连夜出了邺都。

哪知一出邺都，就遇到了状况。

一伙不知从哪儿出来的蒙面人将他们的车驾堵在穷山恶水、人烟稀少的地方，借着夜色掩护，他们口中唤着："快追，就是前面那伙人偷了少主的蛟龙剪！"

马车一个趔趄颠簸，薛荣掀开车帘，看到前面的阵仗，不由面色一变。他朝身边的从侍瞪过去，后者会意，立刻高举双手，道："各位当真认错了人，我家少爷才出门，不认识什么少主，也没拿过什么蛟龙剪。"

可那群人浑然不听，径直冲了上来。

薛荣顿时怒了，他拍案而起，才要出手，便被一道旋风般的身影卷至一侧，眼前一花，还没来得及反应，便受了一掌。

他原本以为这些人不过是些山间流民，本存着息事宁人、不想闹大的心思才主动出声，结果一出手，发现完全不是那么回事。

这群人哪里是要找东西，他们的目的分明只有杀人这一项。

而跟他对战的人不知有多恐怖,一道掌风下来,他胸前的肋骨便断了几根,哇的一声吐出血来。

这一场混战很快结束。

薛荣跟黑衣人硬拼几招后便开始丢灵宝,各式各样的光芒闪动着。他对面的人却嗤笑了一声,像极了某种冰冷的嘲讽。

薛荣很快撑不住昏了过去,罩着黑色斗篷的娇小身影飞快逼近。她居高临下地瞥了眼薛荣,而后伸出五根青葱玉指,隔空扼在他的喉骨上,血管跳动的细微动静令她愉悦地眯了下眼,红唇微动:"就这样,还敢肖想殿下的位置?"

就在她用力的一刹那,薛荣身上突然金光迸射。

朝华反应迅速,飞速后退,同时往旁边一招手,那些黑影便如落叶般融入夜色,难觅踪迹。

半个时辰后,薛妤腰间的灵符燃烧起来。

"殿下。"朝华舔了舔唇,飞快道,"事情办妥了,但最后出了点岔子,薛荣身上有主君亲画的护身符。薛荣临死前,那符将他传回了邺都。"

说罢,她眯了下眼,又道:"臣在了结他之前将他的灵脉和神府震碎了,即使主君亲自出手,也最多修复小半,余下半生,他难有所作为,殿下不必再为他烦心。"

薛妤颔首,问:"东西找到了吗?"

"找到了,铁证如山,臣这就带着回邺都。"

"震碎他人灵脉、神府,必受反冲之伤。朝华,回邺都后,好好养伤,别不当回事。"薛妤轻声道。

朝华听后笑了起来,眉眼俱弯,她颇为甜蜜地"嗯"了声,吸了吸鼻子,才要说话,便听灵符那头传来自己亲弟弟咋咋呼呼的通禀声:"殿下,主君传您前往金裕楼。那边好大的阵仗,不知发生了什么事。听说主君动了好大的怒,邺都有名的医官全召过去了,里面的人跪了一地。"

薛妤平静地放下笔,净了净手,轻点了点下巴,道:"知道,走吧。"

灵符燃尽,朝华脸上的甜蜜变戏法一样消失,她跺了跺脚,朝四周道:"走,回邺都。"

朝年,等她回去,必定丢他去后山劈柴。

金裕楼位于邺城东南方向，紧邻王宫，遥望百众山。

这楼建得极高，雕梁画栋，明灯百盏。甫一入夜，条条街亮起来，这楼便成了璀璨星河中最亮的一点，格外引人注目。

薛妤去得不紧不慢，沿途将街道看了一遍，问朝年："四月初六，百众山众妖出来玩，没出什么岔子吧？"

"没，殿下放心，殿前司看得死死的。"

薛妤若有似无地颔首，才走近东南街，就见披坚执锐的邺都宫卫开道，从头到尾浩浩荡荡站了一排。宫卫们见薛妤到了，皆垂下眼，模样恭敬，不敢直视。

在金裕楼门前等候的内执事急忙迎上前，朝薛妤作礼，道："臣引殿下进去。"出了这样的事，主君亲临，金裕楼自然没再接客，所以从上到下安安静静，鸦雀无声。

薛妤是掐着时间来的，速度不算快也不算慢，但这点时间，足够邺主施法将薛荣唤醒了。

果真，才拐入三楼，两道门一推，隔着十二扇山水屏风和几张琴架案桌，薛荣悲愤到无与伦比的哽咽声清晰传入耳中："叔父，我日后，与修炼一途无缘了。"

旋即，是邺主沉沉压着火气的声音："小荣，你别多想，先养好伤。修炼的事，日后叔父来想办法。"

闻言，薛荣只觉得一阵天旋地转的眩晕。他明白，以邺主的身份都没办法给他保证什么，只说个"日后"，这便代表着，就这样了，他这辈子就这样了。

薛荣蓦地闭了下眼，眉眼间一片死气沉沉，声音像是从齿缝间挤出来似的："叔父，那群乱贼——"

恰在此时，内执事引薛妤进来。打通了三间厢房的内室十分宽敞，跪在床边冷汗涔涔的医官们直起腰身朝薛妤的方向躬了躬。

薛妤朝邺主见礼，面无波澜地道："父亲。"

邺主双手负于身后，他像是气极，又不得不顾及薛妤的面子，脸色沉沉地朝跪了一地的从侍和医官摆了摆衣袖，道："起来，都去门外候着。"

医官们如蒙大赦，一个接一个提着药箱塌着肩鱼贯而出。

大门"嘎吱"一声关上，偌大的内室熏香袅袅，除却薛妤父女俩和躺在床上目光怨毒的薛荣，便只剩几个垂眉顺眼充当木头人的内执事，一时之间安静得可怕。

邺主深深看了薛妤一眼，点了点床榻上面无血色、气息萎靡的薛荣，别有深意地道："看看你兄长。"

"兄长"两个字咬得格外重，似是在刻意提醒什么一样。

薛妤上前一步，与薛荣那双怒火万丈的眼对视，视线旋即落在他流畅的眉峰、英挺的鼻脊上。

不得不说，单论这张脸，跟她记忆中肃王侯的样子有五六分重合。

两百多年前，她伯父与父亲被称为"邺都双骄"，那时他们意气风发，珠联璧合，皆是一等一的出色。可惜天有不测风云，后来发生意外，她伯父与早年受过严重内伤的祖父双双离世。至此，她父亲登位。

曾经的肃王侯风华绝代、风姿无双，手下效力的能人异士不在邺主之下，兄弟俩各占半壁江山，感情十分不错。于是爱屋及乌，当年的肃王侯对薛妤，便似如今的邺主对薛荣。

十分疼爱自己，那是幼时薛妤对肃王侯仅剩的印象。

薛荣迎上薛妤的目光，脑子里像是"嗡"的一下炸开了锅。他忍耐了再忍耐，咬着牙根，颤着唇哑哑地笑了一声，开口道："不知我做错了什么事，竟能让你派出朝华来杀我。"

面对如此质问，薛妤却没什么反应，她只是垂眼思索了瞬息，而后问："出了事，你第一时间疑的是我，为什么？

"以往次次，看在伯父的面子上，我对你睁一只眼闭一只眼，任你肆意妄为，成为邺都一霸，结下仇家无数。就因为上回那罪有应得的一百棍，你就觉得我要杀你？"

说到这里，她闭了下眼，得出结论："薛荣，你拿我当你最大的仇人。"她一字一句掷下来，像寒光熠熠的刀刃，几乎是往薛荣心坎上戳。

他确实常怨天不平，既让他生到了这样的家族，为何又要发生那场滔天之祸？

同样是嫡系，且年龄在薛妤之上，他可谓是占了嫡又占了长，凭什么薛妤跟他说话，能用高高在上的"睁一只眼闭一只眼"，话语中全是施舍和恩赐！

薛妤有机会得到磨砺,春风得意,邺主亲自教她权谋之术,这父女俩的手段一个比一个狠绝。一晃两百多年过去,曾经的肃王侯一脉早已分崩离析,大多投向了新主。

而他呢?因为祖父一句语焉不详的遗旨,从金尊玉贵的嫡系传人,变成了边缘化的"二公子"。

二公子,听着都讽刺。

他只能在金裕楼一场接一场大醉,愤懑不平,郁郁寡欢,沉醉在光辉旧梦中,荒废了修炼,懈怠了心性。

薛妤抢了他所有的东西,自然是他的眼中钉、肉中刺,是他此生之敌。

"我手下的人不说如何厉害,至少都是邺都精英翘楚,却个个不敌那些冲出来的蒙面人。为首的那个掌法无双,我都不敌他,天下谁人不知你左有朝华,右有愁离?"

薛荣说着说着,看向邺主,气音悲恸:"彼时,我的车驾才出邺都不过百余里,方圆远近千里,无门派驻地,除了自家人,谁能、谁又敢如此行事?!"

"天下能人异士颇多,你做过什么,遭了什么人惦记,自己也该清楚。"

薛妤两条细长的眉一动,几乎就在薛荣以为她要一条条否认,靠巧舌诡辩脱身时,她却倏尔笑了下,声音低得近乎带着点嘲讽意味:"不过有一点你说对了。邺都属地内,旁人不敢放肆,那些人,确实是我派出去的。"

邺主霍然抬头,薛荣不可置信地睁圆了眼,身体旋即因为滔天的愤怒哆嗦起来。

好似应景似的,恰在此时,门外传来内执事小心翼翼的声音:"主君,朝华大人求见。"

邺主深深看了眼面色白如鬼魅的薛荣,又看向薛妤,道:"出来。"

他太了解自己这个女儿的性格了,如果平时对一个人能忍则忍,发作时不是数罪并罚而是直接取人性命,大抵只有一种情况——这人触碰到底线了。

何为底线?谋逆,叛国,勾搭外界。

朝华此来,必定带着证据。

外间,另起一处待客的包厢。薛妤从朝华手中接过一枚令牌和三张白纸,转手递给邺主。后者神色是说不出的复杂，他摩挲着那令牌的纹路，视线却不错眼地落在那三张雪白的纸张上。

"如果我没记错，这是曾经伯父一派专有的联络方式，需要独特的法门才能查看纸后真迹。"薛妤道，"父亲看看吧。"

邺主早已不是当年的录王侯，身为圣地之主，许多诡秘之术自然知道如何开解，其中就包括眼前这用来告知密事却看似无一字的术法。

只见他指尖燎出一团紫火，那火凝而不散，颜色妖异，释放的不是热力，而是寒冰般的温度。很快，那三张纸上便现出密密麻麻的字迹。

邺主一看，神色顿了顿，点在半空中的长指僵硬了一瞬，旋即闭了下眼。

薛妤接过去一看，整整三页，仿佛将薛荣的满腔不满、怨恨尽数展现。不仅如此，他还提及了当年肃王侯逝世一事，说了自己的猜测。

在他看来，这毫无疑问是薛妤父亲干的好事，前一张说他父亲的冤，还有他如今处处受排挤、受打压的近况，后面两张洋洋洒洒写的全是自己的计划。

"造谣名声，笼络人心，离间君臣，勾搭外姓，由内而外瓦解邺都。"薛妤看过之后眼微微往上抬，琉璃似的眼瞳显得冷漠而疏离，声音却依旧是轻的，听不出什么怒气，她甚至还有心点评，"就这几个谋划，薛荣确实长进了。"

"信是写好寄给徐家的。"薛妤嗤笑一声，道，"若是我记得不错，这个徐家是实打实的肃王派。当年伯父出事身死，死因却久不公布，成为邺都之秘。许多人疑心重重，众说纷纭，他徐家第一个请辞，出邺都，自立门派。

"叛出邺都是死罪，父亲登基后，见他忠诚，又念及他与伯父的情分，借口新皇登基只打了他两百灵棍便放他出山。今日看来，竟与二公子常有往来。"

邺主似是想起了什么，脑中又跃出这三张纸上的字字句句，他神色颓然下来，只觉心寒。

不是那孩子满含怨恨却稚嫩的筹划，也不是他对如今处境的诉苦，而是那一句让他们父女生不如死的诅咒，便足以让一颗心彻底冷下来。

那个孩子，是他兄长唯一留下的子嗣啊。

他兄长担了嫡长子的担子，惊才风逸、郎艳独绝，相比之下，薛录便可以说得上是率性而为、放荡不羁。他长衣纵马，驰骋天地，染了一身红尘。他从未想到，那次被急召回来，会得知自己可能要被册立为邺都皇太子。

他父亲提起薛肃，气得近乎跳脚。他茫然诧异，拒不肯受，想等兄长回来便立刻走人，谁知等来的却是双重噩耗。

风流潇洒的二公子不得不在一夕之间收敛起吊儿郎当的做派，戴上邺主的冠冕，日复一日坐在万象殿的宝座上，担起了父兄的担子。

说实话，薛荣心性太差。这个孩子，他不比薛妤冰雪透彻，也不比薛好天资悟性好；相反，他心胸狭隘，处处要争，而且尤为致命的一点，他没有底线。这样的孩子，眼里只有自己，没有子民，他做不成邺主。

因此，他的孩子，他唯一的女儿，尚年幼时便被他严加要求，学规矩，学礼仪，学帝王心术。他让她以人为本，心怀苍生，他眼睁睁看着她常年奔波，处处劳累，看着她渐渐手握大权，能独当一面，也看着她性格一点点冷淡下来。

可原本，他抱着才出生的她时，笑着说的是：愿我的女儿，一生幸福无忧，肆意人间。

而薛荣，他给予了这个孩子更多的关心、疼爱，让其可以如曾经的自己般潇洒、热烈，过得随风顺意。扪心自问，他做到了极致。

"这事，父亲是如何打算的？"薛妤抬起黑白分明的眼，直截了当地问。

邺主那手在桌沿点了又点，似是下定了决心，又迟迟落不下来。良久，他仰了下头，声音嘶哑地道："震碎神府，斩断经络，圈禁金裕楼，终生，不可出。"

他看着薛妤，什么话都没说，却又好似在说：阿妤，除你之外，父亲只有这一个亲人了。

薛妤点了下头，才要说话，便听门外传来朝华难得凝重的声音："殿下，有了新发现。"

"进来。"

朝华进来后，将手中烧得只剩半封的信件呈上，道："这是在昔日肃王侯府上发现的。殿下预料得不错，二公子常住的府邸干干净净，什么也搜不出来，肃王侯府上倒是搜出了不少东西。"

邺主一看，脸色顿时差到了极致。

薛妤后将信件接过来，只见上面缺失了大半，仅剩寥寥几句，赫然写着——

一千妖鬼已调出，望君信守承诺，牢记今日之约。

落款是邺都的大印，时间在四年前。

邺都最不缺的便是妖鬼精怪，可薛妤对这块抓得极严，殿前司执法分明，薛荣没有那么大的权力能调动一千妖鬼。

唯独有一块地方，不归薛妤管，那便是被真正判了死刑，罪无可赦又心无悔改之意的妖鬼。他们会由邺主的人带走，前往绞杀台。这种妖鬼，一旦放出去，人间必然大乱。

"四年前，薛荣确实来找我讨了个职位，押送前往绞杀台的妖鬼。我见他难得起了心思想管事，想磨炼磨炼他，于是便应了。"越说，邺主的脸色越不好看，及至最后，咬字都重了。

四年前。

薛妤在闭关，殿前司忙的事太多，绞杀台也不归他们管。哪怕是邺主，也没料到薛荣能有这样的胆子敢做出这样胆大包天的事，因此真让他做成了。

薛妤几乎是避无可避地想到了三年前的人间皇城。

那么多的妖鬼，个个凶悍，她一个一个捉回来，却还是死了许多人，鲜血仿佛凝成了淌不完的小河。

难怪……难怪裘桐能在人间寻出那么多穷凶极恶的鬼。

"人皇……"薛妤捏着那张纸，一字一顿道，"薛荣他竟敢跟朝廷勾结！"

说罢，她推门而出，携着一身凛冽寒霜进了薛荣的屋里，她将几页纸劈头盖脸砸向他，音色是说不出的冷："你是不是疯了？"

薛荣一看，便知事情败露，他也不怕，原就面露死色的脸反而绽出个瘆人的笑来："对，我疯了，早在我父亲无故身亡，你父亲登上邺主之位的时候，我就已经疯了。"

他看着薛妤，一字一句道："凭什么？他口口声声说清者自清，我父亲的死因却迟迟不公布出来，既然不是他暗中谋害，那太子之位呢？他培养的为何是自己的女儿，而不是本来就该是正派嫡系的我？"

像是自知死到临头，薛荣声音无所顾忌地大起来，他眼里像是燃着火团一样，道:"薛妤,你告诉我,为什么?我不蓄意谋划,为自己考虑,又当如何,认贼作父吗?"

薛妤静静地看着他发泄不满,半晌,启唇道:"太子之位,让给你,你能行吗?你坐得稳吗?你会对邺都臣民负责吗?

"你争夺地位的方式不是勤奋刻苦、努力修炼,不是潜心学习,努力做仁善之君,你唯一的方式是什么?

"是勾结朝廷?你以为裘桐是什么人?他能让你玩弄于股掌之间?"

薛妤抖了抖手中的纸张,像是知道此时争辩毫无意义,她冷静下来,道:"你告诉我,你和裘桐的约定是什么,我今天可以饶你性命,也可以从轻发落从前的肃王侯一脉。"

"哈哈哈哈……"薛荣似是听到什么笑话般大笑起来,他眨了下眼,露出眼皮上一条深深的褶皱,像是陡然苍老了下来,"我如今,与废人何异?活着又有什么意思?至于那群缩头缩尾的东西,丁点儿用也没有,给我和父亲陪葬也无不可。"

说罢,他用不知何时握在手里的锋利刃片重重压向自己颈间,鲜血喷涌而出。瞬间,那刃片吸满了血,变作浓重的紫黑。那一刹,他将自己至死的心声传遍每一个昔日肃王侯一脉的当家人耳中——

"我要你们,生生死死,与薛妤作对,此仇至死方休!"

说完,他双目圆睁,慢慢倒在血泊中,又像是极不甘心,那双染着愤恨的眼瞳一直不肯合上。

薛妤在原地看了会儿他的尸体,神情有片刻怔然。

极偶尔时,她也会记得从前无拘无束的小时候,想起父亲那时环胸倚墙的潇洒模样,想起他牵着小小的自己,用极欠揍的语气对伯父说:"忙碌是你父子二人的事,我和我家小阿妤啊,天生就是享受的命。"也会想起薛荣一次又一次轻拍她脑袋,说她长得像雪娃娃时含笑的语气。

她其实也没什么亲人,没拥有过什么爱,所以一点儿热闹,便可以让她记上许久。

薛妤靠着床沿站了会儿,沉沉闭下了眼,卷翘的长睫乌压压落下一层浓郁的阴影,再转身时,已经是一副平静无波的模样:"给二公子收拾收拾,以王侯礼葬。"

紧接着，她顿了下，吩咐道："审昔日肃王侯一脉。朝华，你去调看四年前的资料，让愁离带人去螺州，说二公子病重垂危，请徐家家主回邺都探望。"

这件事最后在邺主不再留情的雷霆手段下结束。君王一怒，伏尸千里，整个邺都由内而外地排查了许多遍，唯独那个"一千妖鬼"的约定无法得知全貌。

薛妤虽然猜到跟裘桐有关，可一没看到人皇的大印，二没有裘桐的名姓，谁也不好说这事，于是便只能搁置下来。

时间一晃到了五月，骄阳似火的天，天机书再一次蹦了出来。小小的卷轴拉开，这次滚动的灵字没有一行一行成排成列，而是简短的两个字：

罚款。

言简意赅。清算的时间到了，薛妤的任务没有完成。

薛妤不太愉悦地往下绷了绷唇，问："今年交多少？"

天机书上蓦地蹦出一串天文数字。

恰逢朝年找薛妤禀告事情，见此情形，他像是福至心灵般记起某件事来，连声道："殿下稍等。"说完，一溜烟地跑了出去。

没过多久，见他抱着一个小玉匣跑进来，"当"的一声放到案桌上，挑开上面的小锁，露出里面亮灿灿的十余种丹药，道："这还是溯侑进洄游前交给臣的，走前特意算了算折算下来的数额，刚好够女郎这次缴纳罚金。"这些俨然是之前从人皇和昭王手里讹来的"赔礼"。

薛妤闻言，侧目望过来，沉默了片刻，问："他没带进洄游？"

朝年老实地摇了摇头。

洄游里是什么样子，薛妤再清楚不过，没有疗伤的丹药，意味着难度会更上一层楼。那个敢贸然独闯昭王府的少年，在踟蹰着说"知错了"之后，仍再一次干了这样的事。那百来遍"留得青山在，不怕没柴烧"，也都白抄了。

说来说去，他是一个字都没听进去。

天机书收足了罚金，才要督促薛妤完成往后一年半的任务，便听她提前开了口:"我要告一段长假。"

天机书警觉地颤了颤身躯,蹦出两个大字:

多久。

"五到十年。"薛妤道,"伤上加伤,修为也要突破。"

因为闭关修炼的原因,薛妤他们不可能年年都抽得出时间来东奔西跑,于是会有告假这种说法,不过罚款还是得交,只是相比完不成任务,金额少了许多。

天机书无奈地记了下来。

- 未完待续

番外

岁暮天寒，彤云酿雪。

这个冬天，邺都的天气格外恶劣，风雪不断，就连那轮亘古伫立在邺都看守门户的日月之轮都凝上了一层冰晶，极偶尔出太阳的时候，会衬得它晶莹剔透，那片地域也跟着流光溢彩。

殿前司却依旧阴森可怖。

漆黑幽深的地下牢笼中，薛妤垂着眼，漠然地接过朝华递过来的热毛巾，将手中血迹一一擦干净。在她对面，牢笼中暗红色的鲜血洒了一地，浓重的腥气弥散开，里面像是经过了一场粗暴的厮杀，倒下去的囚徒面如白纸，生死不知。

每次遇到这种难缠、不配合，怎么撬都撬不开嘴却又身怀重大秘密的囚徒，薛妤的心情都不好。

她皱着眉将手里的册本交到候在一边的愁离手上，声音自带冷气："这是羲和与北荒送来的文书。这头虎蛟与人间皇族联合，短短三个月不到，就挖空、炸毁数千座山峰，布下秘境阵法。它同时跟人间幼童失踪、人间妖族区域性大量死亡这两桩事有牵扯。"

"怎么会一点儿都审不出来？"愁离摆摆手，示意外面的守卫将囚笼里的人拖出去换个更牢固的囚笼，有些不解地道，"虎蛟作为妖都五大世家之一，按理说不该跟人间皇族扯上关系。"毕竟朝廷、妖都和圣地这么多年，一向井水不犯河水。

"还有更棘手的。妖都之前传了信过来，说这头虎蛟是嫡系成员，血脉纯正，现在那群老头正义正严词地要求邺都放人。"

"殿下，那我们这边？"一向温柔好脾气的愁离也跟着皱眉，"现在这几件事的疑点都直指虎蛟，可我们审问到这儿，别的再也问不出来。没有实质性的进展和更为确切的证据，强行留人的话，恐怕会和妖都那边发生大的争端。"

薛妤没有犹豫:"把朝华调回来,人间皇族那边先放一放,你们往妖都查,用一切方法,接着审。"

愁离应了声"是",又问:"殿下觉得这件事和妖都五世家有关?"

"隋家那位即将出世的天劫——"薛妤直截了当地点明,"天劫是远古时早已灭绝的洪荒之种,这些年隋家和妖都为了保护他,不让他出妖都,平时各种需要出面的事,都推到九凤家的楚遥想身上。而这次天劫解除闭关即将出世的消息,早在一个月前就传遍三地了。"

点到为止,薛妤没再进一步细说。

此时,恰好朝年缩着脖子走进来,对薛妤道:"殿下,主君让您忙完手头的事后,去一趟万象殿。"

薛妤颔首,声线是一贯的冷淡:"知道了。"

谁知,邺主找她,也是因为这位即将出世的妖都君主。

"阿妤,隋清霄的事,你听说了多少?"邺主食指落在地图上,在妖都那块重重点了点。

"妖都除九凤外的另一位君主,纯正天劫血统。隋清霄是大名,但妖都内外以及隋家的人都唤他溯侑。"薛妤说得十分客观,"没见过,此前也没听过,实力不清楚。"

"他不出妖都,但必然与楚遥想交过手,天劫种族天赋太强,他不会比她弱。"邺主沉吟片刻,开口,"近年来,六圣地竭力调和人族与妖族的关系,常常夹在中间两面为难,特别是邺都,管理妖族名不正、言不顺。一直以来,我都主张让妖都管教、审判人间妖族,但妖都一直对这个问题避而不谈,直到前段时间,楚家给了我回信。"

薛妤抬眼,露出个无声询问的眼神。

"他们说,这件事由隋家那位天劫君主说了算。"

邺主受够这件两面不讨好还十分吃力费神的差事,他摁了摁薛妤的肩头,接着道:"等开春,赤水千亩药田成熟,会宴请三地各大世家王族。届时,你多观察观察那个天劫,看能不能把这件事谈成。"

然而,并没有等到邺主所说的"赤水盛宴",薛妤就和那位一直没露面,却总存在于人们言语交谈中的妖都君主碰上了面。

在春节气息正浓郁的年前，天机书按捺不住闪了一整天，给薛妤颁布了个难度四星半的任务。目的地在人间皇城。

这种难度的任务，如果不配个靠谱点的搭档，难度无异于凡人徒步上青天。

在最为繁华的茶楼等了半天，结果等来灰头土脸的陆秦后，薛妤彻底歇了"搭档有时候也能帮上点忙"的心思。

拜陆秦所赐，裘桐登基时摆她的那一道，薛妤记忆犹新。

陆秦一看到她，也蒙了。他解释迟到的原因到了嘴边，又迟疑地咽下去，最后咬咬牙，在她清冷审视的目光中竭力诚恳地道："你放心，这次我绝不擅作主张，凡事都与你商量。"

他转身去了解案件前情后，薛妤眼尾渐渐落下来。她挥手将小卷轴天机书甩了出来："出来，我无法和他完成这个任务。"

天机书"啪嗒"一声，自动给自己卷回去，装死不动了。

但好在这次，天机书还算有点良心，又或者是对任务难度有了基本认知，前来完成任务的并不止他们两个，剩下的那个踩着黄昏最后一丝光亮进了皇城。

彼时，薛妤正在大厅中的隔间翻阅堆成小山的书籍，身边铺着张平整的纸，时不时提笔蘸墨写上几段。奉茶的女侍总轻手轻脚地进去，再轻手轻脚地出来，不敢发出丁点儿响动。

陆秦转着手里的茶杯，就着现有的一点儿乱七八糟的线索冥思苦想。

推门进来的人一身书生装扮，嘴角弯起来，笑得儒雅。他目光在薛妤和陆秦脸上转了圈，才恭敬地将门推到半开，温声道："公子，是这儿。"

薛妤放下手里的笔。

陆秦和她对视一眼，也跟着放了手里的茶盏，眼神里带上疑惑。

这是谁？

信步走进来的男子肩上披着件毛领大氅，半个身躯被拢进去，只露出两边做工极其繁复精美的袖片和滚着毛边的同色下裾摆。他一半眉眼隐入灯火的暗影中，隐隐约约露出点怏怏的神色。

他身后带来的从侍站成两排，和方才推门的那个一样扮相的还有六个。

明明是富贵无极、金玉满怀、讲究到极致的衣着装扮，偏偏发丝又十分随意地扎着，玉冠都没戴，只绑了根雪色的绸带。

不算太咄咄逼人的出场，他甚至没撩起眼皮去看薛妤和陆秦，却依旧透露出一种近乎天生的压迫感。

"怎么回事？"陆秦警惕地看了两眼，压低声音问薛妤，"这人哪儿来的？"

薛妤没回他，她的视线落在男子的脸上，良久，眼珠才很轻地转了下。

很漂亮，非常漂亮。这位新加入的"同伴"，有着无可挑剔的骨相和样貌，像一个从头到脚都经得起苛刻考验的剔透雪人。

欣赏了一会儿，她垂下眼，睫毛安静地蛰伏下来，才慢吞吞回了陆秦之前的问话："是妖都的人。"

四星半的任务，能接到的基本都是圣地传人这种层次的存在，而这些人大多互相熟悉，好比薛妤和陆秦。唯独和圣地传人联络得少点，会显得陌生的，只有妖都那边的人。

"今天太阳打西边出来了？"陆秦不轻不重地嘀咕了句，"妖都的人也会接天机书的任务？他们不是一向喜欢砸钱省事吗？"

正事上一个有用的字都蹦不出来，八卦起来是一个问题接一个问题。薛妤懒得理他。

他们这次的任务和薛妤几日前审问的那头虎蛟有点关系，并且还和皇室有联系。这可能也是天机书选中薛妤的原因，或许是让她继续查的意思。

只是圣地和妖都的身份在皇城寸步难行，查一些东西变得十分困难。

薛妤早出晚归，来去无踪影。陆秦日日混在茶楼酒肆中探听，而最后来的那个，一连五六天，别说本人，就连他身边那几名从侍都没现出半个影子。

时间一过就是半个月。这期间，城中家家户户贴起对联，来往皇城的人愈来愈多，年味格外浓郁。

各干各的三人组一无所获，查案的进程便卡在第一步，迟迟推进不下去。

这一天，晨起天降大雨，伴有浓雾。三人极有默契地待在了驿站里。

薛妤第二次见到这位来自妖都的神秘人，意识到原来秾艳殊丽的皮囊下，并不一定有与外表相符合的温柔秉性，说不定下面藏着的就是个脾气不大好，又有点难伺候的富贵公子。

"我家公子在族中排名十九，两位殿下亦可如此称呼。"从侍点出薛妤和陆秦的身份后自报家门。

"请两位配合，这是我第一次接天机书任务，必须顺利完成。"十九生了副与容貌同样出色的嗓音，说话时有点拖腔带调的懒意。这人倚着窗台时，是极为赏心悦目的画面。

窗外雨水涟涟，薛妤的目光在他形状优美的唇瓣上停了停。因为美色，这种其实不太礼貌的要求也不算十分难以忍受。

陆秦却觉得他狂妄，皱眉低声道："你说配合便配合？这么多天，连你的影子都见不着，妖都之人如今未免也太自大了。"

十九眼皮微撩，看向他，慢条斯理地揭下将自己手指包裹得严严实实的手套，缓慢笑了下，是那种嘲讽他不自量力的笑。

下一刻，庞大到极致的浪潮将整座驿站淹没，浓稠的妖力化为夺人性命的刃，转瞬间往陆秦脊骨上斩去。

这种折辱人的方式，不是取其性命，而是要从上至下，寸寸打断他的脊骨。

即便陆秦对妖都之人早就心生防备，认为他们不是什么好东西，但十九这突如其来的出手，仍在他的意料之外。

"你是不是——"陆秦咬着牙，在反身拂开那层飞刃时，字音一个接一个从嗓子里蹦出来，"有病！"

这人绝对有病，果然妖都就没几个正常的。

两人一静一动，在无形中过招，不过一个看起来气定神闲，还有空闲往外扫几眼赏雨，一个则占着下风防守。不说胜负高低，只看这对比，这姿态，太羞辱人了。

在陆秦掌握节奏开始反击时，十九也动了。

他瞬间出现在陆秦眼前，四目相对，陆秦终于看清他的眼睛。

那是一双纯粹的，宛若被熔岩覆盖，威严无比的黄金竖瞳。那眼睛像是一种拷问，直逼对方心灵最深处。

身为圣地传人的陆秦有一刹那短暂的失神。

"还想要眼睛的话，现在立刻闭上。"薛妤的声音在这个时候传来。

灵阵在她脚下舒展，眨眼之间铺展开，将十九罩了进去。她不可能看着圣地传人在自己面前被妖都的人弄瞎眼。

"薛妤。"看着从脚踝缠上来的冰霜锁链，十九扯住其中一条，没扯断，他慢慢垂了眼，开口道，"是楚遥想口中那个尚可入眼的圣地传人？"

问的不是薛妤，而是身边的从侍。他对这些不太感兴趣，既然不感兴趣，自然也记不住。

从侍知道他的秉性，面对这种场面也不奇怪，恭恭敬敬地答："是。"

薛妤与他视线对上，气氛霎时剑拔弩张。

就在那几名从侍以为今日他们公子要以一敌二时，困扰他们很多天的"未解之谜"有了新进展。

数十个孩童死在三条街之外的寺庙前，城中一下子乱起来。

内讧三人组停下动作。

十九淡漠地扫了两人一眼，挣开那些锁链掀窗一跃而下，如潮水般的压力随之消失。

陆秦睁眼又闭眼，深深呼吸了三次，连着默念了好几遍"天机书任务第一，完成任务最重要"，才勉强把心里那团火气压下些许。

"妖都的人都是神经病！"陆秦咬牙骂，"这个比楚遥想疯得还彻底，没救了。"

薛妤一如既往地惜字如金，对此并未表达看法。

令陆秦没有想到的是，薛妤与十九在接下来为期两个月的相处中，气氛会逐渐走向和平融洽。

薛妤在十九那边，是不同于陆秦的待遇。因为她聪明。

两个月的时间，说长不长，说短也不短，足够薛妤对他多说几句话，也足够十九不自知地收敛一些脾气。

"等那边再出一次手，我们就可以顺藤摸瓜，厘清最后一点儿未知的东西。这个案子离结束不远了。"陆秦蹲在地上，长吁一口气，推开摆在眼前密密麻麻全是巷子的地图。

这两个月，陆秦过得比谁都惨。他和十九压根儿没法儿说半个字，薛妤又是个闷葫芦般的雪娃娃，他这个向来话多的人憋得心慌，现在一心只想回昆仑。

"没可能。"十九瞥了他一眼。经过这两个月连轴转，和皇城中某种力量斗智斗勇，他快要有点抑制不住洪荒兽种最本能的凶性，黄金瞳中的颜色一日比一日深郁："谁也别想在我面前第三次杀人。"

薛妤看了他一眼。

"三天之后，强攻吧。"十九隔空看向薛妤，微微颔首，问，"一起？"

薛妤利落点头："可以。"

"欸？"陆秦一下没反应过来，似乎没想到平时最为理智冷静的薛妤会跟着这个妖都之人胡来，连声道，"不行，我不同意，这也太危险了。薛妤，这是四星半的难度，他第一次接这种任务不知道，你也不知道吗？"

"这么贸然强攻，真有可能送命的！"他们毕竟还没成长成邺主、昆仑掌门那样强大的存在，足以承担一切。面对未知的事件，依旧有死亡的危险。

"要过年了。"薛妤望着外面灿然的灯火，突然答非所问地回了句，"谁也别想再在我面前杀人。"

完蛋。不过才两个月，这两人连说话方式都相差无几了。

陆秦孤立无援，不得已硬着头皮认同了那个"疯子"提出来的强攻计划。

事实证明，四星半的任务名不虚传。

真到了强攻那天夜里，无风无星，三人站在酒楼屋顶上，俯瞰整座陷入沉睡的皇城。

薛妤看了一会儿，收回视线，格外冷静地道："皇族血脉无法修行，但皇宫与皇城均有修为不俗的人族坐镇，从东到西这三条岔路，至少有人族数十位掌门布下的封印。我们兵分三路，必须在一个半时辰内将它们全部破掉，接着在人族大能们赶来之前，到达王府，探清困扰我们的疑点。"

任务能否完成，全看这一下了。

"别掉链子。"十九望向陆秦，他像是离开妖都太久了，有些控制不住自己体内的力量，即便语气克制了再克制，也依然不算友好。

陆秦夸张地哈了一声:"我建议你还是多担心担心自己。"

然而事实是,这天晚上陆秦真掉链子了。

打通各自的那条路对薛妤和十九来说不轻松,但他们确实都做到了。

隔着狭长的过道,骤起的长风呼啸,两人对视一眼,状态都不算好。他们身上的伤或大或小,呼吸微促,不复来时的光鲜。但最要命的是,原本属于陆秦的那条路空空荡荡,漆黑一片,既没有人出来,也没有声音发出。

时间已经不多了。

十九踩着满地破碎的砖瓦走过来。因为他受了伤,流了血,神色间浮现出第一次见面时的恹恹之色,话语依然刻薄:"蠢货。"

"别浪费时间。"薛妤咽下喉间涌上来的腥甜,眼也不抬地下了决定,"我们折回去,打通这条道。"

也没别的办法了。

十九和薛妤调整了下呼吸,一前一后跃进那条漆黑的巷道中。

陆秦运气不好,走的那条是三条中最难闯的。薛妤和十九到的时候,他已经晕在里面,全靠自己师尊给的灵宝自动护体才没被灵气巨浪搅碎。

薛妤将他丢给十九身后的从侍扛着,自己一言不发往前突进。

扶着陆秦的从侍左右为难。这位天妃殿下尊贵无极,脾气古怪,平生有两不喜:

一是他不喜欢别人使唤自己身边的人。

二是他有很严重的洁癖。顶尖妖兽的嗅觉格外灵敏,若是他们身上敢沾上陆秦的味道,估计将自己洗脱一层皮都不能让他满意。

妖力流失过多,十九迎着几名贴身从侍询问的眼神,慢吞吞摆弄了下自己白骨森森的手肘,又看了薛妤一眼。

出人意料的,他没让他们立刻把手头扶着的人丢出去。

看在队伍中还有一个聪明人的份儿上,他暂且忍一忍。

这一忍,就忍到了王府。

就像陆秦说的,他们还没完全成长起来,闯入这样的地方太危险。等他们到达王府时,气息萎靡,血肉模糊,那是一种难得的虚弱状态,咳出来的都是成团的碎末。

这是薛妤成年后第一次受这么重的伤，屁股后面还有一群已经察觉到不对，立马就要追过来的人族修士。

她微微弯腰，手掌撑在膝盖上，闭着眼停顿了会儿。随后，她将天机书卷轴甩出来，冷声道："不宣布任务完成，是想要我们死在这里吗？"

天机书颇感心虚地活过来，那个四星半任务在十九戾气横生的眼神中化作星星点点的荧光，消散在血腥气弥漫的空气中。

做完这些，它"啪嗒"一声合上，像是有人隔空画出一道旋涡，将薛妤、十九和扛着陆秦的几名从侍包裹在内。

看样子，天机书是怕他们真死在这里，要出手将他们送回各自家中。只是它高估了他们现在的状态，也低估了旋涡的力道。

某个瞬间，薛妤和十九的腰上像是被绑上了丝线，旋转的过程中，两人不可避免，又好像理所应当地撞到了一起。

面对面，极近的距离。

薛妤睫毛颤动，瞳仁定定地望着十九，像是看到了一种令人发自内心欣赏的东西，那种眼神格外专注。

十九受了伤，很重的伤，呼吸滚烫，那种恹恹之色浓得刻进骨子里。这种变化，让他从淡漠不可高攀的雪人，变成了一朵被雨打过的花，脸上刻着一种耻辱的忍耐。

今天这件事，天机书算是被他记到心里了。

薛妤的眼神往下扫，落到他的唇上。

十九不是不知道自己长相不差，也不是第一次遇到看他的女子，但像薛妤这样本身清冷得没有人气，又偏偏每次盯着他的脸像观赏艺术品一样的，着实是头一次。

他没出过妖都。在妖都，除了楚遥想，没人敢这样直视他。

"薛妤。"他喊她，有点好笑地抚了下自己的唇，指腹立刻沾上嫣红的血。他眼皮耷拉着，说话时没什么精神气："怎么看这儿？"

薛妤长这样大，几乎是第一次意识到，自己本质上是个极其庸俗之人。眼前这张脸，真是每一处都长在她最喜欢的点上，每一处都是。

她沉默了瞬息，清澈的眼珠转了半圈，最终像是自我承认了似的，她低声问他："可以吗？"

……怎么就可以不可以了？

"你再不说点我能听懂的，天机书的小破传送阵就要把我们丢回去了。"

薛妤这人，性格淡得看不出喜怒，她永远冷静理智，又因为自身有足够强大的实力，让外人觉得太过寡淡，不好接近。但她其实是个有趣的姑娘，有时候真诚执拗得可爱。

即便有了这样的认知，但在薛妤陡然靠近，用一种笨拙的、稚嫩的力道摩挲他干裂的唇瓣时，十九的脑袋里依旧炸响了烟花。

在尝到鲜血的味道时，薛妤含糊不清地触碰着那张唇，甚至，她控制不好力道，还重重地咬了他一下。

一个旖旎的动作，在她的行动下，霎时间演变得鲜血淋漓。

身后几名从侍眼睛瞪成了铜铃。

回妖都的时候，恰是个艳阳天，隋家几位长辈都在。

这是十九第一次接天机书任务，难度高达四星半，并且还是和圣地传人搭档。不只隋家人，不少妖都世家的老臣子也都时刻关注着，同时备上了许多伤药。

等真见了人，眼瞅着伤势不轻，那群老家伙顿时弹起来，一惊一乍地围过来表示关心。

十九转了下手腕，眼都没抬："都站住，滚出去。"

等将人都赶出去，原地只剩隋遇和隋瑾瑜。

"你这是什么脸色？成了还是没成？"隋遇饶有兴趣地盯着十九看，发现他神色很不自然，像是经历过激烈的厮杀，耳根微红。好在他情绪控制得不错，受了伤，流了血，眼里的凶性却没露出来多少。

身后的几名从侍完全不敢说话，不是看天就是看地，不敢回想方才那一幕。

邺都传人，那位薛妤殿下，在大庭广众之下，生死存亡的关头，轻薄了他们妖都的"小暴君"。

"成了。"十九面不改色地咽下恢复的丹药，不小心牵扯到唇，产生一点儿木木的刺痛。他不想提及任务中太多细节，半晌，只低着声音问了一句话："邺都薛妤这个人，你知道多少？"

"你这次和她一起接的任务？"隋遇想了想，从脑海中搜刮出了点印象，"圣地出了名的'冰雪美人'，灵阵师出身。对了，你应该离她远些，听说她很受天机书重视，几乎很少接三星半以下的任务。难怪你这次才出妖都就接了这种麻烦事，原来是遇见了她。"

"还有呢？"十九默了默，接着问。

"什么还有？"隋遇瞥了他一眼，道，"我和你们隔着辈呢，也很多年没出过妖都了。不过九凤和她关系好像还不错，你若想了解这些圣地传人，就去问她。"

十九是如今天地间唯一一只纯血天劫，生来就是妖都的君主，轻狂骄傲不可一世。哪知才出妖都，还未大展风头，就被个冷冷清清的姑娘咬了一口，动作还那样蛮横。

十九手肘支在窗牖下的阶坎处，衣袖摆荡下来，像一只懒洋洋提不起精神振翅的蝴蝶。

要不算了。他垂着眼安静下来，试图冷静地分析这件事。

首先，薛妤不是个会为色所迷的人，她平时太理智干脆，那是一种从骨子里透露出来的孤冷本质，前两个月的相处已经很能证明这一点了。

其次，他是妖都君主没错，可薛妤是邺都唯一的继承人，日后的女皇。论身份，他们平起平坐，不存在什么谄媚巴结这一套。

唯一合理的解释，应该是那时神志不清，他身上滚热的天劫之血，吸引了薛妤手里的雪线。

既然都神志不清了，他是个男人，总不能跟被欺负的小孩一样哭哭啼啼找人家要个说法。

十九意兴阑珊地扯了根从窗台垂下去的绿萝，大有一副此事到此为止，默默吃了这个哑巴亏，不再提起的架势。

三月十六。

圣地赤水发来请柬，邀妖都五世家前往赤水参加灵药盛宴。从侍将这请柬送入十九手中。

十九两只手指夹着那张烫金的名帖，不轻不重地摁在了桌面上。这是不准备去的意思。

从侍无声告退，走到门口，却听身后突然懒懒散散地问了句："那什么，薛妤也去吗？"

得到肯定的回答，十九又将那帖子拿起来，耐心扫了两眼，道："既然如此，去一趟也无妨。"

从小侍奉在他身边的那名从侍后知后觉地意识到，他们这位小君主，对那位邺都殿下，其实还是不一样的。

这次灵药盛宴，赤水作为东道主，在待客礼仪、装饰布置上下了不少心思。

数不胜数的灵药被做成各式各样的美味佳肴奉上嘉宾席位。赤水一百一十三座山峰的鲜花在一夜之间被人以灵力催动，争相吐艳，摇曳生姿。

席间觥筹交错，场面是说不出的热闹。

十九的席位与薛妤离得不远，但他们之间却远隔着人群。她今天很规矩，眼神没往他身上扫半眼。

雪色长裙裙摆边嵌着的一圈珍珠坠着，将她露出的半截儿脚踝衬得雪白，细骨伶仃。小小的脸上冷若冰霜，"生人勿近"这四个字表达得很明显。

十九第一次看到这样的薛妤。他看到她偶尔颤动的睫毛里，透露出一种强作镇定却又无法完全镇定的心虚，这种情绪波动令她整个人都活过来了似的。

薛妤也很快意识到了自己的状态。她微微皱眉，就着琉璃盏中鲜榨的果汁抿了抿。恰好九凤侧首和她聊了两句，没多久，两人一前一后离座。看得出来，她们的关系不错。

前来赴宴的人并不全在那边坐着，有兴趣的人也可以走走看看，领略一下赤水难得对外展露的风情。

十九在原地坐了半晌，跟着起身。

九凤的气息太有辨识度，大摇大摆地在空气中释放着，彰显领地一样。因为她太过火辣的性格，嗅到这股气息的人自发离她远远的，没几个敢近身，生怕被她盯上。

十九踏进那片区域，想了想，匿了气息。

九凤对各种花香有一种执着的热爱，她挑了块花开得最繁茂的地方，闭着眼享受阳光、蓝天和白云。不一会儿，她半曲着条腿靠在一棵树的花枝上，语调放松："今天怎么了，冷得这么明显，谁惹你了？"

"没事。"薛妤回道。

"听说几月前你们接的那个四星半任务，陆秦是不是又丢人了？"九凤习惯了她轻轻浅浅的调子，也不觉得扫兴，反而颇有兴趣地看起陆秦的笑话，"怎么个丢人法？我还正奇怪呢，他敢掉链子，我们妖都的小暴君居然没对他下追杀令。"

薛妤眼底泛起一丝涟漪："他脾气这么不好吗？"她对十九的真实身份，显然已经了然于心。

"脾气……"九凤没有迟疑，很快给出了答案，"恶劣得难以形容，谁接近谁倒霉，有时候还无差别攻击。"像是在特意说给某个隔空偷听的人听。

十九忍耐地抽了抽眼皮。

"怎么突然问他？你和他在任务里发生了摩擦？"九凤问。

薛妤陷入短暂的沉默。

事实上，回去之后她将自己关在房里两三天，满脑子想的都是那件事情。说当时鬼迷心窍也好，色欲熏心也罢，事情已经发生了，邺都公主素来敢做敢认更敢当。她想要了解他。

"嗯。"良久，薛妤低声承认，"我欺负他了。"

"？"九凤顿了顿，倏然看过来，有点难以置信与她对视，"你欺负他，隋清霄？！"

薛妤眸色清润，并不见玩笑的神色。她也不是个喜欢开玩笑的人。

意识到什么，九凤也敛了笑意，配合着问："怎么个欺负法？你说说，我帮你分析分析。"

说到这里，薛妤缓缓眨了下眼。她捏了捏拳，再松开，开口时已经完全冷静："我需要对他负责。"

九凤呼风唤雨这么多年，到处横着走，波诡云谲的事见多了，毋庸置疑拥有一颗强大的心脏，然而听到薛妤嘴里说出这么一句话，霎时间她也蒙了。

什么负责？对谁负责？

同为妖都新君，九凤和隋十九从小不乏明争暗斗，因此她对这位天劫殿下的了解比其他人更深。隋十九放荡不羁，浑身每一根骨头都带着天劫族眼高于顶的骄傲，别说拈花惹草了，能让他正眼看一圈的人，五根手指头都能数出来。

思及此，九凤看了眼薛妤。

"其实这种事，也不是非要……"她沉默半晌，话才说一半，就与薛妤那双晶莹剔透，显得又清又净的瞳仁对上。

薛妤在这方面全无经验，九凤瞎扯，但她是真在听。圣地的冰山美人很少有这样懵懂着询问人意见的时候。

九凤接着道："也不是非要负责。隋十九那种性格的人，要不是心里存了点意思，谁能近他的身？囚天之笼威名赫赫，不是拿来当摆设的……"

话还没说完，十九实在听不下去了。他曲着两根手指，在九凤已经裂开一道口子的无形结界边象征性地敲了两下。

随后他将目光扫到薛妤身上："你跟我出来下。"

薛妤颔首，朝九凤打了个招呼，转身跟在十九身后。

赤水依山傍水，育有无数药田，灵力磅礴充沛到每一条小径都汲取了浓郁的养分，绽放出簇簇热烈的繁花。

十九在一处山泉泉眼口停下脚步。

"你和楚遥想关系有那么好？"他语气听起来不算好，眉头微蹙，"她问什么，你还真答什么？"

"你从前不出妖都，外界没有你的传闻和资料，楚遥想比别人了解你。"薛妤身段窈窕，个子并不矮，然而站在十九跟前也只堪堪到他肩头，更显纤细单薄，有种破碎的冷艳之感。

她话音不疾不徐，极有条理。可以看出，和九凤打听他，是她深思熟虑之后做出的举动。

十九哑了哑，半晌，将这个话题丢到一边。

他敛了散漫的姿态开腔，视线盯着她，显现出一种不容退缩的紧逼之意："薛妤，听着。你那日灵力透支，失血过多，若是意识不清醒之下的所作所为，我不同你计较，你也不必因为愧疚而要对我'负责'。"

这无疑给了薛妤一个台阶，只要她想，此事可以就此作罢。

但薛妤是个诚实的人，言语诚实，眼睛更诚实。隋十九的脸，她百看不厌。

"那日……我意识还算清醒。"话刚出口，她便意识到自己可能太过直白，她有些懊恼地垂了垂眼，道，"我唐突了你，不会推卸责任。你若是觉得我们不适合，可与我直说，邺都会奉上重礼表达歉意，日后我们就当不曾见过。"

这是方方面面都考虑齐全了。

十九长了双令人难以抗拒的桃花眼，往下扫时，叠起两道褶皱，给人一种好说话，甚至温柔含笑的错觉。就着这样的姿态，他俯身凑近，捻住掉落在薛妤肩头的花瓣，慢声道："以后有什么想了解的，别问楚遥想了，自己来问我。"

"还有。"他扫了扫薛妤柔软的唇，慢条斯理地提了提嘴角，"薛妤，你咬起人来，还挺疼的，日后多练练。"

薛妤和隋十九这两人擦出火花这件事，出乎所有圣地传人和妖都世家子弟的意料。

隋家人和邺主操碎了心，但又无可奈何，最后挥挥手，随他们去。

春节一过，薛妤便没有很多时间和心思能放在儿女情长上了。邺都要忙的事太多，加上人间局势不稳定，她时不时便要接任务，去往人间平息事态。

越来越多的时候，十九根本找不到薛妤，这让正陷入甜蜜爱情中的隋十九有些难以忍耐。

一段时间后，他屈尊纡贵去找隔壁九凤家的死对头谈心。

"我想不出办法。"九凤看热闹似的眨着眼，慢悠悠说着扎心的话，"我还以为你从一开始就做好了心理准备。薛妤就是这样的人，她心里装着苍生和邺都，分给自己的时间只有那么一点儿，哪能跟你一样？"

"你现在很喜欢薛妤吗？"一通话说下来，九凤抿了口茶，欣赏着十九阴晴不定的脸色后饶有兴致地问。

"你说呢？"十九烦躁地叩了叩桌面，发出沉闷的响声，"我找你出主意，不是要你落井下石。"

"我原本还要说，若是没那么喜欢，散了也无不可。但看你这样子，是断不掉了。"九凤起身，话里多少带着点幸灾乐祸，"认栽吧，隋十九。尝尝为爱折腰，患得患失的滋味，也不失为一种新奇的体验。"

如果不是风商羽和沉泷之及时冲进来，那天隋十九和九凤能将整个妖都掀翻。

然而九凤这话，在某种程度上，也确实应验了。

血脉使然，隋十九在妖都身份尊贵无匹，甚至居于九凤之上，数百年呼风唤雨，养尊处优的生活，使他根本不需要站在别人的立场上去思考问题。但现在有了薛妤，他甚至会将自己关在小世界里好几天，灌下几杯冷茶，心平气和地分析天下形势，为她着想。

她眼里苍生第一、邺都第二的观念根深蒂固，无可撼动。这没办法，她原本就是个责任心强，心地又柔软的女子。既然如此，妖都将属于邺都的一部分责任揽过来，她便能多抽出些时间来陪他。

妖都终于宣布接管人间妖族。邺都如释重负，邺主弯着眼睛连着笑了好几天。

一日，薛妤又接到天机书四星半的任务。

当时她正与十九在一起煮水烹茶，薛妤坐在藤蔓编织的吊椅上，被十九一只手懒懒地搭着腰，唇上一片水光涟涟的艳色。

他皱着眉，十分不满意地把天机书卷成一团摁下去，语气里满是被打扰的恶劣："还来？四星半任务没人做了是吧？"

"应该和人间妖族有关。"薛妤慢慢地眨了下眼，回过神来，"我去看看也好。"

"圣地传人那么多，专门逮着你一个人用？"十九忍不住皱眉，强忍着脾气控诉，"已经月底了，我们才见了这一面。"

他抬眼看了看天色，接着道："不到一个时辰。"这跟他想象中蜜里调油的甜蜜画面完全不一样。

十九不得不承认，他很黏薛妤。

妖都的小暴君，也开始因为在乎而变得患得患失。

这次薛妤的任务不算危险，只是弯弯绕绕地需要动很多脑筋。这难不倒她，但依旧消磨了许多时间，她在人间停留了小半年。

回邺都时，薛妤身边跟着个大病未愈的男子，名叫松珩。男人眉清目秀，给人的感觉如清晨露珠般温柔纯净。

薛妤看重他，开始培养他，一入邺都就将他安排在朝华身边学习，大有培养心腹的架势。一连数月，她忙得脚不沾地，留音玉都未曾看过。

直到十九出现在邺都。

殿前司前，昭昭日光下，周围侍奉的人退避三舍。他们爆发了有史以来最为激烈的争吵。

向来意气风发的少年显得疲倦。这几个月里，联系不上薛妤的时候，他曾辗转着向圣地传人打听，北荒佛女、太华圣子这些人他都接触了个遍。为此他没少被楚遥想、路承泽等人笑话：隋十九也有今天。

但他等来的是，她回来了，都无暇和自己说一声。

"你去人间五个月，和我说话的次数屈指可数。人人都说你忙，身在其位需担其责，我够体谅你吧？"他掀起眼皮，似笑非笑地扫了眼身后数十步远的松珩。说到这里，他自己都已经分不清是怒火更多，还是难言的嫉妒和委屈更多："薛妤，你现在拿我当什么？"

妖都的君主，在哪里都不会是这种待遇，而且分明是薛妤先来招惹他的。

薛妤显然不会应对这样的场面，她顿了顿，在十九拉得平直的眼尾扫了几圈，十分理智地说："你现在不冷静，等你情绪稳定了，我们再谈。"

看，连架都吵不起来。

十九气得笑了一下，闭了闭眼，道："你自己觉得，他看你的眼神清白吗？"

他步步紧逼，眼里的阴郁积成不容小觑的一团："我不冷静，你冷静。你什么都不在乎，你当然冷静。"

说罢，他带着乌压压的一大帮从侍拂袖而去。

薛妤有些茫然地在原地站了一会儿，问朝华："他怎么这么生气？"

朝华也蒙了。在情爱上，她和薛妤师承一脉，一窍不通，支吾几声说不出什么有用的话来。

薛妤去问了楚遥想。

"噢，可能是被我刺了一下，有点绷不住了。"九凤和十九天生不对付，但和薛妤玩得不错。她笑了几声后正儿八经地分析："其实很好理解，无非就是怕你被别人勾走，嫉妒心作祟罢了。"

"就像你，难道从未思考过这个问题？"九凤意有所指，"我们小暴君，在某种程度上，可是相当受欢迎的。"

薛妤沉默了很长一段时间，九凤都以为她不会说话了，她才冷着声线吐字："他不会。若是真发生这种事，我便将他绑过来。"

不难听出，她被那种假设的情况惹得生气了。

等与薛妤的传音符光线暗淡下去后，九凤撩了撩没完全干透的长发，将薛妤这几句话传到某个耿耿于怀的男人耳里："我劝你见好就收，薛妤接下来几个月都很忙，这几天你们不抓紧甜蜜就真没时间了。"

十九第一次觉得，"绑"这种字眼居然能给人带来一种尖锐的愉悦感。被薛妤绑起来，锁在邺都那座堆金砌玉的宫殿里，也不是不行。

十九去找薛妤的时候，心底的火气已经压下五六成。他在邺都畅通无阻，朝华都不曾拦他，直接让他大摇大摆地进了殿前司。

不难看出，她给了他极高的信任与纵容，在她自己能掌控的领地，他有来去自如的特权。

十九心里那点火气又微妙地褪去一成。

薛妤正在与愁离商议邺都百众山的事，谈论的事项一一确认下来，她挥手让愁离退下，只留下松珩一人。

两人面对面站着，殿前司内灯光并不明亮，灯影摇曳，光线将两人脸部轮廓衬得朦胧模糊。

薛妤手掌撑在桌面上，认真细致地去看松珩的眼睛。

他长得温润，笑起来时半点儿脾气也没有，瞳仁里是流水般的从容与淡然，是那种一眼扫过去就叫人觉得舒服的长相。

薛妤对此兴致缺缺。她只是在捕捉某个瞬间，像猎物确认目标一样，等待十九所说的那个"不清白"的眼神。

大抵所有的喜欢和欣赏都难以隐藏。终于，松珩眼神闪烁着败下阵来。

薛妤于是收回手掌，冷冷地问："你喜欢我？"

她对男女之情照旧没什么概念，但她知道十九看她时是怎样的炽热，也大概能猜到松珩看她时藏着怎样的情愫。难怪他会那样生气。

松珩不知道该怎么回答。事实上，很难有人不喜欢薛妤，即便大家都知道，她早与妖都那位不可一世的天劫殿下在一起了。

"你的伤已经好得差不多了，离开邺都吧。"薛妤没有丝毫迟疑，直接道，"救命之恩不用你还，日后若有机会，多助疾苦，多行善事。"

"为什么？"松珩慢慢地吐出一口气，问，"是邺都与妖都的关系……"还是别的难言之隐？

"我不想和他吵架，这会让我很不高兴。"薛妤想了想，十分认真地说，"他脾气不好，还有点难哄。"

这种坦荡的真挚比任何情话都更能打动人。被说"脾气不好""难哄"的男人慢条斯理靠在墙角，忍俊不禁。

松珩离开后，薛妤看到去而复返的十九，愣了愣。她还没来得及说话，便见他走过来。

男子声线低沉道："楚遥想说你又要开始忙了。"

薛妤颔首，默认了这种说法。

"怎么就找了个大忙人？"他走到跟前，自然而然地牵过她的手，自我调侃般地叹息，"大忙人还有人来和我抢。"

"会再忙三四个月。"薛妤解释道，"我要将事情提前处理完，腾出一段时间来成亲。"

十九一双漂亮的桃花眼滞了滞，问道："成亲？"他吐字很轻。

这事是他每次暗戳戳拐弯抹角提出来的，可薛妤并没有答复。他一度认为她没有做好准备，至少现阶段没有。

薛妤被他僵硬的动作和刻意放缓的语调引得侧目，随后递给他一个疑惑的眼神,道:"我那样喜欢你,自然要成亲。"

她,那样喜欢他。

后知后觉地,十九眯着眼在这人生极度愉悦与舒心的时刻,脑海中泛起这些日子路承沢等人看笑话时说的话。

他承认,他被薛妤吃得死死的。

他心甘情愿认栽。

图书在版编目（CIP）数据

同洄．尘世 / 画七著．-- 广州：广东旅游出版社，2024.12．-- ISBN 978-7-5570-3433-7

I. I247.5

中国国家版本馆 CIP 数据核字第 202404E5Y0 号

出 版 人：刘志松
特约监制：武　亮　刘一寒
责任编辑：龙鸿波　陈　心
产品经理：槐　冬　胡雨童
版式设计：沐　雨　许慧娟
封面设计：@Recns
书名题字：仓仓仓鼠
插画绘制：荷　菏　掐酸橘子　浮生生　瑶一瑶　阿　薰
责任校对：李瑞苑
责任技编：冼志良

同洄：尘世
TONGHUI CHENSHI

广东旅游出版社出版发行

（广东省广州市荔湾区沙面北街 71 号首、二层）
邮编：510130
电话：020-87347732（总编室）　020-87348243（销售热线）
投稿邮箱：2026542779@qq.com
印刷：天津光之彩印刷有限公司
　　　（天津市宝坻区潮阳工业区管委会路东 1 号）
开本：710 毫米 ×1000 毫米　16 开
字数：335 千字
印张：20.75
版次：2024 年 12 月第 1 版
印次：2024 年 12 月第 1 次
定价：49.80 元

[版权所有　侵权必究]

本书如有错页倒装等质量问题，请直接与印刷厂联系换书。